国家社科基金艺术学项目
“感物、咏物、造物：六朝‘艺’‘文’设计思想比较研究”（17CG210）
资助最终成果

南昌师范学院省级高质量科研成果（2021-2022）建设项目订单培育项目
“感物、咏物、造物：六朝‘艺’‘文’设计思想比较研究”资助成果

钟志强——著

感物、咏物、造物

六朝『艺』『文』设计思想比较研究

社会科学文献出版社
SOCIAL SCIENCES ACADEMIC PRESS (CHINA)

序

钟志强同志是我指导的文艺美学和文化诗学方向的博士后，他主要研究六朝的咏物文学和美学。最近他希望我能帮他即将出版于社会科学文献出版社的新书《感物、咏物、造物：六朝“艺”“文”设计思想比较研究》作序。这部著作吸收了中国文学思想史与文化诗学等研究方法，并以之应用于六朝造物艺术领域，堪称六朝造物艺术和工艺美学研究的一个新成果。

书中融入了其对文化诗学研究的理解，因此我借此机会谈谈钟志强这部书和“文化诗学”。文化诗学的学科之名起于西方当代文化批评家，原本指新历史主义文化批评。自20世纪90年代以来，随着新兴大众文化和传媒文化兴起，传统的审美自主论文艺学难以阐释当代文学发生的各种新现象，因而一些学术眼光敏锐的学者借鉴和引入西方文化诗学的理论和方法，研究新兴文艺现象，在此基础上形成了中国当代文化诗学的理论和实践。由于中国文论自古以来就有文史哲浑融与学以致用的悠久传统，又有近代以来的中西会通、古今会通、求真与致用并重的学术文化传统，所以中国当代文化诗学研究在世界文化诗学的学术园地里后来居上，形成了以童庆炳、程正民、李春青、顾祖钊为代表的北京师范大学学派，以刘庆璋、林继中为代表的闽南师范大学学派，以蒋述卓为代表的暨南大学学派等三大文化诗学学术重镇。

与文学研究的其他理论和批评方法相比，文化诗学的理论和方法更具学术威力和阐释力，因为它将“文化”与“诗学”贯通，显示了多学科的学术品格；同时，文化诗学与中国传统固有的文学研究方法具有更多相通之处，以之研究中国古代文学和美学更有针对性。中国当代还有些学者开始思考，如何才能让文化诗学与中国固有的研究方法相结合，根据中国固有的研究对象进行调整，从而成为文学、艺术理论研究的有效方法。如罗宗强先生《玄学与魏晋士人心态》从士人与君权的关系角度看士人心态的演变，把处士横议、清谈以及玄学理解为士人与大一统政权疏离所导致的心态变化的产物，以士人心态为中介，阐释文学作品的审美趣味。这种研究方法被称为“中国文学思想史研究”，可以说与“文化诗学”亦有异曲同工之妙。

钟志强同志硕士研究生阶段就开始研究六朝咏物诗，对研究对象应较为熟悉。博士研究生阶段又致力于中国文学思想史的学习与研究。博士后研究阶段则将六朝“咏物”文学研究拓展到六朝“咏物”文学与“造物”工艺及其关联性研究，前者可简称为六朝之“文”，后者可简称为六朝之“艺”，二者由“物”所连接、所贯通。造物工艺设计与咏物文学创作在传统思维方式、主体人格、文化渊源、文化精神等方面相同或相通，二者的设计思想、文学思想以及对“物”的观念意识和技艺方法具有可比性。钟志强同志这部《感物、咏物、造物：六朝“艺”“文”设计思想比较研究》从历史纵观和文化横观的双重视域对这个领域展开研究，可视为青年学者综合运用中国文学思想史、文化诗学等多学科方法解析中国古代美学和文艺研究领域的一次有益的尝试。

总体上看，本著作以较开阔的学术视域和较成熟的研究方法进一步拓展了六朝咏物文学与造物艺术领域的研究空间。一方面其以文学思想史方法研究“艺”“文”设计思想——以“艺”“文”设计者的人生遭际和心态为纽带，结合他们的实际创作，分析六朝咏物文学思想对造物观的影响。另一方面又以文化诗学的视角——把握文本或器物及其作者所处相关文化语境综合探寻六朝的造物观，揭示其得以生成的文化渊源、文化因素和文化精神。钟志强随我做博士后研究工作期间展现出勤勉好学的作风，给我留下了很深的印象，我期待他能汲取众家之长，在中国古代文学和美学尤其是工艺美学研究领域继续开拓深耕，取得新的更大的成绩。

陶水平

2022 年 4 月于江西师范大学寓所

目　次

插图目录

续表

编号	名称	时代	藏地	图片出处
图 4-2-5	东晋双首双柄鸡首壶	东晋	浙江省温州博物馆	图片见于浙江省温州博物馆编、文物出版社 2001 年出版的《温州古陶瓷》之图 45
图 4-2-6	南朝鸡首壶	南朝宋	苍南县文物馆	图片见于浙江省博物馆编、文物出版社 2000 年出版的《浙江纪年瓷》之图 139
图 4-2-7	南朝末期鸡首壶	南朝末/隋	南京博物馆	图片见于中国陶瓷编辑委员会编、上海人民美术出版社 1983 年出版的《中国陶瓷越窑》之图 127
图 4-2-8	螭龙纹金带扣	西晋	湖南省博物馆	图片来源于湖南省博物馆官网。http：//www. hnmuseum. com/sites/default/files/statics/museum_exhibition/src/indexpc. html？ albumid=494216DC23684425BBB9AAACE471A6B1
图 4-2-9	青釉堆塑谷仓罐	西晋	故宫博物院	图片来源于故宫博物院官网。https：//www. dpm. org. cn/collection/ceramic/227478. html
图 4-2-10	西晋狮形烛台	西晋	浙江省温州博物馆	图片见于浙江省温州博物馆编、文物出版社 2001 年出版的《温州古陶瓷》之图 38。
图 4-2-11	东晋青瓷狮形烛台	东晋	绍兴市文物管理委员会	图片见于中国陶瓷编辑委员会编、上海人民美术出版社 1983 年出版的《中国陶瓷越窑》之图 117
图 4-3-1	胡王牵驼对狮纹锦	北朝	新疆维吾尔自治区博物馆	图片见武敏著、幼狮出版社 1992 年出版的《织绣》之图 69
图 4-3-2	巴米扬壁画	北朝	阿富汗巴米扬石窟壁画，5-6 世纪	图片见于 Persian Art，plate 424
图 4-3-3	固原漆棺残片	北魏	故宫博物院	图片见于韩孔乐、韩兆民《宁夏固原北魏墓清理简报》，《文物》1984 年第 6 期，第 46~56+104~105 页
图 4-3-4	捶揲水波纹银碗	东魏	河北赞皇东魏李希宗墓	图片见于孙机《中国圣火》，辽宁教育出版社，1996，第 146 页

续表

续表

编号	名称	时代	藏地	图片出处
图 4-4-12	青釉龙柄鸡首壶	北齐	河北省博物馆	图片见于中国美术全集编辑委员会编、人民美术出版社 1989 年出版的《中国美术全集·工艺美术编·陶瓷（上）》之图 231
图 5-1-1	东晋铜熏炉	东晋	湖北省鄂州市博物馆	图片见于贺云翱著、文物出版社 1993 年出版的《佛教初传南方之路文物图库》之图 47
图 5-1-2	青瓷博山熏炉	东晋	江苏省博物馆	图片见于《中国陶瓷全集》编辑委员会编、上海人民美术出版社 1986 年出版的《中国陶瓷全集·三国两晋南北朝》之图 181
图 5-1-3	西晋青瓷佛造像莲花灯	西晋		见于褚曙光《青瓷贴塑佛像：佛陀初传中国之写照——西晋青瓷佛造像莲花灯赏析》，《文物鉴定与鉴赏》2014 年第 8 期，第 109~110 页
图 5-2-1	邓县武士画像砖	南北朝	邓县画像砖墓出土	河南省文化局文物工作队：《邓县彩色画像砖墓》，文物出版社，1958，第 23 页
图 6-2-1	《竹林七贤与荣启期》的拓片	南朝齐	江苏南京西善桥墓出土	许辉：《六朝文化》，凤凰出版社，2001，第 44、45 页

绪 论

一 问题的提出与研究背景

六朝是中国文学与艺术发展史上颇为重要的阶段。其重要性既体现在文学理论的发达、各种文学创作模式被积极尝试，还表现在其他艺术形式创作与理论的渐趋成熟。而文学与艺术携手迈向成熟的同时，二者又相互汲取创作经验，相互融合，相互影响。咏物诗赋作为六朝文学中的重要文学类别，既可侧面描述唐前诗赋演变的趋向，又是深入、准确地把握六朝文学思想发展脉络的一个重要途径。而六朝的造物艺术作为文化载体，亦是六朝艺术文化创作的重要组成部分。事实上，与文学创作一样，造物艺术也受外来文化（如佛教艺术元素）、地域文化及作者的不同出身阶层等因素的影响。六朝咏物文学与造物艺术都不滞于“物”的实用，而扩展至心灵世界，二者既创造了六朝人生活的价值，也创造了六朝人生命的价值。它们体现出中古时代中国文化的智慧，成为世界文明史上的典范。因此，若以“物”或心与物关系为纽带，结合现存的文献和器物方面的考古成果，对比分析文学与艺术的创作观念，或有助于我们系统地把握六朝文学的发展脉络。

当然，感物是咏物文学和造物艺术的生发阶段。感物美学、咏物文学、造物艺术共同的文化根源从自然观看是万物有灵的思想，而从物用观的角度分析则是以人为中心的人文主义思想。其对后世“艺”

“文”设计理念和实践影响深远。本书致力于对六朝时期的感物论、咏物作品、器物设计三者所呈现的文艺创作观念进行分析，并比较当世创作思想的共性与个性。文艺创作主体对“物”从抽象理解到文学意象再到具象制作，其创作观念是否存在一个有逻辑的演变过程？抑或“文”“艺”创作观是两个发展轨迹，还是两种情况都存在？若如此，六朝文艺创作观的演变轨迹是怎样的呢？文艺创作思维有什么个性和共性呢？本书的研究对象包括六朝的“艺”和“文”及二者蕴含的设计思想。“艺”是六朝的“工艺”（包括绘画、雕塑、制器）及其造物观念，“文”主要指六朝时段内咏物文学（主要是诗、赋两方面）及其创作思想。这之中，六朝造物艺术及其造物观是本书最主要的研究对象。六朝咏物文学及其创作思想则是六朝“工艺”及其造物思想的主要比较对象，属于本书的重要研究对象。

本书以比较分析艺术与文学间的设计思想为基本逻辑展开。在结合六朝的咏物文学与器物考古及厘清理论概念基础上，分析六朝咏物文学所体现出的创作思想（主要是鉴赏与审美方式）对六朝造物观形成的影响，并揭示其当下意义。具体实施步骤如下。首先，利用各种途径尽可能广泛地收集、整理现存的相关文献和已有考古成果，同时对其准确性进行甄别。其次，将收集、整理的文献材料汇总，为六朝“文”“艺”比较研究做好理论准备，为分析六朝咏物文学对造物艺术产生何种影响奠定基础。再次，将六朝咏物文学（以咏物诗为主）与器物诗及器物上雕饰的动植物纹样进行全面比较，进而分析咏物诗的创作思想与器物所呈现出的设计思想的个性与共性。从次，以“艺”“文”设计主体的复杂创作心态为中介，努力还原设计思想产生、演变的历史情境。检验文学思想史、文化诗学等方法理论的科学性。最后，揭示六朝造物观念的精神内涵及其对当下造物设计与文学创作的启示。

就研究方法而言，第一，考察六朝文献与借鉴文化人类学研究成果，主要是整理、辨别现存相关文献和考古成果，将文学作品和器物设计的文艺现象放在整个人类文化背景下进行观照和阐释。第二，文化诗学的研究方法。除了将重心放在文艺思想外，将其余广阔的文化背景作为“物”文艺特征创作观产生、发展的语境，做语境化的综合阐释。第三，中国文学思想史的研究方法。以六朝的造物主体和咏物诗赋创作主体为中介，结合他们的人生经历来阐释所造之物与文学作品，并进一步揭示作品所蕴含的造物观念及可与之参照的文学思想。

综上，本书在结合现存文献与器物设计实体、厘清相关概念的基础上，以创作主体的遭际及复杂心态为纽带来分析比较六朝文艺创作思想，并竭力还原设计观念产生、发展的情境，以期更全面地建构古代文学理论体系，客观评价我国传统文艺观念，揭示其对当代文艺创作的价值。

二 研究现状综述

（一）六朝咏物诗研究现状

目前学界对于六朝咏物诗的相关研究，侧重于考察与咏物诗相关的诸文学现象。1980~2021 年，国内公开发表的以“咏物诗”为关键词的论文约有 1222 篇（见图 0-2-1），其中以“六朝咏物诗”为主题者有 42 篇（约为上述数字的 3.44%）（见图 0-2-2）。通过图 0-2-1

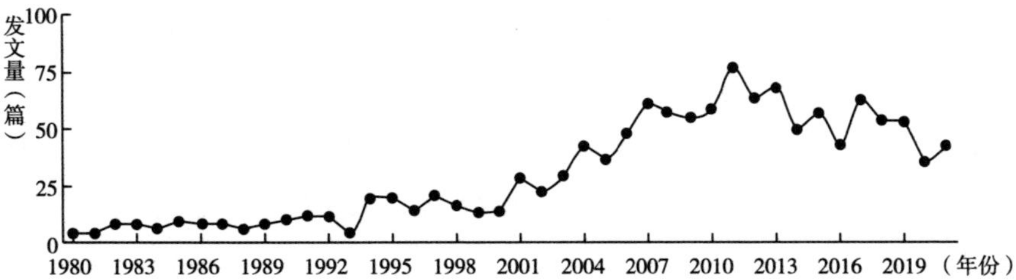

图 0-2-1 1980~2021 年中国知网“咏物诗”关键词研究趋势

数据来源：文献总数：1222 篇；检索条件：[关键词 = ‘咏物诗’ or keyword = xls （‘咏物诗’）]；检索范围：总库。

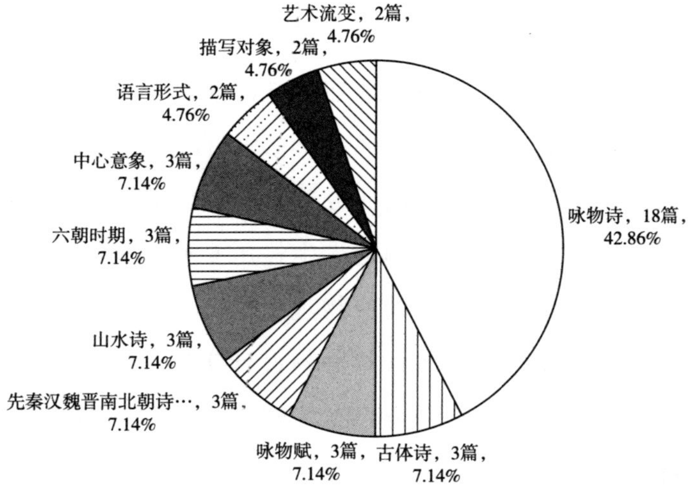

图 0-2-2　1980~2021 年中国知网“六朝咏物诗”研究主题分布情况

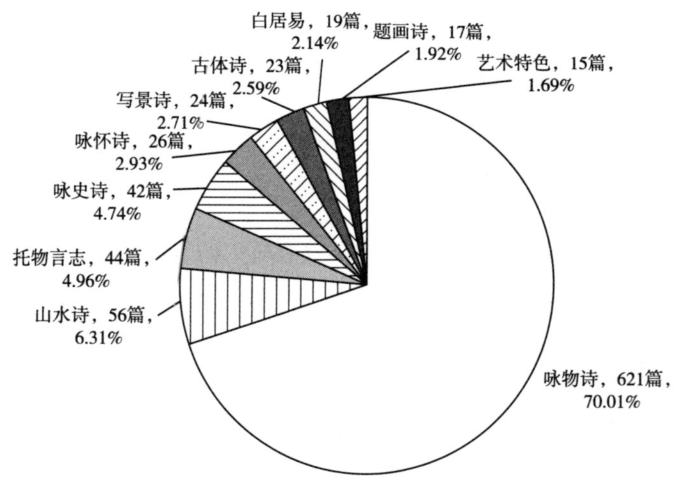

图 0-2-3　1980~2021 年中国知网“咏物诗”研究主题分布情况

“咏物诗”研究趋势可知，总体而言“咏物诗”研究呈现螺旋上升的趋势，2011 年发表论文数最高达到 77 篇，随后虽出现起伏，但仍具学界关注度。

从图 0-2-2、图 0-2-3 分析可知，1980~2021 年，“咏物诗”与“六朝咏物诗”相关研究主题分布中纯粹的咏物诗研究成果数量都是最多，与之交叉的相近诗类是咏物诗研究的另一个热点，咏物诗的艺术特征是研究的又一热点。综合看来，虽然研究角度存在差异，但不论是从交叉诗类或某一艺术特征，还是从重要诗人、不同文体出发，其研究主旨都是“咏物诗”。既然研究的主旨相同，本文现将上述主题综合归纳，具体如下。

1. 六朝咏物诗发展流变的研究

1980~2021 年，涉及六朝咏物诗发展流变的论文约 17 篇。学位论文方面，黄伟龙的《齐梁咏物诗研究》[①] 开辟专章对齐梁时期的咏物诗进行研究，较有理论高度。可汉魏六朝有着不可分割的天然联系，这种联系不仅在政治、经济、文化等宏观方面，且在诗人的审美情趣以及对文学的认识等细微之处。以汉魏六朝为背景来考察咏物诗的发展和演变，无疑更全面、合理。韩国学者徐盛的《魏晋至盛唐咏物诗研究》[②] 称魏晋为咏物诗的发展期，南北朝为繁荣期是合理的，惜其对咏物诗艺术流变的细致分析较少。

2. 咏物诗产生和繁荣的原因研究

1980~2021 年，涉及此问题的论文约有 7 篇。具有代表性的几家观点如下。徐盛的《魏晋至盛唐咏物诗研究》[③] 认为，《诗》中的赋、比、兴三要素及屈原“香草美人”传统，经汉魏六朝不断发展，终于在唐人咏物诗中达到了理想境界。于志鹏的《宋前咏物诗发展史》[④] 更以《诗经》、屈原作品、荀子咏物赋的谜语特征，作为咏物诗产生的三大源头。黄伟龙的《齐梁咏物诗研究》[⑤] 从文学渊源与哲学渊源角度来探讨，并提出了汉大赋对咏物诗形成的影响。六朝咏物诗繁荣的原因，以赵红菊《南朝咏物诗研究》[⑥] 论述得较为完整。但以上成

① 黄伟龙：《齐梁咏物诗研究》，广西师范大学硕士学位论文，2000。

② 〔韩〕徐盛：《魏晋至盛唐咏物诗研究》，北京大学博士学位论文，2001。

③ 〔韩〕徐盛：《魏晋至盛唐咏物诗研究》，北京大学博士学位论文，2001。

④ 于志鹏：《宋前咏物诗发展史》，山东人民出版社，2013。

⑤ 黄伟龙：《齐梁咏物诗研究》，广西师范大学硕士学位论文，2000。

⑥ 赵红菊：《南朝咏物诗研究》，上海古籍出版社，2009。

果在相互差异性的挖掘方面相对薄弱。

3. 咏物诗概念的界定

古今学者对咏物诗概念的界定分为广义和狭义两种。广义的界定，以清人俞琰选编的《咏物诗选》和张玉书、汪霖等编的《佩文斋咏物诗选》及台湾学者林淑贞的《中国咏物诗“托物言志”析论》[①] 为代表。林氏在清人的基础上提出“凡有物趣者皆可视为咏物诗”。而当今学界主流愈趋向于细致、具体，如洪顺隆《六朝诗论》[②] 与林大志的《论咏物诗在齐梁间的演进》[③] 分别从“物”的内涵和创作主体两个不同角度，对咏物诗做了界定。赵红菊《南朝咏物诗研究》[④] 的界定可谓在众家成果基础上的综合。另外，在咏物诗准确数量的统计方面，于志鹏《宋前咏物诗发展史》[⑤] 在叙述每个时代咏物诗发展概况时，都有对该阶段的咏物诗人和作品的统计。张瑞利的《南朝咏物诗研究》[⑥] 更在附录中，以表格的形式展示了符合其界定的南朝咏物诗，具有参考价值。

4. 咏物诗的类型

学界依据咏物诗创作方法的不同对咏物诗分类的成果有刘继才《略论中国古代咏物诗》[⑦]，杨庆华、尹仲文《咏物诗刍议》[⑧]，林大志《论咏物诗在齐梁间的演进》[⑨] 等。学界也关注到依据描述对象不同

---

① 林淑贞：《中国咏物诗“托物言志”析论》，万卷楼图书公司，2002。

② 洪顺隆：《六朝诗论》，文津出版社，1985。

③ 林大志：《论咏物诗在齐梁间的演进》，《河北大学学报》（哲学社会科学版）2003 年第 1 期，第 42~45 页。

④ 赵红菊：《南朝咏物诗研究》，上海古籍出版社，2009。

⑤ 于志鹏：《宋前咏物诗发展史》，山东人民出版社，2013。

⑥ 张瑞利：《南朝咏物诗研究》，西南大学硕士学位论文，2006。

⑦ 刘继才：《略论中国古代咏物诗》，《辽宁师范大学学报》（社会科学版）1984 年第 3 期，第 74~79 页。

⑧ 杨庆华、尹仲文：《咏物诗刍议》，《河北大学学报》（哲学社会科学版）1984 年第 2 期，第 73~79+86 页。

⑨ 林大志：《论咏物诗在齐梁间的演进》，《河北大学学报》（哲学社会科学版）2003 年第 1 期，第 42~45 页。

而对咏物诗进行分类或两者兼论之，如党天正《古代咏物诗三探》[①]、赵红菊《南朝咏物诗研究》[②]。

5. 六朝咏物诗的创作特征

1980~2021 年，涉及此问题的论文约有 10 篇。重要的成果有高淑平《南朝咏物诗的形式审美与自为性理念》[③]、赵红菊的《论南朝咏物诗的艺术成就》[④] 等，均用一定的笔墨对汉魏六朝咏物诗展开了论析，不乏精到的见解。但这些成果成系统的分析不足，多流于表面，不足以表达出文学嬗变的复杂样态。

总体看来，学界对汉魏六朝咏物诗研究仍有以下不足。首先，四十余年来对咏物诗的研究都是用文学史的研究模式，即仅限于研究文学现象，对六朝咏物诗这一文学现象背后隐含的文学思想则未顾及。其次，咏物的诗学理论研究较为薄弱。学界对此的探讨不够深入和系统。最后，咏物诗研究视野较局限，方法创新性不足，缺乏结合相近学科共同研究。这一点是咏物诗研究者应重视的问题。所以，以六朝咏物诗为研究对象，可在以下方面增强研究力度：第一，结合诗人的心态来研究诗人的创作思想，以辨析哪些当世文学思想有触及咏物诗创作的实质；第二，咏物诗的文化学意义，如文本产生的创作情境、历史语境等；第三，咏物诗的诗学研究，如咏物诗的意象风格、创作情境、创作主体间性等方面；第四，比较咏物文学与别的艺术门类（如造物艺术）及其创作思想之间的同异。总之，已有成果既为本书的研究留下一定的空间，也为研究奠定了坚实的基础。

---

① 党天正：《古代咏物诗三探》，《宝鸡文理学院学报》（人文社会科学版）1997 年第 3 期，第 34~36+54 页。

② 赵红菊：《南朝咏物诗研究》，上海古籍出版社，2009。

③ 高淑平：《南朝咏物诗的形式审美与自为性理念》，《南京师范大学文学院学报》2010 年第 4 期，第 9~14 页。

④ 赵红菊：《论南朝咏物诗的艺术成就》，《内蒙古大学学报》（哲学社会科学版）2011 年第 2 期，第 83~86 页。

（二）“感物”论研究现状

据中国知网统计，1980～2021 年，以“感物”为关键词搜索，得到论文有 91 篇，而以六朝时段感物情况为主题的约有 17 篇，所占比例约 18.68%。专著方面，李健《魏晋南北朝的感物美学》① 与郁沅《心物感应与情景交融》② 较有特色。从研究趋势看，“感物”研究呈波动上升趋势，至 2020 年达到最高，有 11 篇论文发表（见图 0-2-4）。从研究主题看，感物说、“物”、文艺创作、古典诗歌等占主题分布的前列。具体情况如下。

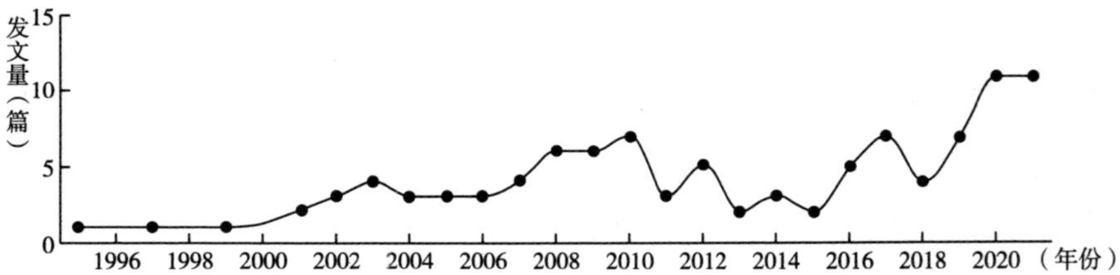

表 0-2-4　1980～2021 年中国知网“感物”关键词研究趋势

数据来源：文献总数：91 篇；检索条件：[关键词 = ‘感物’ or keyword = xls（‘感物’）]；检索范围：总库。

首先，探讨感物说的发展历程。其论述了从《乐记》《文赋》《文心雕龙》《诗品》到明代“物感说”的成熟与延伸过程。一方面，对“感物”说的整个发展做宏观概述，如张晶《中国古典美学中的“感物”说》。③ 另一方面，详述某历史时期的发展和贡献，如李健《先秦两汉感物美学的发展》④ 和王毅《略论魏晋文学中的“感物”说》⑤ 等。

---

① 李健：《魏晋南北朝的感物美学》，中国社会科学出版社，2007。

② 郁沅：《心物感应与情景交融》，百花洲文艺出版社，2006。

③ 张晶：《中国古典美学中的“感物”说》，《大连大学学报》1999 年第 1 期，第 93～96 页。

④ 李健：《先秦两汉感物美学的发展》，《阜阳师范学院学报》（社会科学版）2004 年第 4 期，第 11～18 页。

⑤ 王毅：《略论魏晋文学中的“感物”说》，《北京师范大学学报》（社会科学版）1986 年第 1 期，第 67～73 页。

其次，解释感物之“物”。学界对感物之“物”内涵有四种意见。第一，“物”包括自然景物和社会生活内容，以王运熙、顾易生《中国文学批评通史》[①] 和李健《魏晋南北朝的感物美学》[②] 为代表。第二，“物”只是自然景物。如蒲友俊《中国文学批评史论（先秦—魏晋南北朝卷）》[③] 曰：“（物）基本上自然之物，不包括社会人事。”第三，物就是社会生活内容，如王毅《略论魏晋文学中的“感物”说》[④]。童庆炳《〈文心雕龙〉感物吟志说》[⑤] 代表第四种意见——物不是客观的外物，而是融合诗人主观情感的合成物。

再次，六朝感物理论与其他艺术门类间关系的研究。六朝是物感说的成熟期，需联系当时发达的音乐、绘画、书法理论综合研究。李健《魏晋南北朝的感物美学》[⑥] 探讨了三种文艺方面的物感说，如音乐理论方面阮籍、嵇康的感物美学，书法理论方面卫恒的感物美学，绘画理论方面宗炳、谢赫的感物美学。若能将视角延伸到造物艺术，研究会更全面。

最后，从主客体间性、心物关系探讨感物说。较具代表性的成果有郁沅《心物感应与情景交融》[⑦] 和李健《中国古典感物美学中的“心”与“物”》[⑧]。如郁沅《心物感应与情景交融》认为，心与物之间的感应存在不同模式，而不同感应模式的审美观照方式和情感的表达方式相应会产生不同。[⑨] 咏物文学与造物艺术间心物关系异同的比较是需进一步关注的研究领域。

---

① 王运熙、顾易生主编《中国文学批评通史》，上海古籍出版社，2011。

② 李健：《魏晋南北朝的感物美学》，中国社会科学出版社，2007。

③ 蒲友俊：《中国文学批评史论（先秦—魏晋南北朝卷）》，巴蜀书社，2001。

④ 王毅：《略论魏晋文学中的“感物”说》，《北京师范大学学报》（社会科学版）1986 年第 1 期，第 67~73 页。

⑤ 童庆炳：《〈文心雕龙〉感物吟志说》，《文艺研究》1998 年第 5 期，第 19~27 页。

⑥ 李健：《魏晋南北朝的感物美学》，中国社会科学出版社，2007。

⑦ 郁沅：《心物感应与情景交融》，百花洲文艺出版社，2006。

⑧ 李健：《中国古典感物美学中的“心”与“物”》，《中国中外文艺理论研究》2012 年第 1 期，第 209~215 页。

⑨ 郁沅：《心物感应与情景交融》，百花洲文艺出版社，2006。

（三）古代造物（设计）思想研究综述

对后世产生了深远影响的古代造物思想可溯源到先秦文献，主要见于两个方面，一是诸子著作，如《老子》《庄子》《论语》《墨子》等；二是《考工记》等总结生产实践经验的著作。其中《考工记》提出的“制器尚象”造物思想，体现了实事求是的设计思想。而“器完不饰”“审曲面势”则强调造物过程中实用与审美的互融，以至于“天人合一”。秦汉时期，探讨的重点集中于宇宙与人、系统与自然的整体关系，进一步融合了“技”“器”“道”三者的关系。如董仲舒融合儒家与阴阳五行等思想，提出了“天人之际，合而为一”的法天理念。《春秋繁露》所谓“和”“适”理念更是六朝以前造物观念的重要组成部分，如要求工匠在造物活动过程中考虑人与环境的和合尺度。《淮南子》在此基础上进一步诠释造物与自然之间的关系：“制度：阴阳大制有六度。天为绳，地为准，春为规，夏为衡，秋为矩，冬为权。”[①] 六朝之后，法天造物观影响深远，如李渔“用之得宜”的器物设计标准，又如明人宋应星《天工开物》论述“天人关系”追求系统观、整体观、伦理观。另外，明代文震亨《长物志》、沈括《梦溪笔谈》等文献对古代的造物工艺进行了系统而详尽的记录，丰富了古代的造物思想。据中国知网统计，以“造物思想”为关键词检索出来的论文有227篇，而以“古代造物思想”为关键词检索出来的论文有24篇。据中国知网统计，以“造物思想”为关键词的研究呈波动上升趋势（见图0-2-5）。而以“古代造物思想”为主题的研究则呈现出较大波动的情况（见图0-2-6），在2012年达到5篇论文后下降，之后缓慢回升，2020年论文发表数量恢复到4篇。

在博士、硕士学位论文方面，通过检索“古代造物思想”主题，检索到博士、硕士学位论文21篇，其中博士学位论文7篇，硕士学

① 陈广忠译注《淮南子》，中华书局，2012，第294页。

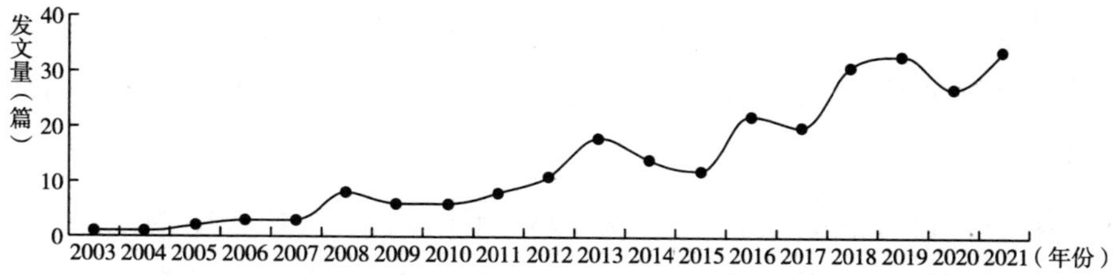

图 0-2-5　2003~2021 年中国知网“造物思想”关键词研究趋势

数据来源：文献总数：227 篇；检索条件：[关键词 = ‘造物思想’ or keyword = xls（‘造物思想’）]；检索范围：总库。

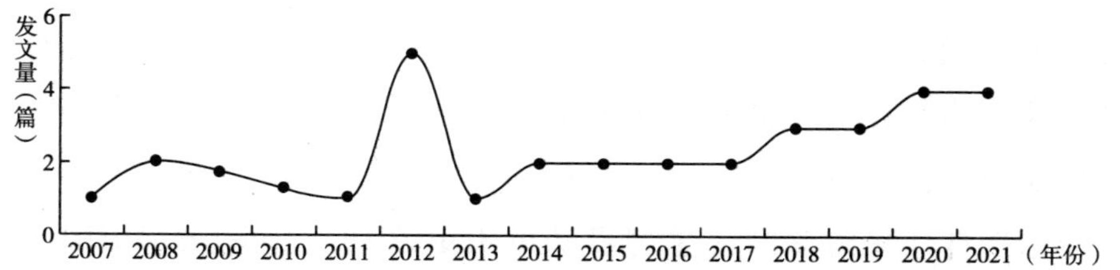

图 0-2-6　2007~2021 年中国知网“古代造物思想”主题的研究趋势

数据来源：文献总数：24 篇；检索条件：（主题% = ‘古代造物思想’ or 题名% = ‘古代造物思想’ or title = xls（‘古代造物思想’） or v_subject = xls（‘古代造物思想’））；检索范围：总库。

位论文 14 篇，其中 2016~2017 年的增长最为迅速。从学科背景分布看，设计艺术学、美术学、艺术学、书法、雕塑学科背景的研究论文占比 50%，轻工业和手工业学科背景占比 25%，考古和建筑科学与工程学科各占 12.5%。从研究内容与视角等状况分析，博士论文偏向以史论性、实证性、理论分析性研究方法探讨造物思想的变迁，古代设计思想解读，传统造物观的理解，以及典型造物思想的具体评析等内容，如王忆雯的《古代造物思想下眉勒的艺术特征与制作工艺研究》[①]、詹凯《曲成而不遗——〈天工开物〉造物思想的核心价值》[②]。

① 王忆雯：《古代造物思想下眉勒的艺术特征与制作工艺研究》，江南大学博士学位论文，2019。

② 詹凯：《曲成而不遗——〈天工开物〉造物思想的核心价值》，中国艺术研究院博士学位论文，2009。

硕士论文偏向传统造物思想在具体案例中的设计实践、不同历史时期某个特定阶层对造物思想的影响、基于某种器物的造物思想研究等。另外，数十种专著还涉及古代造物思想内容。现有研究成果按内容可归纳如下。

第一，设计思想史研究。从 1983 年国内第一本《中国工艺美术简史》[①] 开始，学界采用以时间为经、以部门设计为纬的研究模式建构工艺设计的历史框架。田自秉《中国工艺美术史》[②]、王家树《中国工艺美术史》[③]、夏燕靖《中国艺术设计史》[④] 较具代表性。21 世纪以来，李立新《中国设计艺术史论》[⑤] 和杭间《中国工艺美学史》[⑥] 突破了“朝代-部门”的研究范式。如李立新以设计自身发展的逻辑追求叙述设计史，第一次从内部系统地质疑传统研究模式。以历史维度把握传统设计思想的研究也渐为学界所重视。通史性质的有邵琦、李良瑾等编著的《中国设计思想史略》[⑦]，孙长初《中国古代设计艺术思想论纲》[⑧]；断代史研究有徐飚的《成器之道——先秦工艺造物思想研究》[⑨]、兰娟《先秦制器思想研究》[⑩] 等。

第二，从美学角度研究设计思想。如李泽厚《美的历程》[⑪]，李泽厚、刘纲纪《中国美学史》（魏晋南北朝卷）[⑫]，胡飞《中国传统设计思维方式探索》[⑬] 分别从美学与思维方式探索设计思想的发展。

第三，古代文献中的设计观研究。学界一方面从整体上分析古

---

① 中央工艺美术学院编著《中国工艺美术简史》，人民美术出版社，1983。

② 田自秉：《中国工艺美术史》，上海东方出版中心，1985。

③ 王家树：《中国工艺美术史》，文化艺术出版社，1994。

④ 夏燕靖：《中国艺术设计史》，上海人民美术出版社，2016。

⑤ 李立新：《中国设计艺术史论》，天津人民出版社，2004。

⑥ 杭间：《中国工艺美学史》，人民美术出版社，2007。

⑦ 邵琦、李良瑾等编著《中国设计思想史略》，上海书店出版社，2009。

⑧ 孙长初：《中国古代设计艺术思想论纲》，重庆大学出版社，2010。

⑨ 徐飚：《成器之道——先秦工艺造物思想研究》，江苏美术出版社，2008。

⑩ 兰娟：《先秦制器思想研究》，南开大学博士学位论文，2014。

⑪ 李泽厚：《美的历程》，生活·读书·新知三联书店，2014。

⑫ 李泽厚、刘纲纪：《中国美学史》（魏晋南北朝卷），安徽文艺出版社，1999。

⑬ 胡飞：《中国传统设计思维方式探索》，中国建筑工业出版社，2007。

代文献中整体蕴含的设计思想，如王前《“道”“技”之间——中国文化背景的技术哲学》[①]；另一方面，集中剖析《考工记》《天工开物》等重要文献的设计思想，如以《考工记》设计思想为研究对象的有李砚祖《“材美工巧”：〈周礼·冬官·考工记〉的设计思想》[②]、孙洪伟《〈考工典〉与中国传统设计理论形态研究》[③]等。

第四，研究造物思想形成与造物过程的互动。如李砚祖、张道一《先秦诸子工艺思想研究》[④]以《考工记》和《天工开物》记载的造物活动为基础，分析造物形式与造物观的关系。王琥《中国传统设计思想研究》[⑤]从主次、价值、轻重等要素出发，筛选出典型案例，从设计思想的文化语境，包括设计者的生活方式、生活地域、生活习惯、生活状态以及生产方式，来分析设计者思想形成的“外因”，如何作用设计者思想的“内因”。

综上，古代造物设计研究已经从历史脉络、文献梳理逐渐转向形而上的设计观念或审美观的探索。我们认为，与相近的艺术门类比较异同，或许可从中寻绎出不同历史时段的造物思想或进一步研究的方向。

（四）西方“物”理论研究述评

对“物”理论的探讨也是西方哲学与文艺批评的热点之一。伦理学中“物伦理学”、符号学中的物体语义学、分析哲学语境中的人工物研究等都与该主题相关。西方哲学史上有“存在与思维”二元对立范畴的传统，从“物”的维度来看，此二元对立范畴可被具体化为“物质与意识”。其中，这类物与主体存在二元对立的思想渊源有自，

① 王前：《“道”“技”之间——中国文化背景的技术哲学》，《辽宁省哲学社会科学获奖成果汇编（2009~2010年度）》，第166~171页。

② 李砚祖：《“材美工巧”：〈周礼·冬官·考工记〉的设计思想》，《南京艺术学院学报》（美术与设计版）2010年第5期，第78~81页。

③ 孙洪伟：《〈考工典〉与中国传统设计理论形态研究》，上海大学博士学位论文，2014。

④ 李砚祖、张道一：《先秦诸子工艺思想研究》，《南京艺术学院学报》（美术与设计版）1987年第4期，第16~19页。

⑤ 王琥：《中国传统设计思想研究》，江苏美术出版社，2010。

自柏拉图开始就一直贬斥前者，笛卡尔、康德等人的观点都堪称代表，直到现象学家胡塞尔提出了“回到事物自身”之后，“物”才逐渐受到关注。随后海德格尔、罗兰·巴特、鲍德里亚、唐·伊德、拉图尔、维贝克等人将哲学研究趋势转向关注“事物本身”。如海德格尔于《存在与时间》（1927）、《什么是物》（1931）和《技术的追问》（1950）、《物》（1950）等作品中以“×是物吗?”的追问模式体现他对于“物”有用性（功能性）的关注。海德格尔关于物的分析（功能分析）开启了生存论视域和超越论视域。之后，如唐·伊德、维贝克等人对物分析的维度主要是语境化、经验化的表达。在技术哲学领域，“人工物在技术文化中扮演着怎样的角色？这些物对于我们有着怎样的影响？他们应该怎样被设计?”[①] 维贝克对这些问题的追问可谓西方学界由先验取向转为语境取向的一个标志。这一研究的转变又被称为“物转向”。马克思将“物”划分为只有使用价值的自然物与既有使用价值又具价值的社会物，这使得“物”主体间的社会特质得以体现。鲍德里亚《物体系》则是在此基础上，结合符号学来探索物体系以及形成我们日常生活的符号。在文学批评领域，20 世纪 90 年代的几次物质文化研讨会上，文学批评研究者尝试从物质文化层面解读文学作品中的具体物品叙述模式及其蕴含的文化和观念。布朗、蒂西莱德、弗雷德古德等学者致力于运用“物转向”批评话语呈现文学作品中“物”不同形式的“活力”与“生命”。

就国内的研究情况看，近年来我国哲学界对于新物质主义、思辨实在论中一些具有争议性话题的讨论表明，学者积极投身于当代西方“物转向”研究的热潮。2008 年孟悦、罗钢主编的《物质文化读本》[②]较具影响力，该书从“物质，还是文化?”“帝国、文物、部落生活、考古学与人类学”“物质与商品、社会、时间”“物质文化与技术”

① David M. Kaplan, “What Things Still Don't Do,” *Human Studies*, Vol. 32, No. 2, 2009, pp. 229-240.

② 孟悦、罗钢主编《物质文化读本》，北京大学出版社，2008。

四个方面引译、解读西方的物质文化思潮。也有学者试图构建本土色彩的“物性批评”话语，反思西方文学批评领域的“物转向”。如张进《活态文化与物性的诗学》[①] 对“物质性诗学的内涵、维度、叙事特征、生态意蕴和审美取向”等前沿话题做了专题研究，试图揭示物性观念与活态文化互补互证的诗学体系。我们认为，西方“物转向”“新物质主义”等理论对中国古代“物”相关文艺批评的影响主要表现在以下几方面。

首先，中国古代物质文化的成果为感物美学、咏物文学及造物艺术等领域的后续研究提供内容、方法、理论诸方面的积累与借鉴。2003 年 8 月，熊秉真主持了整合型计划“近世中国的物质、消费与文化”，该计划由微观而宏观，由历史学、人类学、文学与艺术学等领域的学者合作，以八个子题进行三个角度的分析：一是物或物质文化与中国历史文化发展中所见的时空变化；二是近世中国物质与消费市场之形成；三是各种物质与文化互动中所反映的集体价值观与社会心态之研究。这些研究将日常器物与生活方式相联系，强调将文学史与生活史、思想史、政治史和社会史等相结合。如张进、王眉钧《物质文化理论中物的四重视域——以人工制品的考察为例》“以人工制品为基点，通过回溯物质文化理论中人工制品的观念变化过程并分析所遭遇的问题，突破建立在主客二分的人、物关系局面，让物质文化研究的核心落脚在人与人、人与物、物与物混融的物质文化实践上”。[②] 据统计，1984 年迄今，以中国古代物质文化史为题的相关成果（包括期刊论文以及学位论文、专著）约有五十种，而以古代具体器物为题的日常生活史相关研究则更为丰富。这些成果主要集中在三方面：其一，依据“物质”的时代或种类分别论述其文化特征，如开明出版社出版的“中国古代物质文化史”系列丛书。其二，以古代具体器物

① 张进：《活态文化与物性的诗学》，人民文学出版社，2014。

② 张进、王眉钧：《物质文化理论中物的四重视域——以人工制品的考察为例》，《西北师大学报》（社科版）2020 年第 6 期，第 62~70 页。

作为切入点，纵深研究器物背后人类活动的痕迹，表现人的审美趣味和生活追求，如夏炎《魏晋南北朝的鞋与人：一项中古日常生活史的建构尝试》① 忽略鞋的物性特征，注重鞋与人之间的互动，建构当世人的日常生活画面。其三，对物质的文献、图像、具体形制进行考辨，如孙机《汉代物质文化资料图说》②、李志生《唐五代时期的凤冠——基于物质文化史和形象史学的考察》③ 等。虽成果颇丰，但仍存进一步提升的空间，主要体现在：对“物”外延的文化、审美、社会意义虽较为关注（如刘永华《物：多重面向、政治意涵与生命史》④等），但“物”的内涵、边界等学理问题的阐述却未进一步深入。

其次，中国文艺理论中受西方“物质与意识”二元理论影响并结合自身特色重构了“心物关系”。20世纪现象学崛起之后，西方哲学超越了主体-客体结构，进入主客融合阶段，这便与源于中国“天人合一”哲学的心物观存在借鉴、调和的可能。中国学界对西方物理论与中国心物观之间关系的探讨先发生于哲学层面，如赵林《唯理论哲学在心物关系问题上的思想发展》⑤。这种心物交融的理论也逐渐从哲学领域延伸至文学批评研究。陈世骧率先提出“中国抒情传统”的观点，他认为中国抒情传统所处理的核心问题是心与物的关系。其后，高友工、孙康宜、吕正惠和郑毓瑜诸人都从这一概括入手，探讨中国文学艺术的特质，如高友工就将“内化和符号化视为心与物相互关联的两个方面，前者是将物象化为心象，是一种内在的形构；后者则是将心象转化为艺术性的物象，是一种外向

① 夏炎：《魏晋南北朝的鞋与人：一项中古日常生活史的建构尝试》，《古典文献研究》2018年第1期，第81~93页。

② 孙机：《汉代物质文化资料图说》，上海古籍出版社，2008。

③ 李志生：《唐五代时期的凤冠——基于物质文化史和形象史学的考察》，《中国社会历史评论》第十八卷，天津古籍出版社，2017，第17~41+245~246页。

④ 刘永华：《物：多重面向、政治意涵与生命史》，《文汇报》2016年5月20日，第W12版。

⑤ 赵林：《唯理论哲学在心物关系问题上的思想发展》，《求是学刊》2005年第4期，第35~40页。

的流转”。[①] 而关于心物关系怎样呈现于文学作品，其所涉及的创作主体思维层面的问题亦受研究者关注。郑毓瑜《引譬连类：文学研究的关键词》受李约瑟“关联性思考”的启示，重点关注了情与物的交错关系及其在文艺创作中的呈现方式。[②] 不同于西方，中国文艺批评期望透过心与物找到两者的弥合之处，心物间这种共鸣同构的关系也发生在言与物之间，如张羽佳《物·主体·词：论一种物的伦理的可能性》[③] 认为物、主体及语言三者间的关系是：“人通过语言去揭示物，但却无法以这种方式完全占有物。语言，是人对于物的意义赋值，但同时这种对物的符号化和表征化也是人自我异化的源头。”这些也对感物美学、咏物文学、造物艺术的研究产生影响。

就感物美学而言，其探讨的主要内容本就是“感物的历史发展及意义演变、感物的方式与类型、感物的文学艺术创造价值，等等，这些都涉及人（作家、艺术家）与‘物’（人、物、事）的感应关系”。[④] 在咏物文学研究方面，主客融合的思想也应用广泛。如高淑平《中古咏物诗研究》第一章“异质同构论——咏物诗之心物关系”即探索主客体互动与咏物文学思维方式、创作方式的关系。[⑤] 造物艺术方面，主客融合互动的思想也被应用于相关研究中，如喻仲文《造物艺术与意识形态》[⑥] 第二章第一节“从思想到物质：意识形态研究的历史进程”结合中国道器思想论述造物艺术意识形态研究“日常生活”的转向。这些研究成果注重从主客体融合的角度，将物质化转向的理念带入中国的感物、咏物文学、造物艺术的研究之中。然而，成果之间心物关系或主客体间互动论述的差异性有待

① 转引自闫月珍《物：中国文学研究的新途径》，《学术研究》2017 年第 6 期，第 136~141 页。

② 郑毓瑜：《引譬连类：文学研究的关键词》，联经出版事业公司，2012，第 14 页。

③ 张羽佳：《物·主体·词：论一种物的伦理的可能性》，《现代哲学》2015 年第 6 期，第 11~17 页。

④ 李健：《魏晋南北朝感物美学》，中国社会科学出版社，2007，第 4 页。

⑤ 高淑平：《中古咏物诗研究》，东北师范大学博士学位论文，2011，第 27~38 页。

⑥ 喻仲文：《造物艺术与意识形态》，武汉大学出版社，2013。

挖掘。另外，不同阶层、身份设计主体间造物观的比较分析也存在进一步研究的空间。

最后，有学者将西方哲学的“物”分析的理论、方法成果直接或间接地应用于中国古代文艺研究，如鲍德里亚的“物体系”建构就被国内学者加以借鉴，如刘成纪《西周礼仪美学的物体系》①、任树民《中国古代物体系建构方式与赋体书写策略之生成刍议》② 等。在古代造物艺术方面，关于物体系、物转向等理论与造物艺术关系研究的有凌继尧《物的意义的生成》③，其具体比较了鲍德里亚“物体系”与中国古代器物制作原则（如《考工记》记载的制作经验），他认为，鲍德里亚“物体系”与中国古代造物理念的相似之处是：“物‘除了各自作为器具之外，都含有另外一层意义’。也就是说，物除了各自作为器具的使用价值外，还具有另外的文化价值，包括审美价值。”④ 相较而言，咏物文学研究中对物体系、物理论直接借鉴的成果则比较少，这或也是学界进一步研究的方向。

（五）感物、咏物与造物间关系的研究现状

1. “感物”与“咏物”关系研究

迄今为止，虽然关于感物与咏物的各自研究已经较为充分，但二者关系的研究（无论是专著还是论文）尚未及见。因此，我们只能梳理“感物”或“咏物”研究中如何提及对方。

“感物”研究成果中提及“咏物”的有蒋寅《感物：由言志转向缘情的契机》⑤、蒲友俊《“感物”与“观物”——兼论山水诗的

---

① 刘成纪：《西周礼仪美学的物体系》，《文艺研究》2013 年第 1 期，第 31～40 页。

② 任树民：《中国古代物体系建构方式与赋体书写策略之生成刍议》，《巢湖学院学报》2017 年第 1 期，第 71～76+81 页。

③ 凌继尧：《物的意义的生成》，《江苏社会科学》2008 年第 3 期，第 18～22 页。

④ 凌继尧：《物的意义的生成》，《江苏社会科学》2008 年第 3 期，第 18～22 页。

⑤ 蒋寅：《感物：由言志转向缘情的契机》，《古代文学理论研究》（第十九辑），2001，第 275～288 页。

产生》[1] 等。这些成果提及“咏物”一词时，多视其为一种诗文题材。相较而言，感物“属于创作活动中的形式表现范畴”或是“诗歌写作的抒情动机”。

“感物”在咏物研究者那里主要有三种情况：其一，论者仅泛泛提到感物理论，未做深入的阐释，此乃较为普遍的现象。其二，论者视其为诗歌在主旨和主体方面的创作特征，甚至将具有此特征的咏物诗称为感物诗，如沈文凡、窦可阳《南朝咏物诗发展演变及其动因初探》[2]。其三，论者将感物看作诗歌创作前的一个步骤。持此观点的是于志鹏《宋前咏物诗发展史》[3] 和赵红菊《南朝咏物诗研究》[4]。此类文献虽可作为本项研究知识积累，但感物与咏物各自为阵，联系较松散。

2. 感物、咏物领域的造物研究

（1）感物研究与咏物文学或造物工艺的交叉点

仅感物研究的只言片语间接涉及了工艺与文学的共通之处，如蒋洪耀《体物、感物与观物——古代文学中的主客关系论》：“器物和艺术作品作为物不同于自然界中象山水那样的物，在于它们是人们辛勤劳动创造出来的物化的劳动产品，其中内蕴着人类的劳动力，渗透着劳动者的心血，融入了人类的创造智慧，记载着人类活动的历史。”[5]

（2）咏物研究与造物设计的交叉点——“器物”研究

其一，器物在咏物研究中普遍是作为咏物诗赋研究对象中的一类，如于志鹏《宋前咏物诗发展史》给咏物诗所下定义即明言：“咏

---

① 蒲友俊：《“感物”与“观物”——兼论山水诗的产生》，《四川师范大学学报》（社会科学版）1995 年第 3 期，第 50~56 页。

② 沈文凡、窦可阳：《南朝咏物诗发展演变及其动因初探》，《贵州大学学报》（社会科学版）2005 年第 3 期，第 117~123 页。

③ 于志鹏：《宋前咏物诗发展史》，山东人民出版社，2013。

④ 赵红菊：《南朝咏物诗研究》，上海古籍出版社，2009。

⑤ 蒋洪耀：《体物、感物与观物——古代文学中的主客关系论》，四川师范大学硕士学位论文，2009，第 10 页。

物诗是以自然风物，包括天象、动植物、人工器物、物化的人等物类为吟咏对象。”[①] 其二，有学者述及器物诗的创作程式，如黄伟龙《齐梁咏物诗研究》[②]，惜仅停留在描述文本模式，未进一步分析诗人创作思想并与器物设计思想比较。

3. 造物思想研究与感物论、咏物文学思想

目前学界还没有对三者所代表的艺、文间设计思想的比较研究。综观之，学界已有研究可简述如下。其一，感物、咏物多集中于文学研究领域，其提及“造物”一词普遍取“造物主”之意，而非器物的工艺设计思想，更遑论比较它们创作思想的异同。其二，与“造物”相关的工艺设计研究领域未提及文学研究领域的“感物”或“咏物”，更未见以此作为寻绎“艺”“文”设计思想关键的研究。

三 研究的价值与创新

（一）研究的价值

本研究试图寻绎六朝文学与器物设计思想的关系，在比较分析器物在文学与艺术表现的异同后，提炼六朝造物观，并分析其精神内涵。本研究的意义和价值如下。

其一，填补器物“艺”“文”设计思想研究阙如的历史时段。学界目前未见以六朝器物设计思想为研究对象的专著，论文研究时段也多集中于唐宋、明清及先秦时期。六朝器物研究多散见于以整个古代设计思想为研究对象的章节中，更没有从六朝咏物文学出发，比较分析其对六朝造物观影响的成果。而本研究正是从弥补这一缺口出发而选题。

其二，挖掘蕴藏于古代文献中的造物思想。人们在观念层面诸多

① 于志鹏：《宋前咏物诗发展史》，山东人民出版社，2013，第 14 页。

② 黄伟龙：《齐梁咏物诗研究》，广西师范大学硕士学位论文，2000。

无形的文化成果，总会有意或无意地在器物上留下印迹。诸多器物的具体制作方式，其形制纹饰的创生、发展、消亡的过程，其使用方式及变迁，均承载着具有一定普遍性、抽象性及超越实用性的思想。

其三，启示当下的造物工艺。造物或文学创作其实是古人与精神世界对话的中介。这种精神与物质世界互动的中介追求和谐、真善美的统一。造物工艺领域许多传统概念的文化语义多取材于现实的、断裂的社会语境，造物者需要向大众传达优秀的造物精神。

（二）本研究可能的创新之处

1. 学术思想与视角创新

本研究尝试以为实践证实具有可行性的理论体系或学术理念探索人文学科传统研究的新视角。研究超越了宽泛讨论，将造物艺术和与其关系密切的咏物文学相结合，以二者的比较分析打开新的视角，研究六朝造物观与咏物文学创作思想的共性与个性，进而分析六朝咏物文学对“造物”观产生何种影响。本研究不着眼于文艺现象，而是以造物主体的复杂设计心态为中介，努力还原造物思想产生、演变的历史情境。这有助于发现和解决新问题，提高研究的理论深度。

2. 内容创新

（1）造物工艺与文学创作在传统思维方式及文化渊源方面相同，设计主体也生活在相同的审美文化氛围中，因此二者的设计思想具有可比性。而学界目前相关研究寥寥。本研究在比较二者的基础上，重点分析六朝咏物文学对“造物”观产生了何种影响。（2）前人对六朝器物的设计主体和使用群体的相关研究尚不充分，对特定历史语境中观念层面的理解不够深入。研究以六朝咏物文学为借鉴，寻绎出六朝所造之物特征的最初形态，还原并揭示造物思想产生、演变的历史情境。（3）虽然造物思想的研究不乏成果，但以六朝造物观念的生成及内涵为研究对象者仍不足。研究分析了造物艺术、咏物文学二者共同的文化根源与哲学基础，而后论述了六朝造物艺术观念的生成轨迹，并明确了六朝造物观念的内涵及启示。

3. 研究方法创新

本研究尝试以较成熟的研究方法进一步拓展研究空间。一方面本研究以文学思想史方法研究“艺”“文”设计思想——以“艺”“文”设计者的人生遭际和心态为纽带，结合他们的实际创作，分析六朝咏物文学思想对造物观的影响。另一方面，作为补充，以文化诗学的视角，把握文本或器物的所有相关语境综合探寻六朝的造物观。

本著作在系统比较的基础上探讨六朝器物的“艺”“文”设计思想，而使其规律的总结更具可信性和创新性，对于某些研究不足的艺术设计现象更具解释力。当然，有特色、有新意的成果还有待在研究实践中展开和收获，这是本研究的学术追求。

第一章　“物”：“艺”与“文”理论范畴的交融点

艺术和文学关系紧密，工艺造物思想与文学创作观具有共通性。而从心物关系入手比较文学创作者和器物设计者的道器观，透过可视之物实现对心灵史的探索，可视为文艺理论研究的新途径。因为艺、文之“物”范畴上不尽相同，所以须寻绎、把握二者心灵史中概念上可共通的部分。我们以此为基点，厘清、阐释感物理论、咏物作品、器物设计的相关概念，以论证比较三者学理上的可行性和合法性。

第一节　共通于“物”：“艺”与“文”的概念探源

探讨艺术与文学间关系对中国文学、美学、艺术理论诸方面都有重要帮助。依据学界目前对文学、艺术概念或广义或狭义的掌握，二者间的关系至少存在以下三种说法。第一，艺术与文学并列。这种情况一般是将“艺”（艺术）理解为以美术为主要代表的造型艺术或是除了文学（语言艺术）之外的艺术形式。第二，若将艺术视为以审美为目的的具体艺术形式（包含所有的塑造形象、反映生活和表达情感）的综合意识形态，那么，文学则是艺术的一部分或一个具体的类别。第三，将艺术视为从属于文学。“唯一例证是当前国务院学位委员会制定的学科专业目录，攻读艺术学的研究生授予‘文学硕士’、‘文学博士’。学位目录分为三级，为科学类别、一级学科与二级学科

（专业）。文学为类别，艺术学为一级学科，音乐学、美术学、戏剧戏曲学、电影学、舞蹈学等为二级学科。”[①] 目前学界较为认可第二种说法——文学是艺术的一个具体类别或一个部分。正如张道一先生归纳所得出的结论：“古人着眼于‘艺’和‘术’来概括事物，甚至从种植、园艺起，由此引申开来；现代人则是从事物的性能考虑，两者的微弱联系也只是在一个‘艺’字或‘术’字上。有一点可以肯定的是，古人为文也是被视为‘艺’和‘术’，并没有凌驾在‘艺’、‘术’之上。”[②] 我们同意文学是艺术一部分的观点，但本书所述及的“文”与“艺”与上述三种情况不尽相同，有自身的特殊性。界定本书之“艺”“文”概念前，需先了解二者最初发生的渊源及其所宗。

“文”据许慎《说文解字》阐释为：“错画也。象交文。”段玉裁《说文解字注》则进一步解释并举例曰：“错画也。错当作逪，逪画者这逪之画也。《考工记》曰：青与赤谓之文。逪画之一端也。逪画者，文之本义。彣彰者，彣之本义。义不同也。黄帝之史仓颉见鸟兽蹏迒之迹。知分理之可相别异也。初造书契。依类象形，故谓之文。象交文，像两纹交互也。纹者，文之俗字。”[③] 综合先唐文献相关记载可知，文的本义有二：一为文是反映“道”的外化现象，起修饰性作用；二是这一现象并非单一能够实现，而是相互发生联系而成。而“文”由自然、社会现象转变为文学概念经历了长期演变的过程，陈良运先生对此有精彩的推论。

> “文”，最初只是自然之文，即日月星辰之“天文”与山川草木之“地文”。当人们观察天地之文后反观自身，于是，自然之文的观念发生了一个内化过程，产生了自身也须“文”化的欲求，这就有了个人修身之文，即表现内心的修养以及与之相适应

---

① 张道一：《“文学艺术”联称的三种解读》，《文艺争鸣》2010 年第 22 期，第 4~6 页。

② 张道一：《“文学艺术”联称的三种解读》，《文艺争鸣》2010 年第 22 期，第 4~6 页。

③ （清）段玉裁：《说文解字注》，上海古籍出版社，1981，第 425 页。

的外部行为，尤其是与他人进行交际的发自内心的言语辞令之文，更是内外结合的集中表现。[①]

按照陈先生所言，其“文”已经接近于我们所说的文学了。与“文”相似，“艺”概念的内涵、外延也历经发展。《说文解字》云：“埶，种也。从坴丮。持亟种之。《书》曰：‘我埶黍稷。’”其“丮”有手持之意——“丮，持也，象手有所丮据也”。“坴”指土块，可见“艺”原本是指植树或种植谷物的技艺。西方文化中，古希腊人也用相同的一个词来表示技艺与艺术，并用同一个名称来称呼手工艺技艺者和艺术家。我们从英语中也可以找到这样的现象。英语中的 art 一般译成中文为“艺术”。而 art（艺术）的词源 skill（技巧），则有“技”“巧”之意。又 art（艺术）与 arm（手）的语源同出一处，在日文中语义基本相同，可翻译为“技能”“能手”等。如《说文解字》所释，在中文里，艺术同样包含手工技艺。由此可知，“艺”或渊源于手工相关劳动的技艺，[②] 其中手工制作技艺占主要部分，但“艺”的内涵显然不止于此。知识阶层而后通过联想和类比等方式将“艺”从物质生产之技进一步推广，其范围甚至发展至文明雅化的精神性技能。如：

予仁若考，能多材多艺。[③]

求也艺。[④]

① 陈良运：《文质彬彬》（上），百花洲文艺出版社，2009，第 144 页。

② 这里的手工相关劳动的技艺与手工艺一词含义并不相同，其包含了种植等劳动技艺，范围更宽泛。而后者的概念是相对于机械工艺而言，主要指手工制作技艺。

③ （清）阮元校刻《十三经注疏》，中华书局，1980，第 196 页。

④ 杨伯峻译注《论语译注》（简体字本），中华书局，2006，第 64 页。

遂通五经，贯六艺。[①]

能通一艺以上，补文学掌故缺。[②]

从上述文献可知，“艺”既能释为“技能”这样总的概念，又能特指熟练掌握六艺（礼、乐、射、御、书、数）与六经（诗、书、礼、易、乐、春秋）的技能。正如段玉裁《说文解字注》所言：“周时六艺，字盖亦作埶，儒者之于礼乐射御书数，犹农者之树埶也。”[③]这样看来，“艺”的内涵由物质生产之技与精神性技能两部分组成。与之相近的“艺术”一词，在概念上与“艺”相近。“艺术”一词较早出现于《后汉书》《晋书》等文献中。我们对其梳理如下。

永和元年，诏无忌与议郎黄景校定中书五经、诸子百家、艺术。[④]

艺术之兴，由来尚矣。先王以是决犹豫，定吉凶，审存亡，省祸福。[⑤]

及长，形貌瑰奇，风神疏朗，博综艺术，善属文。常负其才地，以雄豪自处，众咸惮之，朝廷亦疑而未用。[⑥]

元嘉十五年，征次宗至京师，开馆于鸡笼山，聚徒教授，置

① （南朝宋）范晔：《后汉书》，中华书局，1965，第1897页。
② （汉）班固：《汉书》，中华书局，1962，第3594页。
③ （清）段玉裁：《说文解字注》，上海古籍出版社，1981，第113页。
④ （南朝宋）范晔：《后汉书》，中华书局，1965，第898页。
⑤ （唐）房玄龄等：《晋书》，中华书局，1974，第2467页。
⑥ （唐）房玄龄等：《晋书》，中华书局，1974，第2585页。

生百余人。会稽朱膺之、颍川庾蔚之并以儒学，监总诸生。时国子学未立，上留心艺术，使丹阳尹何尚之立玄学，太子率更令何承天立史学，司徒参军谢元立文学，凡四学并建。[①]

史臣韩愈曰：顺宗之为太子也，留心艺术，善隶书。[②]

《后汉书》所记“艺术”与“五经”“诸子百家”并列，推测其含义或是阴阳数术类的精神性技能的总称。而《晋书》的“艺术”功用为“决犹豫，定吉凶，审存亡，省祸福”，则可知其为阴阳占卜类的精神性技能。而《晋书·桓玄传》《宋书·雷次宗传》《旧唐书·顺宗本纪》中贵族统治者博综或留心“艺术”，显然不包括占卜数术与歌舞绘画等被当世轻视的技艺。曹操与其子曹彰的对话就很能说明贵族统治阶层重视“《诗》《礼》传家”的人文学术而轻视其他技艺的传统。其文曰：

大祖尝抑之（曹彰）曰：“汝不念读书慕圣道，而好乘汗马击剑，此一夫之用，何足贵也！”课彰读《诗》《书》，彰谓左右曰：“丈夫一为卫、霍，将十万骑驰沙漠，驱戎狄，立功建号耳，何能作博士邪？”[③]

因此，这些文献中“艺术”应该是人文学术的总称。[④] 此后，“艺术”概念内涵就较为固化，或指阴阳占候卜筮类的精神性技能，或谓人文学术的总称。那么，其内涵是如何发展至包含现在我们所说

---

① （南朝梁）沈约：《宋书》，中华书局，1974，第2293~2294页。

② （后晋）刘昫等：《旧唐书》，中华书局，1975，第410页。

③ （晋）陈寿：《三国志》，中华书局，1982，第555页。

④ 袁济喜：《中国传统艺术精神的特质及创新性发展》，《中国文艺评论》2020年第7期，第15~25页。

“艺术”的各种门类的呢？我们认为，这可能受到西方美术与艺术等概念传入的影响①，直至清代中国才初步有了今天所谓的“艺术”概念。二十五史中，仅有《清史稿》“艺术列传”的不同分组的分类标准体现了古代“艺术”中的书法、绘画、建筑、工艺和音乐等子门类艺术，并以之作为立传依据。康熙朝编撰的《古今图书集成》，其《博物汇编》的“艺术典”中的“艺术”范围包括古代书法、绘画、建筑、工艺和音乐等艺术与方术、方技和其他杂艺在内。到了乾隆年间《四库全书·子部》的“艺术类”也包括书法、绘画和音乐以及杂技等。因此，现代所谓“艺术”或“艺”的解释就较具综合色彩。

> （1）通过塑造形象具体地反映社会的生活、表现作者思想感情的一种社会意识形态。艺术起源于人类的社会劳动实践，是一定社会生活在人们头脑中的反映的产物……由于表现的手段和方式不同，艺术通常分为：表演艺术（音乐、舞蹈），造型艺术（绘画、雕塑），语言艺术（文学）和综合艺术（戏剧、电影）。另有一种分法为：时间艺术（音乐）、空间艺术（绘画、雕塑）和综合艺术（戏剧、电影）。（2）旧指术数技艺，谓阴阳占候卜筮幻化之术。《晋书·艺术传·序》：“艺术之兴，由来尚矣。先王以是决犹豫，定吉凶，审存亡，省祸福。”②

相较于文学，“艺”的含义就显得复杂而宽泛。《辞海》的第一个解释明显是受西方“艺术”或“美术”概念的影响。而第二个解释容纳了阴阳占卜术数，则较接近中国传统的认知。依据《辞海》的

---

① 据史料记载，欧洲自17世纪开始使用“美术”（fine arts）这个概念，泛指具有美学趣味和价值的活动及其产物，包括绘画、雕塑、建筑、音乐和诗歌五大门类，以区别于具有实用功能的工艺美术（crafts）。18世纪，德国剧作家莱辛开始使用“造型艺术”（bildende kunst/英语 plastic arts）这个词，指的是绘画、雕塑、建筑和工艺等二维和三维空间形象的艺术，将美术中的文学、音乐和舞蹈等门类排除在外。

② 辞海编辑委员会编纂《辞海》（1999年版缩印本），上海辞书出版社，2000。

解释，其内涵包括五大部分：表演艺术（音乐、舞蹈等）、造型艺术（绘画、雕塑等）、语言艺术（文学等）、综合艺术（戏剧、电影等）、术数技艺（阴阳占候卜筮等）。[①] 可见“艺术”或“艺”的概念中包含造型艺术始于清代。但若说清代之前，中国古人没有造型的概念则不确切。在多数情况下，其被称为“工艺”而非“艺术”。如唐天宝时人封演《封氏闻见记》中“国画”条目有言曰：“凡此数公，皆负当时才名，而兼擅工艺。”[②] 又《魏书》曰：“或谓少游本非人士，又少游微因工艺自达，是以公私人望不至相重。”[③] 这里的“工艺”就是造物工艺。《新唐书·阎立德传》亦曰：“父毗，为隋殿内少监，本以工艺进，故立德与弟立本皆机巧有思。”[④] 此处的工艺特指绘画艺术。事实上，情况或许更为复杂。中国古人思维的跳跃性、灵活性，造成词语概念的飘忽不定。如《太平御览》专有“工艺”一类，其包括射、书、数、画、围棋、博、角抵、蹴鞠等 25 类。而工艺造物却不在其中，而是与“工艺”并列，分列于“器物”“服用”“车部”“兵部”等各类之中。虽然如此，但就六朝所处中古时期的主流观念而言，“工艺”一词可以指代今天所谓的造型艺术。但“工艺”一词在今天的概念范围却缩小了，仅指器物制作。参照上文《辞海》对“艺术”概念内涵的划分，其中“造型艺术”其实也可称为“空间艺术”，指依存于空间而产生于有形世界的艺术。由于与时间艺术相对，空间（造型）艺术又被称为静的艺术（造物者、接受者与所造之物主要通过视觉、触觉等方式交流）。造型艺术一般分为四类：建筑、绘画、雕塑与工艺。为区别于工艺，前三类又被合称为美术。[⑤]

---

① 当然，我国“艺”或“艺术”的概念还包括“人文学术”等精神性技艺。“艺”的解释中甚至偶有音乐演奏等表演性艺术。如《礼记·乐记》曰“是故德成而上，艺成而下”，唐人孔颖达疏为“艺成而下者，言乐师、商祝之等艺术成就而在下也”。这里乐师掌握的演奏等精神性技能也在“艺”的概念门类中。

② 此处“工艺”一词或有绘画及工艺造物等含义。

③（北齐）魏收：《魏书》，中华书局，1974，第 1970~1971 页。

④（宋）欧阳修、（宋）宋祁：《新唐书》，中华书局，1975，第 3941 页。

⑤〔日〕柳宗悦：《工艺文化》，徐艺乙译，轻工业出版社，1991，第 9 页。

被称为“美术”是指造型艺术中审美性强于实用性的艺术领域，绘画与雕塑尤其如此。当然，这是学界为研究的需要而进行的划分、界定。通过对“艺”“艺术”“工艺”等概念的源流梳理、概念厘清，我们发现：第一，六朝所处的中古时期[①]，“艺”或“艺术”的概念内涵较为宽泛。“艺”是物质生产技能与精神性技能的总称。而“艺术”亦是技能（偏向于阴阳占卜等术数）或人文学术的总称。客观而言，它们的内涵在绝大多数情况下并未指涉今天的造型艺术。第二，中古时期的“工艺”“技艺”等概念的内涵接近于今天所谓的“艺术”（造型艺术、表演艺术等），所以六朝时期“艺”的概念完全没有造型艺术之意的观点，不够确切，值得斟酌。第三，六朝或中古所说的“工艺”范围要大于今天的工艺概念，大致相当于造型艺术，包括绘画、雕塑、制器、建筑，[②] 因为建筑规模宏大，内汇集诸多器物，视域空间较广泛，相较于前三类，其与吟咏独立中心物象的咏物诗存在较大差距，所以，其仅作为本研究的参考对象而非主要研究对象，因此，本研究重点关注的是六朝的“工艺”，包括绘画、雕塑、制器。

某种程度上说，“艺”可以归纳为一种认知主体将其主观愿望、意志付诸实施而产生的行为现象。如陈良运先生曾释“艺”为：

> “艺”的本质意义，就是人们有意识地从事各种物质的和精神的创造，在创造过程中有某种特殊的行为表现，如原始人用天然的石头制造打猎的器具，他要把石头打磨一番，使之呈现各种几何图形，并有熠熠光泽，他便发生了有工艺性质的行为。[③]

---

① “中古”的概念一般指魏晋、南北朝、隋唐时期，参看刘师培、王瑶的《中古文学史论》等文献。

② 其由工艺与美术两部分组成。机械工艺由于是后来时代的产物，所以不在其中。可参见〔日〕柳宗悦《工艺文化》，徐艺乙译，轻工业出版社，1991，第 12~13 页。

③ 陈良运：《文质彬彬》（上），百花洲文艺出版社，2009，第 4 页。

当然，陈先生此处举原始人制作石器工具及打磨行为属于造型艺术的一个分支。制器工艺如此，其他造物艺术亦然。六朝时期，文学的地位要远高于当世的“工艺”。但文与艺本质上都是艺术现象，在精神性技能方面，可以相通，尤其是蕴含于六朝文学与工艺现象背后的设计思想。因此，本研究的对象包括“艺”和“文”及二者蕴含的设计思想。“艺”是六朝的“工艺”（包括绘画、雕塑、制器）及其设计观念，而“文”主要指六朝时段内[①]咏物文学（主要是诗、赋两方面）及其创作思想。

东汉崔寔《政论》有“作使百工，及从民市，辄设计加以诱来之，器成之后，更不与直”，[②] 李立新先生认为，“这里的‘设计’本意有设下计谋之意，虽不是专指造物制器，但词语概念在不同的历史时期是会转换的”。[③] 我们赞同李立新先生的意见，“设计”一词中国自古有之，其造物制器的含义亦已形成。本研究所谓的“设计”是指六朝创作主体带有“设计意识”的造物或文学创作活动，[④] “是按着预见的‘形式’去制作的，这种自觉地采取某一种形式实际上就具有了‘设计’的意识”。[⑤]

无论是六朝的造物艺术，还是与之参照的咏物文学，二者指向的客观对象所表现出的审美趣味是可互通的。而这种设计思想必须依附于客观对象（所造之物与其原材质等），因此，客观对象的组成是颇为复杂的。关于这个部分的探讨，无法绕开“心物关系”问题。若探讨“心物交融”，那“物”的内涵就需要厘清。

---

① “六朝”概念的依据可参见曹旭《六朝文学研究谈》，《人民政协报》2007 年 2 月 12 日，第 C02 版。

② 董治安主编《两汉全书》（第二十二册），山东大学出版社，2009，第 12871 页。

③ 李立新：《中国设计学源流辩》，《南京艺术学院学报》（美术与设计版）2016 年第 2 期，第 1~4 页。

④ 这种设计意识体现出的“目的性、预见性、自觉性和规则性”是人类创造活动的最本质的特征。可参见李立新《中国设计学源流辩》，《南京艺术学院学报》（美术与设计版）2016 年第 2 期，第 1~4 页。

⑤ 李立新：《中国设计艺术史论》，人民出版社，2011，第 32 页。

第二节　对“物”的追问

六朝咏物文学以某类“物”为描绘的中心，咏物作品中也几乎全篇都围绕这个中心物象，故《文心雕龙·物色》曰：“岁有其物，物有其容；情以物迁，辞以情发。”① 文学创作过程中的三要素（物、情、辞）中，“物”占有重要的地位（“情”与“辞”指代创作主体与“物”的互动、产出），六朝时期的造物艺术则更是以自然物为原材料，通过程序式的设计、制作，使之质变为工具之物或艺术品。而造物活动本身就是作为客观对象之“物”与设计主体（工匠、文人群体）互动的过程。既然“物”在造物活动中如此重要，那我们就不得不讨论“物是什么”这个问题了。

一　中国古代学者对“物”的理解

先秦典籍中，若按时间推算，以《尚书》《周易》等文献产生的年代较早。其文本中“物”的含义较为宽泛，一般指周围客观的万事万物。如：

> 方以类聚，物以群分，吉凶生矣。②

> 凡有貌像声色者，皆物也。③

其实，自甲骨文开始，“物”就有汇集杂糅事物之意。“物”在甲骨文中字形是“勿”，经传多借“物”为之。“勿”，从甲骨文看，是用耒翻土看土质，有“色”的意思，后来借为否定词。《左传》：

① （南朝梁）刘勰著，范文澜注《文心雕龙注》，人民文学出版社，1958，第 693 页。

② 黄寿祺、张善文译注《周易译注》（新修订本），上海古籍出版社，2018，第 688 页。

③ （战国）列御寇：《列子》，中华书局，1985，第 8 页。

“物土之宜，而布其列。”物土即相土色。郑司农（一般指郑众）注《周礼·草人》：“以物地，占其形色为之种”，物训色则自非一色，引申为杂。因此，“物”是世间万事万物的通谓，故《易·系辞上》：“方以类聚，物以群分。”[①] 此为互文，如“方以类聚”又作“物以类聚”，指世间事物依据性质分类聚合，并杂糅存在。这种以“和而不同”方式存在于世间之物，“事”并不排除在外。《玉篇·牛部》就说：“物，事也。”很明显，“物”的范围包括“事”。

除了世间所有事物这种宽泛的通称外，“物”的概念还可以具体指涉杂色牛、杂帛、杂色旗、杂色等。关于这些训释，汉代许慎《说文解字》与清人王国维《释物篇》二家的解释较具有代表性。许慎《说文解字》曰：“万物也。牛为大物，天地之数，起于牵牛，故从牛，勿声。”清人段玉裁《说文解字注》进一步解释道：

> 万物也，牛为大物。牛为物之大者，故物从牛。与半同意。天地之数起于牵牛。戴先生《原象》曰：“周人以斗、牵牛为纪首，命曰星纪。自周而上，日月之行不起于斗、牵牛也。”按许说物从牛之故，又广其义如此。故从牛，勿声。[②]

许慎认为，物是一个形声字，其本义就是万物，即客观存在的物体。他认为牛是个头大的动物，可为万物的代表。人们由牛联想并推及世间万物。或是显示自己的严谨与博学，许慎又提及了“天地之数，起于牵牛”，这又涉及了星象学等知识。段玉裁引用《原象》的解释，并陈述了这样一个观点：日月天体运转起于牵牛星，天体运转从牵牛星左转，止于北斗星。日月起于此，则天地间一切术数皆起于此。所以，天地万物都可从牛开始生发。

① 黄寿祺、张善文译注《周易译注》（新修订本），上海古籍出版社，2018，第688页。

② （清）段玉裁：《说文解字注》，上海古籍出版社，1981，第53页。

相较而言，王国维的说法较可信。王氏《释物篇》云：“古者谓杂帛为物，盖由物本杂色牛之名，后推之以名杂帛。《诗经·小雅》曰：‘三十维物，尔牲则具。’《传》云：‘异毛色者三十也。’实则‘三十维物’与‘三百维群，九十其犉’句法正同，谓杂色牛三十也。由杂色牛之名，因之以名杂帛，更因以名万有不齐之庶物，斯文字引申之通例也。”[①] 王氏提出的杂帛之训，在先秦以后的古籍中可找到不少例证。如《周礼·司常》“杂帛为物”；《仪礼·乡射礼》“旌各以其物”，《注》曰“杂帛为物，大夫所建也”；《释名·释兵》“杂帛为物，以杂色缀其边为燕尾，将帅所建，象物杂色也”。杂帛是接近物字本义“杂色牛”的训释。而许氏《说文解字》将物字训为万物。王国维虽并不否认物有万物之训，但他只是以之为引申义。其逻辑线索为：从本义杂色牛，推为杂帛，后引申为万有不齐之庶物。这里就有一个由动物到人造物至于各色庶物统称演进的过程。

相较于善于逻辑思辨的西方学术，中国古代的文艺理论体系仍不够严密与完备。“物”与中国古代文艺理论其他的概念一样，“既没有确定的涵义，也没有一致的用法”。[②] 王元化曾对此有过总结。其文曰：

> 就物这个字来说，据《经籍篡诂》所辑先秦至唐代的训释，共得五十余例。如果撇开其中意义相近以及物与他字组成一词者外，亦有二十余例。这些训释，分歧很大，有的甚至意义相反。如：同一物字，可训为“览”（见《易象上传》“称物平施”和《系辞上传》“备物致用”虞注），又可训为“坤”（见《系辞上传》“神作成物”荀注）。但一般通用的解释，则多把物训为“杂帛也”、“万物也”、“事也”、“器也”、“外境也”。[③]

① 王国维：《观堂集林》，中华书局，1959，第287页。

② 袁行霈：《中国诗歌艺术研究》（增订本），北京大学出版社，1996，第50页。

③ 王元化：《王元化集》（第4册），湖北教育出版社，2007，第89页。

因为完备、统一的文艺理论体系始终未能建构，所以“物”的内涵也不曾固定与统一，存在一定范围内相似却又言人人殊的情况。如先唐虽已有学者认识到“物”因其客观实在性与“事”本质不同，但其后仍会有物与事不分的说法。面对这种状况，我们只能寻绎最早对“物”内涵进行辨析、区分的时期。比如我们至少需弄清“物”与“事”概念上出现区分是在何时，六朝“艺”“文”设计者是如何看待“物”这个概念的。我们从三国时期的吴人杨泉所作的《物理论》[①] 中可管窥六朝人对“物”之为“物”的哲学内涵。杨泉《物理论》说:“皓天，元气也，皓然而已，无它物焉。”由此可知，天地间看得见、摸得着、听得到的“物”本质上都是气的外化。天上的星辰、风云雷电自然包括在内——“星者，元气之英”，“气发而生，精华上浮，宛转随流，名之曰天河，一曰云汉，众星出焉”;[②] 又“风者，阴阳乱气激”，而“风，清热之气，散为电”。对于人，杨泉《物理论》又曰“人含气而生，精尽而死”。除了天象、动植物、人工器物外，杨泉还将其他一些具体可感的物也都纳入。任继愈对杨泉《物理论》这段话评述道:“石，气之核也;土比石较疏松，他说气‘游浊为土’;水也是一种气，只比土之气更为疏松。”[③] 由此可见，所有可视、可听、可触及的具体实在之物——包括器物、天象和人在内的动植物，都被六朝人视为本质于“气”的“物”，至少在哲学层面上这是有所据的。而抽象、虚无的事件、物名等则不在此列。从六朝文人日常运用中，我们也找到一些他们对“物”的理解的线索。六朝的许多文献就认为人和其他动植物一样，本质都源于气。《三国志·魏书·文帝纪》裴松之注:“日月所照，戴天履地含气有生之类，

① 清代学者孙星衍从《意林》和《太平御览》的引文中，辑出《物理论》的佚文成为《物理论》的辑本，本文所引《物理论》文本皆出于此本。

② (三国吴)杨泉撰，(清)孙星衍辑《物理论》，商务印书馆，1939。

③ 任继愈:《中国哲学史》(第二册)，人民出版社，1963，第208页。

靡不被服清风。”[①] 又魏曹丕《典论·周成汉昭论》曰：“余以为周成王体上圣之休气。”魏刘劭《人物志·九征》亦曰：“凡有血气者，莫不含元一以为质，禀阴阳以立性，体五行而著形。”[②] 魏人刘劭显然认为人与其他动物本质上是相同的，都是有血气者，且“禀阴阳以立性”[③] 中的阴阳专指“阴阳二气”。而东晋陶潜的《饮酒》诗之九更有：“深感父老言，禀气寡所谐。”因此，六朝诗人认为，包括人在内的万物存在的基础应就是元气或精气。另外，张华的《博物志》所收就包含人物与动植物、器物等小类，可见张华认为人物与动植物、器物等都包含在“物”的内涵内。综上可知，六朝人观念中，人和其他“物”没什么不同，本质上都是由元气构成的。这自然会影响六朝诗人的潜意识，使他们将“物化的人”纳入其“物”的狭义内涵。

风云月露等天象是否在六朝文人的日常理解中也被视为“物”呢？齐梁时期，已出现当时的人将天象视为“物”的依据。这一观念从他们对一些文学问题做出阐释时可以察觉到。梁代的昭明太子萧统就说：“若其纪一事，咏一物，风云草木之兴，鱼虫禽兽之流，推而广之，不可胜载矣。”其中，风云等天象和草木虫鱼等动植物在诗人眼中似乎已没什么不同。而同处齐梁时期的刘勰在《文心雕龙·物色》中也说：“岁有其物，物有其容；情以物迁，辞以情发。一叶且或迎意，虫声有足引心。况清风与明月同夜，白日与春林共朝哉。”[④]《文心雕龙·物色》是刘勰景物描写的专篇论文，其中绿叶、虫声、清风、明月、白日、春林都是构成美景的“物”。它们的关系是并列的，在作者眼中都是构成景色的一部分。因此，至迟在齐梁时期，包括风云日月等天象都已被当时的文人在潜意识中接受为“物”的一部分。

---

① （晋）陈寿：《三国志》，中华书局，1982，第 69 页。

② （三国魏）刘劭撰，王晓毅译注《人物志译注》，中华书局，2019，第 12 页。

③ （三国魏）刘劭撰，王晓毅译注《人物志译注》，中华书局，2019，第 12 页。

④ （南朝梁）刘勰著，范文澜注《文心雕龙注》，人民文学出版社，1958，第 693 页。

二 西方学者对物的追问

相对于中国学者，西方学者对“物”的探索则更倾向于理论与逻辑层面的建构。正如海德格尔所言：“‘物（Ding）是什么？’这个问题已经非常古老了，但只因它必然一再要被问及，所以本身始终是一个新问题。”① 在海德格尔之前，对于物的解释可以概括为以下几种。

第一种解释认为，物是其特征的载体。比如说人们通过颜色、硬度、明暗、质感等特征来识别被称为石头的“物”，所以，使石头成为石头是其各种特征的聚集所致。第二种解释认为物是感性之物，即通过感觉，物是可以被感知的东西。第三种解释由亚里士多德而来，认为物是质料和形式结构的统一，人获得物的概念是通过形式和质料的结合，不管是对于自然物还是用具物的理解都源于此。这三种解释都存在缺陷。第一种物的观念过于依赖感官的观念，其实表明了希腊人早期对于在场状态的基本经验。第二种观念使物被置于认知观念之下，成了迎合主体认知能力之物。第三种观念带来了一个后果——本源和形式的混淆（谁才是存在本身?）。这导致人们将物的本质理解为技术性的，物存在本身反被遗忘。在此基础上，海德格尔依据“物”概念涵盖的范围由狭窄至于宽泛依次分为三类。

> 1. 在现成的东西意义上的物：石头、一块木头、火钳、钟表、一个苹果、一块面包；无生命的和有生命的物：玫瑰花、灌木丛、书、圣诞树、壁虎、马蜂……
>
> 2. 前面提到的那种意义上的物，而这里是指计划、决定、思考、观念、事业、历史的东西……

① 〔德〕马丁·海德格尔：《物的追问》，赵卫国译，上海译文出版社，2016，第1页。

> 3. 所有这些或其他随便什么东西，而只要不是虚无的东西。[①]

与中国古人相同，海德格尔也认同“物”客观实在性的重要。“我们在‘物是什么?’这个问题上坚持第一种含义；而且不仅仅是为了接近语言习惯，而是因为关于物的问题，那种在比较宽泛或最宽泛的意义上的理解，在大多数情况下也指向这种较狭窄的含义并首先从这种含义出发。”[②] 不同之处在于中国古人并未对此做理论上的论述，但西方学者并不满足于此，而是从自然科学、日常或科学的关于物的经验、作为物之规定的时间和空间、陈述与理性等不同角度论证、完善“物”的概念界定所需的先行条件。海德格尔重点回顾并分析了康德对“物是什么”的追问，得出以下结论。

> 康德对于物的追问，问及了直观和思维，问及了经验及其原理，即问及了人。“物是什么”的问题就是“人是谁”的问题，这并不是说，物成了人的拙劣创造物，相反它意味着：人被理解为那种总已经越向了物的东西，以至于这种跳越只有通过与物照面的方式才得以可能，而物恰恰通过它们回送到我们本身或我们外部的方式而保持着自身。在康德追问物的过程中展开了介于物和人之间的一个维度：它越向物并返回到人。[③]

可见，海德格尔时期的西方学者从物性角度进行分析，将“物”置入人的生存世界，将物还原成人在世界中的一种存在方式。对比于古希腊学者从物的外部世界探讨“物”概念，近代研究者才开始从主

---

① 〔德〕马丁·海德格尔：《物的追问》，赵卫国译，上海译文出版社，2016，第6页。
② 〔德〕马丁·海德格尔：《物的追问》，赵卫国译，上海译文出版社，2016，第6页。
③ 〔德〕马丁·海德格尔：《物的追问》，赵卫国译，上海译文出版社，2016，第6页。

体自身生成过程来分析、理解“物”。但海德格尔之前对物探究的历史，大多把物视为供人感知与分析的对象，从对其认识和改造中获取关于物的知识。这些使得人与物疏远并对立，“物”之本性也因之始终隐而不显。总之，西方学者对“物”是什么的探讨倾向于理论体系的构建与论证的逻辑严密。我们仍以海德格尔的理论为主，继续探究“物”的本质、分类及组成部分等问题。

三 物的本质、分类及组成部分

“物”的本质是什么？所谓“物”的本质，或就是物何以为物之可能。我们认为，海德格尔通过对“壶的本质”的追问，推导出“物乃是天地神人四方之聚集”的观点颇有启发性，具体而言如下。

所谓“天”是指“日月运行、群星闪烁、季节轮换，天是昼之光明和隐晦，是夜之暗沉和启明，是白云的飘忽和苍穹的湛蓝深远”。[①] 天空的真正含义是一种敞开与无蔽的状态，作为自行开启者而存在。我们以为，因为敞开和无蔽的状态，造物艺术与文学才能进展和更新。“天”就造物艺术而言，在时代发展的洪流中，随着思想不断演变、科技变革，造物观念也获得了更新，这些对造物艺术的提升都有重要的影响，如造物主体对所造之物的需求由实用性至于审美性，从能够使用到追求舒适等。又如每个时代的审美标准也不相同，这与当世贵族或士人群体思想的演变有一定的关系。魏晋时期，儒教对士人群体思想的控制力减弱，玄学思潮兴盛。这使得咏物文学与造物艺术领域亦盛行清瘦隐秀的审美情趣。相较而言，大地就是存在者的居所，它有保守、封闭的属性。任何变动不居，都需要暂时的稳固。敞开与无蔽的状态需要与承载者互动共存。大地是一切的地基，这种地基不仅是空间，也隐喻了存在的根本——物质性与固定性。我们可以将造物艺术中相对固定的质料、形式、纹饰、造型、程式列入

① 〔德〕马丁·海德格尔：《海德格尔选集》，孙周兴选编，上海三联书店，1996，第1193页。

“大地”含义之中。因为质料等物是较为固定的，虽从历时角度看会发生变化，但实质上演变的轨迹是很缓慢的，在一定的时空之内呈现稳定的形态。[①] 诸神代表着信仰、敬畏。作为物的本质的一个部分，神性渊源于早期先民“万物有灵”“天人合一”等自然崇拜观念。先民对于自然界由茫然不知所措至于畏惧终于崇拜，这使得造物活动与所造之物充满了宗教色彩。巫术意识和巫术文化曾主导着人类的生产和生活。原始人类的生产制作活动以巫术意识主导，为了求得神灵的保佑和获得超自然的力量，就形成了祈祷、诅咒、歌舞表演、绘画和雕塑等巫术仪式。原始文化中最具有代表性的建筑和器物都不是直接为了满足生产、生活需要，而首先是献给神灵、祈求于神灵的，以巫术信仰为中介才能满足自身需要。这样，原始生产制作的产品就成为神灵的赐予或巫术灵通的体现。周代与两汉的礼器、墓葬同样存有神性的光芒。只不过由巫术为主导转变为儒教为主导的精神性特质。中国的礼乐文化中，礼器就具有伦理意义，“礼器，是故大备；大备，盛德也”。[②] 其实，四元中的神“是通过对神性隐而不显的运作，神显现而成其本质。诸神是神性暗示的使者，神不是人借以逃避存在的庇护所，而是将人引向存在自身的本质”。[③] 也就是说，神是指存在的显现，是一种澄明。海德格尔将对物本质的追求从人与物的对立引入对话。其对物本质的思考离不开主体自身。因此，他的意思是物本质中的神性或宗教性并不是脱离人性而独立存在的，人们的信仰与敬畏之心也是所造之物本质的组成部分。最后，终有一死者则是指人类。海德格尔将“人”在四元维度中定位为既是索取者，又是守护

① 日本美学家今道友信曾讲：“作为历史的存在，每个人都具有受到民族和地域的历史所限定的侧面。在往昔交通不便的时代，风土的限定曾经决定着艺术的种类。……甚至某个民族栖息于什么样的土地上这样一种物质性的事实，都将规定着那个民族的艺术方向。”〔日〕今道友信：《东方的美学》，蒋寅等译，生活·读书·新知三联书店，1991，第144~145页。

② （清）阮元校刻《十三经注疏》，中华书局，1980，第1430页。

③ 〔德〕马丁·海德格尔：《海德格尔选集》，孙周兴选编，上海三联书店，1996，第1179页。

者。称其为索取者是指造物活动最基本的功能属性就是满足人们生存和生活的需要。而后，实用性方面也越发追求上手操作的方便，与生活器皿的舒适度体验。最后，人们的造物活动的目的由物质性需要转向精神性需求，如礼制性（等级制度）、娱乐性（豪奢）等。

“人”被视为四元维度守护者的原因主要有以下几点。首先，人既是造物者，也是所造之物的使用者。其次，造物技艺的提高，离不开人。人本主义本身就是造物艺术提高的不竭动力。再次，四元维度中，只有人具备主观意识，将四者召唤聚集于物中。最后，人终有一死，“物”也因之得以变革，造物活动也得以不断发展，正如每个时代的审美趣味和物质需求也随着一代代人的相继离开而不断更新。“死亡乃是无之盛殿，无在所有角度看都不是某种单纯的存在者，但它依然现身出场，甚至作为存在本身之神秘而现身出场。作为无之圣殿，死亡庇护存在之质现身于自身内。作为无之盛殿，死亡乃是存在的庇所。”①当然，由于时空所限，物性并非时刻都展现。天、地、神、人四元维度分散于四周，只有当人所造之物物化时，天、地、神、人四者才会聚集于物之中，物性也就得到显现。关于这点，海德格尔曾以“壶”为例，认为壶倾倒之时才实现天、地、神、人四方聚集。此处不再赘述。

再分析一下“物”的分类。上文界定“物”的概念时，已有述及“物”的分类。海德格尔在《物的追问》中就考察过“物”的范围，并依此将“物”的范围划分为三个层面：现成的东西、作为事件的物、最广义的物。但这三者间并非壁垒森严，而是存在包含与被包含的关系。就造物艺术而言，海德格尔在《艺术作品的本源》中提出的三种审视物的尺度更值得注意。其将物分为三类：纯然的物（原料）、器具之物、艺术之物。这三类物中，纯然的物是人们所造之物的质料。器具之物与艺术之物合成人造物，即所谓满足人本需求的器

① 〔德〕马丁·海德格尔：《海德格尔选集》，孙周兴选编，上海三联书店，1996，第1179页。

物。自然物是符合自然物性、未经过人制造之物。工具，就是技术之物。器具之物为生产工具或生活器皿。需注意的是，自然物也有作为工具的时候。比如雨是自然物，它发挥灌溉的作用时，就具有工具性了。这样自然物衍生出了两个分类：自然物本身以及作为有工具之用的自然物。器具则又包含作为工具的自然物。我们再分析纯然的自然物、器具之物与艺术之物三者的相互关系。第一，与自然物不同的是，工具和艺术品都是受造物，为人工制造。工具、艺术品都是以自然物性为根据，自然物在这个意义上具有建基的性质，是人工器具的原材料。第二，人与三者交流互动的方式不同。工具因为其实用性总在生产、生活的操作中与人交流。第三，造物者与工具器物以实用性为目的的交流有可能因操劳走向沉沦。艺术品既需要劳动，又不同于器物工具，不会因操劳而导致沉沦。工具器物追求的方向是实用性与舒适体验，艺术之物则是以审美为设计的主旨。第四，绝大多数人造物的设计主旨是制作之前已经确定的，造物者对所造之物的功能性有清晰的认知。因此，工具或生活器皿绝大多数都不可能按艺术审美的标准制作，也因之无法成为艺术品。当然，少数出土的器皿制作年代久远，其因文物价值也可被后人视为艺术品，但这种情况并非造物者的本意，其价值在于历史文物属性而非审美属性。

那么，人工所造之物中的哪些组成部分是造物者或咏物诗赋作家所着力表现的呢？我们认为依据关注程度依次排列为：人造器物的功能——质料——形式特征——艺术的风格与传统——造物主体——物名，现详述如下。

第一，用途是人工造物活动的首要考虑因素。生产与生活是多方位与多层面的。因此，适应生活需要的器具也是多种类的。为生产活动而制作的有用于耕种、渔猎、采摘、缝制等的工具。目的不同，人们便制作出不同的工具。生活工具也是如此。依据衣、食、住、行等不同需求，所造之物的用途也不尽相同，这都影响了“造物”。以载物的容器为例，其可以分为：盆、觥、鬲、鼎、缶……这些都是依据其盛水、盛酒、炊具、盛食物等功能的不同而制作出来的。服饰方面也因穿的、戴的、装饰的不同而有衣、裙、裤、袍、发簪、钗、耳环、玳瑁、玉佩等。另外，环境不一，服饰的功能也各异：夏天与冬天穿戴的服饰不同，雨天和晴天的又有区别，朝堂之上和江湖之远的穿戴亦不一样。因此，依据功能的各异，目类还可以分得更加细致。关于物的用途（功能性）需注意两点：一方面，普通民众生产、生活中的“物”在功能上的预定是基础性的“用”。例如容器材质过于脆弱或浅薄则失去了一半的功能，一旦有了裂口则失去了全部价值。普通民众的工具之物追求的就是不能出现上述情况，要维持最基本的用。而贵族阶层则可能会在用途方面追求舒适度的体验。这种对舒适度体验的追求也会体现在时代发展进程中，技艺进步推动民众对“用”标准的提高。另一方面，造物活动的功能性分为体与用两部分。体就是器物的最基本用途，而用则是使用人群对器物使用感觉（舒适、便利、奢华等体验）的更高追求。

第二，质料也就是所造之物的原材料。人造物的功能性很大程度上取决于其原材料，材料或是器物的基础。器物的用途与外观其实在造物之初已经根据原材料构思了大致的雏形。受地理因素影响，不同地域的材质并不相同。这表现在两方面：一方面，不同的原材料分布于不同的地域，被称为当地的特产。另一方面，即便同一种质料，生长于不同地域环境下，其形态内质都会有很大的区别。《晏子春秋》有言：“橘生淮南则为橘，生于淮北则为枳，叶徒相似，其实味不同。所以然者何？水土异也。”总之，器物的质地和与之相关的物有密切关系。土地产出原料，材料又决定了器物，不同质地的材料所造出的器物肯定服务于不同的功能需求，如坚硬的铁与柔软的银在用途上是不同的。暖性的毛与凉性的麻能够适合于不同节气的穿着。原材料的特性和质量却能直接关系到器物的功能，不合适的材料会影响器物功能的发挥。使用不同质料会带给所制器物不同的功能性和使用体验感。先唐时期，所造之物包括石器、陶器、青铜器、铁器、漆器等。而瓷器在六朝造物活动中兴盛，最具代表性。

第三，形式特征主要是指器物的造型和纹饰等外部形式的艺术表现。人造物的外部形式有的简略省净，有的却表现出豪奢华丽。首先，器物的造型是指“创造出来的物体的形象，也作造形”。[①] 本书所谓造型就是指器物的外在形态，其相对于器物的色彩、纹饰等细部装饰而言，以六朝器物的造型为例，大致可以分为四类：第一类，不少器物是以动物为形态，生活用具如鸡首壶、羊首壶、青瓷虎头罐、青瓷鸡头重沿罐、青瓷蛙形水注等。而丧葬用具的形态则是取材于神话虚构的神兽，如石麒麟、石辟邪、青瓷镇墓兽、龙凤等。第二类是人物形象的造型。这种造型大多为丧葬用具，被称为“俑”，如秦始皇兵马俑中的陶男俑、陶女俑、石女俑、石男俑、陶胡人俑、陶跪坐男俑、陶持盾男俑、瓷男俑。还有一些人物造型也出现在丧葬中，其性质类似于俑，如褐釉孝子送葬陶魂瓶、青瓷堆塑人物楼阙魂瓶、竹林七贤和荣子期的壁画像等。第三类是受到宗教文化的影响，六朝出现了许多佛、菩萨法身形象的雕塑。著名的有云冈石窟、龙门石窟中的佛或菩萨形象的雕塑。仿生形象的器物造型并非器物造型的原生形态，器物造型绝大部分并未融入动植物或神佛等形象，其主要是依据人体使用的原理，以古朴简洁的器物形象造型示人。这类器物的造型所占比例最高，属于第四类器物造型。器物的造型塑造了物的整体轮廓并给欣赏者以直观视觉的感受。而纹饰则是在细节方面增添了器物的色彩，展现了造物或繁缛或清秀的风格。就纹饰方面而言，器物最早出现的纹饰应该是动物纹，确切地说是神话中动物的纹饰。如饕餮纹和夔龙纹，其主要出现在商周的青铜器上。神兽的纹饰贯穿于整个

① 中国社会科学院语言研究所词典编辑室编《现代汉语词典》（第5版），商务印书馆，2005，第1701页。

先唐时期，汉代较有特色的数四神纹（青龙、白虎、朱雀、玄武四种形象的纹饰），六朝器物仍保存了这样的传统，常见的纹饰有神兽纹、夔凤纹、龙凤纹。六朝时期，自然“物”独立审美价值的发现、文士群体对山水的兴趣大增，以及佛教文化的传播，这些都使得莲花纹、忍冬纹等植物纹饰也进入器物的装饰之中。另外，人物形象也见于六朝器物中，如人面纹瓦当等。

第四，器物体现出的艺术风格与传统往往也是造物者着力表现之处。器物所蕴含的技艺风格源于造物者，或者说器物蕴含的艺术传统可能积累了几代造物者的智慧与造物经验。艺术传统可视为规章程序，汇集了数代造物者对艺术的理解和经验法则，只有遵循传统的造物者才能安全地生产、制作器物。器物制作的程序、步骤是传统程式在器物上的表现。造物的传统程式可以保证器物的功能性与审美性，因为每类器物的制作都有固定的程式，造物活动才不至于出现偏差，任何个人意识的创造性发挥都必须以经过时间检验的传统程式为基础。但正因如此，造物的传统程式压制了个人意识，使得所造器物长远而言变得缺乏生机与创新。器物的制作程式塑造了“物”的型，却也使得此物深受形式主义之害并丧失了生命力。这是传统造物程式的两面性，但总体上看这种造物程式还是有贡献的，利大于弊。它保护了造物活动按轨迹正常发展、进步。任何个人（即便是统治者）无法随意改变“物”的形式和内质，除非在功能性方面获得了绝大多数工匠的认可，这时候造物艺术的创新或技艺的提高就产生了。

第五，物名也是“一物”结构中的组成部分。物之名又称为“属人之物”，由物与主体认知发生关联所产生。先秦诸子曾对物的名实问题有过深入的探讨，如墨家的《墨子》六篇：《经上》《经下》《经说上》《经说下》《大取》《小取》，又如名家公孙龙的《名实论》与荀子的《正名》等。秦汉时期，进一步对“物”进行声名化，所谓“声名化”就是以声音形式对客观对象物业已认知的部分进行规范制名。魏晋六朝时期，采用忽略视觉、触觉、听觉等方式“得意”，采用淡化形名、声名的方式来丰富属人之物成为士人群体的共识，外在、客观物的形名观也逐渐转向主客融合的物我观念。这种对属人之物的制名化被称为“统物与通物”的结合。其实，先秦至于六朝的造物活动中，物名在器物中的展现方式有以下几种。首先，将此物之名刻在物身之上。这在青铜器盛行的商周时期较为普遍，主要是为了纪念特别的人物与重大的事件。较有代表性者为后母戊大方鼎。又如一些器物由天子赐给有功之臣，器物上则会铸刻功臣的名讳与功绩。当然，严格意义上说，这类器物由人物或事件得名的情况很大程度上是由于后世研究者，而非当世造物者或发起者（权贵）。其次，器物由圣贤所造，其名事实上由世人依其性状所取，记载见于文献中，如伏羲发明的八卦、渔网，女娲作笙、竽，蚩尤作五兵、衣甲等。最后，器物大致定型于前代，圣贤为了追求更优良的性能或更为舒适的体验对原型加以改制，如曹操发明的懒架、曹睿发明的高山冠等。其中，后两类是大多数器物之名的来源形式。

天文、地文终究要以文艺的形式呈现于欣赏者眼前，“艺”“文”设计者之“心”于创作过程中起关键作用。因此，在本节的结尾处，我们分析一下“物”中创作主体所起的作用，也就是心物关系中的“心”。文艺创作方面，对心物关系的理论阐释不得不提刘勰《文心雕龙·物色》。其中，“物”指客观自然物象，而“心”是创作主体，指作家的思想活动。“随物宛转”是以物为主，创作主体的思想活动服从于客体。“与心徘徊”却是用心去驾驭物。刘勰的“心物关系”论述表面看似矛盾，实际上互相补充，相反而相成。艺、文创作过程与其他一切劳动一样，实质包含了主客体之间的对立统一。在创作实践过程中，设计主体不是被动地屈服于自然，而是根据“心”中生发出的艺术构思适当地改造自然，并在自然万物上留下“心”的特征。同时，客观万物对于设计主体也具有能动性，其以自身客观规律约束

“艺”“文”设计者的主观随意性，要求设计主体的想象活动服从于客观真实，从而使设计主体的艺术创造遵循现实逻辑轨道而展开。物我之间的对立贯穿创作过程始终，并发挥各自的作用。仅以心驭物，会流于妄诞；若仅以物为主，就可能陷入奴从、抄袭的泥淖。因此，刘勰所提出“随物宛转”“与心徘徊”并不是物我对峙，而是“艺”“文”设计主体在创作过程中把这两方面的矛盾统一起来——物我交融。《文心雕龙·物色》中“目既往还，心亦吐纳”[①]“情往似赠，兴来如答”[②] 即可认为是这种物我交融、和谐的最高境界。

综上可知，“物”概念的内涵有或广义或狭义之分，或依据情境、语境而取义。事实上，本研究所谓“咏物”与“造物”之“物”的研究范围与对象亦不尽相同。

第三节 研究对象：咏物文学、感物美学及造物艺术

一 咏物文学的研究对象——以咏物诗为中心

就咏物文学创作而言，我们主要研究的范围是六朝时期所有的咏物诗和咏物赋，特别是其中描述主要意象的部分。本节现以咏物诗为中心论述本书“咏物”文学的研究对象。对于什么样的诗歌能被视作咏物诗、哪些具体之物能进入六朝咏物诗的研究范围这些问题的探讨，学界有愈求精确的趋势：从“一物或一事”到“包括自然界的和人造的”再到“自然风物，包括天象、植物、动物以及人工物品和物化的人等物类”，但研究者对研究范围所包含的具体物类仍存分歧。最明显的莫过于“物化的人”是否可以纳入。如于志鹏、赵红菊等就认为物化的人可以纳入，而洪顺隆先生所下定义则曰：“包括自然界

① （南朝梁）刘勰著，范文澜注《文心雕龙注》，人民文学出版社，1958，第695页。
② （南朝梁）刘勰著，范文澜注《文心雕龙注》，人民文学出版社，1958，第695页。

的和人造的”就未明确指出“物化的人”可纳入自然界的“物”中。陈新璋先生《唐宋咏物诗略论》更明言：“除了‘人’以外的客观现实都是物的内容。”[①] 陈先生眼中“物化的人”自然在咏物诗的研究范围之外了。

即便是大多数学者在理论上认同可归入“物”之范畴的天象，也存在实际辨别中对同一首诗，有的学者认为是咏物诗，有的不认可的情况。如南齐谢朓有一首《观朝雨诗》：

> 朔风吹飞雨，萧条江上来。既洒百常观，复集九成台。
> 空濛如薄雾，散漫似轻埃。平明振衣坐，重门犹未开。
> 耳目暂无扰，怀古信悠哉。戢翼希骧首，乘流畏曝鳃。
> 动息无兼遂，歧路多徘徊。方同战胜者，去翦北山莱。[②]

因从“平明振衣坐，重门犹未开”往后都不是直接描写雨，而是表达诗人的一些与雨关系不大的心境，所以是否将其纳入“物”的范畴就易产生分歧。张瑞利《南朝咏物诗研究》所附“南朝咏物诗一览表”就无此诗。[③] 而赵红菊《南朝咏物诗研究》却将其纳入咏物诗：“其他如《咏蒲诗》、《观朝雨诗》等亦有类似的特点。”[④] 另外，针对同一诗人，不同学者对其咏物诗数量的统计也各不相同。如于志鹏《宋前咏物诗发展史》说：“其中今存咏物诗最多的诗人是沈约，36 首；其次是谢朓，18 首。”[⑤] 而高淑平的《中古咏物诗研究》说：“据曹融南《谢宣城集校注》所收，谢朓五言诗 142 首，其中咏物诗

---

① 陈新璋：《唐宋咏物诗略论》，《华南师范大学学报》（社会科学版）1985 年第 4 期，第 71~74 页。

② 逯钦立辑校《先秦汉魏晋南北朝诗》，中华书局，1983，第 1432 页。

③ 张瑞利：《南朝咏物诗研究》，西南大学硕士学位论文，2006，第 23~24 页。

④ 赵红菊：《南朝咏物诗研究》，上海古籍出版社，2009，第 88 页。

⑤ 于志鹏：《宋前咏物诗发展史》，山东人民出版社，2013，第 61 页。

15 首。分别为咏器物 7 首，植物 7 首，动物 1 首。”[①] 据笔者统计，谢朓有 19 首咏物诗在题材和内容上咏物特征明显，争议较少，它们分别是：《蒲生行》《同沈右率诸公赋鼓吹曲名二首·芳树》《同赋杂曲名·秋竹曲》《咏风诗》《咏竹诗》《咏落梅诗》《咏墙北栀子诗》《咏蔷薇诗》《咏蒲诗》《咏兔丝诗》《游东堂咏桐诗》《杂咏三首·镜台》《杂咏三首·灯》《杂咏三首·烛》《同咏乐器·琴》《同咏座上玩器·乌皮隐几》《同咏座上所见一物·席》《咏竹火笼》《咏鸂鶒》。试列举其中一首《游东堂咏桐诗》。

孤桐北窗外，高枝百尺余。叶生既婀娜，叶落更扶疏。

无华复无实，何以赠离居。裁为珪与瑞，足可命参墟。[②]

该诗句句咏桐，即便最后两句——“裁为珪与瑞，足可命参墟”亦是因桐树而发。相较于《观朝雨诗》的大篇幅内容与雨无关，这 19 首咏物诗（包括天象的《咏风诗》）都具备这种主体部分与“物”不疏离的特点。当然从诗题上看，《同沈右率诸公赋鼓吹曲名二首·芳树》《同赋杂曲名·秋竹曲》也不像诗人即物所作。另外，高淑平说“咏器物 7 首，植物 7 首，动物 1 首”，可见《咏风诗》等咏天象的诗在其看来是不属于咏物诗的。

因此，仅谢朓就有《咏邯郸故才人嫁为厮养卒妇》《蒲生行》[③]《同沈右率诸公赋鼓吹曲名二首·芳树》《同赋杂曲名·秋竹曲》《咏风诗》《观朝雨诗》《赛敬亭山庙喜雨诗》《夜听妓诗二首》《阻雪连

① 高淑平：《中古咏物诗研究》，东北师范大学博士学位论文，2011，第 107 页。

② 逯钦立辑校《先秦汉魏晋南北朝诗》，中华书局，1983，第 1452 页。

③ 高淑平认为谢朓咏植物诗是七首，据笔者所知即便因诗题未收入《同沈右率诸公赋鼓吹曲名二首·芳树》《同赋杂曲名·秋竹曲》，谢朓咏植物诗亦有八首，即《蒲生行》《咏竹诗》《咏落梅诗》《咏墙北栀子诗》《咏蔷薇诗》《咏蒲诗》《咏兔丝诗》《游东堂咏桐诗》。似仅有《蒲生行》为乐府诗题，与其他七首不同，因高未明言，暂列于此。

句遥赠和》《祀敬亭山春雨》等众多咏物诗存在争议。如仅从众人都无异议的15首研究谢朓咏物诗，显然不全面，而对其余有争议的作品进行研究也会产生问题——若其不是咏物诗，那建立在它们基础上的研究就与咏物诗毫无关系。

上面谈及学界在咏物诗界定方面的分歧，足见要得出令人信服的观点的确不易。因此，我们在对咏物诗概念做界定时应避免出现不够严谨或前后矛盾的状况。

洪顺隆先生的界定承前启后，被后辈学者称为“最为通达、恰当”。[①] 其继承和发扬了清代学者提出的“一物命题”和“主于刻画一物”观点，也深刻影响了学界。然亦有未暇顾及之处，如洪先生提出的“一篇之中，主旨在于吟咏物的个体”或赵红菊所说的“必须以一物为吟咏对象”的定义似都可更加严谨些，以免出现漏收的情况。从一些经典咏物诗的题目来看，其要吟咏的独立物就不是“个体”而是一个“整体”，如曹植《双鹤俱遨游》、郑丰《鸳鸯六章》、鲍照《咏双燕诗二首》、吴迈远《飞来双白鹄》、萧道成《群鹤咏》、刘孝绰《咏百舌诗》、萧绎《飞来双白鹤》等。有些咏物诗从题目不能明显看出，其内容主体也不是表达个体的物而是群体，如何晏《言志诗（其一）》、鲍照《赠故人马子乔诗六首》（双剑将别离）、沈约《咏湖中雁诗》等。另外，如以星、风、雨、雪等天象为中心意象，显然也是以铺天盖地的群体作为一个整体做出描摹的，如曹毗《霖雨诗》、范泰《咏雪诗》、谢朓《咏风诗》等。

因此，“以一物命题”的“一物”应明确界定为“一种物类”而不是个体的物，是在同一语境下形成的中心物象。此中心物象包含的数量可以是一个、两个，也可以是一群。

还有一个问题是“咏物诗可以借物抒情、言志，但仍以吟咏物的

① 赵红菊：《南朝咏物诗研究》，上海古籍出版社，2009，第26页。

个体为主旨”[①] 的说法亦存商榷的余地。因为所谓创作主旨应是指诗人创作咏物诗的目的，根据创作实际分析，抒情言志与就物赋物和追求形式美一样都可以是六朝咏物诗人的创作主旨。即便在赋物和追求形式美最为风行的齐梁时期，以抒情言志为创作主旨的咏物诗仍有不少。不用说萧道成《群鹤咏》、吴均《赠王桂阳诗》、萧正德《咏竹火笼诗》、沈约《咏菰诗》等有文献能证明其创作主旨为抒情言志的咏物诗，即便是那些兴浮寄弱的咏物诗，它们的创作主旨也大多不是描摹物象。如萧纲的《夜望单飞雁诗》“天霜河白夜星稀，一雁声嘶何处归？早知半路应相失，不如从来本独飞”，作者创作主旨显然不是就物赋物而是别有寄托。齐梁咏物诗尚且如此，更不用说在这之前那些以感物吟志为主旨的比体咏物诗。另外，诗歌的创作主体“必须尽全力描写物象”[②] 与“它们（具体的物）或为诗歌的题目，或为诗歌创作的主体”[③] 也不够妥当。我们应考察当世咏物诗人的创作实际，以此作为咏物诗义界的理论依据。

首先，以诗题作为判断是否为咏物诗的标准显然会漏选许多以抒情言志为主旨的比体咏物诗，如刘桢《赠从弟诗三首》、何晏《言志诗》、赵整《讽谏诗（其二）》、鲍照《学刘公干体诗（其三、其四）》、吴均《伤友诗》《赠王桂阳诗》等。而一些以物命题的诗歌通过考察其内容则不是咏物诗，如不详加考察也易误收。如庾信有一组《咏画屏风诗二十五首》，考察其诗歌内容则不能归为咏物诗。题目仅可帮助我们筛选，绝不能成为判断标准，在一些乐府咏物诗判定上尤其如此。有些题目在汉乐府古题中本无“咏物”之意，却易因望文而被归入咏物诗，例如《陌上桑》。《古今注》曰：“陌上桑者，出秦氏女子。秦氏，邯郸人，有女名罗敷，为邑人千乘王仁妻。王仁后

① 赵红菊：《南朝咏物诗研究》，上海古籍出版社，2009，第 27 页。
② 赵红菊：《南朝咏物诗研究》，上海古籍出版社，2009，第 27 页。
③ 于志鹏：《中国古代咏物诗的概念界说》，《济南大学学报》（社会科学版）2004 年第 2 期，第 49~53 页。

为赵王家令。罗敷出采桑于陌上。赵王登台，见而悦之。因置酒欲夺焉，罗敷巧弹筝，乃作《陌上桑》之歌以自明。赵王乃止。”[①] 此乃记述罗敷巧拒被夺之事，陌上之桑在诗中很少被提到，更不用说成为全诗吟咏的主旨了。其实《朱鹭》的本意与朝会相关，《君马黄》和道路有关，《雉子斑》《临高台》原讲狩猎之事……如若仅从题目判断，是易将许多诗歌误收入咏物诗的。因此，诗题虽能帮助我们做初步的筛选，但仍存滥收和漏收的可能。

其次，以全力描写物象来判断是否为咏物诗并不完全站得住脚。如上文我们所举萧纲的《夜望单飞雁诗》，其对物形貌的描摹仅是前两句，后两句虽与单飞雁相关，却仅是心理和情感等视觉、听觉和触感之外的描写。与此类似的咏物诗不胜枚举，如刘孝威《枯叶竹诗》、萧纲《浮云诗》、江淹《学魏文帝诗》等。比体咏物诗盛行的魏晋时期这类作品则更多。

综上所述，在咏物诗义界的理论表述上，我们应有以下几点认识：第一，清人俞琰《咏物诗选》所谓的“一物命题”和《四库全书总目·咏物诗》所言的“非主于刻画一物”中的“一物”应解释为“一种物类”而不是物的个体；第二，咏物诗的主旨可以借物抒情言志，也可以就物赋物等；[②] 第三，不能仅以诗题判断诗歌是否咏物，以描摹“个体之物”为咏物诗内容主体也不够准确。除了形貌之外，与中心物象相关的情感、心理、经历等方面的描写也一样应视为诗歌主体的组成部分。

咏物诗概念界定只是开始，在甄别咏物诗过程中产生的许多困难，学界尚未关注。本书列举几类甄别咏物诗出现的问题，简述如下。

第一，写景诗与咏物诗的界限在哪？是否存在交叉的部分？如果

---

① （晋）崔豹撰，王根林校点《古今注》，上海古籍出版社，1999。

② 赵红菊《南朝咏物诗研究》第 27 页论及咏物诗要素说，“咏物诗可以借物抒情、言志，但仍以吟咏物的个体为主旨”，似有把吟咏物的个体和抒情言志对立之意。笔者认为抒情言志本身就是咏物诗的创作主旨之一。

有，具体是哪些诗？它们被视为咏物诗的理论依据是什么？

第二，描绘非视觉类的“物”的诗歌，即六朝诗歌中对不可视但可听可感之物（如歌声，乐器、动植物发出的声响）做描绘的诗歌，如梁代刘孝绰《咏百舌诗》、刘令娴《听百舌诗》、萧纲《听早蝉诗》、沈约《咏筝诗》等，能入选咏物诗吗？

第三，六朝后期一些仅是描绘楼影、烛影等虚体的“物”的诗歌，如庾肩吾《三日侍宴咏曲水中烛影诗》、萧绎《望江中月影诗》、王台卿《咏水中楼影诗》等诗可以归入咏物诗吗？

第四，咏物意识被认为是甄别咏物诗的关键。有的诗歌，或前或中或后的诗篇中有四句至八句在描摹一类具体实在之物，足以称为有咏物意识的作品，但占诗歌大部分的其余篇幅则与咏物诗毫无关涉，这些诗歌是否该归入咏物诗呢？如魏曹植的《弃妇诗》，前六句即可视为一首较完整的咏前庭石榴的诗歌，但后面十八句则与石榴无关。又如曹操的《却东西门行》前六句以鸿雁起兴，可为一首独立咏物诗，而后面的部分与鸿雁关系不大。

第五，六朝时期出现过许多以物名连缀而成的物名诗，而其中部分诗歌所连缀的物名实为同一“物”的别名。如梁朝萧绎的《屋名诗》《兽名诗》《鸟名诗》等，又如陈朝张正见有《赋得山卦名诗》，这些物名诗是咏物诗吗？

第六，宫体诗中对女性等物化的人的描写如果能纳入咏物诗，具体该如何判断？能否将心理和情感描写与形貌描写一样视为咏“物化的人”呢？

第七，歌咏岁时节气，如春、夏、秋、冬、立春、夏至等，咏物诗的物该不该如此抽象？虽说岁时不能以具体可感的物质视之，但为什么清代的《御定佩文斋咏物诗选》和俞琰《咏物诗》却专设“岁时部”将这些对时令的歌咏作品收入咏物诗中呢？

笔者认为，第四类诗歌不宜归入咏物诗的范畴，因为咏物诗需以该诗的内容主体都围绕“一类物别”构成的中心意象。如魏曹操《却东西门行》、曹植《弃妇诗》、应玚《侍五官中郎将建章台集诗》等前四句或八句虽符合咏物诗标准，然一半以上的篇幅却转移到描绘另一个中心意象。

其余六类甄别咏物诗的困难实质上都源于我们对咏物诗“物”的内涵尚不明确。虽然学界大致对动植物、人工器物、天象能归入咏物诗研究范围已认可，但对岁时、山水、声音、物影、物名、物化之人的吟咏能否纳入咏物诗，恰是尚未及讨论或讨论不够充分的。

依我看来，以上问题按性质可分为两方面：其一，因为具体实在之物是以可视可感为标准的，所以第一类描写岁时节气的诗严格上是不属于咏物诗的，这一点连持广义咏物诗概念的俞琰在《咏物诗选》的“凡例”中都表示“岁时，非物也”。[①] 同理，仅概念上存在的物名诗，因抽象概念不是存在可感的，亦不算咏物诗。相反，只要可视，即使是物的影子，只要可感，哪怕“风”、“雨”或“声音”等不可见之“物”，都是咏物诗的吟咏对象。其二，写景山水诗和宫体诗中对女性描摹的相关诗作，并不能从概念上强行区分，而应根据实际情况具体分析。如黄伟龙《齐梁咏物诗研究》就对写景诗与咏物诗的重叠部分做过论述，“因而同样是描摹山水景物，鲍照《登大雷岸与妹书》是写景，陶潜《归田园居》之一是田园，而刘绘《咏博山香炉》则是咏物，同样描写建筑，在建筑中游览则是写景，而从一定距离集中描写建筑的外貌则可视为咏物（如沈约、梁武浮图诗）”。[②] 而研究者提出“物化的人”概念，也利于辨别咏物诗与宫体诗中描绘女性诗歌的交叉部分。这些探讨虽然仍有待深入、细化的研究，但无疑有助于我们越来越清晰地把握咏物诗与山水写景诗、宫体诗的区别与联系。咏物诗作品具体情况虽纷繁复杂，但山川、宫殿无非是草木

① （清）俞琰：《咏物诗选·凡例》，成都古籍书店，1987。

② 黄伟龙：《齐梁咏物诗研究》，广西师范大学硕士学位论文，2000，第3页。

器物的放大，而女性娈童也是鸟兽虫鱼视角的延伸。其作为与全篇创作主体紧密相关的中心之物，在咏物诗人创作的潜意识中应没有区别。

因此，六朝这个诗人想象力超乎寻常的时代，不仅“器物”已被接受为“物”之一种，[①] 其他天象、物化的人、土石等亦不论在哲学层面还是在实践生活中都被诗人纳入“物”的范围。这不仅是因杨泉《物理论》为所有可视可感的客观实在之“物”都能纳入狭义的“物”提供了哲学依据，也表现为齐梁诗人在创作实践中已将可视可感的客观存在都认可为物。这就是为什么齐梁诗人无论是咏动植物、器物，还是吟咏天象、人甚至烛影、楼影等都运用了相类似的创作方式。在诗人眼中，它们本质上并无区别，都是独立之“物”。因此，只要可视可感的客观实在对六朝人而言即可视为“物”，诗人潜意识下就会使用相似的创作方式对其吟咏。只要被吟咏的物类是被视为独立整体的，这样的作品都是我们的研究对象。

上文以咏物诗为例，论述了本书研究的重点——六朝咏物文学的研究对象，即客观可感之物都在咏物文学的研究范围之内，其中包括器物、天象、物化之人及其衍生出的虚化之象，如水中倒影或镜中之象、物名等。现详述如下。

为了论述的方便，笔者拟将对六朝咏物诗所作的定义移于此处：六朝时段内，创作主体以吟咏的方式，对一物类的某一属性特征及状貌进行工切的描摹或合理的联想，以“尽物之态”“穷物之情”，而这一物类在诗歌中成为描摹的主体或是吟咏的主旨所在。

对于物类的内涵，我们以为：第一，动植物、器物首先可以纳入其中。第二，咏物诗与山水景物诗存在交集部分。我们认为，创作者

---

① 较早将“物”的狭义内涵扩展到人工器物的当推李斯《谏逐客书》。其曰“夫物不产于秦，可宝者多”，而所言之物乃指不产于秦的昆山之玉、随和之宝、明月之珠、太阿之剑、纤离之马、翠凤之旗、灵鼍之鼓——多是人工器物。据此推论，六朝时期，器物属于“物”的认识应更加普遍。

与所咏之物有一定的距离，对其宏观整体描述的可视为本书的研究对象。第三，咏物诗与宫体诗亦存在交叉部分。物化之人为吟咏对象的作品可视为咏物诗。第四，六朝后期一些仅是描绘楼影、烛影等虚体的“物”的诗歌，属于本书研究对象范围。这类作品有梁代庾肩吾的《三日侍宴咏曲水中烛影诗》、萧绎《望江中月影诗》、王台卿《咏水中楼影诗》，等等。第五，歌咏岁时节气如春、夏、秋、冬、立春、夏至等的诗，实质上是可见可感的，属于我们所谓的咏物文学作品，因此，清代的《钦定佩文斋咏物诗选》和俞琰《咏物诗》专设“岁时部”将这些对时令的歌咏收入咏物诗中。第六，六朝时期出现过许多以物名连缀而成的物名诗，而其中部分诗歌所连缀的物名实为同一“物”的别名。如梁代萧绎的《屋名诗》《兽名诗》《鸟名诗》等，又如陈代张正见有《赋得山卦名诗》，这些物名诗在创作方式上与咏物诗如出一辙，且全篇亦是以中心物类为描摹对象，所以与倒影和镜像一样，都可视为本书的研究对象。那么，作为本书研究主体对象的咏物之物是否可涵盖感物、造物中所指之物呢？

二 “感物”与“造物”的研究范围

（一）“感物”的研究范围

对于感物之“物”，笔者较赞同李健的看法：“物”只能是天地自然的物象或社会生活现象，举凡社会自然历史的所有现象都可以归入“物”的范畴。随着“心”的不同，“物”的角色也在不断地转换。[①] 而六朝咏物诗之“物”如上文所述，包括动植物、器物、天象、物化之人在内的客观实在。[②] 但需注意，社会历史现象并不属于其中。而对于“感”，主要是突出创作主体的能动作用。“感”是人

① 李健：《中国古典感物美学中的“心”与“物”》，《中国中外文艺理论研究》2012 年第 1 期，第 209~215 页。

② 钟志强：《六朝咏物诗文学思想史论》，新华出版社，2017，第 48 页。

与客观事物发生关联的方式。“感物”过程中主体的地位、情感等主体意识的凸显亦是魏晋时期鲜明时代特征的体现。这与六朝时期，儒教束缚减弱、主体（人）的愈发自觉、自然物的审美价值被发现等因素有关。其中，文学艺术创作的发生则是与主体之感物密切相关。文学艺术创造和体验的发生，是感物的结果，作家、艺术家只有感物，切实实现人与物的感应，才能进行审美创造。本研究关注的是感物和咏物文学创作与造物工艺设计相关的部分。本书围绕“感物”主题的研究对象就包括感物的哲学基础、感物的生发与其对唐前“艺”“文”设计的影响。

首先，感物的哲学基础部分，主要关注天人合一等思想，正如有学者所指出的那样：“感物是中国古典美学的一个极其重要的范畴，它的产生是天人合一的化育，它的理论的生长也应归因于天人合一的涵养。”[①] 当然，究竟天人相分还是天人合一才是“艺”“文”设计主体所持的天人观念呢？这是需要进一步探讨的问题。因此，我们需要在理解天人合一、天人相分的概念基础上，厘清二者间的关系及其对主体设计过程所起的作用。另外，《周易》中“观物取象”的思想也被认为是“感物”哲学基础之一，我们也因之亦对其关注与研究。感物在设计过程中的运行方式分为感物兴情与托物寓情等，二者都与感物的哲学基础相关。

其次，关于感物的生发与其在先唐时期的发展状况，同样是本研究所关注的。主体对物的认识经历了怎么样的过程呢？物指观念的析出，表明先秦人在意识到万物之共有规律“无”之后，又意识到“有”可二分为意识到的属人之物与超越主观意识的物本性。两汉时期出现的“物的称名化”概念，六朝时期统物与通物结合的观点也都与本书的研究对象有密切联系。对于这些观念的厘清无疑有助于我们

① 李健：《天人合一：感物美学的哲学根基》，《社会科学辑刊》2017 年第 6 期，第 195～204 页。

充分掌握“感物”观产生的前提。

再次，我们还会梳理感物论在先唐时期的发展状况，尤其是与咏物文学、造物艺术相关的概况，包括梳理《文子》《礼记·乐记》等文献，及陆机、刘勰、钟嵘、宗炳等人的感物理论。

最后，主体秉持的天人观念逐步为心物观所取代，实质就是一种特殊的超越二元对立的中国特有哲学观念。其从心物互动关系的视角出发，在详述心物互动伊始之感物阶段的基础之上，论述咏物、造物在设计主体感物之后，其创作过程中的异同之处。魏晋南北朝的感物美学是中国古典美学的重要阶段，其研究具有较为重要的意义。这种价值不仅体现在当世的情境之下，对当代社会同样有值得借鉴之处。

（二）“造物”的研究范围

造物活动实质是“观象制器”等形而上的思想与形而下“模仿与转换”实践的结合。因此，六朝“造物”艺术之“物”主要是指艺术行为所指向的客观物象（材料）及完成的状态——艺术品，具体而言，包括六朝时期几乎所有的象形的造型艺术品，如动植物造型艺术品或动植物的纹饰、器物及器物上的图像等艺术符号都是我们所研究的对象。

造物工艺品就材质而言包括：第一类刺绣、纹样与色彩及麻制品、葛制品、棉制品、毛制品等织绣印染类；第二类陶瓷类，包括以江浙地区为中心的六朝陶瓷器物，以及这些陶瓷制品的形制、纹饰及文化特征等；第三类漆器、铜铁器、玉器、金银器等；第四类壁画、画像砖、墓葬群等空间跨度较大的艺术品。为了研究的有效进行和更具针对性，笔者对研究对象和范围做出以下限定，本研究以咏物文学涉及的“物”为依据和中心，再从造物工艺品中择取与之最接近者进行参考、比较、分析，也就是说六朝咏物诗赋若无涉及者，本研究可能选择忽略，造物艺术品和造物设计方式是起参考、比较的作用，咏物文学及其相关研究范畴才是本研究的中心。研究范畴和研究对象的区分可存在历时角度，如先秦两汉的造物艺术品对六朝造物有雏形借鉴和参考价值，所以其属于我们的参考范畴，虽然我们能借鉴其因枝振叶，但其并不是我们的研究对象。其直接影响了六朝造物设计思想的那部分才属于研究范畴。同理，六朝之后文艺批评涉及六朝咏物文学或造物艺术部分也属于研究范畴。我们可以因之沿波讨源。不仅如此，研究范畴和研究对象的差异还可以体现在内容分布上，如六朝咏物诗关注的器物多为女性使用的乐器、生活器具，如琵琶、烛台、衣服装饰等，那么我们主要关注的六朝器物也以之为主。其他如男性衣物、农具器械、兵器等则非我们的研究对象。若从咏物诗的内容来确定造物艺术的研究对象和研究范畴，也会造成一定程度的代表偏差。如天象的日月与物化的人象较少出现在器物上，而更多见于画作或器物的图案之中，所以天象的器物设计思想依据就不足。图案或画作上的符号难以代表器物的设计理念。而壁画上的女性与人形器物上的女性则必有不同的设计思想。凡此种种限制了我们对造物艺术的有效探索，这使得笔者不得不思考跨专业带来的困难。所以，以咏物诗中物化的女性描摹为中心，画作与人形器物为参考，实质是打开艺术设计之眼完善文学创作的理念。从美学勾连二者，在完善文学创作思想的基础上或有助于造物艺术思想研究的推进。当然，这部分需考虑具体的诗作和造物艺术品。

对于造物过程中，设计主体能动作用的理论部分，本研究主要考察的是造物艺术的相关概念、造物艺术的“体验、构思及传达”与从感物至于造物过程的猜想等。除了六朝时期造物艺术品的制作流程、艺术特征外，本研究更注重造物主体或造物者群体所蕴含的造物思想，以及各种权力关系对造物（咏物）作品艺术特征形成的情境和影响。

“造物”一词出自《庄子·大宗师》，其文曰：“伟哉夫造物者，将以予为此拘拘也！”[①] 其《应帝王》篇又云：“无名人曰……予方将与造物者为人，厌则又乘夫莽眇之鸟，以出六极之外，而游无何有之乡，以处圹埌之野。”[②] 此处的“造物者”《庄子集释》释为：“犹造化也……世夫洪炉大冶造物无偏……”其“洪炉大冶”亦出自《庄子》，文曰“今一以天地为大炉，以造化为大冶，恶乎往而不可哉！”[③] 意思是以天地之间为熔炉，以自然运行之道为锻造的工匠。后世学者多从之，如陈鼓应就释“造物者”为“道”“造化”，[④] 有些类似于西方的“上帝是造物主”之说。那么，造物就应是顺应自然之道，创制天地间万物的行为或过程。张道一先生于20世纪80年代提出的“造物艺术”即据此而来。那么，什么是造物艺术呢？学界主要有以下几种界定。

> 造物艺术是运用一定的物质材料，凭借一定的技术手段，创造出具有实用性、审美性的物质产品。它和工艺美术（arts and crafts）偏重手工艺不同，也和工业艺术（industrious art）偏重于机械生产不同，造物艺术包括手工制作的产品，也包括机械生产的产品；既包括原始社会的造物艺术，也包括奴隶社会、封建社会及近现代的造物艺术。[⑤]

> 造物活动首先是为人造物。这里所说的物，是人造物，也是为人所造之物。人是创造者，也是得益者。人不但从中得到可用之物，还在造物过程中改造和完善了自己，并显示了人的本质力量。[⑥]

---

① 陈鼓应注译《庄子今注今译》，中华书局，2009，第207页。

② 陈鼓应注译《庄子今注今译》，中华书局，2009，第235页。

③ 陈鼓应注译《庄子今注今译》，中华书局，2009，第208~209页。

④ 陈鼓应说：“（造物者）指道。后文的‘造化’，亦系指道，因道能生物、化物。‘造化’、‘造物者’成为现在哲学上常用词，即出于此。”可参见陈鼓应注译《庄子今注今译》，中华书局，2009，第209页。

⑤ 喻仲文：《造物艺术与意识形态》，武汉大学出版社，2013，第13页。

⑥ 诸葛铠：《“造物艺术论”的学术价值》，《山东社会科学》2006年第4期，第55~58页。

张道一先生曾归纳“造物艺术”的艺术特征为“实用与审美”的统一体、“本元文化”“科技与艺术”的统一体、“物质文明与精神文明”的统一体等。[①] 而有学者从张先生《造物的艺术论》一书的框架与论述内容分析其造物艺术的范围：“将包括传统工艺、民艺与现代工业设计在内的一切实用器物与工具的发生及发展、造型及功能、审美及文化内涵的研究等课题全面地纳入一个整体的框架，展现了一种极为开阔的学术视野。从而使得‘造物艺术’、‘造物文化’等这些研究概念开始经常为人们使用……”[②]

结合前辈的概念界定，本研究所谓造物是指六朝时期，工匠群体为满足当世人需求创制的生产工具、生活器具、工艺美术品。而六朝造物艺术则是上述器物的发展史、造型、功能、审美特征及其蕴含的文化内涵。该概念需注意厘清之处有：第一，六朝时期由于时代发展限制，未进入工业社会，因此，本研究所谓的“造物”主要指手工艺造物而不包括工业产品，造物艺术也不包括机械生产的工业艺术。第二，本研究以分析六朝时段内的所造之物为主。因涉及所造之物的发生及发展，所以论述辅之以先秦、秦汉等其他时段的造物艺术。第三，六朝造物艺术与六朝工艺美术的研究对象大致相同，包括绘画艺术。本研究所谓“工艺”与日本美学家柳宗悦的界定相同：“‘工艺’一词在中国古代就已经使用了，并且，不是指与美术相对的工艺，而是指包含绘画在内的全部技艺。我们可以在《新唐书·阎立德传》中找出如下的句子：‘父毗，为隋殿内少监，本以工艺进，故立德与弟立本皆机巧有思。’”[③] 有学者以为，工艺与美术的区别不在于所指人造物的范围，而是指工艺偏重于实用性的手工制品，而美术则主要是以审美为创作目的。另外，本研究的造物艺术并不包括建筑或陵墓

---

① 张道一：《造物的艺术论》，福建美术出版社，1989，第32~38页。

② 许平：《造物之门：艺术设计与文化研究文集》，陕西人民美术出版社，1998，第140页。

③ 〔日〕柳宗悦：《工艺文化》，徐艺乙译，轻工业出版社，1991，第19~20页。

等描述多个方位、角度的空间艺术，[①] 但包含建筑和陵墓中具体的装饰物品，如放置于该建筑空间中的器皿、装饰品、壁画等。第四，“造物”的范围是人工器具，主要是指工具技术之物与艺术品，但这些器具的造型、图像、纹饰中亦有动植物等自然物。因此，造型与图像、纹饰中的自然物也属于本书的研究对象。另外，本研究还关注六朝造物观念，即六朝绘画、雕塑、工艺等器物所蕴含的造物思想。

第四节　感物、咏物、造物等艺术文化根源的共性

设计主体的感物、咏物、造物是创作过程中，关乎审美体验的重要概念。其中，感物是设计主体与世间万物自由、自然发生的感应。相较于咏物（文学创作）或造物（艺术设计）而言，“感物”属于“艺”“文”设计活动的发生阶段，也就是说，咏物文学创作的过程分为感物阶段和咏物阶段，而造物艺术设计的过程则是由感物阶段和造物阶段所构成。无论是感物活动，还是咏物或造物活动，都有共同的文化根源。那么，这三者间共同的文化根源是什么呢？三者共同的文化根源从自然观看是万物有灵的思想，而从物用观的角度分析则是以人为中心的人本主义思想。其对后世文艺创作理论和实践影响深远。现详述如下。

一　“万物有灵”的自然观

“自然观”，从文艺设计学的角度看，就是文艺设计思想范畴内的设计者关于如何看待自然客观现象、人与自然关系的设计观点。任何设计思想和行为，都是设计者“自然观”的结果，不可能存在摆脱“自然观”而独自存在的设计作品。设计思想范畴的“自然观”包括

① 建筑艺术一般也被视为工艺美术中的一类。因为本书描述比较的是具体而单一描摹中心的物象，故未将其纳入研究范围。

两层意思：一是如何看待事物产生、存在、发展和消亡的自然现象；二是如何分析自然事物所包含的基本物质元素。

文艺设计产生时期的自然观就是万物有灵思想。泰勒曾简要表达了其万物有灵的观念：“万物有灵观的理论分解为两个主要的信条，它们构成一个完整学说的各部分。其中的第一条，包括各个生物的灵魂，这灵魂在肉体死亡或消灭之后能够继续存在。另一条则包括各个精灵本身，上升到威力强大的诸神行列。”[①] 本书所说的“万物有灵”显然取后者的含义，具体可理解为“对于原始人的部落来说，太阳和星星，树木和河流，云和风，都变成了具有人身的灵体，它们好像人或其他动物一样地生活，并且像动物一样借助四肢或像人一样借助人造的工具，来完成它在世界上预定的职能。有时，人眼所能见到的，只是供达到目的所用的简单工具，或尚未成形的东西，在这种东西里面隐藏着某种怪物，虽然也是半人性的灵物，它用自己的双手抓住这些东西，或者用自己的气息来吹它们”。[②] 在先秦人的眼中，世间万物并非如现代人所见的那般客观呈现，万事万物都带有神秘的色彩。这些表象是集体性的，具有强烈情绪、感情和运动因素。由于先秦人对世间万物的认知脱离客观实在，完全融入了主观因素，所以在先秦人观念的集体表象之中，物体既是它本身的客观实在，又可以是其他神秘性的力量。这种万物的现实与幻象间的互渗在先秦人的思维中广泛存在。如《灵枢·邪客》曰：“天圆地方，人头圆足方以应之。天有日月，人有两目。地有九州，人有九窍。天有风雨，人有喜怒……”幻象与客观物象互渗，人与自然物象互相渗透，而此时的自然物象并非其客观存在而是带有神秘性的力量。这一先秦时期普遍存在的观念可称为“尚象思维”。新石器时代遗留的岩画作为“原始语言”，是

① 〔英〕爱德华·泰勒：《原始文化：神话、哲学、宗教、语言、艺术和习俗发展之研究》，连树声译，广西师范大学出版社，2005，第350页。

② 〔英〕爱德华·泰勒：《原始文化：神话、哲学、宗教、语言、艺术和习俗发展之研究》，连树声译，广西师范大学出版社，2005，第233页。

先秦人对他们生活的一种无意识反应。岩画上的动物图案充满灵性，被视为万物有灵时代，人神沟通、交流的方式。“万物有灵”的自然观及其衍生出的“尚象”意识实际是人类较自然力弱小时期的产物。先民认为，由于“象”能显现神灵的意志，所以需对之崇尚。这也是先秦人在广泛的社会生活中赋予万物神秘色彩的原因。“一般来说，它们都包括整整一系列复杂的仪式：舞蹈、文身、给负有举行仪式任务的图腾成员进行专门的装饰、模仿图腾动物的动作、为实现与图腾动物交往而作的努力。对这种思维来说，构成图腾集团的个人、集团本身、图腾动物、植物或物体，这一切都是同一个东西。”① 现代人所说的客观物象，在先秦人看来也并未分离为二，只不过他们所见之物含有现实性与神秘性罢了。这互渗的两个世界“一个是可见、可触、服从于一些必然的运动定律的实在体系；另一个是不可见、不可触的、‘精神的’实在体系。这后一个体系以一种神秘的氛围包围着前一个体系。然而，原始人的思维看不见这样两个彼此关联的、或多或少互相渗透的不同的世界。对它来说，只存在一个世界。如同任何作用一样，任何实在都是神秘的，因而任何知觉也是神秘的”。② 因此，万物在先秦人的观念中都具有神秘色彩，确切地说是神秘力量（内在本质）和客观实在（外观）的结合体。这种带有神秘色彩的尚象意识也见于先秦文献的记载中。

> 古者包牺氏之王天下也，仰则观象于天，俯则观法于地，观鸟兽之文与地之宜，近取诸身，远取诸物，于是始作八卦，以通神明之德，以类万物之情。③

引文见于《系辞》，其观点可归纳为“观物取象”。观物取象目

① 〔法〕列维-布留尔：《原始思维》，丁由译，商务印书馆，1981，第238~239页。

② 〔法〕列维-布留尔：《原始思维》，丁由译，商务印书馆，1981，第61页。

③ 黄寿祺、张善文译注《周易译注》（新修订本），上海古籍出版社，2018，第735页。

的是“以通神明之德，以类万物之情”。孔颖达疏曰：“万物变化，或生或成，是神明之德。”① 神明之德一般被认为是主宰万物变化规律的形而上之道，但就文化渊源看，其亦受先民“万物有灵”自然观的深刻影响。如《周易译注》就译“以通神明之德”为“用来贯通神奇光明的德性”。② 且《系辞》中有多处类似文本都能看出“万物有灵”自然观影响的痕迹。如《系辞》有“显道神德行，是故可与酬酢，可与佑神矣”，③《周易译注》译为“所以运用《易》理可以应对人事之求，可以佑祀神祇之灵”。④ 黄寿祺、张善文注释“可与酬酢，可与佑神矣”为“这两句以人事应对、佑助神灵，进一步说明《易》之用”。⑤ 又有“仰以观于天文，俯以察于地理，是故知幽明之故……精气为物，游魂为变，是故知鬼神之情状”，⑥《周易集解》引郑玄曰：“精气谓之神，游魂谓之鬼。”孔颖达疏曰：“云精气为物者，谓阴阳精灵之气，氤氲积聚而为万物也。游魂为变者，物既积聚，极则分散，将散之时，浮游精魂，去离物形而为改变，则生变为死，成变为败，或未死之间变为异类也。”⑦ 以上论述都可见万物有灵自然观的印记。

> 《易》有圣人之道四焉：以言者尚其辞，以动者尚其变，以制器者尚其象，以卜筮者尚其占。⑧

上述引文被后人归纳为“尚象制器”。先民尚象意识与“万物有

---

① （魏）王弼撰，（晋）韩康伯注，（唐）孔颖达正义《周易正义》，（清）阮元校刻《十三经注疏》，中华书局，1980，第 86 页。

② 黄寿祺、张善文译注《周易译注》（新修订本），上海古籍出版社，2018，第 736 页。

③ 黄寿祺、张善文译注《周易译注》（新修订本），上海古籍出版社，2018，第 711 页。

④ 黄寿祺、张善文译注《周易译注》（新修订本），上海古籍出版社，2018，第 712 页。

⑤ 黄寿祺、张善文译注《周易译注》（新修订本），上海古籍出版社，2018，第 715 页。

⑥ 黄寿祺、张善文译注《周易译注》（新修订本），上海古籍出版社，2018，第 698 页。

⑦ 黄寿祺、张善文译注《周易译注》（新修订本），上海古籍出版社，2018，第 698 页。

⑧ 黄寿祺、张善文译注《周易译注》（新修订本），上海古籍出版社，2018，第 716 页。

灵”自然观的渊源关系上文已有论述。而引文将“以制器者尚其象”与“以卜筮者尚其占”并举，也为我们判断先民观念中二者可能具备神秘主义色彩留下想象空间。其实，作为六经之首的《易》本身就是古代巫官文化的产物。郭沫若就云：“《易经》是古代卜筮的底本，就跟我们现代的各种神祠佛寺的灵签符咒一样。”[①]《诗》《书》《礼》《乐》《春秋》亦是如此。《礼》，最初也起源于宗教祭祀。而最早主持祭礼与宗教活动的就是巫史。《礼记·王制》有“大史典礼，执简记，奉讳恶”。[②] 又《周礼·春官上》记载：“大祝掌六祝之辞，以事鬼神示，祈福祥，求永贞。……掌六祈，以同鬼神示……”另如三礼之首的《仪礼》中的“聘礼”“射礼”也都可追溯到原始社会的各种巫术。而《尚书》中，《尧典·皋陶谟》《商书》《汤誓》《高宗肜日》《洪范》等篇记载着占卜、祭祀、天象、历法等与巫文化相关的内容。如《洪范》就对占卜做了很详细的记载，“稽疑：择建立卜筮人，乃命卜筮……卜五，占用二，衍忒。立时人作卜筮。三人占，则从二人之言。汝则有大疑，谋及乃心，谋及卿士，谋及庶人，谋及卜筮”。[③] 因此，有学者认为“《尚书》的作者多不可考，但可能出自巫史之手”。[④]《诗经》中的雅颂部分则本就与宗庙祭祀密切相关。如《周颂·有瞽》《商颂·那》描绘祭祀神灵时的音乐、歌舞，巫文化氛围浓厚。另外，最早的《乐》与《诗》《礼》一样多含祭神、娱神的内容，都是万物有灵自然观的产物。故《礼记·乐记》曰：“乐者敦和，率神而从天，礼者别宜，居鬼而从地，故圣人作乐以应天，制礼以配地，礼乐明备，天地官矣。”[⑤] 又曰：“若夫礼乐之施于金石，

---

① 郭沫若：《中国古代社会研究》，人民出版社，1954，第 77 页。

② 杨天宇译注《礼记译注》，上海古籍出版社，2004，第 162 页。

③ 杜泽逊主编《尚书注疏汇校》，中华书局，2018，第 1729~1730 页。

④ 孔祥骅：《“六艺”出自巫史考——兼论孔子与〈六经〉之关系》，《学术月刊》1992 年第 4 期，第 63~69 页。

⑤ 杨天宇译注《礼记译注》，上海古籍出版社，2004，第 473 页。

越于声音，用于宗庙社稷，事乎山川鬼神，则此所与民同也。”[①] 这种对万物包含神秘色彩的集体无意识也体现在文学或艺术的创作上。

在文学、艺术设计生发的感物阶段，其所感应之物具有神秘性，就是兼具设计主体对客观对象物的想象。李健说：“‘感物’这一理论的形成，基于中国古老的‘天人合一’观念，有着深厚的哲学背景。从这一理论所展示的感应特点来看，它本身就脱胎于原始的巫术和宗教信仰，是自然表象与人的情感意识的互渗。原始思维以‘万物有灵’作为主导观念，将自然界和人类社会所发生的一切都归结为神灵的作用。”[②] 因此，在感物阶段，先秦人的心理与生理受到自然物象与主观神秘性互渗的影响。而先秦设计者试图将这种带有神秘性的审美体验以艺术的形式表现出来。也就是说，“天人合一”观念脱胎于原始巫术思想（万物有灵为主导观念），而心物关系可视为天人合一思想在“艺”“文”设计领域的延伸。本研究以为，感物理论是心物关系中重要的组成部分。

咏物文学的创作同样是心物关系的具体表现之一，其思想渊源可以追溯到天人合一思想，而万物有灵观则是咏物文学的文化根源。我们认为，可以从咏物文学的赋物或比兴思想与它的源流关系展开论述。在繁赜的巫术仪式与表演中，巫师口中反复吟唱的咒语被视作早期诗歌的雏形。从传世文献看，五帝时代早期的原始巫术咒语诗时有闪现。这些咒语中，物象的提及也都与神秘力量相关，如《礼记·郊特牲》所载“土反其宅，水归其壑，昆虫毋作，草木归其泽”[③] 记载的是伊耆氏（神农炎帝时代）在腊祭时吟唱的巫术咒语。土、水、昆虫、草木等物象都与神秘力量产生联系。相较而言，《诗经》时代逐步形成了对中心物象的着重强调。当然，这与后世“物”独立审美价

① 杨天宇译注《礼记译注》，上海古籍出版社，2004，第476页。

② 李健：《魏晋南北朝的感物美学》，中国社会科学出版社，2007，第3页。

③ 《十三经注疏》整理委员会整理《十三经注疏·礼记正义》，北京大学出版社，1999，第804页。

值被发现不同，此时对物的强调更多的是赋予中心物象神秘的属性。其创作主旨也不是描摹中心物象，而是试图通过中心物象的神秘力量实现功用的目的。如《诗经》中《周南·芣苢》实质上属于巫诗，其通过反复吟唱“芣苢”以求“胚胎”生子。

> 采采芣苢，薄言采之。采采芣苢，薄言有之。
> 采采芣苢，薄言掇之。采采芣苢，薄言捋之。
> 采采芣苢，薄言袺之。采采芣苢，薄言襭之。[①]

显然除去反复变换的采摘动作，芣苢被反复强调，可看作中心物象。芣苢又作“芣苡”，野生植物名，毛传认为是车前草。有学者认为其与当世求子或多子的风俗相关。又如《召南·驺虞》也是一首通过反复吟唱，以求狩猎成功的巫诗。《诗经》中还有不少类似的巫诗，兹不备举。这种赋物意识与技巧对咏物文学的发生、形成有重要的启示。万物有灵的巫术文化与咏物文学中的比兴描写同样具有源流关系。比兴与赋作为诗歌基本的表现手法，与平铺直叙的赋物不同，比兴具有自身的特色。孔颖达《毛诗正义》引郑众语注《诗大序》云：“比者，比方于物。诸言‘如’者，皆比辞也。兴者，托事于物。则兴者，起也；取譬引类，起发己心。诗文诸举草木鸟兽以见意者，皆兴辞也。……比之与兴，虽同是附托外物，比显而兴隐，故比居兴先焉。”[②] 可见比兴更多的是依托外物抒发情志。有学者认为，比与兴亦存在差别，如孔颖达所说“比显而兴隐”即其一。较有代表性的说法如宋人李仲蒙所言：“索物以托情谓之比，情附物者也；触物以起情谓之兴，物动情者也。”[③] 这主要是从物我关系角度出发论述事情

---

① （汉）毛亨传，（汉）郑玄笺，（唐）陆德明音义，孔祥军点校《毛诗传笺》，中华书局，2018，第12页。

② （唐）孔颖达：《毛诗正义》，（清）阮元校刻《十三经注疏》，中华书局，1980，第271页。

③ 转引自（宋）胡寅《斐然集》第18卷，中华书局，1993，第386页。

与物象在感物活动中的先后。二者虽存差异，但都属于“托事于物”“取譬引类”的表达方式，创作过程中“比兴互陈”，才能实现文艺作品形式与内容的融合。专用比法则情无以兴，专用兴法则情无处寄托。总体上看，比兴二义较多纠缠重合之处，与赋物描写有较大的区别。朱自清也说：“比兴的意义，却似乎缠夹得多。”[①] 因此，本研究论述其与万物有灵的巫术观的联系时，对二者不做刻意的区分。

那么，比兴与巫术文化有什么联系呢？万物有灵观念是否为咏物文学比兴思维的文化渊源呢？正如上文所述，文艺活动的起源与巫术密切相关。先秦时期，歌乐舞处于浑然合一的状态。先秦人触目所见的鸟兽虫鱼都有灵异的性质。舞蹈便可为例，体现万物有灵观念对文艺的影响。舞蹈于先秦人而言，其并不是一般的艺术，而是人与神交通的带有巫术性质的符号。在初民那里，舞蹈并不是单纯的娱乐，更重要的是神秘的宗教意义：“舞蹈是美洲土著的一种敬神的仪式，也是各种宗教的庆典中的一项节目……与他们的宗教信仰和崇拜神明的制度有着直接的关系。”[②] 先秦舞蹈这类文艺形式也与带有神秘性质的万物相联系。这种舞蹈常以集体方式出现。先秦人以动物的形象装扮自己载歌载舞，以“图腾同样化”（Assimilation of Totem）乞求图腾神保佑自己和族群，中国古代也有“瓠巴鼓琴而鸟舞鱼跃”“《箫韶》九成，凤凰来仪，其形参差，象凤之翼”。这些记载都是后人对于远古图腾歌舞的朦胧回忆。赵沛霖将《诗经》与逸诗中出现的原始“兴象”分为四类：鸟兽、鱼类、树木、虚拟动物。[③] 这些兴象有的是原始宗教的直接产物（如鸟兽类兴象），有些兴象的观念内容（如树木、鱼类、虚拟动物）正式形成则是在人为宗教阶段以后出现，但这些兴象都与万物有灵的观念相关。万物有灵观念的核心思想就是对

① 朱自清：《诗言志辨》，凤凰出版社，2008，第 49 页。

② 〔美〕路易斯·亨利·摩尔根：《古代社会》（新译本），杨东莼、马雍、马巨译，商务印书馆，1977，第 113 页。

③ 赵沛霖：《兴的源起——历史积淀与诗歌艺术》，中国社会科学出版社，1987，第 6 页。

鸟兽虫鱼、植物、天象、山河等各种物象物质存在的神秘化。动植物与自然物象被赋予新的内涵，被神化了的万物也由具体实在发展出抽象含义，并成为先秦人的普遍观念。先秦人的审美观又与认知思维紧密相关，不仅造型艺术如此，文学创作中的比兴思维也充满了万物的神秘性与新内涵。在咏物文学的表达中，赋物能描写出鱼的形态却不能表达出其与婚媾、繁殖的关系。鸟与祖先的联系也需通过比兴思维传达。而动植物与繁衍、祖先等含义间的桥梁就是宗教思想中的万物有灵观念。

造物艺术的文化根源同样可以追溯到万物有灵观念。“原始社会的各种艺术形式，无论是舞蹈、音乐、诗歌，还是雕塑、壁画、装饰，它们往往不是作为宗教活动内容本身，就是作为有关的宗教仪式，其自身都不是完全独立的。即使是那些反映生产劳动内容的艺术，其中也渗透着浓重的宗教观念内容，甚至其本身就是保证劳动生产顺利和丰收的不可或缺的巫术魔法的组成部分。”[①] 作品中物象与宗教的神秘联系不仅出现在诗歌中，而且也出现于造物艺术之中。如甘肃省临夏市出土 1 件马家窑文化马厂类型的蛙形罐，腹一侧微鼓为蛙面，双眼外凸，鼻微鼓，锥刺二小洞表示鼻孔，口用两端下垂的长线表示，眼、鼻皆用夸张手法表现。这些蛙形器物或纹饰是先秦人万物有灵观念的反映。先秦人以为，青蛙与祈祷雨水丰沛有重要联系。而东夷齐家文化的鸟形器物或装饰则与追思祖先有关。

比起咏物文学，造物艺术对物象的表达更加直接，呈现出的形象也更加直观。巫术思想与活动对先秦人的生产、生活及历史斗争都有决定性作用。因此，造物艺术虽然由贵族艺术和民间艺术共同构成，但民间艺术品使用的范围更大，传播的时效也更为长久。咏物诗赋则几乎属于贵族文化（少数为庶族文人所创作）。咏物文学虽然也汲取

① 赵沛霖：《兴的源起——历史积淀与诗歌艺术》，中国社会科学出版社，1987，第 115～116 页。

了民间文学的艺术技巧或思想，但都被文人进行了艺术加工。相较而言，造物艺术品中有部分设计针对的消费群体就是普通民众。甚至其所占的比例还远大于贵族艺术品。究其根源来说，造物艺术源于有浓厚万物有灵观念设计群体的生产、生活及斗争。万物有灵观念与其说是先秦人的宗教观念、艺术观念，不如说是当世群体的生活劳动观念。

二 “人本主义”的物用观

先秦设计群体眼中的万物似都呈现出与该“物”外在形态并无直接关联的神秘属性。那么，先秦初民怎么看待文艺造物所服务的对象呢？此处需介绍两个概念。第一个是物用观。本书所谓“物用观”主要指设计者对其设计成果在服务对象（也就是设计的消费群体）使用过程中的效率考量。当世设计群体又是怎么看待“艺”“文”设计的消费主体呢？总体上看，对“艺”“文”设计活动中的消费主体，自先秦伊始就得到了肯定和重视。这就涉及第二个概念——人文主义。“‘人文主义’亦称人本主义，是欧洲文艺复兴时期的主要思潮，有两方面的含义：其一，指与中世纪神学不同的、以人与自然为对象的世俗文化的研究；其二，指贯穿于资产阶级文化中的一种基本的价值理想和哲学观念，即资产阶级的人性论和人道主义。它强调以人为‘主体’和中心，要求尊重人的本质，人的利益，人的需要，人的多种创造和发展的可能性。人文主义作为一种思潮，其主流是市民阶级反封建、反中世纪神学和禁欲主义的新文化运动。”① 我们从先秦六经等文献中也可窥测出先秦人“人本主义的物用观”。《易》中圣人“观物取象”，也是以人为中心，为人服务的。观物取象之物即万物。虽然“仰则观象于天”之象指天象，但观物取象的象却不限于天象，是万物的本质属性之象。先秦人以卦爻符号形式将其体现出来，即

① 《辞海》编辑委员会编撰《辞海》（1999 年版普及本），上海辞书出版社，1999，第 372 页。

“以类万物之情”。而从功用观上说，“以类万物之情”目的就是“明人事之吉凶”。随着人类生产力的提高，先秦人对神秘力量的绝对崇拜观念也发生一定程度的变化。人们发现可以通过占卜等预测天意，或者主体与客观物象互动中，以积极的方式（如道德修养）争取主动，从而趋利避祸，也就是说周遭事物对主体（人）是有利还是有害这件事上，主体（人）的作用获得了更积极的认可。故《礼记·王制》曰：“乐正崇四术，立四教，顺先王《诗》《书》《礼》《乐》以造士。”又班固《汉书·儒林传》云：“古之儒者，博学乎《六艺》之文，《六艺》者，王教之典籍，先圣所以明天道，正人伦，致至治之成法也。”《国语·楚语上》记载：“教之《春秋》而为之耸善而抑恶焉，以戒劝其心。教之《世》而为之昭明德而废幽昏焉，以休惧其动。教之《诗》而为之导广显德，以耀明其志。教之《礼》，使知上下之则。教之《乐》，以疏其秽而镇其浮。”因此，观物、取象、尚象等文化现象从自然观角度看源于万物有灵的观念，而从物用角度看则自人本思想流出。先秦人既重天道，又以人事为指归。“重天道”观念虽几经演变，但实际来自“巫”文化（万物有灵思想），之后转向于关注人事，“史”文化亦从“巫”文化中逐渐析出。

这种文化上的根源性也可以在咏物文学和造物艺术上找到其影响的痕迹，寻枝振叶。刘勰《文心雕龙·原道》中述及文学创作渊源时，反复对创作主体予以肯定，如“文之为德也，大矣；与天地并生者，何哉？……惟人参之，性灵所钟，是谓三才。为五行之秀，实天地之心。心生而言立，言立而文明，自然之道也”。[①] 又曰：“傍及万品，动植皆文。……夫以无识之物，郁然有彩；有心之器，其无文欤？”[②] 在《原道》中，刘勰分析艺术与文学创作源于对自然之道的遵从与模仿，而创作主体的地位亦需要充分予以肯定。在文艺创作中，主体的

① （梁）刘勰著，范文澜注《文心雕龙注》，人民文学出版社，1958，第1页。
② （梁）刘勰著，范文澜注《文心雕龙注》，人民文学出版社，1958，第1、2页。

地位都未被忽视。《礼记》中郑注云：“古人劳役必讴歌，举大木者呼邪许。”鲁迅称最早的诗歌的创作主体为“杭育杭育派”。文艺起源的劳动说、游戏说、抒情说等实质上都与创作主体相关。社会与自然物赋予文艺创作客观的源泉，而人群的审美意识的发展与需求的提高则是文艺创作主观的动力源泉。劳动、游戏、斗争、性爱等都是以主体审美意识与需求为中心，只有主体的审美需求与客观事物发生交互作用，艺术与文学创作才得以发展。因此，艺术与文学设计活动的起源可以归纳为“艺术可以从人的劳动中产生，但是离开了人，艺术则无法产生。无论哪种表达，艺术只能是人的创造物，而不能是劳动的创造物，从事劳动的人才是艺术产生的不可或缺的前提”。[①] 我们可以从两方面进一步论述“主体”或人本主义作为“艺”“文”设计的另一文化根源或历史前提。一方面，人群对历史、社会的生存需求。生活资料需求使得人群与客观自然物发生关系。这种关联的产生是文艺设计，特别是大部分造物艺术发生的历史前提。另一方面，设计主体审美意识的发展，使得主体创作出绝大部分咏物文学作品与少数贵族艺术品。

我们先看人群对生活资料的需求与造物艺术的源流关系。一方面，现存绝大部分文物实质上在当世是普通大众所使用的日常器物。其最重要的本质就是实用性，创作目的就是满足大多数民众的生存、生产需要。先秦人为了获取生活资料就得制造种植或狩猎所需的器械，为躲避风雨雷电和野兽毒虫就得建造房屋，而刀枪弓箭等武器，还有面具、旗帜、鼓钲、号角的发明、创造都与战争相关。不仅器物制造如此，人群的生理需求也是其他艺术形式的源泉。如新疆呼图壁和内蒙古阴山古代岩画所表现的男女舞蹈的场面，特意把男性生殖器画得很大，并直接表现男女的交媾。这些造物艺术反映的就是原始社

① 聂珍钊：《“文艺起源于劳动”是对马克思恩格斯观点的误读》，《文学评论》2015 年第 2 期，第 22~30 页。

会群婚等生活情境。另一方面，生理和生活的需要同样是咏物文学的渊源。一般认为，劳动者并无创作文学的能力和闲暇，这并不正确。以狩猎为例，猎人并不总是跟踪猎物而是随着技术的进步使用陷阱、陷钩缩短了劳动时间（增加了等候或闲暇时间）。如《弹歌》（又名《断竹歌》）曰：“断竹续竹，飞土逐宍”[①]，虽只有八字，但其结构整齐，音韵铿锵，颇具审美价值。这首原始诗歌显然不是猎人在紧张的狩猎过程中即兴所作。该诗为《吴越春秋·勾践阴谋外传》所载，传说为上古孝子不忍看到其死去父母的尸体被禽兽所吃，于是断竹做弹弓来守护。又比如因纽特人在狩猎海豚时，能够连续多个小时等待在其巢穴旁，这段时间就可被视为一首咏海豚诗创作过程中的构思阶段。当然，这类物象并不限于动物，农业种植活动中“植物”也会成为中心物象，如上文所举的《周南·芣苢》。这还可以从世界其他民族史料得到验证，如奥朗塞芒人有一支广为流传的歌曲就是一个很好的例证。

> 枝头上，我们的果实累累。枝头上，我们割下果实。枝头上，鸟儿肥美。枝头上，小松鼠很肥。[②]

同样由于技术的进步，人们面对危险的动物时，也能发现并描绘它的美。《国语·楚语上》有：“夫美也者，上下、内外、大小、远近皆无害焉，故曰美。”老虎等猛兽被关进笼中或成为画像或文学形象，于人无害，人们才会感到美，表现它的美。当然，此时作品的论述围绕中心物象而作，并不是说业已形成了后世咏物诗所谓的中心意象。这需要在六朝“艺”“文”设计者发现客观自然物独立审美价值之后。另外，在生活资料能够满足人群生理需求的基础上，设计主体

① 逯钦立辑校《先秦汉魏晋南北朝诗》，中华书局，1983，第1页。

② 〔美〕弗朗兹·博厄斯：《原始艺术》，金辉译，上海文艺出版社，1989，第307页。

审美意识得到发展。主体对客观自然物的改进从实用目的发展为一定形式的审美。以制造陶罐为例，陶罐的圆形美也是技艺充分控制不协调动作的结果。在制陶轮发明之前，制陶主要依靠陶工以手工旋转的工序制成。最初陶工把黏土捏制成圆而长条的形状，然后不停旋转并加入泥条。当这技术成熟之后，陶罐的成品横切面呈圆形，四边的曲线也很平滑，这是在技术不成熟时，无数次制作出不够平滑的成品后，所做出的经验总结的成果。据考古研究表明，旧石器时代，智人已经开始讲究人体装饰美。新石器时代的人群对美的追求几与现代人无异。根据随葬装饰品来看，有头饰、项饰、胸饰、手饰、足饰及陶饰等，表明当世人已经注意到装饰之美。山东胶州三里河龙山文化墓出土的蛋壳黑陶镂孔高柄杯是其代表作。而无论是素陶装饰纹样，还是彩陶装饰纹样，都是施饰口沿、颈、肩、腹、足表等人们视线最容易达到的部位。虽有少部分彩陶器内壁及底部有施彩纹或内外兼施饰彩纹者，但大都属于敞口类器，人们一眼即可看到内壁及底。又如距今近 9000 年的彭头山文化的陶器，虽成型用泥片贴筑法较显原始，器类也少（仅见罐、钵两大类），火候亦低，但已讲究装饰美，即器物坯胎用泥片贴筑成型后，经过修整、打磨、刮削，再在里外表皮上涂抹或醮刷上一层红色泥浆，又大多施饰拍印、压印绳纹，其中有相当数量从口沿至器底通体施饰交错粗绳纹。此外，还有施饰压印或刻划齿牙纹，或指甲纹、弯月状剔刺纹的，也有在加贴一圈泥条后，其上又施饰剔刺纹者，少量器体还可见双线大网格状划纹。总之，大多陶器上有纹饰，素面陶甚少，足见生活在距今近 9000 年的彭头山人已很讲究陶器的形式之美。正如高尔基所说：“照天性来说，人都是艺术家，他无论在什么地方，总是希望把美带到他的生活中去。”①

先秦人普遍认为，在实用的基础上需要艺术修饰。如《荀子·礼论篇》所言：

① 〔苏〕高尔基：《文学论文选》，人民文学出版社，1959，第 71 页。

性者，本始材朴也；伪者，文理隆盛也。无性则伪之无所加，无伪则性不能自美。性伪合，然后圣人之名一，天下之功于是就也。[①]

儒家自称祖述尧舜之道，其中和的文艺美学思想应是文艺产生之初设计主体审美意识发展的遗留。原始儒家的代表人物孔子早就对这种美学思想予以肯定。《论语·雍也》有：“质胜文则野，文胜质则史，文质彬彬，然后君子。”《左传》亦曰：“言之无文，行而不远。”

综合而言，人们对生存的需求与审美需要并不矛盾，二者相辅相成。第一，没有形式因素的艺术并不存在，没有形式美感之器物也不能称为艺术品。技术越成熟形式美就越突出，不协调的创作行为也越能够得到抑制，自然越能刺激人脑审美意识的发展。第二，在先秦人看来，思想情感渗透于艺术形式之中。任何形式的表现艺术必须引起人们对形式的一致的反应，才能产生表现的效果。“形式和思想之间的联系越紧密，艺术的表现性质就越突出。无论是壁画和造型艺术中的几何纹样，还是音乐中的旋律或乐句，只要具有某种含义，就能唤起人们一定的感情甚至观念。”[②] 第三，就两种思维的来源看，审美意识亦是在生产生活实践中得到提高。实践过程中，主体与客观对象物发生联系，主体的能动性、思想情感投入其中，一定程度上改造了对象物，丰富了人对自己和客观物象的感受与认知。这些审美感受和认知的提升又培养和丰富了主体对于审美的感受与需求。石斧、石刀、石锤、石箭镞等越来越进步和精美化，原始人在使用这些工具实践过程中愈来愈体悟到器物的平衡、对称、方圆等美感。马克思曾说：“从主体方面来看，只有音乐才能激起人的音乐感；对于没有音乐感的耳朵说，最美的音乐也毫无意义，……忧心忡忡的穷人甚至对最美丽的

① 章诗同注《荀子简注》，上海人民出版社，1974，第 213 页。

② 〔美〕弗朗兹·博厄斯：《原始艺术》，金辉译，上海文艺出版社，1989，第 333 页。

景色都没有什么感觉；贩卖矿物的商人只看到矿物的商业价值，而看不到矿物的美和特性；他没有矿物学的感觉。因此，一方面为了使人的感觉成为人的，另一方面为了创造同人的本质和自然界的本质的全部丰富性相适应的人的感觉，无论从理论方面还是从实践方面来说，人的本质的对象化都是必要的。”[①] 因此，艺术又离不开产生它的社会生活。正是特定时代的社会生活及其需求成为艺术产生的土壤，它成为激起和呼唤艺术表现的主要对象，并构成艺术产生的客观起因。

此外，设计主体生活于社会时空中，与人群中不同的设计者或消费者发生联系，甚至还和虚拟的神秘力量发生联系。造物艺术中的祭器、礼器及雕塑等都是为满足当世人群与神灵交际的需要而产生。上文论述万物有灵观已有提及，此处不再赘述，即便是咏物文学的发生亦是如此。文学的产生或咏物文学中赋物思维可能受人神交流的尸祝文化影响。鲁迅在《汉文学史纲要》中说：“在昔原始之民，其居群中，盖惟以姿态声音，自达情意而已……复有巫觋，职在通神，盛为歌舞，以祈灵贶，而赞颂之在人群，其用乃愈益广大。”[②] 祝在与神灵交流过程中常需要铺陈事件、物象，如按时间顺序铺陈该族一年的工作或收获；又如向先祖依次铺陈大宗与各分支小宗呈送贡物的种类、数量……反过来说，巫祝在人群中赞颂神灵的功绩、威灵又是代表神灵与民众交际。鲁迅《中国小说的历史的变迁》又说：“其二，是因为原始民族对于神明，渐因畏惧而生敬仰，于是歌颂其威灵，赞叹其功烈，也就成了诗歌的起源。”[③] 持相同观点的还有刘师培，其《文学出于巫祝之官说》提出：“盖古代文辞，恒施祈祀，故巫祝之职，文词特工……欲考文章流别者，曷溯源于清庙之守乎?”“韵语之文，虽非一体，综其大要，恒有祀礼而生。”这种交流形式存在假想成分。也就是说，巫、觋与假想对象交流，或是为取悦鬼神，运用不

---

① 《马克思恩格斯文集》第1卷，人民出版社，2009，第190页。

② 《鲁迅全集》第9卷，人民文学出版社，2005，第353页。

③ 《鲁迅全集》第9卷，人民文学出版社，2005，第312~313页。

同寻常的语言（语气、语调、模式、言辞等）表达，因此产生了诗歌。这可以从《诗经》作品中得到印证。《诗经》中的绝大多数作品并非产生于原始时期，但其中不少作品明显具有人类初期思维的痕迹。如《周颂·有瞽》曰：“有瞽有瞽，在周之庭。设业设虡，崇牙树羽，应田县鼓，鞉磬柷圉。既备乃奏，箫管备举。喤喤厥声，肃雝和鸣，先祖是听。”《毛诗序》称：“《有瞽》，始作乐而合乎祖也。”高亨云：“这篇是周王大合乐于宗庙所唱的乐歌。大合乐于宗庙是把各种乐器合在一起奏给祖先听，为祖先开个盛大的音乐会。”[①] 而诗歌中的“先祖是听”则明确表现出诗歌创作目的乃在于使祭歌达于先祖之视听。因此，巫祝在不同阶层之间上传下达的言辞可能与咏物文学、造物艺术的产生有重要联系。

除了人神交际外，人与人之间的交流也是咏物、造物文艺产生的文化根源之一。出于实用目的，百工造物更多是与其他职业的人群进行交换。制造陶罐的可以之与麻布衣物制作者交换，依次类推。咏物文学的创作者也可以与人群中有文艺需求的贵族或文人交流。这些以人本为中心的交际发生于不同的阶层、职业、时空中。如上文所述的赋物表现形式除了在巫祝与虚拟的神灵交流情境下产生外，还出现于贵族阶层向民众征收赋税的交际情境中。《诗经·大雅·烝民》有：“王命仲山甫，式是百辟，……出纳王命，王之喉舌。赋政于外，四方爰发。”孔颖达释道：“王有所言，出而宣之。下有所为，纳而白之。作王之咽喉口舌，布其政教于畿外之国。”[②]《左传·僖公二十七年》赵衰曾引《夏书》曰：“赋纳以言，明试以功，车服以庸。”[③] 这里的“赋纳”，杜预注说：“赋，犹取也。”其实正是“赋政于外”“纳而白之”的意思。《诗经·烝民》的“出纳王命”“赋政于外”，

① 转引自程俊英、蒋见元《诗经注析》，中华书局，1991，第961页。

② （唐）孔颖达：《毛诗正义》，（清）阮元校刻《十三经注疏》，中华书局，1980，第568页。

③ （唐）孔颖达：《春秋左传正义》，（清）阮元校刻《十三经注疏》，中华书局，1980，第1822页。

与《尚书》“赋纳以言”都是描述人与人政事间的交流，在这里，官员成为周天子与底层民众赋物交流的中介。无论是王命的布散、铺陈还是民众的陈布都是以人的交流需求为中心，都是围绕人们的交际需求而衍生。需明确的是，交流需求仅是途径和方法，事实上文化的源泉是人本主义思想。

从自然观方面看，第一，万物有灵思想孕育了中国古老的天人合一观念，而这是感物美学理论形成的哲学基础，也是文艺创作理论中心物象关系的理论源泉。第二，万物有灵的观念对咏物文学的赋物与比兴思维都有启示作用，如赋物思维中物象的提及、铺陈及中心物象的反复咏叹，又如比兴思维对物象的宗教化联想、神秘性关联等。第三，造物艺术更是直接源于万物有灵观念，涉及巫术、祭祀、图腾崇拜等。而若从物用观分析三者共同的文化根源或历史前提，可以发现，无论是劳动、巫术、娱乐还是交际诸多被视为文艺渊源者，实质都是围绕“以人为本”的思想、文化基础，分别为了满足人的生理需求或精神需要。

核心小结

1. 本研究通过梳理中国古代“艺”与“文”的概念、中国古人对“物”的理解、西方学者对“物”的追问，细致分析了“物”的本质、分类及组成部分等概念性、学理性问题，为六朝造物观与咏物文学构建分析比较的可能，在此基础上，明确“物”的概念范围与本书的研究对象。

2. 本研究中“感物”之“物”最宽泛。“‘物’只能是天地自然的物象或社会生活现象，举凡社会、自然、历史的所有现象都可以归入‘物’的范畴。随着‘心’的不同‘物’的角色也在不断地转换。”[①]

① 李健：《中国古典感物美学中的“心”与“物”》，《中外文艺理论研究》2012年第1期，第209~215页。

咏物之“物”主要包括天象、植物、动物以及人工物品和物化的人等物类，物影与物名等也可纳入研究对象。而造物之“物”的范围主要是指艺术行为所指向的客观物象（材料）及完成的状态——工艺品（绘画、雕塑、制器），具体而言，包括六朝时期几乎所有的象形的造型艺术品，如动植物造型艺术品或动植物的纹饰、器物及器物上的图像等艺术符号都是我们所研究的对象。

3. 本研究重点关注的是六朝的“工艺”（包括绘画、雕塑、制器）与咏物文学。因此，研究对象包括“艺”和“文”及二者蕴含的设计思想。“艺”是六朝的“造物工艺”（包括绘画、雕塑、制器）及其造物观念，而“文”主要指六朝时段内咏物文学（主要是诗、赋两方面）及其创作思想。这之中，六朝造物设计及其造物观是本书最主要的研究对象。六朝咏物文学及其创作思想则是六朝“工艺”及其造物思想的主要比较对象，属于本书的重要研究对象。

4. 感物美学、咏物文学、造物艺术共同的文化根源从自然观看是万物有灵的思想，而从物用观的角度分析则是以人为中心的人文主义思想。其对后世“艺”“文”设计理论和实践影响深远。

第二章　“感物”与六朝“艺”“文”设计观

产生于先秦时期的“感物”在中国美学范畴中占有极为重要的地位。《礼记·乐记》指出文艺形式（音乐）源于“感于物而动”，不仅标志着感物范畴的正式形成，而且奠定了这样一个理论基础——文学、艺术创作体验的发生都是感物的结果，“艺”“文”设计主体只有经过感物才能进行审美艺术活动，才能最终生成审美意象。“感物”是文艺发生阶段最重要的理论，一般认为，其哲学基石是“天人合一”观念。李健就认为：“感物美学充满中国古典哲学的智慧，它的产生是天人合一的化育，它的理论的生长也应归因于天人合一的涵养。天人合一观念中所包蕴的天地万物一气贯通、相互感应的理论，成为感物美学的理论基石。离开古老的天人合一，我们无法认识感物美学的实质。”①

第一节　前提：先唐“属人之物”观念的析出与展开

“属人之物”是主体与物发生关联时，对客观物的名称、语言描述、形象的视觉传达及相关知识。那么，“属人之物”概念是如何被先秦人发觉并析出的？其在先唐又经历了什么样的演变呢？学界目前对此问题的研究尚不深入，存在较大研究空间。以“属人之物”观念

---

① 李健：《天人合一：感物美学的哲学根基》，《社会科学辑刊》2017年第6期，第195~204页。

的析出为逻辑起点，探讨其历经先秦“物指观”至于六朝“统物而通物”观念的演变脉络，对先唐时期的物我观念、设计过程中主体与客观物互动等具有认识论方面的价值。

一 “物指”观念的提出

在先秦人的观念之中，“属人之物”是以何种存在形式与主体产生交集，又是如何从客观万物中析出而在士人群体的观念中获得独立的存在的？老子《道德经》曰：“无，名天地之始；有，名万物之母。”又曰：“天下万物生于有，有生于无。”《道德经》中“无”与“有”等概念可视为先秦人对世间事物的朴素认知与概括，而真正将“属人之物”概念从“有”中析出者，不得不提及物指观。“指”“物”“物指”是先秦名家的重要概念，公孙龙《指物论》的相关论述可视为该理论的代表。因为《指物论》内容抽象且未出现实例，所以后人的研究可谓歧见纷出，猜解多端，正如葛瑞汉所言：“对喜好解决难题的读者，它或许是所有中国哲学作品中最令人着迷的一部。但是，还没有两个注者已对其解释达成一致。”有学者将现有成果归纳为十三种观点。[①] 回顾学术史，有的基于本体论、唯物论、认识论、逻辑学、符号学等西学理论的立场阐述指、物之意及相互关系。栾星云：“本篇所论实即公孙龙的宇宙观……公孙龙所谓物，与我们一般所说的物，并无不同，又不全同……在公孙龙看来，物由‘指’转化而成，‘指’是第一性的。公孙龙所谓指，乃物的属性的抽象化，即我们所说的共相……指用以指物时，就构成‘物指’，由‘物指’显现为具体的物——这是由指化物的过程……本篇名为《指物论》，乃论指与物的关系，即指化物的意思。指与物的关系，实即心物关系。不管以什么方式否认物为存在的第一性，终是哲学上的观念论者。”[②]

---

① 张荣明：《〈指物论〉研究》，《南开学报》（哲学社会科学版）2019 年第 5 期，第 176~184 页。

② 栾星：《公孙龙子长笺》，中州书画社，1982，第 100~101 页。

有的从道学、训释等传统治学角度论述二者。王琯曰：“今按‘指’字，当作常义之‘指定’解，即指而谓之；如某也山，某也水，其被指之山、水，标题所谓‘物’者是也。执此以绳，全篇砉解。”[①]角度虽殊，但多数学者对指、物、物指等概念形成了较为一致的看法。公孙龙《指物论》有云：“指也者，天下之所无也；物也者，天下之所有也。”“指”一般理解为概念、共相、意义、观念。“物”公孙龙界定为“天地与其所产焉，物也”。王琯释之为：“言凡有物质之实，皆得共此名而谓之为物。此以天地之形及其所产者均名为物。”[②]因此，“物”是概念所指的对象，包括天地间所有客观存在的物质。先秦人已认识到作为概念的“指”与“物”的区别。公孙龙《指物论》将先秦人的这种认识上升到理论层面。《指物论》开篇就点明了“指”与“物”的关系，即：“物莫非指，而指非指。”先秦人认识到抽象的概念不等同于客观存在的对象物。“指”是脱离了具体的事物而抽象出来的具有共性意义的“名”。但在现实中，“指”无法脱离物而存在，“物”需要名称来指谓，“指”依附于具体之物时就可称为“物指”。“物”与“指”之间就是靠“物指”来转换的，这就是公孙龙所说的“非有非指”“物莫非指”。也就是说，“指”是概念（观念）、共性之名，当连接具体物象与主体时，其成为“物指”（属人之物）。物指概念的产生表明，先秦人不仅认识到“有”生于“无”，而且“有”又可分为与主体相联系的属人之物和超越主体认知能力的物本性。我们认为，先秦的“物指”观念可理解为“属人之物”。若以“无”比于“指”，那么“有”就是由“属人之物”与“物”本身共同组成的。“属人之物”得以在先秦从“有”中析出显然历经演变。其中最为重要的是主体对客观事物的认知在实践与理论两方面的深化。

---

① 王琯：《公孙龙子悬解》，中华书局，1992，第48页。

② 王琯：《公孙龙子悬解》，中华书局，1992，第91页。

一方面，“物指”或指物论中的“指”本身就体现了主体对客观万物认知经验的发展。既然“指”可被解释为抽象的概念，而“物指”是具体客观对象物的概念，那么，作为观照对象的主体又是如何接受或获得客观对象物的概念呢？主体意识的意向性作用尤为关键。故有学者以为，《指物论》研究的是物质与意识间的关系：“所谓‘指’，就是意识和思维。”[①] 需注意的是，物指观念在先秦被提出，主体与对象物发生关联，是一个由身体至于意识的过程。王琯解释“指”就直言：“今按‘指’字，当作常义之‘指定’解，即指而谓之；如某也山，某也水，其被指之山、水，标题所谓‘物’者是也。执此以绳，全篇砉解。”[②] 也可以认为，“指”含义中的“表性质”是由“表动作”发展而来的。从先秦日常生活经验角度分析，“那就是，可以先将‘指’从‘具体指出’某物的动作引申为某物‘被具体指出’。再进一步，则能引申为任一事物‘可被具体指出’。而‘可被具体指出’，正可被看作一切经验对象的普遍性质，即事物在经验上的可指性。……当然，这并不否认存在某物不能被指出的情况，但那只能归因于认识上的限制，而非事物自身不可被指出，即只要为经验个体，就始终有可指性”。[③] 这种关于引申方式的推断可在先秦典籍中找到许多相似例证。如《论语·子张》云：“虽小道，必有可观者焉。”又《文子·下德》有：“大可睹者，可得而量也。明可见者，可得而蔽也。声可闻者，可得而调也。色可察者，可得而别也。”“可观”“可睹”“可闻”等，就是将动词在被动义上引申为对象的性质。由此可知，在主观意识与对象物发生关系前，先秦可能存在一个主体从身体或动作认知万物的实践过程。另一方面，随着实践经验的积累，理论探讨亦越发活跃。推动主体认知客观对象物方式转变历程者，名家作

---

① 庞朴：《公孙龙子研究》，中华书局，1979，第 20 页。

② 王琯：《公孙龙子悬解》，中华书局，1992，第 48 页。

③ 李巍：《物的可指性——〈公孙龙子·指物论〉新解》，《哲学研究》2016 年第 11 期，第 40～45 页。

用较大。公孙龙虽认可生活中以手指指物为“指”，但不同于其余各家，他不为此观念拘囿而意图有所超越。他在《指物论》中提出了一些质疑：“且指者，天下之所兼。天下无指者，物不谓无指也。”意思是：天下那些不用手指指向的事物是存在的。没有事物是到了人们眼前，伸手指向它们才开始出现而是早就存在。故《指物论》曰：“非指者天下，而物可谓指乎？”“且夫指固自为非指，奚待于物而乃与为指？”“指于物非指也。”最后公孙龙还说出了自己上述逻辑的合理依据。《指物论》云：“使天下无物指，谁径谓非指？”“天下无指者，生于物之各有名，不为指也。”名家认为，物之“名”是产生于手指指物之前，那些不可指物的存在即可为例。名家已经意识到很重要一点——主体的意识先于动作与客观对象物发生关联。因此，名家不仅看到了以手指指物为“指”的狭隘性，而且提出了事物都可用名加以指称的主张。虽然如此，真正将之系统化的是荀子的制名思想。其于《正名》中多次提到“制名以指实”“名足以指实”“名定而实辨”等观点。由于“万物同宇而异体”，所以人们需要“分别制名以指实”。荀子《正名》又说：“名闻而实喻，名之用也。”又说：“彼名辞也者，志义之使也，足以相通则舍之也。”[①] 喻有知晓之意而志义可解释为思想，所以，荀子赋予了“名”能表现事物思想的功能。先秦士人认识到了无和有，也开始有意识地从“有”中析出所谓“属人之物”。事实上，我们还需把握他们对“有”中主体意识无法认知部分的态度，只有这样才能较完整地厘清先秦士人群体对属人之物的真实观念。

既然“属人之物”是从“有”中析出，属于物与主体认知发生关联所产生，那么，主体通过实践经验与理论探讨意识到“属人之物”概念存在的同时，他们也发现主体认知存在极限。在主体认知不可抵达之处，还有某种不可捉摸的存在。这一存在是属人之物言说的基础，名称、描述、形象及对象物的知识都是围绕其言说的话语后

① 章诗同注《荀子简注》，上海人民出版社，1974，第247~248页。

果。矛盾之处是，这部分无法言说清楚的“有”是被排斥于围绕其言说话语后果之外的。这表明主体对“有”这种存在进行言说和表象后，遗失、省略、拒绝而持续存在的部分就是物本质。

先秦诸子意识到主体存在认知的极限，但他们加深对未知领域（物本质）探索所采用的是规范主体的认知方式。名实概念及二者关系就是先秦士人群体对此的理论探讨与表述。先秦诸子认为，“名”与“实”是相对应的概念，较早提出名实概念的是墨家，主要集中于《墨子》中的《经上》《经下》《经说上》《经说下》《大取》《小取》等六篇，合称为《墨经》或《墨辩》，并被视为墨家学者的代表作。“实”一般指客观存在的具体有形物，“名”是“举实”，是依“实”而生，所以《经说下》说，“有之实也，而后谓之；无之实也，则无谓也”；而《小取》亦曰“以名举实”，又《经说上》云“所以谓，名也。所谓，实也”。在他们看来，“名”为“所以谓”，意思是用以谓述客观具体事物的；“实”是“所谓”，是被名加以称谓、谓述的对象。墨家学派理解之“名”即具体事物的名称、标记，而名实关系就是名称与具体事物之间的一种谓述关系，是指称或代表关系。名家这方面的看法与墨家较为一致。公孙龙《名实论》较系统地提出了其对名实关系的看法。公孙龙曾说：“天地与其所产焉，物也。”他将天地间万事万物都认定为可称谓的对象，明显是为名实观引入指物论奠定基础。名家认为“物以物其所物而不过焉，实也”。实就是具体事物得以成为某物的依据。而作为公孙龙所创造的一个术语——位，“实以实其所实，不旷焉，位也”，其实是指名的符号与实之间的一种对应关系。名作为“书面语言的基本符号是具有某些特性的笔画，符号和符号之间有空间的先后顺序”。[①] 在先秦当世人看来，名与实的对应是容不得半点疏忽的。公孙龙认为，名与实若不能相符，则需纠

① 〔瑞士〕费尔迪南·德·索绪尔：《普通语言学教程》，高名凯译，商务印书馆，1996，第95页。

正与规范。《名实论》云：“其正者，正其所实也；正其所实者，正其名也。”即名家以为，“正名”就是确定和规范名的“所实者”，就是名所称谓的对象。在公孙龙看来，具体事物与名称之间存在一种确定的位置关系，如果这种位置关系未能得到遵守，那就会造成“非位”的后果——名与实不一致，而只有“位其所位”，即与其称谓的对象相应、相当的名，才是规范的名。对于“名”的界定，公孙龙云：“夫名，实谓也。”而正名的原则，其表述为“唯乎其彼此”。因此，综合来看，名家与墨家的名实观念并无明显的差异。对于名与实之间的关系，儒家学派同样主张名实相符。孔子曰：“必也正名乎。”又说：“名不正则言不顺，言不顺则事不成……”[①] 荀子《正名》亦云：“然后随而命之：同则同之，异则异之；…知异实者之异名也，故使异实者莫不异名也，不可乱也，犹使同实者莫不同名也。”[②] 荀子“同则同之，异则异之”的原则表明了儒家学派肯定名实对应关系，强调二者的一致性。所以说，先秦诸子对于名的性质与功能、名与实之间的对应关系及其规范等看法基本上一致，没有根本性的差异。儒家荀子继孔子之后，在《正名》中阐发了自己的名实观。《正名》云：“名也者，所以期累实也。”这“期”即要约、会合之意。《正名》又云：“名无固宜，约之以命，约定俗成谓之宜，异于约则谓之不宜。名无固实，约之以命实，约定俗成谓之实名。”[③] 这表明荀子认为，名原本没有固有的称谓对象，当人们共同约定用某名去称谓某具体事物时，便按照这种约定把某名当作该事物的名称。

先秦诸子对属人之物的认知可以归纳为以下三点。其一，属人之物发现的前提条件：认识到万物背后都有一个根本的规律或本质。世间事物都围绕这个规律运转，这就是老子所说的“无”。而所有世间既具共性又呈差异性的事物则统称为“有”。其二，属人

---

① 杨伯峻译注《论语译注》，中华书局，2006，第 150 页。

② 章诗同注《荀子简注》，上海人民出版社，1974，第 247~248 页。

③ 章诗同注《荀子简注》，上海人民出版社，1974，第 248 页。

之物概念的析出。先秦诸家学派意识到，“有”出于“无”。人不仅触摸不到“无”，也无法认识到“有”的全部。在主体意识之内能认知的客观对象物，被称为属人之物。在主体认知与客观对象物的关系上，名家公孙龙指出意识事实上先于动作与对象物发生联系。其三，以规范属人之物的方式弥补主体认知的极限。先秦诸子名实观较为统一，都认为名实需要相应、相符。其中，荀子提出的“制名”说将“名”物制度化、系统化，提高了主体在心物互动关系中的主动地位。

二 “属人之物”的声名化

属人之物自先秦在观念上被士人群体自觉析出并走上以制名方式进行规范的历程后，两汉承其遗绪，对“属人之物”声名化，进一步规范制名方式。其实，这种“物指”声名化的态势在战国末期已初具规模。当世盛行通过日月星辰的推移，配以五色、五声、五味来表达事物的思潮，如《吕氏春秋》《月令》等文献为一年中每个月份出现的各种事物配以相对确定的音、律、数等。这股思潮表现出一种主体与客观对象物关系中，视觉呈现形态愈发淡化而声音愈发得到凸显的趋势，以至于汉人遂以声音命名的方式发展了荀子的制名理论。以声音代替形象、动作的方式与客观物发生关联在汉代知识阶层中逐渐自觉。一方面，天象、地理、时令、音乐、律吕相关物的概念制名都延续了《吕氏春秋》《月令》的声-名模式，如《淮南子·时则训》。另一方面，作为汉代大儒的董仲舒在继承荀子“名号”制作思想时，突出强调了“声”的作用。其《春秋繁露·深察名号》言：

> 治天下之端，在审辨大；辨大之端，在深察名号。名者，大理之首章也，录其首章之意，以窥其中之事，则是非可知，逆顺自著，其几通于天地矣。是非之正，取之逆顺；逆顺之正，取之

名号；名号之正，取之天地；天地为名号之大义也。古之圣人，謞而效天地谓之号，鸣而施命谓之名。名之为言鸣与命也，号之为言謞而效也，謞而效天地者为号，鸣而命者为名，名号异声而同本，皆鸣号而达天意者也。天不言，使人发其意；弗为，使人行其中；名则圣人所发天意，不可不深观也。①

文中以主体对鸟兽或鸣或号的模仿来确定对其的命名为例，并论证依据声音命名客观对象物的方式是正确——“达天意”的。那“天意”如何达？董仲舒的回答是“天不言，使人发其意”。汉代人认为制名的根据是“天意”，但天不言，天人之间直接关联，人言即天言即天意。人之言如猛兽与百鸟的叫声一般，也就是说声音可发“天意”。声名为什么独具符合发明天道的功能呢？董仲舒回答道：

受命之君，天意之所予也。故号为天子者，宜视天为父，事天以孝道也。号为诸侯者，宜谨视所候奉之天子也。号为大夫者，宜厚其忠信，敦其礼义，使善大于匹夫之义，足以化也。士者，事也；民者，瞑也。士不及化，可使守事从上而已。五号自赞，各有分。分中委曲，曲有名。名众于号，号其大全。名也者，名其别离分散也。号凡而略，名详而目。目者，遍辨其事也；凡者，独举其大也……物莫不有凡号，号莫不有散名，如是。是故事各顺于名，名各顺于天，天人之际，合而为一。同而通理，动而相益，顺而相受，谓之德道。②

上至“天子”下至“士民”有各自相应而不同的职分，“名”“号”也都有别与分的功能。董仲舒即以音声解释、分别人物，如

① 袁长江：《董仲舒集》，学苑出版社，2003，第227页。

② 袁长江：《董仲舒集》，学苑出版社，2003，第227~228页。

“士者，事也；民者，瞑也”。不仅如此，在汉代人看来，声名除了可以“分”万物外，还因自身的被动性而更能体察天意，从上文董仲舒所言的“施命”与“效天地”就可以看出汉人的这一心态。如“施命”指天意对人施加命令，“效天地”是指天地主动给予人以消息。将“声”作为“名”的依据，汉代颇多文献有明确描述。如《新书·礼容语下》：“夫目以处义，足以践德，口以庇信，耳以听名者也，故不可不慎也。”足见在当世人看来，“名”可“听”而不可“见”。《法言·问神》曰：“言，心声也；书，心画也。”《论衡·定贤》道：“何以观心？必以言。”又如《白虎通》在解释“名”之所自时，将“听其声”作为制“名”的首要根据，比如：

> 人必有名何？所以吐情自纪，尊事人者也……名或兼或单何？示非一也。或听其声，以律定其名；或依其事、旁其形。故名或兼或单也。依其事者，若后稷是也。弃之，因名为弃也。旁其形者，孔子首类丘山，故名为丘。①

“吐情自纪”是说“名”乃自己包括现实处境、内心之期待等实情的吐露，故而由“吐情”而自然将“听其声”凸显出来。“以律定其名”与“吹律定姓”一致，就是通过音律确定“名”。汉代人对物的认识较先秦人显然更进一步。他们认识到，声音在主体与客观对象物之间发生关联的重要作用。听觉较视觉、动作触摸等方式更能体察万物之性，更加可能认识万物，提升认知客观物的极限。以声命名的方式也更能将主体认知到的客观对象物加以表达，不容易出现“难以表达”的情况。汉代最盛行的文学形式——赋，就是以铺陈排比的方式命名世间的万事万物。士人群体对这种文体的传播方式就是以声命名，故班固《汉书·艺文志》有“传曰：‘不歌而诵谓之赋，登高能

① （清）陈立疏证，吴则虞点校《白虎通疏证》，中华书局，1994，第406~411页。

赋可以为大夫。’”[①] 其描述了赋体文学传播在文士与贵族群体间是以“不歌而诵”的方式交流，那么这种方式是如何用声音命名、分别万物的？《周礼·大司乐》：“以乐语教国子，兴、道、讽、诵、言、语。”郑玄解释说：“倍文曰讽，以声节之曰诵。”贾公彦又细致区别：“云‘倍文曰讽’者，谓不开读之。云‘以声节之曰诵’者，此亦皆背文。但讽是宜言之，无吟咏，诵则非直背文，又为吟咏，以声节之为异。”这又正是它与“歌”不同的特点。孙诒让《周礼正义》分析说：“谓虽有声节，仍不必与琴瑟相应也。盖诵虽有声节，而视歌为简易易明。”由此看来，这显然是声音而非动作或形象传达“客观事物”。刘勰《文心雕龙·诠赋》称赋体文学艺术特点为“极声貌以穷文”，这在某种程度上也可以反映出汉赋作者力图以声音辨别万物。

赋体文学这种注重对万事万物以声音形式制名的群体观念源于先秦时期的赋政制度。段玉裁据经传“赋”字的普遍用法，释之云：“敛之曰赋，班之亦曰赋，经传中凡言以物班布与人曰赋。”[②] “赋”既有对事物的班布，也有“言”的班布。其本身就是通过语言对世间万物命名、称谓。《诗经·大雅·烝民》即可为证：“仲山甫之德，柔嘉维则，令仪令色，小心翼翼。古训是式，威仪是力，天子是若，明命使赋。王命仲山甫，式是百辟，缵戎祖考，王躬是保。出纳王命，王之喉舌，赋政于外，四方爰发。”孔颖达《毛诗正义》中对赋体文学的源头阐释得更加明白：“王有所言，出而宣之。下有所为，纳而白之。作王之咽喉口舌，布其政教于畿外之国。”先秦时期其他文献中亦能找出与其相印证之处。《左传·僖公二十七年》赵衰曾引《夏书》曰：“赋纳以言，明试以功，车服以庸。”这里的“赋纳”，杜预注：“赋，犹取也。”其正是“赋政于外”“纳而白之”之意。今

① （汉）班固：《汉书》，中华书局，1962，第1755页。

② （清）段玉裁：《说文解字注》，上海古籍出版社，1981，第282页。

本《尚书·益稷》：“敷纳以言，明庶以功，车服以庸。”伪孔《传》将“敷纳以言”解释为“使陈布其言”。《尚书正义》解《舜典》文说“敷者，布散之言”。“奏是进上之语”，“诸侯四处来朝，每朝之处，舜各使陈其治理之言，令说已之治政。既得其言，乃依其言，明试之以要其功。以如其言，即功实成，则赐之车服以表显其人有才能可用也”。

因此，以声音形式对客观对象物业已认知的部分进行制名是两汉时期士人群体普遍的认知。但若追溯其渊源则是先秦时期的赋政制度。但从感官和客观物象关联产生属人之物的历程看，两汉与先秦时期对以音声制名认知上最大的区别就是，先秦耳较受重视，而两汉时期，发出声音的口舌则受到更多的强调与凸显。据《论衡·奇怪》记载，“孔子吹律，自知殷后”，在与客观之物的接触过程中，先秦人更乐于以“听”这种被动的方式认识世间万物。直到秦汉之初，当世人对物声名化的认知仍然强调听这种相对被动的方式。班固《白虎通》记载：“或曰：舌者心之候，耳者肾之候。或曰：肝系于目，肺系于鼻，心系于口，脾系于舌，肾系于耳。”[①] 这里提到的“舌者心之候”与“心系于口”似乎表明口舌取代耳成为心物关系的媒介。“口舌”将主体内心对客观万物的认知与理解外化，直接表现。其表明当世人也逐步意识到对待“属人之物”的态度应该由被动接受转变为主动表达。对比于先秦时期普遍认为“耳目，心之枢机”的观念（《国语·周语》），口舌已经取代耳目成为两汉以降与“属人之物”关系中的主导。但口舌与耳谁是与“属人之物”关系中的主导？士人群体的认知是经历发展过程的。在秦汉初期，耳仍然是占据主导地位，如《素问·金匮真言论》云：“南方赤色，入通于心，开窍于耳。”[②] 由引文可知，秦汉之初仍然认为，耳是心之窍，即耳主要对心负责，耳主导

① （清）陈立疏证，吴则虞点校《白虎通疏证》，中华书局，1994，第386页。
② 中医出版中心整理《黄帝内经素问》，人民卫生出版社，2012，第17~18页。

表达心之所思。但《黄帝内经》中后起的学派也表达出口舌取代耳成为心主导的观念。

> 鼻者，肺之官也；目者，肝之官也；口唇者，脾之官也；舌者，心之官也；耳者，肾之官也。[①]

> 南方生热，热生火，火生苦，苦生心，心生血，血生脾，心主舌……[②]

以舌为心之官意思是舌主要对心负责、为心主导、表现心，故心病会有“舌卷短，颧赤”之象。虽然“心之官”与“心之窍”在表述上有些不同，但都主张“心”与“舌”之间具有最为直接的相关性。这一观点区别于秦汉以耳为心之窍的观念。虽然存在争议，但认识发展到西汉初期，口舌似乎已经取代了耳成为“心”的主导。《淮南子·修务训》曰：“于是神农乃始教民播种五谷，相土地宜，燥湿肥硗高下，尝百草之滋味，水泉之甘苦，令民知所辟就。”[③] 对万物的认识口舌显然占了上风。先秦人用耳接受万事万物，汉代人用口舌“尝百草之滋味，水泉之甘苦”，虽然不是用口舌表达万物，但尝万物之味道同属于主动认知客观对象物，只不过是认知的方式发生了明显变化。口舌取代耳朵成为主体认知万物主导的观念发展至汉末更是为士人群体普遍接受。如生于汉末，长于曹魏的皇甫谧对“耳舌之辨”的判定堪为代表：“舌者心之官……夫心者火也，肾者水也，水火既济，心气通于舌，舌非窍也，其通于窍者，寄在于耳。”“官”的意思就有主管、负责之义。“心官”一语就显示出“舌”的主动性。

---

① （清）张志聪著，孙国中、方向红点校《黄帝内经灵枢集注》，学苑出版社，2006，第296页。

② 中医出版中心整理《黄帝内经素问》，人民卫生出版社，2012，第257页。

③ 陈广忠译注《淮南子》，中华书局，2012，第1118页。

“舌”直通“心”，故心气通于舌是当世士人群体的共识。因此，世人对万物认识方式的变化或接触方式的改变也会影响人们对属人之物规范方式的变化。

三　六朝：统物与通物的结合

六朝时期，士人群体对于客观对象物制名规范方式呈现出统物与通物相结合的形式。主体之意识与客观对象物发生关联后，“心”一方面包含对对象之特征、属性等客观物理的认识，另一方面，人心对客观对象物进行主观规范的意图也较前代加强。因此，主体之意具有主客观两个领域内涵的特性被强调。主体超越感官接触而直接以意识规范属人之物，从魏晋开始的得意忘言的观念就是改变汉代人对属人之物声名化方式的具体表现。六朝士人着重于以心（意识）来规范、融通客观对象物。王弼《周易略例》将“言”与“象”“意”置于同一架构中进行考察。文曰：

> 夫象者，出意者也。言者，明象者也。尽意莫若象，尽象莫若言。言生于象，故可寻言以观象。象生于意，故可寻象以观意。意以象尽，象以言著。故言者所以明象，得象而忘言。象者所以存意，得意而忘象。①

据引文所述，由“言生于象”“象生于意”可知，三者间的重要性在逻辑上存在递进关系。魏晋人看来，言与象（声音、视觉形象）都只是传达“意”的工具，主体“得意”之后可以对其忽略，所以说“得象而忘言”“得意而忘象”。虽然魏晋玄学家所述之“意”乃圣人之意，但其中亦含有客观万物的义理结构。“忘言”“忘象”所表达出的是魏晋士人群体对视觉性的自觉超越与淡化听觉性特征的策

---

① 楼宇烈校释《王弼集校释》，中华书局，1980，第609页。

略。这也是当世士人普遍秉持的观念：对客观事物的把握可以跨越感官、形名而直接以心意对其规范和贯通。也正因为如此，包括触感、形象、声音在内的感官媒介作用是不可靠的。当世不少文献留有类似观点的记载，如嵇康《声无哀乐论》打破了“哀乐”与“声音”之间的内在相关性。文曰：“音声之作，其犹臭味在于天地之间。其善与不善，虽遭遇浊乱，其体自若，而无变也。岂以爱憎易操，哀乐改度哉？”又曰：“心之与声，明为二物。”人演奏的乐声属于外在之物，其与主体的内在之心被视为二物。春秋以后“听风雅而观礼”所确立起的近乎一体的内在关联至此被割裂。这也相当于否定了汉代对属人之物制名方式的声名化。

> 且季子在鲁，采诗观礼，以别风雅。岂徒任声以决臧否哉？又仲尼闻韶，叹其一致，是以咨嗟，何必因声以知虞舜之德，然后叹美耶？[①]

由此可知，外在的声音与人心中的情感在魏晋士人眼中已经不具备对应关系，声音也因之不能表达人心中之情，不能用来制名。嵇康说：“夫言非自然一定之物，五方殊俗，同事异号，趣举一名，以为标识耳。”声音或言语只不过是一种标识、符号，本身不能够完全代表主体的心意。嵇康举例道，假如有人嘴上所说的是鹿，心中所想的是马，那么，听者所接受的信息是鹿正确，还是马正确呢？六朝时期这种“言”“声”与“意”“心”的分离的论调无疑动摇了“声名”的根基。对万物以声音制名观念的弱化及魏晋以后玄学的独特的思维，促使魏晋以后的士人忽略声音、形象等媒介——促成心物直接沟通。万物之有又存在广泛差异性，忽略身体感官的作用，主体的心意是如何抽象地把握万物呢？客观物所共有的本质规律才是人心规范世

① 戴明扬校注《嵇康集校注》，中华书局，2014，第347页。

间万物的基础。也就是说，因自身缺乏任何的规定，无形无名之无也就能接纳任何的有形有名之有。所以以王弼为代表的玄学家秉持了“以无为本”，以之统万物的观念。王弼《老子指略》对之有经典性论述。

> 夫物之所以生，功之所以成，必生乎无形，由乎无名。无形无名者，万物之宗也。不温不凉，不宫不商……故能为品物之宗主，苞通天地，靡使不经也。[①]

表达包统万物之义的文句于《老子道德经注》中亦可常见，如：

> 毂所以能统三十辐者，无也。以其无能受物之故，故能以寡统众也。[②]
>
> 不炎不寒，不温不凉，故能包统万物，无所犯伤。[③]

王弼云“取乎万物之所由”，又曰“道，称之大者也”。这些都表明当世人普遍认同以无统万物的思想。汤用彤也表达了认同魏晋人对无统万物的观点，其云：“王氏之所谓本体，盖为至健之秩序……由其本身言，则谓为其性分或（德）。由始成言之，则谓为所以然之理。”[④] 但以无包统万物仅是六朝玄学家以心直接关联万物的一个方面，确切地说是将万物视作各居其位的静态存在而建立的秩序。若当万物处于动态，那统物观念则无法理解万物，这不仅是理论上的推论，还是历史事实。关于万物性理的动态的秩序建立，玄学家提出了“通物”思想。其文曰：

---

① 楼宇烈校释《王弼集校释》，中华书局，1980，第 195 页。

② 楼宇烈校释《王弼集校释》，中华书局，1980，第 27 页。

③ 楼宇烈校释《王弼集校释》，中华书局，1980，第 88 页。

④ 汤用彤：《魏晋玄学论稿》，生活·读书·新知三联书店，2009，第 49、93 页。

唯此复，乃能包通万物，无所不容。[①]

万物以自然为性，故可因而不可为也，可通而不可执也。[②]

相对于统物，通物所表达的是主体对万物处于不间断生成变化状态下所采取的规范属人之物的方式。其需要在关联性的动态语境中才能得到实现和理解。以统物的方式规范世间万物，未能给物提供变化的“空间”，将事物固定在分位之上容易使物无法通畅。王弼在《周易注》中阐释了主体以统物与通物融合的方式在静态与动态两个方面对客观物象的把握。如王弼对《大有》卦的阐释，其卦辞云：“大有，元亨。”王弼注曰：“体无二阴以分其应，上下应之，靡所不纳，大有之义也。”[③] 我们从其注释可看出，王弼对客观万物统而规范的意图的表达。然其对卦辞的整体注释又云：“不大通，何由得大有乎？大有，则必元亨矣。”[④] 此处王弼又指出心意与万物的关联是建立在静态与动态双方面的，变动不居的万物需要“通”。又如“萃”卦，王弼在卦辞注中云“聚乃通也”，似乎是聚在通之前，有二者前后相互配合之意。这也反映出魏晋士人对主体意识与世间万物关系的新看法。通物不同于统物，统给人以片面强调主体能动性之感，而通物则更讲求二者的融通与互动。王弼《周易注》阐释《乾·象传》注云：“天也者，形之名也；健也者，用形者也。”[⑤] 健为用形者，可理解为主体之心，而天为形名似指客观对象物。这里显现出魏晋玄学家从静态的层面阐述主体的统物观念，但又能从王弼对乾卦某些注释中寻觅到另一种要求适当抑制主体对客观物主观性的表述。如《乾·用九》

① 楼宇烈校释《王弼集校释》，中华书局，1980，第 36 页。
② 楼宇烈校释《王弼集校释》，中华书局，1980，第 77 页。
③ 楼宇烈校释《王弼集校释》，中华书局，1980，第 290 页。
④ 楼宇烈校释《王弼集校释》，中华书局，1980，第 289 页。
⑤ 楼宇烈校释《王弼集校释》，中华书局，1980，第 213 页。

中注释“无首”云：“以刚健而居人之首，则物所不与也。”[①] 此处告诫主体刚健之德不可自恃，过分强调主体性或招致失败，所以需要无首而谦退。其实王弼的注释并不存在矛盾。统物和通物是主体与客观对象物在不设定任何秩序前提下产生关联。而主体与物相交的秩序建立亦是生成变化过程中所造就。魏晋士人对客观物交往关系的认知并不偏执于主体或物任何一端，而是物我融通，统物而通物。又如《周易注》中，王弼将“讼”卦之卦辞“中吉，终凶”注释为“唯有信而见塞惧者，乃可以得吉也。犹复不可终，中乃吉也”[②]，意思很明确，有争讼就意味着需裁断枉直以通之。但所谓“通”则有一定的灵活性，有时又不完全以法条、曲直来判定案件，既要伸张受屈一方的冤情，又不可纠枉过正，使得另一方蒙受过度的损失，应该以结果双方都能接受（皆通）作为判定（秩序建立）的依据。故王弼以“断不失中”的九二为“善听之主”。

由此可知，忽略视觉、触觉、听觉等方式“得意”，淡化形名、声名的方式来丰富与“属人之物”交流成为魏晋六朝士人群体的普遍共识。强调外在、客观物的形名观也逐渐转向主客融合的物我观念。这种对属人之物的制名化从先秦时期的指物论开始，至于六朝时期王弼的统物与通物，构成了较完整的思想发展脉络。

第二节 “感物”的哲学基础

一 天人观念及其与心物互动之关系

（一）天人合一与天人相分

先秦文献《礼记·乐记》在讨论音乐问题时指出，音乐的产生是

① 楼宇烈校释《王弼集校释》，中华书局，1980，第212页。

② 楼宇烈校释《王弼集校释》，中华书局，1980，第249页。

“感于物而动”，其标志着感物范畴的正式形成。[①]“天人合一观念中所包蕴的天地万物一气贯通、相互感应的理论，成为感物美学的理论基石。离开古老的天人合一，我们无法认识感物美学的实质。”[②]许慎《说文解字》释天字曰：“天，巅也，至高无上，从一、从大。”甲骨学家一般认为，人象人形，二即上字，象人之颠顶，人之上就是所戴之天。“天”自西周以后，一直兼具自然之天与人事道德双重意义。一方面，“天”的自然本意在先秦人观念中具有广泛共识。《论语·阳货》中孔子有感而叹息：“天何言哉！四时行焉，百物生焉。天何言哉！”《庄子·知北游》更有：“天地有大美而不言，四时有明法而不议，万物有成理而不说。”另一方面，在人事道德上，“天”改变了压迫人类自然力化身的形象，变成了人的来源与根本，甚至会怜悯人，帮助人。如《尚书·召诰》曰：“天亦哀于四方民，其眷命用懋，王其疾敬德。”又“惟天阴骘下民，相协厥居”。老子言“道法自然”，以自然为天。为什么要法自然？其中很重要的一点就是人与自然原本一体，一气贯通。也正因为如此，庄子在老子思想基础上提出“齐万物”“等死生”等天人关系更为亲密的观点。这也使得天与人之间的互动、交流成为可能。“天人合一”使得人们消解了自身和自然万物的区别，形成了以自身为中心，将自己的身体，甚至喜怒哀乐类比为天地万物的观念。这种原始思维用列维-布留尔的话说就是：“对原始人来说，纯物理（按我们给这个词所赋予的那种意义而言）是没有的。流着的水、吹着的风、任何自然现象、声音、颜色，从来就不像被我们感知的那样被他们感知着，也就是不被感知成与其他在前在后的运动处于一定关系中的或多或少复杂的运动……客体和

① 关于《礼记·乐记》的产生年代，学界有不同的看法。先秦虽然未明确提出“感物”，但在《易》《老子》《庄子》等典籍中，都有相关的思想表述。可参考李健《天人合一：感物美学的哲学根基》，《社会科学辑刊》2017 年第 6 期，第 195~204 页。

② 李健：《天人合一：感物美学的哲学根基》，《社会科学辑刊》2017 年第 6 期，第 195~204 页。

存在物的神秘属性构成了那个在任何处所与时刻都显示出是复合的整体的原始人的表象的组成部分。后来，在社会进化的另一时期，我们叫做自然现象的那种东西显示了一个趋势，即变成除去任何其他因素的唯一的知觉内容。”[①]“天人合一”作为感物思想的哲学基础，其内涵并非表面这么简单，需要全方位理解。

与“天人合一”相对而同时被提及的还有一个“天人相分”的概念。为避免先秦思想界天人观莫衷一是，影响政治的清明，荀子提出了“明于天人之分”“制天命而用之”的“天人相分”思想。有学者认为，“天人之分”与“天人合一”思想截然不同，强调的是人和自然的区别，而其“制天命而用之”的思想则是“改造自然的主张”，其学说是“控制自然说”和“改造自然的学说”。[②]但越来越多的观点指出天人相分实际上是另一种形式的“天人合一”，如方克立就认为，“荀子的天人观是一种以‘明于天人之分’为前提的‘天人合一’论”。[③]又陈业新也说：“荀子的天人观不是所谓的‘天人相分’，而是‘天人合一’。荀子之‘明于天人之分’，强调的是天与人的不同职分，而不是将天与人截然分开。”[④]

综上，我们认为，“天人相分”是产生于“天人合一”思想之后，以“天人合一”思想为基础却有别于它的一种哲学思想。因此，“整体”的世界是更为本原的世界，比区别、划分的世界更为原始。天人相分的世界是后来知识的、逻辑的世界所规定、建构的世界。

（二）天人合一与心物互动

天人合一（包括天人相分）思想作为中国最古老的哲学思想之

① 〔法〕列维-布留尔：《原始思维》，丁由译，商务印书馆，1997，第34~35页。

② 方立天：《先秦哲学与人类生存智慧》，《光明日报》1999年3月19日，第5版。

③ 方克立：《“天人合一”与中国古代的生态智慧》，《社会科学战线》2003年第4期，第210页。

④ 陈业新：《是“天人相分”，还是“天人合一”——〈荀子〉天人关系论再考察》，《上海交通大学学报》（哲学社会科学版）2006年第5期，第53~59页。

一，是古人对天人关系的认识，是中国古代的宇宙观。天人思想孕育了古人的“感物”观，并促进其发展。心物关系可视为天人观念在文学领域的具体延伸。较早将天人观念引入文学领域的是刘勰的《文心雕龙》。其《原道》曰：“爰自风姓，暨于孔氏，玄圣创典，素王述训，莫不原道心以敷章，研神理而设教。取象乎河洛，问数乎蓍龟，观天文以极变，察人文以成化。”① 他认为圣人之心最能体悟天道，可作为连接天文与人文的纽带，正所谓“道沿圣以垂文，圣因文而明道”。② 作为三才之一，有心之器，圣人创造的人文既体现天道，又具文采光华，故《征圣》曰：“圣文之雅丽，故衔华而佩实著也。”③ 又《情采》曰：“圣贤书辞，总称文章，非采而何。”④ 因此，圣人留下的言辞与著述被称誉为“恒久之至道，不刊之鸿教也”。⑤《文心雕龙》在总论部分将天人合一的哲学思想延伸至文学领域，作为当世文学创作理论的总纲。而在这种天人思想框架之下，《文心雕龙》于创作论部分运用“心物关系”在文艺领域具体创作过程中代替了偏于哲学层面的天人关系，即“心物相通”取代“天人合一”作为在具体的文学创作过程中被应用的概念。

《神思》与《物色》分别从主体与客体两个不同的角度论述了创作主体与客观事物间的互动。《神思》篇的“思理为妙，神与物游”⑥ 是从心物交融中“心”的角度来说的，以突出想象在艺术构思中的重要作用；《物色》篇的“物色相召，人谁获安”⑦ 是从心物交融中“物”的角度来说的，以彰显物象对创作主体的感召刺激作用；《养气》篇的“清和其心，调畅其气”⑧ 则从主体修养方面来立论，以强

① （南朝梁）刘勰著，范文澜注《文心雕龙注》，人民文学出版社，1958，第 2~3 页。
② （南朝梁）刘勰著，范文澜注《文心雕龙注》，人民文学出版社，1958，第 3 页。
③ （南朝梁）刘勰著，范文澜注《文心雕龙注》，人民文学出版社，1958，第 16 页。
④ （南朝梁）刘勰著，范文澜注《文心雕龙注》，人民文学出版社，1958，第 537 页。
⑤ （南朝梁）刘勰著，范文澜注《文心雕龙注》，人民文学出版社，1958，第 21 页。
⑥ （南朝梁）刘勰著，范文澜注《文心雕龙注》，人民文学出版社，1958，第 493 页。
⑦ （南朝梁）刘勰著，范文澜注《文心雕龙注》，人民文学出版社，1958，第 693 页。
⑧ （南朝梁）刘勰著，范文澜注《文心雕龙注》，人民文学出版社，1958，第 647 页。

调身心修养是实现坐忘物化的天人合一境界的基础。不论是“思理为妙，神与物游”[①]，还是“物色相召，人谁获安”[②]，所表达的都是主体与客体相互影响、合二为一的过程。综上，心物关系是感物理论在“艺”“文”设计过程中主客体互动关系的重要概念和指导理论。

二　天人合一：功能性与审美性的统一

这种“天人合一”的观念对造物艺术产生了影响。整体性思维是先秦人对天人关系看法的最原始观念。《庄子》也说：“天地与我并生，而万物与我为一。”又曰：“人与天，一也。”原始象喻思维的代表性著作——《周易》将“道”分为“天道”、“地道”和“人道”：“《易》之为书也，广大悉备，有天道焉，有人道焉，有地道焉。”[③]天道、地道，可统称天道。“天道”，居于最高层次，“人道”效法“天道”，“夫大人者，与天地合其德，与日月合其明，与四时合其序，与鬼神合其凶吉。先天而天弗违，后天而奉天时，天且弗违，而况于人乎，况于鬼神乎！”[④]器物设计思想与此相似。如《考工记》曰：“天有时，地有气，材有美，工有巧。合此四者，然后可为良。”[⑤]《周易》分道为天道、地道、人道。《考工记》相应地提出了天时、地气、材美、工巧。工巧是在天时地利基础上发挥主观能动性，以追求天工与人工完美融合的审美境界。这种天人合一的设计理念贯穿于整个中国古代造物文化之中。如《天工开物》一书之名，“天工”一词出自《尚书·皋陶谟》“无旷庶官，天工，人其代之”，其意为自然职能。而“开物”出于《周易·系辞上》：“夫《易》开物成务，冒天下之道，如斯而已者也。”[⑥]“开物”之意又是指人工开发万物，

---

① （南朝梁）刘勰著，范文澜注《文心雕龙注》，人民文学出版社，1958，第493页。

② （南朝梁）刘勰著，范文澜注《文心雕龙注》，人民文学出版社，1958，第693页。

③ 黄寿祺、张善文译注《周易译注》（新修订本），上海古籍出版社，2018，第768页。

④ 黄寿祺、张善文译注《周易译注》（新修订本），上海古籍出版社，2018，第91页。

⑤ 闻人军译注《考工记译注》，上海古籍出版社，2008，第4页。

⑥ 黄寿祺、张善文译注《周易译注》（新修订本），上海古籍出版社，2018，第718页。

“天工开物”意在强调人工与天工相互配合，从而开发出有用之物。

宗白华曾言：“因为中国人由农业进于文化，对于大自然是不隔的，是父子亲和的关系，没有奴役自然的态度。中国人对他的用具（石器、铜器），不只是用来控制自然，以图生存，他更希望能在每件用品里面，表现出对自然的敬爱，把大自然里启示着的和谐、秩序，它内部的音乐、诗，表现在具体而微的器皿中，一个鼎要能表象天地人。”① 由此在造物艺术的设计实践中，“天人合一”的设计理念以器物制作的形制、色彩、纹饰等“象天法地”。

一方面，这种天人合一的思想体现在器物的非功能性的符号上，以传达内容的方式加以表现。这在上古时期的器物中，就有所表现，如史前彩陶纹。一般而言，彩陶纹可分为两大类：一类是抽象的图案，另一类是具象的人、动物或昆虫的形象。在具象的彩陶纹中，常可见先民这种“天人合一”思想的流露。青海大通县上孙家寨出土的一个陶盆上，画有五个跳舞的人，他们手牵手连成一排。这既是一个适合纹样的图案，其实又是一幅蕴含人与自然和谐共生理念的图画符号。制器者见眼前之景，触发了沉淀于脑海中的无意识——天人合一，并整合表象后，借助图案将其表达出来。源于生活的实景和表象，经感物触发而生成审美意象，渗透了造物者“天人合一”的理念。

另一方面，“天人合一”的设计理念也体现在符号功能性与审美性的统一之中，如我国古代建筑物的风水学即可为例。魏晋南北朝以后，风水学逐渐兴盛。风水术以天、地、人“三才”为核心，“六壬盘”是其为建筑而占卜天地的工具，其构造设计就蕴含了“天人相合”的理念。盘由上下两盘同轴叠合而成。上层圆形，以象天，称天盘；下层方形，以象地，称地盘，二盘叠合，暗合“天圆地方”。之后出现的风水罗盘更是将“天人合一”的思想以模式化的方式加以表

① 宗白华：《中国现代美学家文丛·宗白华卷》，浙江大学出版社，2009，第69页。

现。老子曰：“万物负阴而抱阳，冲气以为和。”因此，负阴抱阳、背山面水成为城市、乡村、住宅、陵墓选址的基本原则。《景定建康志》卷一七《山川志序》叙述了六朝建邺城选址：“石头在其西，三山在其西南，两山可望而挹大江之水横其前；秦淮自东而来，出两山之端而注于江，此盖建邺之门户也。覆舟山之南，聚宝山之北，中为宽平宏衍之区，包藏王气，以容众大，以宅壮丽，此建邺之堂奥也。自临沂山以至三山，围绕于其左；自直渎山以至石头，溯江而上，屏蔽其右，此建邺之城郭也。玄武湖注其北，秦淮水绕其南，青溪萦其东，大江环其西，此又建邺之天然之池也。形势若此，帝王之宅宜哉！”在北方，宇文恺又依照《易》之八卦六爻对隋文帝的大兴城加以规划，“以九二置宫殿以当帝王之居，九三立百司以应君子之数，九五位贵，不欲常人居之，故置玄都观、兴善寺以镇之。”[①] 不论建筑设计中的非功能性符号蕴含的审美还是谶纬等意识，这种建筑选址也是含有功能性的造物之理。其对采光、采暖、通风、给水、排水等居住环境要素进行综合选择，以山水为血脉，以草木为朋友，形成了良性的生态循环。这种人的生存需要功能和自然融合为一、和谐共生的建筑存在状态，本身就是“天人合一”理念最好的诠释。

三　主体的能动性与“似与不似之间”

“天人相分”是产生于“天人合一”思想之后，以“天人合一”思想为基础却有别于它的一种哲学思想。“分”阶段的出现是为了天与人最终走向合一。冯友兰说：“‘分’读如职分的分，也有分别的意思，所以也可读如分别的分。”[②] 天人相分观念最有代表性者为荀子和庄子。二人表面都强调天人相分，却似同实异。荀子“天人相分”的哲学思想肯定了主体活动的特殊性及独立价值。他说：“天行

① （唐）李吉甫：《元和郡县图志》，中华书局，1983，第1~2页。

② 冯友兰：《中国哲学史新编》（上），人民出版社，2004，第689页。

有常，不为尧存，不为桀亡。”天既然有独特的运行规律，那么自然现象与人类社会的现象就无法推定存在必然的联系。其文曰：

> 星队（坠）木鸣，国人皆恐。曰：是何也？曰：无何也，是天地之变，阴阳之化，物之罕至者也；怪之，可也，而畏之，非也。夫日月之有蚀，风雨之不时，怪星之党（傥）见，是无世而不常（尝）有之。[①]

荀子以“自然之天”为基础，从而推导出“天地之变不可畏”的命题，这是荀子天人相分观念的第一个表现。人们不仅无须畏惧自然现象，而且人类活动甚至可以改变或战胜自然力。《荀子·天论》明确表示：“从天而颂之，孰与制天命而用之。”他又说：“天有其时，地有其财，人有其治。”人类“能参”万物，即可根据对于天地万物的认识来利用、役使万物。“故天地生君子，君子理天地；君子者，天地之参也，万物之总也，民之父母也。无君子则天地不理。”[②]

与庄子认为人类应该回归到最原始的状态——和其他动物群居的观念不同，荀子认为，人有独立性，与万物本质上就有不同。他说：“水木有气而无生，草木有生而无知，禽兽有知而无义，人有气有生有知亦且有义，故最为天下贵也。”[③] 又曰：“人之所以为人者，非特以二足而无毛也，以其有辨也。”“力不若牛，走不若马，而牛马为用，何也？曰：人能群，彼不能群。人何以能群？曰：分。分何以能行？曰：义。”[④]

综合来看，荀子认为天与人之间关系并不浑然一体。“天”更多时候象征的是自然力，而“人”独立于天地，人可以利用或战胜自

---

① 章诗同注《荀子简注》，上海人民出版社，1974，第 373 页。
② 章诗同注《荀子简注》，上海人民出版社，1974，第 85 页。
③ 章诗同注《荀子简注》，上海人民出版社，1974，第 85 页。
④ 章诗同注《荀子简注》，上海人民出版社，1974，第 85 页。

然。荀子对古代造物艺术体影响可分为以下几方面：

首先，荀子赞赏了人类活动的价值、目的，对人之欲望也加以肯定。这种理念对造物活动越发活跃、频繁有促进作用，某种程度上也促进了手工业的发展。《荀子·王制》提出理想的人类社会与周遭事物间的关系：

> 北海则有走马吠犬焉，然而中国得而畜使之；南海则有羽翮、齿革、曾青、丹干焉，然而中国得而财之；东海则有紫、纮、鱼、盐焉，然而中国得而衣食之；西海则有皮革、文旄焉，然而中国得而用之。故泽人足乎木，山人足乎鱼，农夫不斫削、不陶冶而足械用，工贾不耕田而足菽粟。故虎豹为猛矣，然君子剥而用之。故天之所覆，地之所载，莫不尽其美、致其用，上以饰贤良，下以养百姓而安乐之。①

“故天之所覆，地之所载，莫不尽其美、致其用”表现出的正是荀子对造物技艺满足人类欲望的肯定。荀子认为，人能利用自然为社会谋求福利。人应发挥主观能动性，依据自然资源的特性改进技艺，满足人类社会发展的合理欲求。其次，荀子的“天人之分”思想在技艺观方面表现为强调“由技进艺”，技术可适应物性与人的欲求不断提升、娴熟，最终达到与天地合一的完美境界。《荀子·性恶》认为“故陶人埏埴而为器，然则器生于工人之伪，非故生于人之性也”②，与道家求真不同，“伪”于荀子而言是一种进步的肯定。《荀子·礼论》曰：“性者，本始材朴也。伪者，文理隆盛也。无性则伪之无所加，无伪则性不能自美。”③ 伪是荀子肯定人为，肯定人工制造器物可以胜过自然之物。物经加工之后比其原始状态更适合人类社会的需

---

① 章诗同注《荀子简注》，上海人民出版社，1974，第 84 页。
② 章诗同注《荀子简注》，上海人民出版社，1974，第 260 页。
③ 章诗同注《荀子简注》，上海人民出版社，1974，第 213 页。

求，审美上也可能更突出。荀子对器物制作工艺的肯定甚至到以之为人类社会文理隆盛之美的必要条件。最后，荀子天人相分思想影响下的技艺观为造物技艺在美学上争得一席之地。《诗品》云：“汤惠休曰：‘谢诗如芙蓉出水，颜诗如错采镂金。’”[①] 汤惠休评价的是谢灵运与颜延之的诗歌风格。然其评语源于古人对自然物和人工造物之美的经验比较。物身上显现的人为之美与自然之美属性实质也是人类审美理想的一种反映。其实这两种审美观都是受“天人之分”思想影响下的“艺术观”的体现。一个源于荀子的天人之分，另一个则源于庄子。

与荀子强调“人”独特价值不同，庄子认为相较于天（自然），“人”在万物中的地位是渺小的。庄子曰：

> 吾在天地之间，犹小石小木之在大山也。方存乎见少，又奚以自多！计四海之在天地之间也；不似礨空之在大泽乎？计中国之在海内，不似稊米之在大仓乎？号物之数谓之万，人处一焉；人卒九州，谷食之所生，舟车之所通，人处一焉。此其比万物也，不似毫末之在于马体乎？[②]

庄子看来虽然人与世间万物在精神上相通，但其形体上渺小丑陋，受到外部现实世界的限制。“人”永远是有限的存在物，不可能超越万物。人只可能在思想领域达到无限。这种思想体现在造物技艺观方面就是轻视“物”的外在形式、表现而重视内在气质及其可与人之精神、生命相通的部分。陶者治埴这类生活所需器物，是荀子所重可却为庄子所轻。《庄子·马蹄》诋之曰：“夫残朴以为器，工匠之罪也。”[③] 而制作这些器物的手段或技艺也是庄子批判的对象。庄子

① （南朝梁）钟嵘撰，曹旭集注《诗品集注》，上海古籍出版社，2011，第351页。

② 陈鼓应注译《庄子今注今译》，中华书局，2009，第443页。

③ 陈鼓应注译《庄子今注今译》，中华书局，2009，第270页。

斥责工匠道：“且夫待钩绳规矩而正者，是削其性者也；待纆索胶漆而固者，是侵其德者也。”[①]

庄子一方面肯定“本乎天”的自然美——美在自然本身。人为的制作工艺是对自然物性的伤害。这是后世“重神轻形”艺术观的源泉。另一方面，其又认为可在遵守自然规律的同时又融入人工的改造，使人类活动与自然产生直接的物质关系，物因之能够表现出另一种形态。后世技艺观中流行的“外师造化的基础上，方有中得心源”（形似的基础之上，才可能神似）的理念就源于此。

> 张璪，字文通，画松特出古今，能以手握双管，一时齐下：一作生枝，一作枯枝，气傲烟霞，势凌风雨，槎枒之形，鳞皴之状，随意纵横，应手间出，生枝则润含春泽，枯枝则惨同秋色。毕宏画名擅于时，一见惊叹，异其唯用秃毫，或以手摸绢素，因问所授，璪曰：外师造化，中得心源，宏于是阁笔。[②]

“外师造化，中得心源”观念反映于造物设计中就是将现实中粗糙或不宜外化表现的部分省略，而补充以作者想象活动重组表象所虚构出来的更美的意象。后世在此基础上又提出了“妙在似与不似之间”[③] 的艺术标准，其亦可溯源于庄子的天人思想。“形似”自是造物者的首要追求，然而造物者所造之物若要具有道德精神，那么其必然不能拘泥于形似。艺术神韵与物象既不能太疏离，又不可太黏着。因此，六朝造物者认为，在达到形似标准时，努力追求“冥茫”之虚——“似与不似之间”的设计成为造物艺术的最大公约数。故顾恺

① 陈鼓应注译《庄子今注今译》，中华书局，2009，第 260 页。

② 周积寅：《中国画论辑要》，江苏美术出版社，2005，第 108 页。

③ 明人王绂《书画传习录》说：“古人所云不求形似者，不似之似也。”形似与神似理论总算有了一个比较妥当的表述，再到齐白石的“作画妙在似与不似之间”，这一创作思想在理论上才算完善。

之评画作《伏羲神龙》时曰：“神属冥茫，居然有得一之想。”[①] 因为“天人相分”后于“天人合一”产生，且以之为基础，所以，在技艺观方面形成了追求形似而不止步于形似，形似、神似、以形写神、形神兼善逐级递增的技艺追求。在造物过程中，设计者无论在考虑器物之体还是器物之用时都是对潜意识中的表象重新整理、组合，使之适应由形似至于形神兼备的技艺标准。从形似至于形神兼善逐步发展的造物标准就是“艺”“文”设计主体对此不断探索的过程和持续努力的结果。而天人合一与天人相分思想对技艺观由感物到造物过程的探索有重要影响。

第三节 “感物”说史论

“感”字的古体是“咸”，最早出现于《易》之“咸”卦中。“咸”卦之卦辞有“以亨利贞，取女吉也”。“感”这种心理或物理的感应形式，不仅发生在人与人之间，而且会发生在人与物之间。而天人合一的思想就是先秦人对主体与客观万物之间的互动形式的哲学归纳。广义的天人合一思想孕育了感物理论，为感物理论的发展提供哲学基础。而心物互动关系则是天人关系至文学创作领域的理论延伸。本研究所谓的“感物”是一个关于文学艺术创造与审美体验发生的概念。其属于“艺”“文”设计过程中心物互动的前一个阶段，而咏物（文学创作）或造物（艺术设计）则代称文艺创作过程中心物互动的后一个阶段。“感物”与咏物、造物存在区别，它不能像咏物、造物一般能将审美意象以感性艺术形式外化表现出来。感物与咏物或造物的关系，我以为感物这一美学范畴相当于文学创作的感性阶段或艺术造物的体验阶段，而咏物和造物则相当于“艺”“文”设计过程中的

① （唐）张彦远：《历代名画记》，人民美术出版社，1963，第103页。

构思和表达阶段。由于感物这一美学范畴不直接创作出审美意象的外化感性形式，所以我们对其研究更多的是针对其相关美学概念范畴，即感兴阶段涉及的心物互动等概念范畴。其探讨文学艺术审美创造和审美体验的发生之学，重点关注文学艺术创造发生。感物是咏物文学和造物艺术的生发阶段，其哲学基础是天人思想。“感物”理论也因之可能脱胎于原始的巫术或宗教文化。学界一般认为：天人合一与天人相分思想都渊源于上古的巫文化或祭祀文化。[①]

一　先秦两汉时期的感物论

就现存文献看，“感物”概念首次出现于《周易》之“咸”卦与《礼记·乐记》，它们为“感物”定下基调。如“咸”卦之卦辞曰：

> 咸，感化；柔上而刚下，二气感应以相与，止而说，男下女，是以亨利贞，取女吉也。天地感而万物化生，圣人感人心而天下和平：观其所感，而天地万物之情可见矣。[②]

《礼记·乐记》的记述较之更加完整：

> 凡音之起，由人心生也。人心之动，物使之然也。感于物而动，故形于声。声相佐，故生变；变成方，谓之音。比音而乐之，及干戚、羽旄谓之乐。乐者，音之所由生化，其本在人心之感于物化。[③]

这两部经典被认为创作于感物说的萌芽时期——文、艺浑然一体

① 王振复主编《中国美学范畴史》（第1卷），山西教育出版社，2009，第20~22页。

② 黄寿祺、张善文译注《周易译注》（新修订本），上海古籍出版社，2018，第370页。

③ 《十三经注疏》整理委员会整理《十三经注疏·礼记正义》，北京大学出版社，1999，第1251页。

的先秦时代。《礼记·乐记》曰：“凡音之起，由人心生也。人心之动，物使之然也。感于物而动，故形于声。”可见“感物”理论在先秦首次被明确提出时就与文艺创作密切相关。“感物”概念甫一提出，就被赋予审美元素。需注意的是，《乐记》感物理论虽紧承《周易》而来，却又将感物美学引入儒家的伦理道德体系中。因此，先秦感物理论最大的特点（或者说局限）就是以儒家的伦理道德体系为标的。

另外，还可以从心物互动的角度观察，《周易·咸卦》中的天地与后世圣人相似，或实指主观唯心的人格神。那么，神、圣人、人（“艺”“文”设计者）都可通过感、观等主动方式去创造天文、人文及蕴含万物之情的文艺作品。当然，在“艺”“文”设计发生阶段强调“感物”而非“物感”并不是否认“物”的重要性。需要说明的是，“艺”“文”设计的发生阶段，物与心是并重的。所以《乐记》定下“凡音之起，由人心生也”的基调后，紧接着补充“人心之动，物使之然也”。这就是为了防止对“心”为主导地位的强调会使得我们忽视物的互动性。

先秦儒家思想主导下的感物理论，到了汉代仍然被忠实继承。也就是说，汉代的感物理论仍在儒家思想的控制之下。最明显的一点，就是自然客观之万物并未获得独立的审美地位。如班固《汉书·艺文志》中就明确提及，感物实质是感应社会时事与人伦道德。其文曰：

> 传曰：“不歌而诵谓之赋，登高能赋，可以为大夫。”言感物造端，材知深美，可与图事，故可以为列大夫也。古者诸侯卿大夫交接邻国，以微言相感，当揖让之时，必称诗以谕其志，盖以别贤不肖而观盛衰焉。故孔子曰“不学诗，无以言”也。[1]

班固谓“不歌而诵谓之赋”，赋与诗两种文体在其观念中属于同

---

① （汉）班固：《汉书》，中华书局，1962，第1755~1756页。

源关系。故班固观念中感物造端的赋与诗实质相同，创作目的都是言志、美刺及教化。最为明显的措辞是班固对乐府诗的认识上，班固曰：“自孝武立乐府而采歌谣，于是有代赵之讴，秦楚之风，皆感于哀乐，缘事而发，亦可以观风俗，知薄厚云。”[①] 班固于其中提出的“感于哀乐，缘事而发”观点是他对感物美学的明确界定，也可窥视出汉人感物理论中“物”审美独立性尚未形成。

另外，代表主体之“感”，汉人大致继承了先秦儒家情感思想，但也有某种程度的改造。董仲舒与王充可视为其中最具代表性的人物。董仲舒以阴阳比附性情，指出人性有善恶之分。其《春秋繁露·深察名号》曰：“人之诚，有贪有仁，仁贪之气，两在于身。身之名，取诸天。天两有阴阳之施，身亦两有贪仁之性。天有阴阳禁，身有情欲栣，与天道一也。”[②] 董仲舒指出，天有阴有阳，而人性也具有仁与贪两面。他又以为，性虽是善的，但情属于恶，因此，需要调节“情”，使得“本性”能避恶而向善。又董仲舒《春秋繁露·实性》曰：“善，教训之所然也，非质朴之所能至也。”[③] 王充则继承董仲舒的“性有善有恶”观点并进一步发挥——因为性情原为一体，所以“情”也是有善恶之分。《论衡·率性篇》曰：“禀气有厚泊，故性有善恶也。”[④]《论衡·本性篇》篇亦曰：“夫人情性同生于阴阳，其生于阴阳，有渥有泊。”[⑤] 而王充《论衡·率性篇》也说“其善者固自善矣，其恶者故可教告率勉，使之为善。”[⑥] 由此可知，对于主体所感之情性都强调了有善恶之分。不仅如此，通过教化影响主体，还能够使得情性之恶转向善。汉代儒教对感物的影响也反映在“艺”“文”设计上。而《毛诗序》则是继承了儒家情感思想并以之指导文

① （汉）班固：《汉书》，中华书局，1962，第1756页。
② （汉）董仲舒撰，袁长江等校注《董仲舒集》，学苑出版社，2003，第229页。
③ （汉）董仲舒撰，袁长江等校注《董仲舒集》，学苑出版社，2003，第237页。
④ 黄晖：《论衡校释》，中华书局，1990，第80页。
⑤ 黄晖：《论衡校释》，中华书局，1990，第140页。
⑥ 黄晖：《论衡校释》，中华书局，1990，第68页。

学创作。如《毛诗序》认为文学创作中的情感同样需要节制、引导：

> 上以风化下，下以风刺上，主文而谲谏，言之者无罪，闻之者足以戒，故曰风。……故变风发乎情，止乎礼义。发乎情，民之性也。止乎礼义，先王之泽也。

《毛诗序》总体上继承了先秦以后“诗言志”的传统，认为情是主体感于物而兴起的喜怒哀乐等状态。与董仲舒、王充等人性情说相应，《毛诗序》既肯定了“情”的作用，又反对纵情任性，指出“情”的表现需合乎礼仪规范。综合来看，“感物”理论在先秦两汉时期都处于儒家思想主导之下，而到了六朝情况则发生了变化。

二 定型：六朝时期的感物论

虽然《乐记》大致将感物理论作为文艺领域的命题提出，但是由于儒教思想的过度主导，感物理论多局限于人伦道德，忽视了自然物的独立审美价值，也未真正关注创作者的审美体验和生命感受。因此，“感物美学是在这一时期（魏晋南北朝）成熟并定型的，并在文学艺术的审美创造中发挥了切实的作用”。[①]

这种成熟与定型主要体现在以下几个方面：首先是“物”获得了独立的审美价值和审美意义。六朝时期，“物”是以自然物象获得独立的审美价值、意义开始，创作主体力图从自然物象中寻找自己的生命体验与审美的超越。陆机的作品就多次提及自然景物在感物过程中的重要性。其所作之《感时赋》与《怀土赋》《文赋》都一再表达出自然“物”获得独立的审美价值与意义。蒋寅《古典诗学的现代诠释》[②] 将“物感”分为第一物感（社会）与第二物感（自然），而陆

① 李健：《魏晋南北朝的感物美学》，中国社会科学出版社，2007，第25页。

② 蒋寅：《古典诗学的现代诠释》，中华书局，2009。

机所说的“感物说”正属于第二物感（自然）。钱锺书和张少康等学者指出了《文赋》所讲“物感”未及社会内容。钱锺书的《管锥编》曰：“陆《赋》则似激发之机，惟赖观物，相形殊病疏隘，殆亦征性嗜之偏耶?”张少康：“陆机的不足之处是只讲了然事物，后来刘勰提出‘文变染乎世情，兴废系于时序’（《文心雕龙·时序》），就着重讲社会人事对文学创作的影响，而到钟嵘的《诗品序》则讲得更为叨确，有了更大的进步。”[①] 我们认为，陆机所述之万物虽指自然之物，但这类自然之物是兼具自然之性与社会人事两方面的。正如成复旺在《神与物游——中国传统审美之路》中所言：“（气一元论的宇宙观）这种宇宙观把‘气’视为宇宙万物的统一的本原。所谓宇宙万物，既包括自然，也包括社会。古人论人世兴衰，就往往归结为‘气化推迁’。所以，这种宇宙观不是引导人们把自然与社会区别开来，注意二者的差别，而是引导人们把自然与社会统一起来，寻找它们的共性。”[②] 因此，陆机的感物论中述及的自然风物并非属于纯粹自然性，而是融合了创作主体的情感心理因素。这也涉及了心物关系。罗宗强《魏晋南北朝文学思想史》论述了陆机物感说的可贵之处：“陆机的贡献，是在文学理论上第一次把心由物动表述为‘瞻万物而思纷’，把它与创作构思联系起来，看作构思开始的一部分。”[③] 继陆机“感物论”之后，宗炳、谢赫等人都对感物理论有相关的评述。其中，刘勰《文心雕龙·物色》对感物的论述尤为重要。他说：

> 春秋代序，阴阳惨舒，物色之动，心亦摇焉。盖阳气萌而玄驹步，阴律凝而丹鸟羞，微虫犹或入感，四时之动物深矣。若夫珪璋挺其惠心，英华秀其清气，物色相召，人谁获安？是以献岁发春，悦豫之情畅；滔滔孟夏，郁陶之心凝。天高气清，阴沉之

① 张少康：《文赋集释》，人民文学出版社，2006，第 24、35 页。

② 成复旺：《神与物游——中国传统审美之路》，山东人民出版社，2007，第 138 页。

③ 罗宗强：《魏晋南北朝文学思想史》，中华书局，1996，第 109 页。

志远；霰雪无垠，矜肃之虑深。岁有其物，物有其容；情以物迁，辞以情发。一叶且或迎意，虫声有足引心。况清风与明月同夜，白日与春林共朝哉！[①]

刘勰的感物思想显然承陆机《文赋》“遵四时以叹逝，瞻万物而思纷”而来，同样是自然物独立审美价值发现后的思想产物。刘勰的创新之处在于两方面：一方面，他充实了“物”的范围。陆机之自然物尚属于泛称式的万物，而刘勰对当世山水诗理论归纳之时，明确指出山水景物属于物的范围。而六朝时期对“物”进行完整诠释者则是钟嵘的《诗品》。其一方面继承了山水等自然物属于“物”范围的观点。另一方面，他又将“物”的范围扩充到平常人的生活和国家社会的人事。《诗品》有“楚臣去境，汉妾辞宫”“或骨横朔野，魂逐飞蓬；或负戈外戍，杀气雄边”“塞客衣单，孀闺泪尽”“或士有解佩出朝，一去忘返”“女有扬蛾入宠，再盼倾国”[②]，这些例子既有自然景物，又含平常人的生活，甚至还包含国家社会的大事。

其次，就主体的“感”而言，陆机的“诗缘情”观念的提出，使得创作主体所感发内容的性质由儒教规范下的社会伦理趋向于个体更为活泼生动的悲欢离合之情。刘勰则是强调主体与客观物的融合互动，如“人禀七情”本身就属于自然的一部分。唯其如此，主体才能“应物斯感”。刘勰总结出的“情以物兴”“物以情观”的感物类型也标志着六朝人对主体与客观对象互动的物的多层次性，也深化了感物理论的内涵。而钟嵘的《诗品》可谓六朝感物理论的集大成者，甚至终结者。其对感物理论最大的贡献体现在对物内涵的丰富上，特别是强调了社会人事与家国情怀。“他的‘物’不仅意指自然风物，而且还意指现实境遇和社会人事，其中还包括人的身体，高扬感物的社会

① （南朝梁）刘勰著，范文澜注《文心雕龙注》，人民文学出版社，1958，第693页。

② 陈延杰注《诗品注》，人民文学出版社，1961，第2~3页。

责任。”[①] 但这种对社会人伦的回归又与先秦两汉那种儒教思想不全然相同。钟嵘感物的目的不止于陈诗言志，还有长歌骋情，最终实现主体的生命体验与审美感受的超越。

最后，需要强调的是，六朝的感物理论由于受人的自觉思潮之影响，主体的能动性受重视程度较前得到极大提高。因而若说先秦两汉的感物理论尚可称为“物感”的话，感物论的称法更符合主体能动作用受到重视的六朝实际情况。这当然也是由于儒教对文士群体思想控制力的减弱所造成。由于思想的多元化，玄学、佛教思想渗透，主体自我意识随之觉醒。其向内发现了一个真情世界与个体审美体验独特性的同时，也向外发现了世间万物的美好。六朝感物论也形成了虚静、应感、神思等感物方式及情以物兴、物以情观等感物类型。六朝感物美学的成熟与定型为中国艺文设计境界的提升起了非常重要的作用。

三　六朝之后感物论的发展

六朝感物论可谓中国古典感物理论的巅峰时期，此后“感物”美学进入了平稳、完善的阶段。随着艺文设计的发展，感物理论也有一定的进展。为了避免对六朝之后的感物理论的发展平铺直叙的介绍，本书拟择取其最为精彩且又与本研究最密切的情景交融或主客体互动为中心做出阐述。

就文学创作领域而言，具有实践性的情景交融逐步代替了理论性较强的感物论。唐代提出“境”这一美学范畴就与情景交融有密切关系。王昌龄最早在诗歌理论领域提出“物境”、“情境”、“意境”和“心入于境”等。之后皎然亦有“缘境不尽曰情”“待情缘境发”“境静万象真”等概念。王昌龄还提出“三思”概念作为感物的手段。文曰：

① 李健：《魏晋南北朝的感物美学》，中国社会科学出版社，2007，第 262 页。

> 诗有三思：一曰生思，二曰感思，三曰取思。生思一：久用精思，未契意象，力疲智竭，放安神思，心偶照镜，率然而生。感思二：寻味前言，吟讽古制，感而生思。取思三：搜求于象，心入于境，神会于物，因心而得。[①]

此段论述意蕴丰富，神思、意象、神会等概念都包含于其中。王氏三思即生思、感思、取思，这三思实质源于造物艺术中“思与神会”的书画理论。唐代书画理论“思与神会”继承宗炳“应会感神，神超理得”，也承接了刘勰“神与物游”的理论观点。李世民曾论及书法曰：“及其悟也，心动而手均”后来李嗣真《续画品录》进一步将之细化为“思侔造化，得妙物于神会”。王昌龄正是发展了“思”之含义，生成以“三思”为主要内容的感思与意境理论。在这之后，情景理论为主体的思想影响颇为深远，司空图的“象外之象”“景外之景”、严羽的“妙语”、王士祯的“神韵”等都不同程度地受其影响。

有宋一代感物理论发展的开端是欧阳修。他继承了前人感时、感事的感物美学思想，提出了“穷而后工”的观点，升华了客观环境对创作主体的作用与影响。宋代感物论还有一重大理论成果就是“妙悟”这一感物方式。这一感物方式的提出者为《沧浪诗话》的作者严羽。《沧浪诗话》中严羽主旨是以禅论诗，将佛教义理引入诗歌创作的实践中。妙悟与其他感物方式一样，是促进作家、艺术家生命体验和审美体验的手段。严羽“空中之音，相中之色，水中之月，镜中之象”却也受到部分学者的批评。如刘成纪认为“根本不可能是对自然物象内在意蕴的品味，而只能是将自然内化于心中，然后从心中二度呈现的心象。这种意象传达的意味也不是自然对象本身的意味，而是一种将万物纳于胸中的心灵的意味”。[②] 此外，理学为感物理论的

---

① （宋）陈应行编《吟窗杂录》，中华书局，1997，第 207~208 页。

② 刘成纪：《重谈中国美学意境之诞生》，《求是学刊》2006 年第 9 期，第 87~92 页。

发展注入了新的文化因子。其中“反观”“以物观物”“以我观物”等概念较为重要，其对情景理论的发展有较大的影响。可“感物”从外在形式结构等方面来论述情景关系，过分看重形式的流弊在宋代范希文、元代方回、明代胡应麟等身上都有所表现，这种倾向使得主体设计艺术或文学作品时或会忽视作品的内在真实情感、本质。

直至清代的王夫之继承六朝的心物互动理论，重新将情景交融关系拉回传统“感物”理论框架，这才纠正了形式主义至上的倾向。对于情景交融的理论问题，王夫之以为万物可以感发主体之心，他借鉴了佛学相宗理论来探讨心物交融的问题，肯定并赋予主体审美的权利和自由。他将佛教的“现量”说理解为无法脱离物，而“现量”就成为沟通心与物的机杼。王夫之继承钟嵘“直寻”说，指出主体不必对外物进行概念、判断与推理，因为万物“乃彼之体性本自如此”。避免主体理性因素的介入，客观万物才能完整展示自己的体与性（“物态”与“物理”）。

在主体能动性要求方面，王夫之“现量说”将主体能动性分为初级的五官感觉与高级的心、神两个部分。当然，二者并不截然分立。五官感觉是与外物首先接触、关联，获得外物的感性认知，其是心、神等高级感受与外物互动的基础。但超越感性的局限，把握世间事物的本质并获得神理，则要依靠“心”“神”等高级感受。王夫之“现量”说“实现了形态与意味、形与神、感性与理性的完整的同时的统一”。[①] 王夫之的“现量”说“既坚持了唯物主义认识论，……同时又摒弃了佛学的唯心主义和神秘主义因素”。[②] 总之，王夫之认为，五官感觉与心神感应是整合关系，二者通力合作与世间万物互动交流，获得神理。对于文艺设计过程中，创作主体与客观对象物间的关系，王夫之指出，“景生情，情生景”，二者在比兴的调和中实现统

① 童庆炳：《中国古代心理诗学与美学》，中华书局，2013，第 76 页。

② 陶水平：《船山诗学“现量说”新探》，《中国文学研究》2000 年第 1 期，第 9~15 页。

一，达到交融。他曾于《姜斋诗话》中说：“关情者景，自与情相为珀芥也。情景虽有在心在物之分，而景生情，情生景，哀乐之触，荣悴之迎，互藏其宅。”他又说：“情景名为二而实不可离。神于诗者妙合无垠，巧者则有情中景、景中情。”主体与客观物相互感应，在具体“艺”“文”设计过程中，难以区分。故情就是景，景也是情，正所谓“情皆可景”“景总含情”。王夫之升华并充实了感物理论影响下的情景关系，使之成为更完整的审美创造和体验理论。清末王国维对情景关系理论的深化表现在其提出的境界说。王国维在《人间词话》中说：“昔人论诗词，有景语、情语之别。不知一切景语皆情语也。”① 由于王国维深受尼采、叔本华等人哲学的影响，其倡导的有我之境与无我之境属于运用西学二元观阐释中国的情景关系。王国维《文学小言》中又言：

> 文学中有二元质焉：曰景、曰情。前者以描写自然及人生之事实为主；后者则吾人对此种事实之精神状态也。故前者客观的，后者主观的也；前者知识的，后者感情的也……②

王国维的文学创作主客体观念体现了中国古典文艺传统与西方现代理论的首次衔接，具有不可忽视的作用。之后朱光潜运用西方美学理论将创作者与自然物的感应进一步阐释为主体对客体的作用。在他眼中无论是在“以人情衡物理”或是“以物理移人”的“艺”“文”设计过程中，人都具有主观能动性，都起主要作用。

另外，朱光潜还对感物的类型进行了区分。他首先批评王国维的感物类型不够科学。有我之境仍是移情作用，实际仍属无我之境。而王氏的无我之境却是有我之境。因此，他提出了自己的感物类型——

① 王国维：《王国维全集》（第1卷），浙江教育出版社，2010，第502页。

② 姚淦铭、王燕主编《王国维文集》，中国文史出版社，2007，第17页。

同物之境与超物之境。同物之境就是我与物融合为一；超物之境是我超越于物之上，主体并不在物中。他将同物之境与自然独立联系，这似乎使得超物之境成为一种不自然、人为的境界。这些难以理解或是西方哲学主客观二元论影响下的局限。

此后，宗白华提出的静照观，王元化以《文心雕龙·物色》为论述对象的心物交融说，张世英的中国诗论的情景交融都是人与世界交融的理论以及杨春时从文学主体间性讨论哲学现象学对文学理论冲击等都可视为感物理论的延续。

第四节　六朝“艺”“文”设计中的感物：心物互动的伊始

既然所感之“物”的广泛的含义包括了万事万物，那么无论是自然实在万物还是社会历史诸种人事都是“艺”“文”设计过程中所指向的潜在可感对象。从《礼记·乐记》开始，以刘勰为代表的文艺评论家都主张以“心物互动关系”的视角立体地观照心、物、文（艺）创作发生的全过程。如王元化先生就认为：

> 刘勰提出“随物宛转”、“与心徘徊”的说法，一方面要求以物为主，以心服从于物；另一方面又要求以心为主，用心去驾驭物。表面看来，这似乎是矛盾的。可是实际上，它们却是互相补充，相反而相成。作家的创作劳动正如人类其他一切劳动一样，就其实质来看，不可避免地包含了主体与客体之间对立统一过程。[①]

依据设计主体感物至咏物（文学创作）或造物（工艺设计、制

① 王元化：《王元化集》，湖北教育出版社，2007，第88~89页。

作）的过程其实存在两个阶段，也就是刘勰所说的“感物”和“吟志”两个层次，体现的是心与物、心与文（艺）的两层递进关系。童庆炳先生曾说：“诗歌的本体是‘志’，一种经过‘感’与‘吟’两度心理活动后产生的情感。”① 其也正是对心、物、文艺作品三者关系的极佳诠释。而由王元化先生所述可知，在这个过程发生的第一个阶段——心物互动阶段，不论是人感于物还是物触发人之情，两种触发方式或有差别，但实质上都是相反相成的。相较而言，刘勰等人虽不否认“物”的重要作用——“人心之动，物使之然也”，“物色之动，心亦摇焉”，但其却更倾向于肯定人（心）的主导性地位。这主要体现在三个方面：第一，“艺”“文”设计的“感物”阶段，肯定天、地、人三才都很重要的同时，认为人（心）处于天地之间的中心位置，即“艺”“文”设计之伊始，唯有拥有“心”之物的人才能感受万物及其衍生的天文、人文或被其所感。人之有心便随之有性，心性是因随天文、人文的演变而波动生情。在此文、艺的发生阶段，人之心无疑占据不可替代的中心地位，即“应物斯感”是有前提的，那就是“人禀七情”。梁启超《自由书·惟心》中的一段话或可助于我们理解这种关系：“戴绿眼镜者，所见物一切皆绿；带黄眼镜者，所见物一切皆黄。口含黄莲者，所食物一切皆苦；口含蜜饴者，所食物一切皆甜。”第二，肯定人之心的主导地位。“感物吟志”已经流露出刘勰等人对心物互动关系中，谁占主导地位的看法。不同于钟嵘提出的“物之感人”，大多数文艺理论家倾向于“感于物而动”。也就是说，人的能动性是以人为本位的视角而非从物为中心的视角提出的。这个视角其实就是我们所说的感物说，也正是刘勰的“目既往还，心亦吐纳”。又如孔颖达所言：“诗者，人志意之所之适也。……志之所适，外物感焉。”② 第三，承认感物阶段心物互动中“心的无穷能动

① 童庆炳：《〈文心雕龙〉“感物吟志”说》，《文艺研究》1998年第5期，第3~5页。

② 《十三经注疏》整理委员会整理《毛诗正义》，北京大学出版社，1999，第7页。

性”。心与物的互动关系过程中，并不仅有一个来回，而是会衍化派生出诸多的心目往返。陆机《文赋》曰：“精骛八极，心游万仞。”又《文心雕龙·神思》曰：“形在江海之上，心存魏阙之下。神思之谓也。”① 在创作主体的才思能够驾驭的范围之内，这种创作感发是接近无限的。而在此艺、文生发过程中，“物”是相对被动和静止的，随心之变易而衍化。

六朝许多诗人也曾或直接或间接地表达出“艺”“文”设计的感物阶段以心物并重为基础，但更倾向于设计主体能动性的观点。如：

> 追寻平生，颇好辞藻，虽在名无成，求心已足。若乃登高目极，临水送归，风动春朝，月明秋夜，早雁初莺，开花落叶，有来斯应，每不能已也。②

> 至如春庭落景，转蕙承风；秋雨朝晴，檐梧初下；浮云生野，明月入楼。时命亲宾，乍动严驾；琿渠屡酌，鹦鹉骤倾。伊昔三边，久留四载；胡雾连天，征旗拂日；时闻坞笛，遥听塞笳；或乡思凄然，或雄心愤薄。是以沿吟短翰，补缀庸音，寓目写心，因事而作。③

> 炎凉始贸，触兴自高，睹物兴情，更向篇什。④

> 至于春风秋月，送别望归，皇王高宴，心期促赏，莫不超挺俊兴，浚发神衷。⑤

---

① （南朝梁）刘勰著，范文澜注《文心雕龙注》，人民文学出版社，1958，第493页。
② （唐）姚思廉：《梁书》，中华书局，1973，第512页。
③ （唐）徐坚等：《初学记》，中华书局，2004，第513页。
④ 俞绍初：《昭明太子集校注》，中州古籍出版社，2001。
⑤ （清）严可均编《全梁文》（第30卷），《全上古三代秦汉三国六朝文》，中华书局，1965，第3123页。

“动心”就是文学创作过程中，“心与物”和“心与文”两层主客体相互作用中的一种“中介”。那么，天人关系中，心物间往还互动就是“艺”“文”设计主客体的“中介”。设计主体的主导地位及其积极能动性上文已述，现在我们分析一下“物”（设计主体所指向的客体）在互动关系中的状态。李健《中国古代感物美学的生态意蕴》说：“在文学艺术审美创造和审美体验的过程中，创造和体验的发生并不完全是人的主动性行为，‘物’——作为表现对象和非表现对象的意义也不可忽视。因为‘物’不是死寂的，‘物’也有着鲜活的生命力，在一定的情形下，它也可以支配人的审美创造和审美体验的行为。”①

如前文所述，物的内涵依据心的状态而变化，在“艺”“文”设计的生发时期——感物阶段，物包涵世间万事与自然万物。物在与心的互动关系中有两个特点。第一个特点是，“物”在“艺”“文”设计的初始阶段，其并非被动的。某种程度上，它与“心”一样具有情感属性。《礼记》那句“人心之动，物使之然也。感于物而动，故形于声”就暗含了物自有情性、可以动人的特质。刘勰《文心雕龙·物色》曰：“物色相召，人谁获安？”②“物色相召”乃是物的外形及情感意味对“艺”“文”设计者的强大感染力。他接着又提出四季物色、物容的不同使得诗人情感也发生变化——“情以物迁，辞以情发”。后人亦对之抉隐阐发，如朱熹《诗集传序》云：“人生而静，天之性也；感于物而动，性之欲也。夫既有欲矣，则不能无思；既有思矣，则不能无言……”③西方格式塔心理学就认为“艺”“文”设计生发阶段，不是设计主体把自身的情感移入了对象，而是对象本身就有情绪表现性。所谓“表现性就存在于结构之中”，“不仅我们心目中那些有意识的有机体具有表现性，就是那些不具意识的事物——

① 李健：《中国古代感物美学的生态意蕴》，《南华大学学报》（社会科学版）2018年第5期，第105~112页。

② （南朝梁）刘勰著，范文澜注《文心雕龙注》，人民文学出版社，1958，第693页。

③ （宋）朱熹：《朱子文集》，中华书局，1985，第414页。

一块陡峭的岩山、一株垂柳、落日的余辉……——都和人体具有同样的表现性”。[①] 垂柳及其相关意象会被诗人与离别之悲相关联，不能简单看成诗人移情于柳，“更为合理的解释是，因为柳枝的形状、方向、弯曲性传达了一种被动倾斜的表现性”。[②] 这也就可以解释诗人在离愁别绪之时，为何会选择垂柳而非其他意象入诗。物因为自带情感属性，诗人有时候仅仅是在合适的时机，像摄影师一样去呈现天造地设的情境罢了。所以说，人的心理活动是一种主客双向交流、建构、互构的活动。这也是皮亚杰说的“同化”“应顺”的双重关系。

第二个特点就是物自带的情感属性可与“艺”“文”设计主体的情性相互转化，称为“异质同构”，其转化的基础六朝人认为是自然万物的最基本的组成元素——“气”。杨泉《物理论》说：“皓天，元气也，皓然而已，无它物焉。”由此可知，天地间看得见、摸得着、听得到的“物”本质上都是气的外化。天上的星辰、风云雷电自然包括在内：“星者，元气之英”，“气发而生，精华上浮，宛转随流，名之曰天河，一曰云汉，众星出焉”。又“风者，阴阳乱气激”，“风，清热之气，散为电”。对于人，杨泉《物理论》又曰：“人含气而生，精尽而死。”除了天象、动植物、人工器物外，还将其他一些具体可感的物也都纳入。任继愈对杨泉《物理论》评论说：“‘石，气之核也’，土比石较疏松，他说气‘游浊为土’。水也是一种气，只比土之气更为疏松。”[③] 由此可见，所有可视、可听、可触及的具体实在之物——包括器物、天象和人在内的动植物，都被六朝人视为本质于“气”的“物”，至少在哲学层面上这是有所据的，而意念、思维才可感受的抽象事物，如物名等则不在此列。

---

① 〔美〕阿恩海姆：《艺术与视知觉》，滕守尧、朱疆源译，中国社会科学出版社，1984，第623页。

② 〔美〕阿恩海姆：《走向艺术心理学》，丁宁、陶东风等译，黄河文艺出版社，1990，第68页。

③ 任继愈：《中国哲学史》（第二册），人民出版社，1963，第208页。

六朝的许多文献就认为人和其他动植物一样，本质都源于气。《三国志·魏书·文帝纪》注引《献帝传》就说：“日月所照，戴天履地含气有生之类，靡不被服清风。”[①] 又魏曹丕《典论·周成汉昭论》曰：“余以为周成王体上圣之休气。”魏刘劭《人物志·九征》亦曰：“凡有血气者，莫不含元一以为质，禀阴阳以立性，体五行而著形。”[②] 魏人刘劭显然认为人与其他动物本质上是相同的，都是有血气者。且“禀阴阳以立性”中的阴阳专指“阴阳二气”。[③] 而东晋陶潜的《饮酒》诗之九更有：“深感父老言，禀气寡所谐。”因此，六朝诗人认为，包括人在内的万物存在的基础应就是元气或精气。另外，张华的《博物志》所收就包含人物与动植物、器物等小类，可见张华认为人物与动植物、器物等都包含在“物”的内涵内。综上可知，六朝人观念中，人和其他“物”没什么不同，本质上都是由元气构成的。这自然会影响六朝诗人的潜意识，使他们将“物化的人”纳入其“物”的狭义内涵。

由于存在人与万物都是“气化而生”这个异质同构的基础，那就不仅人可以移情于物，也存在物之情性融入人心的情况。六朝刘昼的《刘子·风俗》云：“土地水泉，气有缓急，声有高下，谓之风焉；人居此地，习以成性，谓之俗焉。”[④] 可见人性情之中，受自然物色影响而形成的特征谓之“风”，而受社会历史事物熏陶而成的特性则谓之“俗”。

六朝文人已认识到“生于斯、长于斯”之地域文化对其创作习惯及观念的影响了。曹丕《典论·论文》评价徐幹才性时，提到过“齐气”这个概念。“齐气”可追溯到先秦时期，据《左传》记载，鲁襄公二十九年，季札观乐，其称赞齐国歌诗曰：“美哉，泱泱乎大

① （晋）陈寿撰，（宋）裴松之注《三国志》，中华书局，1982，第69页。

② （魏）刘劭撰，王晓毅译注《人物志译注》，中华书局，2019，第12页。

③ （魏）刘劭撰，王晓毅译注《人物志译注》，中华书局，2019，第13页。

④ （北齐）刘昼著，傅亚庶校释《刘子校释》，中华书局，1998，第442页。

风也哉！”服虔注曰：“泱泱，舒缓深远有太和之意。”[①] 一个地域的民俗文化不仅影响、塑造着此地文人的气质、人格，也随之对他们的创作习惯和创作观念起潜移默化的作用。

罗宗强敏锐指出：“造成文学思想南北差别的原因，除了不同的文学环境之外，自然环境的差异也起着作用。如果南渡士人没有面对会稽一带的明山秀水，那么文学情趣的格调会有另外的样子。”[②] 孔尚任《古铁斋诗序》对此阐述得较为透彻：“盖山川风土者，诗人性情之根柢也。得其云霞则灵，得其泉脉则秀，得其冈陵则厚，得其林莽烟火则健。凡人不为诗则已，若为之，必有一得焉。”[③] 在“艺”“文”设计的感物阶段，创作源泉是天地之心的人发挥了主观能动性，与万事万物双向同化，其中气作为心物异质同构的中介，使得人之情性与物自属情绪双向转化，有序互动。艺文设计也由之进入了下一个阶段。在感物与咏物或造物的设计过程之间，其实还有一个构思阶段。在详述这个阶段前，我们有必要先论述一个问题，就是在实际艺文设计过程中的生发阶段，心物关系虽总体上遵循“心”为主导，物色亦相召配合的双向互动，但这也仅是一般情况下。而每个“艺”“文”设计者创作时的情境事实上并不相同，也就是说，“艺”“文”设计的感发阶段，心与物有时可能心触发物，而后相互往还，也有可能是物引发诗人情感的喷薄而出。对于这两类不同的情况，有学者对其进行了较为系统的划分和归纳。“纵观中国古代关于文学艺术创作的发生理论，说的不是感物兴情就是托物寓情，任何一次创作行为的发生，任何一个作品的创作，毫无例外地能够归入这两种类型。这两种类型，即便放到世界的文学艺术创作发生来考察，都普遍适用。”[④]

---

① （清）洪亮吉：《春秋左传诂》，中华书局，1987，第 610 页。

② 罗宗强：《罗宗强古代文学思想论集》，汕头大学出版社，1999，第 181 页。

③ （清）孔尚任：《孔尚任诗文集》，中华书局，1962，第 475 页。

④ 李健：《中国古代感物美学的生态意蕴》，《南华大学学报》（社会科学版）2018 年第 5 期，第 105~112 页。

其所谓的感物兴情就是物在情先，心物互动中，物充分地以自身情绪属性感召文艺创造者，使之生发出创作冲动和情感表达。这个物包括自然物色和社会现实生活，它们本身就存在与人沟通的素质。托物寓情是另一种感物发生的类型，与感物兴情恰相反，托物寓情是情在物先，即心物关系之中，设计主体的情志（心）占据更重要的位置。这类创作的感发阶段是先生成一种情感，然后再由蕴藏于“艺”“文”设计者内心世界沉淀的图式或定势引导下去寻求与这种情感相呼应的“物”来寄托，但不可认为托物寓情感发状态的“艺”“文”设计者是被动的、不自由的，误以为其会使得作品审美价值受到限制。恰恰相反，“艺”“文”设计者为了恰当地表达出心中情感的审美价值，反而是有意识地选取、裁剪生命中所历或所闻的自然景物、社会历史事物等。托物寓情而成的文艺作品描写的情状较为复杂，其不仅包括单一的自然物或社会事物，也包括自然、社会的物色群。设计者甚至会选择一个意象群，寄托生发的情感及其衍生出更多、升华出更深的情志。

此处需要注意的是，物是随心而变动的这条主线仍未改变，如感物起兴中的物一般是指眼前所见的客观实物。而托物寓情的物则不然，其是一种虚实结合之物，也就是诗人眼中心中之事物，是外物与人的主观条件结合的成果。刘勰《文心雕龙·诠赋》的“物以情观”已经清晰说明了其经过主体情感的观照。感物兴情的物是郑板桥所谓的“眼中之竹”，而托物寓情的物则是经过文艺作者情志过滤了的“物”。它已不是自然界与人类社会诸多事物的“物理境”，而是这些事物的“心理场”，可以理解为：文艺创造者之“心”与“物”建立的审美关系之中，其物已不是自然界和人类社会本然的存在，而是文艺作者精神、情感世界中的存在。这种存在是立足于艺术与文学设计群体内在世界而映射外在客观自然与人类社会又再次将其镜像投射于文艺作品之上的。其建构模式大致如下：外在的“物甲”内化为文艺创造者情感世界中的“物乙”时，由之也化为诗人的“情性”。而诗的“志”不是直接从外在的“物甲”中来，而是从诗人的“情性”中来，“物乙”则已融化于“情性”中了。

其中，“艺”“文”设计者内在精神世界是由性、情组建而成的。“性”是“艺”“文”设计者个体较为稳定的内在情绪，它的本质是静态的。而情是相对动态的，是由性与外物互动外化而成的。物虽与心可借由气异质同构，相互转换，但是性是存在个体差异性的，同样的外物，同类的情怀，相同的情境却可能派生出不同风格、情趣的作品。因此情志属性是个性化的，即刘勰所说的“随性适分”，随着文艺创造者个性的不同而不同。你眼中心中之“竹”，跟我眼中心中之“竹”，虽然都作为同一对象物而存在，但所见到所想到的“竹”则可以是不一样的。

核心小结

1. 天人思想可谓中国古代造物艺术的思想渊源，而心物关系则可视为天人观念在艺术与文学创作中主客体互动的重要表现与多元伸张。天人合一思想蕴含了符号功能性与审美性统一的造物理念。而天人相分理念则是强调主体能动性的工匠精神、“似与不似之间”的艺术追求等造物思想的渊源。

2. 感物是咏物文学和造物艺术的生发阶段，六朝的感物理论由于受人的自觉思潮之影响，主体的能动性受重视程度较前得到极大提高。

3. 六朝设计者于感物阶段，在心物并重基础上，更倾向于自身主体能动性的发挥。“物”自带的情感属性可与“艺”“文”设计主体的情性相互转化。

第三章　六朝造物观生成史论

第一节　先秦：造物艺术之源

一　原始社会：人本主义衍生出的造物观

我们认为，造物艺术渊源于先秦时期的人本主义①与由之衍生出的自然神秘主义。需说明的是，本研究所谓的“人本主义”更偏向于指一种集体无意识。这种深植于先民心中的“人本主义”是指以人的物质和精神需求为中心的思想。史前考古表明，蓝田猿人、元谋猿人、巫山猿人、安徽繁昌猿人都具有制造多种类型工具的能力，在这之前，显然还有更古老的“造物之作”。但研究的目的并不是寻绎第一件石制工具或早已腐朽的第一件木制工具。我们研究的主旨是通过器物的艺术渊源还原最“原味”的造物观念。相较于天然的石头，石器工具的产生更便于“砍砸、刮削、剥离或切割等操作”。无论是旧

① “‘人文主义’亦称人本主义，是欧洲文艺复兴时期的主要思潮，有两方面的含义：其一，指与中世纪神学不同的、以人与自然为对象的世俗文化的研究；其二，指贯穿于资产阶级文化中的一种基本的价值理想和哲学观念，即资产阶级的人性论和人道主义。它强调以人为‘主体’和中心，要求尊重人的本质，人的利益，人的需要，人的多种创造和发展的可能性。人文主义作为一种思潮，其主流是市民阶级反封建、反中世纪神学和禁欲主义的新文化运动。”可参见《辞海》编辑委员会编撰《辞海》（1999 年版缩印本），上海辞书出版社，2000，第 372 页。

石器时代的生产工具（骨制、木制、石制的工具），还是新石器时代转向的生活用具（主要指饮食器、炊煮器和储藏器等陶器），都为了满足人们生产、生活的实际使用需求。这其中最基本的自然是满足生理需要的生产和生活需求。[①] 其中，为满足衣食住行而进行的造物活动就是围绕最基础的生理需求和安全需求而展开，如石器工具、陶器、住房等。而愈是能满足实用要求的石器，似乎愈能引发人的美感。或者说上手之物的制作和改进过程，也孕育了审美。所以说，对称的造型、加工整齐的表面、锐利的刃部就都转化成为形式之美，如北京猿人打制石器所选取的材料都是河边精致的砾石。而从使用或操作的简便考虑，他们也会分类打制不同的简陋器具。北京猿人的“形式”造物活动表明，造物具有目的性、预见性、自觉性、规则性。因此，最初的“造物”意识产生在旧石器时代晚期与新石器时代之交。

在实用性前提下，朴素的审美意识逐渐生成。在为了实用性而以朴素的设计观施于造物活动时，人们的审美观也逐渐发展。造物观的内涵获得了质的飞跃。新石器时代，磨制工具的出现就可为证。一般认为，磨制石器的产生需要以审美、宗教等精神文化的积淀为前提（见图 3-1-1）。而在新石器晚期，黄河流域的齐家文化、龙山文化和大溪文化、良渚文化等遗址发现少量未见使用痕迹的石器工具，其比实用石器磨制得更光、更规范，造型更装饰化。这些表明，出现了开始脱离实用的部分器具，如安徽潜山薛家岗遗址出土的朱绘有孔石斧（图 3-1-2）。这些脱离实用的器物或装饰的出现可谓造物观念的一次飞跃。

---

① 人的需求有五种——马斯洛理论把需求分成生理需求（Physiological needs）、安全需求（Safety needs）、爱和归属感（Love and belonging）、尊重（Esteem）和自我实现（Self-actualization）五类，由较低层次到较高层次排列。

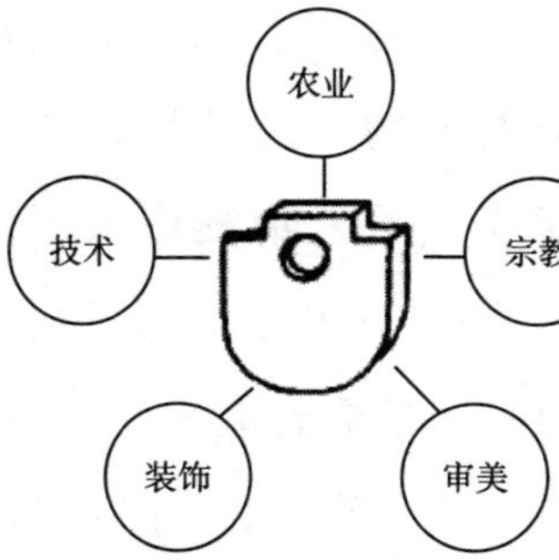

图 3-1-1　磨制石器诞生的五个因子

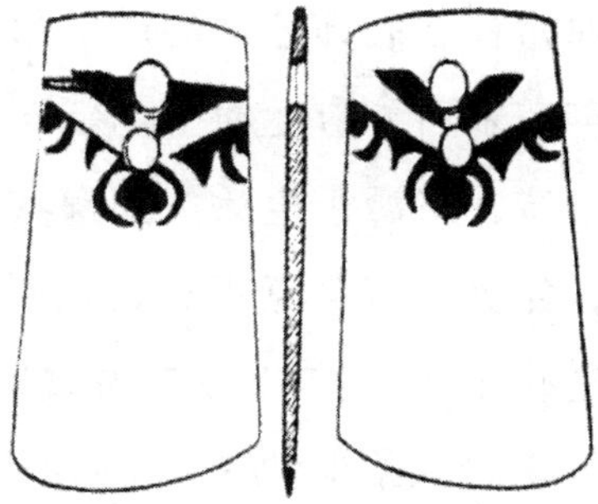

图 3-1-2　朱绘有孔石斧

作为氏族社会形成的重要标志之一，制陶工艺也是实用性与审美性合一之“物”。氏族社会所制陶器，不只停留于实用，而且体现出对艺术美的追求。当世陶器上面被施以化妆土、彩画、刻镂、堆贴等各种装饰。白陶、黑陶、彩陶先后出现，它们都是先民造物观艺术化的产物，这之中尤以彩陶最有特色。[①] 从造型和装饰上说，半山型彩陶是彩陶工艺中最为精美的。它精巧繁密，饱满凝重。造型的品种多为罐类（见图 3-1-3）。以前，彩陶纹饰只用黑色。半山型彩陶开始大量运用红色彩绘，红色和黑色交替或间隔的处理，获得了更为复杂的装饰效果。而锯齿纹的应用，可视为新的纹饰特色。其富丽、精工的艺术风格也可证明当世人开始具有初步审美观念。

图 3-1-3　彩陶罐（彩陶文化半山型）

① 所谓“彩陶”，是指一种绘有黑色、红色的装饰花纹的红褐色或棕黄色的陶器。

原始社会装饰艺术的产生和发展也是在造物艺术观念由实用衍生出审美需求后，应运而生。新石器时代陶器上的几何纹样，作为一种艺术创造，来源于生活。如陶器的装饰就与上手之物操作水平的提高相关，先民的审美意识亦在此过程中凝练至于产生，如布纹、席纹、绳纹这些压印、拍打而成的纹饰，在制作上都是有其实际的技术目的。但它们也给制陶者一种启示——可以作为美化器物的装饰来对待。又如陶器装饰上又出现了弦纹也是由于轮制方法的广泛运用。几道简洁的弦纹，若装饰的部位选择得宜，排列得疏密错落有致，也能充分发挥它的装饰效果，如山东龙山文化的黑陶就因善用简洁的弦纹，衬托出器物的色质美。

新石器时代晚期出现的玉石工艺，堪称中国原始社会乃至全部中国工艺美术史上的独特成就。人们在选取石料时会得到玉：纹理细密，色彩鲜丽而柔和，有时还显出半透明的迷人质理。这些玉石并不与生产和生理需求有直接的联系，但先民已能从中发觉其审美价值。人生来就具有亲近光滑细腻的表面的潜意识，人在制作精细的磨制石器时已得到锻炼和提高的审美能力，都使得这些“美石”可以成为审美对象。它们多半被加工为装饰品。在山东龙山文化、大汶口文化、青莲岗文化和良渚文化中，都发现过大量的玉制石器，还有与之相类似的玛瑙质、水晶质制品。南京北阴阳营出土有玉质、玛瑙质、水晶质的饰品，大汶口十号墓出土有十九枚大小不等的绿松石石珠组成的珠串，珠上都有系绳用的孔，它们大小有序地依次排列，形成渐变和起伏的韵律。大汶口十号和一一七号墓出土的玉铲，器身扁且薄，有穿孔，规整细致，还经过抛光。有的石料并非当地所产，是原始人通过交换得来的。这说明在新石器时代晚期，出于精神需要的审美活动也得到了充分的发展。当然，此时玉石还未呈现礼制性规范及其附加的精神意义，但也初步具备了宗教意义。新石器时期良渚文化遗址中发现有大量的玉琮，玉琮造型呈现的是一种内圆外方、柱形中空的形状。有学者据此认为，玉琮象征天地贯通，具有天地沟通的特殊作用。[①]

这些非物质层面的需求也是人本主义的另一种表现。实质上，原始社会的先民在满足生理需求、安全需求后，也需要精神层面的慰藉。而安全需求不仅能激发造物的动机（如为躲避风雨雷电和野兽毒虫而造房屋等建筑），而且也蕴含和促进了艺术的审美。艺术或审美的产生需要设计主体处于一个较为安全的状态。如先秦文献记载中，在劳动过程中，先民满足生理和安全等基本需求后，发现了造物艺术的审美需要，如《弹歌》（又名《断竹歌》）曰："断竹续竹，飞土逐宍。"[②] 虽只有八字，但其结构整齐、音韵铿锵，颇具审美价值。这首原始诗歌显然是先民们技艺进步过程中，艺术审美提高的产物。这时候造物活动才逐渐成为造物艺术，上手之物亦渐变成为艺术之物。

与祭祀相关的宗教、礼制、社会交往等方面的需求则属于人们精神层面的追求。特纳给巫术仪式的定义是："人们在不运用技术程序，而求助于对神秘物质或力量的信仰场合时的规定性正式行为。"[③] 又据弗雷泽《金枝》阐述的原始宗教赖以建立的思想原则，即接触律，[④] 将造物活动与宗教崇拜紧密相连，如安徽蚌埠双墩造物艺术就有浓厚的宗教色彩。器物上刻画的日月星辰的纹样大多出于自然崇拜。在对植物生长周期摸索的过程中，先民们发现，日月星辰的转换使季节流转而孕育出生命，因此对日月星辰顶礼膜拜以祈求来年收获的画，寄予着风调雨顺、生命旺盛的象征意义。以太阳崇拜为例，太阳崇拜是初民社会最为普遍的宗教信仰之一，不但太阳朝升暮落与植

① 张光直：《中国青铜时代》，生活·读书·新知三联书店，1999，第295页。

② 逯钦立辑校《先秦汉魏晋南北朝诗》，中华书局，1983，第1页。

③ 〔英〕特纳：《象征之林——恩登布人仪式散论》，赵玉燕、欧阳敏、徐洪峰译，商务印书馆，2006，第19页。

④ 〔英〕弗雷泽：《金枝》，刘魁立译，大众文艺出版社，1998，第19页。

物荣枯的秘密已被发现，而且人们能够从对日出日落的理解来辨别四方。双墩刻画符号上发现了众多的圆形纹样，具体包括单独圆形、圆形和十字形结合、多圆组合、圆形与三角形组合、圆形与放射线组合、多圆形与井状线及多井状线组合等（见图 3-1-4）。类似的圆形纹样组合在大汶口文化遗址、河姆渡文化遗址、凌家滩文化遗址、良渚文化遗址等也有发现，普遍被研究人员认为与太阳崇拜相关。而除了风调雨顺等生产劳动需求延伸而进行的宗教祭祀外，生殖崇拜也属于宗教活动的另一个重要内容。

图 3-1-4　双墩星辰纹样符号（92T0622：87）

男性生殖崇拜一般产生于旧石器时代晚期，在父系氏族社会得到充分发展之时。我国在山东潍坊鲁家口龙山文化、红山文化和西安姜寨仰韶文化遗址、海州二涧库遗址、河南淅川下王岗仰韶文化遗址、连云港朝阳遗址、湖北京山屈家岭文化遗址、新沂新石器时代遗址中都发现男性生殖崇拜的遗迹。双墩出土了男根形态的陶祖支架 4 件，陶祖支架残件 20 件，这都是男根崇拜的直接证物，传达出简洁直观和有力的艺术特征。女性生殖崇拜则要更早，如辽宁喀左县东山嘴红山文化遗址也出土过陶裸体妇女塑像，乳房、腹部被特别强调，其就是对女性崇拜的反映。

总体上看，原始社会时期，造物活动围绕人本思想而展开。先民为了满足生产和生存的需要，学会操作并不断改进工具，使得“物”随着外在形态的变化与重组，性质亦发生变化。由自然物变成了上手可操作的工具，此可谓先民造物意识的第一次飞跃。代代相传，历时的发展让先民对物的可塑性的认知越发深入。就工具而言，从木制、骨制工具时代演变为石器工具时代，新石器时代的工具又较旧石器时代有了巨大的改进。北京猿人从选材、打制至于成器都较旧石器时代的工具精细、光滑，且更便于操作上手了。他们对质地材料的重组和用途的经验、知识都有深厚的积累。北京猿人选择制作石器工具的材料都是河边的砾石。甚至，他们在打造石器工具之时，已经有了预见性和目的性。另外，随着技术、工具的每一次改进，先民的审美意识亦逐步提高。他们的创作动机亦逐渐外延，衍生出与审美、宗教、礼制相关的创作目的，从海德格尔所言之“人”变为人神共举。这一点，原始社会的骨器、石器、陶器、装饰、雕绘诸方面都有体现。可以说，原始先民所造之物，就完成了自然物到上手之物的变化，且历经时代积淀，也完成了上手之物到艺术之物的演变。海德格尔所谓的物之为物的“天地神人”四者在原始社会所造之物中就已完备。《系辞》所谓“观物取象”的观念就是先民天地神人在所造之“物”上的反映。我们认为，其实质仍是“人本主义”的一种体现，是先民在精神方面的追求映射于“造物”游戏之中。源于天人合一理念的中国设计思想，其神性、人性、物性是交融合一的，自原始社会开始就已完备，自此之后再未分离。

二　夏商周的造物艺术

先秦是艺术发展的萌芽时期，或以之为艺术的前历史阶段。从原始社会至于战国造物经历了一次次质的飞跃。就器物制作的材料选择来看，由木器、骨器开始转向石器，石器为青铜器所取代，至于战国时期，铁器又大量出现，取代青铜器的地位。然而当这些质地材料不足以承载人性之需求（易于腐朽、操作不够方便等）时，随着时空的运转，天地交融，必生变化。自二里头文化以后，“造物”较前代发生了巨大的变化。铜器取代石器，成为先民生产与生活最重要的器物。[①] 青铜时代既是生产力进入新的阶段之标志，也是造物观念质变的重要表现。《左传》：“昔夏之方有德也，远方图物，贡金九牧，铸鼎象物。”[②] 《墨子·耕柱》也说：“昔者夏后开使蜚廉折金于山川，而陶铸之于昆吾。”[③] 目前发现最早的青铜器，是1975年在甘肃东乡林家的新石器时代晚期马家窑类型遗址出土的青铜刀。在河南偃师二里头遗址第三期除了发现铜锥、铜刀外，更发现了容器铜爵。青铜空体器的出现，表明青铜器制作已不只是简单的锻打加工，而是已应用了铸造，已采用了多合范法。从出土文物与文献互相印证可知，夏代已然出现了青铜器用具。而商代的青铜器，无论品种、装饰以及制作技术等方面，都达到了高水平，进入青铜工艺文化的黄金时代。

各种质地的自然物经造物者之手，展现了大致相近的演变轨迹。这个过程就是从满足人们生理需求逐步过渡到宗教、审美，进而发展为礼制等精神领域，至战国又重新回到娱乐、追求享乐等。在审美方面的具体表现，即造型、纹饰出现表意下降而装饰性增强。从题材看，其也是器物的纹饰、造型等由自然宗教转向人事生活的场景。商代青铜器除了实用性之外，重点在于其宗教性质。青铜器物上的饕餮兽面纹也显得狰狞恐怖。而西周青铜器转而重视其礼制属性，并不那么重视纹饰。在装饰花纹方面，饕餮兽面纹已居次要地位，往往只用作器足的装饰。殷商时期，青铜器主要应用于祭祀。到了周代，青铜器物又转而重纪事。《礼记》说：“论撰其先

① 其实，在铜器和石器时代之间，尚有一个铜石混用时期。这个时期，人们使用的是自然的红铜，它是青铜时代出现的前提。人们发现，红铜中融入锡、铅而成的合金，更坚固，适合于制作大型器具。

② 杨伯峻：《春秋左传注》，中华书局，1990，第669页。

③ （清）孙诒让：《墨子间诂》，中华书局，2001，第422~423页。

祖之有德善、功烈、勋劳、庆赏、声名，列于天下，而酌之祭器，自成其名焉，以祀其先祖者也。”[①] 因此，周器一般口大、腹浅，以适应刻铭的需要。商周青铜器虽造型发生变化，但目的都是贵族统治者维护和巩固世袭制。

春秋时代的青铜器，大胆突破了商周的艺术传统，清新而富有时代感。如盛酒器的壶，春秋以后式样丰富，制作精美，出现了许多艺术性很高的作品。1923 年在河南新郑出土的莲鹤方壶，就是这时期的代表作品。又如新出的器物敦，是盛黍稷器，其造型十分别致优美，它由上下两部分组成球形，分之成为两个半球形，再加以下部的足和上部的纽均为小圆形，形成用大小圆形构成的器体，统一而和谐。这种对审美的追求还体现在铭文和花纹修饰上。纹饰方面，这个时期刻模印花的代表花纹是较西周时期更为细密精巧的蟠螭纹（一种蛇类动物互相重叠缠绕构成的网状图案组织，在以后的战国时期也广为流行。）细线刻纹是用钢刀在青铜器表面刻画出的花纹，线道细如毫发，风格纤巧秀丽。在细线刻纹道内嵌入其他颜色的金属，春秋时以嵌入红铜丝为主，有时用金丝镶嵌铭文，叫错金。春秋青铜器的铭文，在吴越地区，流行圆润弯曲的鸟虫书，装饰在兵器剑、戈之上，这是一种优美的美术字。

战国的青铜器具对审美的追求更为精致。第一，战国时青铜器的装饰手法很多，除沿用以前已产生的模印、细线刻画、镶嵌外，还出现了鎏金。镶嵌则广泛采用金、银丝，称为金银错，有时还用宝石。金银错的金银光泽和青铜色对比，显出绚烂富丽的艺术效果。金银错花纹除表现社会生活题材外，一般为斜线和涡线相结合的几何纹，曲线和直线、虚和实的交替对比，富于韵律的美。第二，战国时代的装饰花纹，流行蟠螭纹，穿插重叠，蟠绕纠结。此外有三角云纹、勾连

---

① （清）孙希旦撰，沈啸寰、王星贤点校《礼记集解》（第 47 卷），中华书局，1989，第 1250 页。

回纹等，逐渐几何化。第三，具有重大意义的是，从春秋后期到战国时代，青铜器的装饰开始突破了传统的以怪兽纹为主体的局面，出现了以社会生活为内容的人事题材，反映了现实生活的一个侧面，使人感到清新活泼，别具风格，主要包括宴饮、会射、弋射、采桑、攻战等诸方面。装饰着人事纹样的战国青铜器，著名的有河南汲县山彪镇水陆攻战纹鉴，辉县宴乐射猎纹鉴，以及故宫收藏的和四川成都百花潭出土的宴乐渔猎攻战纹壶等。如宴乐射猎纹鉴，1951 年河南辉县赵固镇出土，鉴腹有刻纹一周，以一座大建筑物为中心，开展各种人物活动；建筑物左右配列了舞乐者各一组，左边一组鸣钟舞蹈，右面一组击磬舞蹈。中间的装饰带，一面为庖厨，有的在进饮，有的在送食；一面为园林，有的射猎，有的划船，有的浴马。其共表现出三十七人、三十八只鸟兽和六十六件器物，是一件十分精致优美的作品。青铜器具不仅取代了石器在生产活动和战争方面的角色，而且还代替了陶器在社会生活、祭祀、宗教等方面的作用。这在出土商和西周时代青铜用具上的表现，尤其明显，如作为食器的鼎、鬲和盂；作为酒器的爵、角、觚、觥、肆、尊、缶；作为水器的盘、匜，以及乐器钟、铙、钲等。青铜用具的使用大部分脱离了日常生活，更多时候是以礼器面目示人。这些器物不再作为上手之物，而纯粹用作礼器——用于祭祀自然神祇和先祖、礼制性的宴会以及入葬等礼仪场合的装饰物。因此，青铜器物对人们精神层面的满足表现在以下几方面：

首先，源于原始社会朴素的自然神崇拜和祖先崇拜，在奴隶社会中得到继承。因为统治阶层对于鬼神的迷信与恐惧，他们企图通过献祭等宗教活动与鬼神沟通，祈求庇护与宽恕。如商代以前的人多迷信，重鬼神祭奠，所以商和西周初神秘恐怖的纹饰更多。商和西周青铜器绝大多数装饰着动物纹样，流行于商和西周早期的兽面纹即所谓饕餮纹，采取夸张的手法，狰狞恐怖，表现出一种神秘而狞厉的风格，就是突出的代表。“饕餮”一词，见于《吕氏春秋》：“周鼎著饕餮，有首无身，食人未咽，害及其身，以言报更也。”[1] 世人根据这一记载，定名饕餮纹，以后历代沿用。《左传》又说：“缙云氏有不才子，贪于饮食，冒于货贿，……谓之饕餮。”其次，奴隶主贵族为了维护自身统治地位，又宣扬自己与鬼神和先祖的特殊关系，向奴隶和其他奴隶主证明自己的统治“受天有大命”的不容置疑，同时又通过礼器的等级化规定来协调奴隶主阶级内部的统治秩序。如西周重政权的巩固，为维护政权所系的血缘关系，重视对祖先的祭祀，大多数的礼器都是奉祀祖先的。西周后期，兽面纹已很少，各种几何纹比较发达。为了维护周王以下各诸侯、封王的等级秩序，周的礼器制度十分完备，在器物的数量、大小上都有严格的等级规定。再次，这些器具对形式美的追求更加突出，它们的形制多样，制作精美，有的形体十分高大，又都装饰着丰富的纹饰。器物的装饰主要是浮雕，此外还有印纹。商和西周青铜器绝大多数装饰着动物纹样，流行于商和西周早期的饕餮纹，就采取夸张的手法，颇具艺术审美价值。最后，这些青铜器精神性意义的价值存在历时性进步，青铜器具的制作无论是审美价值，还是宗教意义都有着时代的不同特征，如作为祭祀礼器上的纹饰，商代先民更偏重于宗教意义上的天人沟通，而周人则更倾向于礼制方面的阐释。这在器物的铭文上也可以得到验证。商代铭文很短，只简单记述器名和受祭者，晚商才出现少数较长（多至几十字）的铭文。西周早期，出现了长篇铭文，有的长达二三百字，叙述分封、典礼、征伐、记功、婚姻以及家族祖先的功德等内容，借颂扬先人以维护世家的统治。东周以后重视人而远离怪力乱神的思想也能得到验证。而商代令人见之可怖的饕餮纹，在周代青铜器上也一改狰狞面貌，而变成了可爱的模样。

这种变化不仅发生在青铜器上，陶瓷器物、绘画等诸方面都得到了体现，如在商周时期白陶、印纹陶等陶制器物大量出现。在彩陶的

---

① 许维遹：《吕氏春秋集释》，中华书局，2009，第398页。

基础之上，陶制品还出现了彩绘陶。然二者虽有前后影响、继承关系，但制作方法不同，彩绘陶艺术效果极为艳丽。这种艺术特征发展到战国时期，已经具备极高的艺术水准，具体可归纳如下：第一，彩陶在烧好的器胎上，用彩料描绘花纹，器成后颜色鲜明、艳丽，而且没有变色的弊病。第二，彩绘陶的最大特点，是在色彩配置上具有非常高的装饰意趣。第三，彩绘陶是在烧好的器胎上绘画纹样，用笔自由不受限制，所以装饰题材相当广泛。除了旋涡纹、三角纹、S 形纹、勾连纹等几何纹样外，还出现了云气纹、鸟兽纹、龙凤纹等新的内容。长沙出土的一件彩绘陶壶，腹部的龙凤纹看起来十分生动自然，没有商代白陶那种抽象神秘、庄重的风格。这一轻松而富有生气的新变化，是战国时期时代的巨大变革在陶瓷装饰艺术上的强烈反映。瓷器的萌芽也出现于此时，如河南郑州铭功路商墓中出土的“商代原始瓷尊”等，应属于瓷器的范畴。这件原始瓷尊的器形圆浑丰满。此尊在造型上能广泛吸取并融汇新石器时代各个时期的长处，是一个较大的进步。但商代的这些青釉器还处在瓷器的低级阶段，可称为“原始瓷器”。到了西周，原始瓷器的胎质更为细腻，釉层显著增厚，施釉较为均匀，分布的范围也明显地扩大。战国时质量又有提高，器形大为增多。至此陶器和瓷器作为两个平行的系统各自发展。

因未能完整保留，绘画作品早已湮没无闻，只能从壁画、帛画等绘画形式来看先秦美术的发展状况及其造物观念。壁画滥觞于上古，如宁夏固原店河齐家文化居址的墙面上画有几何形图案，显然是一种名实相符的建筑壁画。到了周代壁画创作则非常兴盛且规模颇大，如王逸于《楚辞章句》中有：“见楚有先王之庙及公卿祠堂，图画天地山川神灵，琦玮僪佹，及古圣贤怪物行事。”[①] 在装饰绘画方面，其则与时代造物所需的质地材料紧密相关，如青铜器装饰画兴盛期与青铜器的鼎盛期——春秋，此时装饰画的艺术表现较为生动，具体可以归

① 黄灵庚疏证《楚辞章句疏证》，中华书局，2007，第 996~997 页。

纳为：一是善于概括形体的大貌；二是善于捕捉形体的动势；三是注意人物形象之间的联系与呼应。这之中以洛阳金村战国墓葬中出土的金银错狩猎纹铜镜最突出①（见图 3-1-5）。

图 3-1-5　金银错狩猎纹铜镜

而漆器装饰绘画以战国的艺术品，最负盛名，如 1978 年在湖北随县擂鼓墩出土的曾侯乙墓中的漆内棺、漆衣箱及鸳鸯形漆盒等，其描绘了神怪形象与乐舞活动，还绘有龙纹、蛇纹、虎纹、鸟纹、鹿纹等众多动物纹样。相比之下，曾侯乙墓漆画所绘乐舞人物，形象概括简练，优美而生动。这些装饰性绘画，由于用油彩描绘，所以有人把它称为“最早的油画”。帛画也是战国时期的作品，现发现的有三件：一是缯书的画像；二是龙凤人物图；三是御龙图。三图先后出土于湖南长沙，地属楚国，所以称之为楚墓帛画。作品都以墨线为主要的表现手段。这些作品与我国出土的漆器、陶器上的彩绘，都具有同时代的艺术风采。其表明绘画到了晚周，我国民族独特的美术风格已经非常明显地形成，比如对线条描绘的重视即可视为中国稳定、独特民族艺术的体现。早期美术作品（包括岩画）所广泛采用的线画、线刻，表明我国古代绘画在用线方面所具有的传统特色。

① 一个全身披甲的勇士骑在马上，与一虎搏斗，马也是全身披甲，勇士持剑迎着虎刺去，发怒的虎，回身反扑，张牙舞爪。勇士的英姿，马的咆哮，虎的凶猛，都以外形的巧妙变化得到了充分的表现。

雕塑的发展状况亦是随着时间而有所演变，艺术表现也越来越成熟。在原始时代雕塑艺术萌芽、发展的基础上，夏、商、周时代的雕塑艺术虽然多数尚未脱离工艺装饰的性质，但较之原始时代，作品的数量、题材范围、对事物的观察能力、艺术表现能力以及物质材料的运用等各个方面，都有了很大的发展，尤其是到了春秋战国阶段，雕塑艺术逐渐从青铜工艺美术中分化出来，出现独立发展的趋势，为秦汉时代雕塑艺术突飞猛进的繁荣发展提供了良好的基础。

中国古代雕塑艺术的一种发展趋向，即通过与各种工艺美术的结合，同人们的物质生活和精神生活取得更为广泛、密切的联系。这种趋向也是原始时代雕塑艺术发展趋势的延续，它们共同表明了古代美术发展中这么一种规律性现象：观赏性的雕塑品似乎必须和实用性的工艺美术品联系起来，才能在人们的心目中确立自己存在的价值。“俑”也是当世雕塑艺术中较有特色的造物艺术品。当然其产生也是为了满足人们精神层面的追求，是人们精神追求在造物活动中的反映。战国时代以俑随葬已蔚然成风。而在形象塑造中，多能表现出它们的形态和神情的力和美，这是战国时期陶、木俑艺术有历史意义的成就。除了俑之外，作为随葬明器的雕塑品也还有不少，河南信阳出土的彩漆木雕双凤双虎鼓架、湖北江陵出土的彩漆木雕鸟兽座屏等都可视为当世人审美价值的体现。

为了适应神性和人性需求的发展，物亦随之发生变更，如石器工具物性又分为生产工具、生活器具（如食器）、宗教祭祀之器。前两类器物主要由于物性与人性互动而产生演变，后一类亦交杂着物性与人性及人性析出的神性三者间的互动、交融。需注意的是，前两类器物的形成并非仅是物性与人性交融生成，后一类器物的生成也不单是物性与神性互动的结果。实际情况较为复杂。应该说每个“物”的生成，都包含着天地神人四者。差别仅在于不同时期，不同物质交融过程中的比例差异而已。本身器物在发展演变的过程中就存在许多复杂的交错变化。如商周时期，许多器物既是作为生活所需之物，又用于祭祀，即这些器物既是祭器，又是养器，既是人工物，也是意义物。《礼记·曲礼下》曰："凡家造，祭器为先，牺赋为次，养器为后。"[①]像在西周墓葬中发现的玉戈、玉钺等物，不可能作为战争中的实际兵器，而只可能具有仪式性的象征意义。"同时应注意的是，礼器和实用器，在大部分情况下，又显然是混合的。像作为礼器的鼎簋和钟铙，既可以供奉祖灵又可以作为现实的食器或乐器。所以要在祭器和养器之间划出截然的分界，有一定困难。"[②] 这些自然物材质间的转换，是经"艺""文"设计者的造物活动，而发生了变化。每类自然物质，自身物性也会随着人性和神性而变化。如上文提及的青铜器由红铜器物转变而来，陶制器物衍生出黑陶、白陶，又彩陶改进而成彩绘陶等……

另外，器具造型、类型也随着人性和神性的互动而发生变化。就青铜器物而言，商代多酒器。到了周代食器则取代酒器，成为工匠们造物的主流。这其中的原因，应该是天地间敞开与保守，神性的澄明与人性需求互动、交融而成。"一方面说明西周早期的禁酒令（《尚书·酒诰》）发生了效力，另一方面，就酒与食的特性看，前者往往更易将人引入非理性状态，酒的迷狂、生物性的狂喝滥饮与殷商的自然神崇拜具有内在的关联。相反，饮食过程则是宁静、温情甚至肃穆的，它诉诸味觉的特征引人趋于理性，也更宜于体验一种细腻、温馨、绵长的情感。这与周人借'家族式的共餐礼仪'实现对祖先（祖宗神）追怀的情感需要相一致。"[③]

天地间敞开与保守的互动，除了器物材质的更新换代之外，装饰与表意主题也是逐渐发展、演变的。纹饰和造型由粗转精自是先民审美能力提升或表意体系完善的表现，但纹饰和造型由繁化简并不意味

① 王文锦：《礼记译解》，中华书局，2016，第44页。

② 刘成纪：《中国艺术批评通史》（先秦两汉卷），安徽教育出版社，2015，第85页。

③ 刘成纪：《中国艺术批评通史》（先秦两汉卷），安徽教育出版社，2015，第79页。

着先民“物”之表意体系的破坏。从青铜器纹饰和造型的变化看，商代各种怪力乱神纹饰在西周的隐没，不但不意味着青铜器艺术表现力的削弱，相反，却预示着艺术的理智清明时代的到来。也就是说，西周青铜器纹饰的简易化、图案化和定型化，意味着人以理性限制了神性力量的无限漫溢，使器物更倾向于“按照美的规律造型”，而非按照自然的蛮力造型。周代在青铜器具上大大增加了铭文数量，这一点在商代的器具上是没有的。正如巫鸿所言：“从商末开始，铭文的强调对象逐步从祖先神明转向活着的信众。尽管大多数西周青铜器仍是奉献给死去的祖先的，但是奉献本身成为其在世子孙们生活中重要事件的结果。正是这类事件——主要是宫廷的晋见和授职——构成制作青铜礼器的原因，并被详尽地记录在纪念性的铭文中。因此，青铜礼器的意义和功能——包括其纪念碑性——便发生了一个重要的转化，这些器物的主要意义不再是在礼仪中与神明交通的器具，而更多地成为展示生者现世荣耀和成就的物证。其结果是，变化多端的象征性形象失去了它的活力和优势；冗长的文献记录被煞费苦心地铸在一件没有多少装饰的盘内或浅腹鼎中，作为纪念性的作品，这种青铜器要求的是‘阅读’而非‘观看’。”[①] 天地神人四者的互动、交融使得自然物经造物活动而成技术人工物，有的变成艺术之物。自然物—人工物—表意物的轨迹已昭然可见。

第二节　秦汉：造物艺术体系的形成

“秦汉”时期，可谓先唐艺术史中承上启下的时代。一方面，造物艺术观念是先秦艺术观念的集大成时期。无论是美术，还是工艺造型，它们的艺术表现形式与价值观念与前朝具有一体性。另一方面，

① 〔美〕巫鸿：《中国古代艺术与建筑中的“纪念碑性”》，李清泉、郑岩等译，上海人民出版社，2009，第 77 页。

秦汉时代出现的艺术新形式、新观念又具自创性，为六朝艺术开创了新局面。因此，秦汉向来被视为先秦至于六朝之间艺术发展的过渡环节。但从秦汉艺术留存的浩如烟海的文献与文物来看，将其视为艺术史上两个时代的过渡阶段，并不合适。事实上，东周以降因“礼崩乐坏”而导致的长期文化分裂至此重归一统，形成了共同的“汉文化”。而秦汉艺术观念则兼顾国家伦理、士人传统与个人趣味，新见迭出又不失时代性的理性和庄严。总体上看，这是一个文化、艺术繁荣的时代，也是艺术体系成熟、完善的时代。

我们可将秦汉的造物活动分为四个时期：第一阶段为秦朝手工业。第二阶段为西汉前期。秦末农民战争之后，经济凋敝，手工业活动不及秦朝兴盛之时。这是造物工艺活动的恢复期。第三阶段为西汉中期至东汉前期。当时，西汉国势强盛，经济发展，手工业得到了迅速的发展和繁荣。生产力很高，工人数量也很多，如采铜，每年即有十万人以上。第四阶段为东汉末期，此时也是手工业的衰落时期。[①] 那么，秦汉造物艺术观较前代有什么发展和新变呢？其可大致归纳如下。

首先，此时[②]开始，造物活动与历时、天体运转规律建立了紧密联系的维度。先秦文献中对此有较为系统的阐述。如：

> 孟春之月，日在营室，昏参中，旦尾中。其日甲乙，其帝大皞，其神句芒。其虫鳞，其音角，律中大蔟，其数八。其味酸，其臭膻，其祀户，祭先脾。东风解冻，蛰虫始振，鱼上冰，獭祭鱼，鸿雁来。天子居青阳左个，乘鸾路，驾仓龙，载青旂，衣青

① 见田自秉《中国工艺美术史》，东方出版中心，2010，第 88 页。汉代手工业的发展，可分为三个时期：第一阶段在西汉初期，这是手工业的恢复时期。第二阶段在西汉中期至东汉前期。第三阶段在东汉末期，是手工业的衰落时期。

② 本文所谓秦汉时期，包括战国末期秦国所处时代。

衣，服仓玉，食麦与羊，其器疏以达。[①]

描述的顺序为：天上日月星象（日，参星，尾星）——天干（甲乙）——主管春秋的帝和神（大皞，句芒）。以之为基础，依次列出与春天相应的虫是五虫中的鳞虫等，然后描绘正月里人间世界的物候特征，最后写这个季节天子的居室、车马、旗帜、衣裳、佩玉以及天子所用的器皿。这种叙述逻辑将天象逐步过渡到人事。在这一连续、递变的过程中，人事领域的活动（包括造物活动）都配合着天地自然变化的节律。这之中自然天象都有与之对应的万物和人事活动。《吕氏春秋·十二纪》还为每一季节的器具都规定了纹饰造型。如天子夏天的车马服饰要全面选择红色，器皿要“高以拥（粗）”；秋天要全面选择白色，器皿要“廉以深”；冬天要全面使用黑色，器皿要“宏以金”。《吕氏春秋·十二纪》不仅指出了天道轮回、自然物候变化的时间性，而且将包括人工器具在内的一切人事活动都纳入这时间流之中。

在中国工艺史上，《吕氏春秋·十二纪》是第一部在四季与器具之间建立匹配关系的文献。其实，《吕氏春秋》这种天体运动和人事关系思想的渊源可以追溯到中国最早的历书《夏小正》。该书历述一年 12 月中自然物候和农事的变化，但没涉及人的器具选择。此后，《淮南子·时则训》《礼记·月令》《逸周书·月令解》都遵从了《吕氏春秋》所构建的造物活动的宇宙观。“天”在海德格尔的“物”之哲学中主要指天体运转、自然变化对“物”本质产生的影响，其含有敞开之义。《吕氏春秋》造物活动宇宙观的建构，使得当世“艺”“文”设计者的意识之中较为普遍地接受了造物活动历时性的演变和改进。

---

① （清）孙希旦撰，沈啸寰、王星贤点校《礼记集解》（第 47 卷），中华书局，1989，第 400~410 页。

其次，秦汉是一个思想杂糅、多元的时代。春秋战国以后，诸子百家争鸣。《庄子·天下》开篇就讲："天下之治方术者多矣，皆以其有为不可加矣!"① 秦汉也继承了诸子百家杂糅的思想。秦自商鞅变法以后，以法家思想治国，由于秦法过严，秦二世灭亡。汉代也继承了法家思想，相较于秦，披上了一层儒家温情礼义的外衣。而事实上，在朝和在野的学术思想，却颇为多元。如贾谊的《新书》以儒表法里为特征，《淮南子》属于杂家化的道家，董仲舒的儒学则奠基于阴阳五行学说。汉儒结合阴阳五行等思想，构建出"天人感应"等思想理论，其对造物活动亦影响深远。如班固就曾曰："董仲舒治《公羊春秋》，始推阴阳，为儒者宗。"② 秦汉的工艺制作水平发达，日用器皿、服饰、车舆等造物活动繁荣昌盛。法家、儒家、黄老思想作为社会的主流，对待这些"造物活动"其表现的态度并不积极。儒家、黄老等主流思想在舆论上延续了前代的价值观念，即反奢尚俭，主张节制欲望，对权贵阶层沉迷于淫巧之技深恶痛绝。而贵族和"艺""文"设计者却表现出对高超的工艺水平和对士人生活趣味的一种欣赏的态度。文士群体以赋作的方式，通过托物言志对其阐释。③ 这些咏物赋使后人有机会对汉代器具制作工艺有直接的了解，而且能窥见秦汉造物艺术的观念。再次，大一统的空间观念，于秦汉时亦趋于成熟、完善。《汉书·天文志》曰："凡天文在图籍昭昭可知者，经星常宿中外官凡百一十八名，积数七百八十三星，皆有州国官宫物类之象。其伏见蚤晚，邪正存亡，虚实阔狭，及五星所行，合散犯守，陵历斗食，彗孛飞流，日月薄食，晕适背穴，抱珥虹蜺，迅雷风袄，怪云变气。此皆阴阳之精，其本在地，而上发于天者也。"④ 按照班固

---

① 陈鼓应注译《庄子今注今译》，中华书局，2009，第908页。

② （汉）班固：《汉书》，中华书局，1962，第1317页。

③ 代表性作品有贾谊的《虡赋》、邹阳的《几赋》、羊胜的《屏风赋》、刘胜的《文木赋》、刘歆的《灯赋》、杜笃的《揖赋》、傅毅的《扇赋》、班固的《竹扇赋》、班昭的《缄缕赋》等。

④ （汉）班固：《汉书》，中华书局，1962，第1273页。

的这一讲法，汉代不仅有地图，而且有天图。天空中的日月星象和其他自然现象，被视为大地阴阳之气向上升腾的形式，所以天图与地图具有内在的一体性。这种天地合图的形式，显现出汉代图像绘制的全宇宙性，这是理解汉代美术宇宙论意义上的大一统时必须注意的背景。最后，除了宇宙时空、天人感应等观念对造物艺术产生影响外，造物者独具匠心地表现出朴素、自然的造物风格。以俑为例，汉代墓葬出土的陶、木、金属俑在数量和尺寸上，都远不及秦俑。俑的类型包括陶塑木雕的仆婢或属吏俑和兵马俑群。四百多年间，汉俑从内容到形式，因时间、地区、民族而呈现出不同风貌。虽然汉俑制作较秦俑简单，但艺术表现则有提高，它们是一部生动具体的汉代社会生活的艺术形象史。博山炉、香炉、樽、画像与神兽铜镜、鹿形和兽形饰具等，都在不同程度上标志着金属铸造、加工工艺和雕塑艺术在汉代的新创造和所达到的新水平。

海德格尔认为，所谓天空是指“日月运行、群星闪烁、季节轮换，天是昼之光明和隐晦，是夜之暗沉和启明，是白云的飘忽和天穹的湛蓝深远。”① 如果天空就是存在者获得展现的澄明之场所和可能性，那么大地就是存在者的居所。“天”的真正含义若是指一种敞开与无蔽的状态，那作为自行开启者而存在，它只有与大地共存时，才有意义。而海德格尔所谓的“大地”是指“承受筑巢、滋养果实、蕴藏着水流和岩石，庇护着植物和动物，是永远自行闭锁者和庇护者的无所促迫的涌现”。② 对于“大地”，海德格尔又这样说道：“大地是一切涌现者的返身隐匿之所，并且是作为这样一种涌现，把一切涌现者返身隐匿起来，在涌现中，大地现身而为庇护者。”我们现将秦汉时期造物艺术观念中对材质的选择，器具的种类、造型、纹饰等状况，列入“大地”含义之中。因为材料质地等物是较为固定的，虽从

① 〔德〕马丁·海德格尔：《海德格尔选集》，孙周兴选编，上海三联书店，1996，第 1193 页。
② 〔德〕马丁·海德格尔：《海德格尔选集》，孙周兴选编，上海三联书店，1996，第 1192 页。

历时角度看会发生变化，但实质上演变的轨迹是很缓慢的，在一定的时空之内呈现稳定的形态。[①]

首先，从制作材料角度对造物活动及其观念进行分析。器具材料与本书讨论的工艺观念问题有密切关系。材料的属性最根本地决定着器具的属性，工艺制作者对材料的体认牵扯到人对自然物性的理解和深度洞察，这是一种与自然观内在贯通的工艺观。同时，人对材料的使用涉及器具制作中最基本的人、物关系，材料的自然属性与器具为人而存在的属性，通过人的工艺实践实现交会。这种交会使工艺性器具成为人的自然物性观和属人的目的论的集结形式，或者物性向人性的过渡形式。这种自然向人的转渡，使其在关于工艺观念的讨论中具有里程碑式的意义。中国社会早期的乐器，制器材料大致分为八种，即金、石、丝、竹、匏、土、革、木。而《考工记》也将工匠之“造物”依据材料分为六类，即攻木、攻金、攻皮、设色、刮摩、抟埴，分别涉及木、金属、皮革、颜料、玉石、泥土等材料。木是最早的器物制作材料，曾广泛为先民所使用，由于其易于腐朽的缺点，故被石器所取代。但先唐时期，木制器具仍与其他材料器具并存。从“攻木”部分在《考工记》中的排序和所占的篇幅能够断定，木料加工技术在中国先秦工艺体系中占据主体位置。从《考工记》和《太平御览》所涉先秦器物记述的篇幅和繁复性来看，车无疑占据最重要的位置。这车的制作就多与木这种材料相关，《考工记》中“攻木之工”部分所涉的就有轮人、舆人、辀人、车人等。与其材质易于腐朽的性质相关，木制器具虽一度成为人们生活、生产的重要上手之物，但却很少能留存下来，也因之不能成为今天所谓的艺术之物。

① 日本美学家今道友信曾讲：“作为历史的存在，每个人都具有受到民族和地域的历史所限定的侧面。在往昔交通不便的时代，风土的限定曾经决定着艺术的种类。……甚至某个民族栖息于什么样的土地上这样一种物质性的事实，都将规定着那个民族的艺术方向。”〔日〕今道友信：《东方的美学》，蒋寅等译，生活·读书·新知三联书店，1991，第144~145页。

秦汉时期，木器造物活动亦未沉寂，如汉代的木板画和木简画。西汉时，居延肩水金关出土的木板画，高二十厘米，宽二十五厘米，由两块木板组成。其内容可见图 3-2-1。

图 3-2-1　木板画（EJT 28：01）

居延破城子出土两件木板画，一件是残存的车马出行图。运笔流畅，描绘较肩水金关木板画更生动。另一件是描绘带翅膀的白虎，作前奔状。[①] 另外，江苏扬州邱江县胡场西汉中、晚期墓出土两幅木板彩画。一为人物图，彩绘四人。另一为陵墓中的墓主生活图。[②] 西汉的一件木简画，出土于甘肃居延查科尔帖，残长十七厘米，宽三厘米，两面均有画。[③] 东汉时期的木板画，均发现于甘肃武威磨嘴子汉墓中，包括五号墓、七十二号墓出土的木板画与五十三号墓出土木屋前后壁上绘制的木板画。[④] 铜器是秦代一个重要的工艺生产品种。秦都城咸阳曾发掘出一个制铜工场，达九百平方米。秦代的铜器品种除

① 张朋川：《河西出土的汉晋绘画简述》，《文物》1978 年第 6 期，第 59~71 页。

② 扬州博物馆、邗江县文化馆：《扬州邗江县胡场汉墓》，《文物》1980 年第 3 期，第 1~10+97~98 页。

③ 王伯敏：《中国美术通史》（第 1 卷），山东教育出版社，1996，第 279 页。

④ 王伯敏：《中国美术通史》（第 1 卷），山东教育出版社，1996，第 279~280 页。

传统的鼎、敦、瓮等器物外，鏊和蒜头瓶是具有时代特色的新样式。鏊是一种锅，造型优美：圆腹，双环耳，圆底。蒜头瓶的瓶口鼓出，作六瓣形蒜头状，很有特色。汉代的铜器已向生活器皿方面发展。汉代的铜器，食器有鼎、豆等，豆已少见；酒器有壶、缶、卮、杯等；水器有盘、匜、盆、洗等；烹饪器有釜、鬲、锅等；乐器有钟、铎、铃、鼓等。生活常用器具则是灯、炉、奁、壶、洗、镜等。在制作上，汉代不如春秋战国时期的装饰华美，而以素器较多。铜器的品种以镜、灯、炉、奁、洗、壶、鼓等最为流行。有文献记载，可为印证者如铜灯，《西京杂记》记载："汉高祖入咸阳宫，秦有青玉五枝灯，高七尺五寸，下作蟠螭，口衔灯，然则鳞甲皆动，焕炳若列星盈盈焉。"[①] 又记："长安巧工丁缓，作恒满灯，九龙五凤，杂以芙蓉莲藕之奇。"[②] 汉代还有一种奇异的铜镜，通称透光镜。当镜面照向日光时，背面的花纹会隐约反射在墙面上。此类铜镜，在隋唐之际王度的《古镜记》，宋代周密的《云烟过眼录》、沈括的《梦溪笔谈》等书中均有记载。同为金属器皿的金银器的"造物"，在汉代也得到一定的发展。1980 年，江苏邗江甘泉山汉墓出土了金胜七件，制作精美。[③] 1966 年，在西安沙坡村出土汉代小金灶一枚，上有"日利"二字。[④]《太平广记》记载汉光武皇后弟郭况"累金数亿，家童四百人，以金为器皿，铸冶之声，彻于都鄙"[⑤]，可见当时封建贵族制造金银器皿的风气之盛。河北满城西汉中山靖王刘胜夫妇墓出土的单流银盒，长沙五里牌和五一街东汉墓出土的银碗、银调羹等，制作都很精巧。铜器上作为装饰花纹的金银错工艺，达到了相当高的艺术水平。如 1965 年河北定县汉墓出土的金银错狩猎纹铜车饰，就极精致。[⑥] 汉代的陶

---

① （汉）刘歆，（晋）葛洪辑抄《西京杂记》（第 3 卷），中华书局，1985，第 18 页。

② （汉）刘歆，（晋）葛洪辑抄《西京杂记》（第 3 卷），中华书局，1985，第 24 页。

③ 王伯敏：《中国美术通史》（第 1 卷），山东教育出版社，1996，第 373 页。

④ 王伯敏：《中国美术通史》（第 1 卷），山东教育出版社，1996，第 373 页。

⑤ （宋）李昉等编《太平广记》，中华书局，1961，第 1811 页。

⑥ 王伯敏：《中国美术通史》（第 1 卷），山东教育出版社，1996，第 374 页。

瓷工艺有所创新。到了后汉时期，各类陶瓷已取代部分铜器和漆器的地位。其中，汉代的砖瓦是具有较高艺术性的品种。砖是指画像砖，瓦是瓦当。砖瓦的制作，于汉武帝时达到极盛。裴松之注引晋华峤《汉书》有：“武帝时居杜陵南山下，有成瓦窑数千处。”① 又引《续汉书》曰：“杜陵南山下，有孝武故陶处，作砖瓦，一朝可办。”② 从秦汉画像砖的造物情况看，这并非虚言。画像砖艺术性较高，有空心砖和方砖两种。空心砖，又称坊砖。空心砖是大型的长方形陶砖。砖的装饰多用几何纹作边饰，中间则使用树、鸟、虎、马、人物、楼阁、连续棋格状等形式的花纹。河南新野县曾出土《戏车图》空心砖一件，它表现了一个惊心动魄的杂技表演场面。方砖，多为四川成都地区所产。它的主题内容已发现70余类，而以表现生产劳动的最有特色。其著名的有弋射收获砖、盐井砖、桑园砖、采莲砖，以及丸剑舞乐砖、庭园砖等。战国时期的瓦当是半圆形，称为半规瓦。秦汉则主要流行圆瓦当。汉代瓦当的制作，较战国更为兴盛。著名的宫室建筑，大多有烧制砖瓦的陶窑，进行专门设计和生产。汉代瓦当的装饰，可分卷云纹、动物纹、四神纹、文字等几种，如动物纹有鹿纹、燕纹、鱼纹等。而四神纹也称四灵纹，即青龙、白虎、朱雀、玄武，由这几种动物合成一组图案。汉代漆器出土最有代表性的，是1972年至1974年发掘的湖南长沙马王堆汉墓，这里出土的汉代漆器制作精美，品类齐全。从漆器铭文的制作年代看，从西汉的昭帝始元二年（前85），到东汉明帝永平十二年（69），当是汉代漆器生产的发达时期。汉代漆器的出土地很多，几乎遍及全国各地。这反映出汉代使用漆器已经十分普遍。汉代漆器的装饰方法多种多样，有彩绘、堆漆、针刻、镶嵌、金银扣等。汉代漆器的装饰花纹以云气纹为主，间饰以飞禽走兽。

---

① （晋）陈寿：《三国志》，中华书局，1982，第177页。

② （晋）陈寿：《三国志》，中华书局，1982，第177页。

自先秦以后，造物活动就在于满足人们生产、生活需求，在此基础上衍生出审美等精神需求。在海德格尔看来，人在四元结构中被称为终有一死者，“人之所以被叫作终有一死者，是因为它们能赴死，能够承担死亡的结果，而动物只是消亡。唯有人赴死，而且只要人在大地上，在天空下，在诸神面前持留，人就不断地赴死。”[①] “死亡乃是无之盛殿，无在所有的角度看都不是单纯的存在者，但它依然现身出场，甚至作为存在本身之神秘而现身出场，作为无之盛殿，死亡是存在的庇所。”[②] 人是终有一死者，是四元维度的索取者，又是守护者。“那么，栖居在哪里包藏着四重整体的本质呢？终有一死者如何实现作为这种保护的栖居呢？倘若栖居仅仅是一种在大地上、在天空下、在诸神面前和与人一道的逗留，那么，终有一死者就决不能实现这一点。毋宁说，栖居始终只是一种在物那里的逗留。作为保护的栖居把四重整体保藏在终有一死者所逗留的东西中，即物中。”[③] 自然物、人工技术物、艺术品之物都具有人性。“物”的存在先验存在的属性本就与人性的需求有关。此外，人作为造物主体还可以对其改造。在秦汉时期，造物活动一般是与满足人们的生产和生活需求相关。这种人本主义的实用思想可以追溯至上古时期。

> 古之民未知为宫室时，就陵阜而居，穴而处。下润湿伤民，故圣王作为宫室。为宫室之法，曰：“室高足以辟润湿，边足以圉风寒，上足以待雪霜雨露，宫墙之高足以别男女之礼。”[④]

> 古之民未知为衣服时，衣皮带茭，冬则不轻而温，夏则不

① 〔德〕马丁·海德格尔：《演讲与论文集》，孙周兴译，生活·读书·新知三联书店，2005，第 197 页。

② 〔德〕马丁·海德格尔：《海德格尔选集》，孙周兴选编，上海三联书店，1996，第 1179 页。

③ 〔德〕马丁·海德格尔：《海德格尔选集》，孙周兴选编，上海三联书店，1996，第 1182 页。

④ 方勇译注《墨子》，中华书局，2011，第 34 页。

轻而清。圣王以为不中人之情，故作诲妇人治丝麻、梱布绢，以为民衣。为衣服之法：“冬则练帛之中，足以为轻且暖；夏则絺绤之中，足以为轻且清。”①

> 古之民未知为饮食时，素食而分处，故圣人作诲男耕稼树艺，以为民食。其为食也，足以增气充虚、强体适腹而已矣。故其用财节，其自养俭，民富国治。②

> 古之民未知为舟车时，重任不移，远道不至，故圣王作为舟车，以便民之事。其为舟车也，全固轻利，可以任重致远。其为用财少，而为利多，是以民乐而利之。③

汉代造物艺术中继承了这种“人本主义”，并有所发展。煮盐、酿酒、种植、采桑、收割、渔猎、采莲等汉画像砖就是劳动人民生产活动的反映。但这些艺术造物的出现却并非因底层民众的需求而出现，有时是为了满足统治阶层炫耀自身功绩心理。跨越上手之物而成为艺术品类型的物，更多是为了满足统治阶层的需求。汉代统治阶级，上自皇帝、公侯将相，下至官僚地主豪右，假天命、壮声威、炫富贵、极享受、美功绩、宣扬封建伦理道德规范，强化封建社会秩序，造物活动就是其一种满足上述目的的有力手段。如秦汉以陶、木、金属雕塑的俑殉葬的风气，就与封建官僚贵族豪富在死后延续其奴役仆婢、养尊处优生活的幻想相关。秦汉时期，秦始皇的兵马俑就是为了满足始皇帝死后亦能为帝王的愿望而造。当时贵族统治者的穷奢极欲的剥削生活还可见于文献记载，如漆器的制作也有这种

---

① 方勇译注《墨子》，中华书局，2011，第36页。

② 方勇译注《墨子》，中华书局，2011，第39页。

③ 方勇译注《墨子》，中华书局，2011，第40页。

满足贵族统治者奢侈生活的需要。《史记》："陈夏千亩漆，……此其人皆与千户侯等。"[①] 就是说种漆树千亩，可以与做千户侯的官职相等，可见漆树种植的兴盛。贵族统治者为了满足生活的奢侈和豪华，不惜浪费大量人力物力，从事漆器制作。《盐铁论》："故一杯棬用百人之力，一屏风就万人之功。"[②] "今富者银口黄耳，金罍玉钟。中者野王纻器，金错蜀杯。"[③] 而壁画表现出浓郁的儒家教化思想。其充满了现实的功利性，是为了满足统治阶层维持社会秩序的需求。王充《论衡·须颂篇》感慨道："宣帝之时，画图汉烈士，或不在于画上者，子孙耻之。何则？父祖不贤，故不画图也。"[④] 又曹植《画赞序》云："观画者，见三皇五帝，莫不仰戴；见三季暴主，莫不悲惋；见篡臣贼嗣，莫不切齿；见高节妙士，莫不忘食；见忠节死难，莫不抗首；见放臣斥子，莫不叹息；见淫夫妒妇，莫不侧目；见令妃顺后，莫不嘉贵。是知存乎鉴者，图画也。"[⑤]

相较于普通民众，贵族的需求实质偏向于精神层面。如上文所述的享乐、政治需求之外，贵族阶层更易于发现造物之美。也就是说，他们更能触摸到造物的审美内核，这也源于其较普通民众更强烈的审美需求。汉代彩绘陶的装饰就比前代更具艺术性。其有几何纹、人物、动物等题材；色彩更加丰富，除红、黄、黑、白等色外，还出现了橙、青、绿、灰、褐等多种色彩。彩绘陶的造型，常见的有壶、盒、盆、碗、炉、奁等各种生活器皿，而以壶最常见，仅洛阳烧沟汉墓出土的壶式达八种之多。画像砖也是汉代造物艺术品的重要代表。《授经》画像砖中是六个生徒各捧简册，围着师长席地而坐的听讲场面，情节平淡，人物冠服姿态呆板雷同，但作者在一定程度上呈现了

---

① （汉）司马迁：《史记》，中华书局，1982，第 3272 页。

② （汉）桓宽著，王利器校注《盐铁论校注》，中华书局，1992，第 356 页。

③ （汉）桓宽著，王利器校注《盐铁论校注》，中华书局，1992，第 351 页。

④ 黄晖：《论衡校释》，中华书局，1990，第 851 页。

⑤ （唐）张彦远：《历代名画记》，俞剑华注释，上海人民美术出版社，1964，第 5 页。

场面的空间感，特别是人物形象因地位的不同而有正、侧、背等不同角度的变化，这在同时代的其他浮雕和绘画作品中是不易见到的。就形象的生动活泼、画面的气氛热烈而论，《舞乐百戏》画像砖刻画了多种艺术活动，整个画面洋溢着一片欢腾热烈的气氛。人物形象，尤其是那赤裸上身的杂技“演员”，肌体健壮，灵活优美，充满活力。

《礼记·表记》云：“殷人尊神，率民以事神，先鬼而后礼。”[①]殷商青铜纹饰所展示的被怪力乱神充斥的世界，正是这一时代的自然观和神学观念在艺术中的反映。中国社会早期的造物活动，除了满足日常实用和审美需要外，它的更重要的目的是用于神灵祭祀。这种祭仪最早出现于山顶洞人在亡人尸骨周围铺置赤铁矿粉粒。对于自然神秘力量的恐惧及由之生发出的崇拜，使得“神性”成为“物”不可缺少的部分。秦汉时期，由于当世人认知能力的限制，仍然保留了先秦人对自然的畏惧和崇拜。

自汉高祖开始，无一不虔诚崇奉天上诸神，并特意下诏说：“吾甚重祠而敬祭。今上帝之祭及山川诸神当祠者，各以其时礼祠之如故。”高祖八年又制诏御史，“其令郡国县立灵星祠，常以岁时祠以牛”。[②] 古人认为灵星主谷，以为“农祥”，此后灵星祠便成为西汉定制。汉武帝每有政治、军国大事都试图通过巫术来沟通天人。武帝北征匈奴，西征大宛，“卜筮至预见表象，先图其利；及猛将推锋执节，获胜于彼，而蓍龟时日亦有力于此，上尤加意，赏赐至或数千万，如丘子明之属，富溢贵宠，倾于朝廷”。[③] 而生活中之事亦离不开神仙巫术，尤其是武帝晚年尤其喜好求仙，先后十一次巡游燕齐，冀遇仙人，且多次大规模地派遣方士出海求药。秦汉贵族对自然神秘主义的推崇无疑对秦汉造物艺术产生不小影响。一方面，政治、祭祀、军事

---

① （清）阮元校刻《十三经注疏》，中华书局，1980，第 1642 页。

② （汉）司马迁：《史记》，中华书局，1982，第 1378、1380 页。

③ （汉）司马迁：《史记》，中华书局，1982，第 3224 页。

等活动中使用的器物更具神性色彩。《史记》载："又作甘泉宫，中为台室，画天地泰一诸鬼神，而置祭具以致天神。"[①] 另一方面，贵族阶层的生活中（包括死后陵墓装饰与明器的制作）也多有神秘特征。《后汉书》记载："是时郡尉府舍，皆有雕饰，画山神海灵奇禽异兽，以眩耀之，夷人益畏惮焉。"[②] 又《史记·孝武本纪》："祠灶则致物，致物而丹沙可化为黄金，黄金成以为饮食器则益寿，益寿而海中蓬莱仙者可见，见之以封禅则不死。"[③] 这反映了金银器在汉代的使用，不仅是贵族统治者满足奢侈生活的需要，而且还具有封禅成仙的神秘主义、迷信思想。显然巫术已成了汉代处理一切问题的工具，而阴阳五行说又不断地发展，所以西汉名儒无不擅推阴阳，喜谈灾异。又四神纹在汉代极为流行，在铜镜、漆器、石刻、砖瓦等各种工艺品的装饰上，被广泛应用。汉代把四神看成与辟邪求福有关。

当然，从另一个角度看，自周代以后，物的神性逐步与礼乐制度混合一体。汉代继承了周代器物的神性，并进一步融入了儒教思想。儒教和阴阳五行成体系地相互结合。这些对秦汉的陵墓中葬器的造物活动有所影响。秦汉墓葬中一系列的装饰和明器等所造之物都兼具神秘色彩与礼制需求。

贵族统治阶层的造物思想中自然崇拜逐渐与礼制需求结合，并不意味着他们的思想中神秘主义退出。由于时代的限制，当世人仍然认可神秘主义，只不过较于前世，其融入了更多的儒教思想。又海德格尔所谓四元中的神"是通过对神性隐而不显的运作，神显现而成其本质。诸神是神性暗示的使者，神不是人借以逃避存在的庇护所，而是将人引向存在自身的本质"。[④] 海德格尔所说的神不同于基督教中的上帝，神是指存在的显现，是发生，是一种澄明。而秦汉时期，造物

---

① （汉）司马迁：《史记》，中华书局，1982，第458页。
② （南朝宋）范晔：《后汉书》，中华书局，1965，第2857页。
③ （汉）司马迁：《史记》，中华书局，1982，第455页。
④ 〔德〕马丁·海德格尔：《海德格尔选集》，孙周兴选编，上海三联书店，1996，第1179页。

者试图以造物活动澄明天道、人事及贯通二者的儒教思想。秦汉时期的乐器就具备沟通天人关系的作用。乐器，一方面联通自然，另一方面指向人文，它是贯通天人的中介，也是中国人天人之思的物态形式。如《白虎通·礼乐》云：“天子所以用八音何？天子承继万物，当知其数。既得其数，当知其声，即思其形。如此，蜎飞蠕动无不乐其音者，至德之道也。天子乐之，故乐用八音。”① 又如《礼记·曲礼下》：“君无故玉不去身，大夫无故不彻县，士无故不彻琴瑟。”② 乐器的不同种类与规格承载不同的天命与人事。依据序列，只有帝王才能享受八音之乐充满四面宫墙，诸侯三面，大夫两面。作为权力阶层最低端的士则只能以琴瑟自娱。桓谭于《新论·琴道》中将伏羲氏作八卦的情形，直接挪移成了神农氏作琴的情形。这意味着在汉代文士看来，卦象即琴象，乐器具有和卦象一样“通神明之德”“类万物之情”的功能。秦汉造物在沟通天人基础上，还包含了浓厚的儒教思想。同样以乐器中的琴为例，琴艺被道德化。《史记·乐书》云：“琴长八尺一寸，正度也。弦大者为宫，而居中央，君也。商张右傍，其余大小相次，不失其次序，则君臣之位正矣。”③ 琴的形制一方面遵循了乐器制作的自然规律，另一方面，对这一规律遵循的本身就暗示着一种人间的政治伦理。

要而言之，秦汉造物活动仍然以实用为目的，特别是以贵族统治者的物质和精神需求为创作目的。这些满足贵族阶层需求的所造之物往往能跨过工具之物而成为艺术品之物。由于物的神性中融入了较多的儒教思想（原始儒家和阴阳五行思想为主），所以乐器、墓葬装饰等器物更多地反映了秦汉造物艺术观。

---

① （清）陈立撰，吴则虞点校《白虎通疏证》（上册），中华书局，1994，第121页。

② （清）阮元校刻《十三经注疏》，中华书局，1980，第1342页。

③ （汉）司马迁：《史记》，中华书局，1982，第1236~1237页。

第三节　融合与通变：六朝造物艺术观

六朝是一个战乱频繁、政治分裂，社会经济、民众生活遭受严重破坏的时期。政治的动荡，宗教冲突、民族矛盾导致民众流离失所，却也带来了文化的交融，塑造了中华文明多元化的维度。这种交融也使得艺、文方面的“造物”，带有多元化的色彩。五胡乱中原，大量人口和工业技术力量不断向南转移，改变了长期以北方为工艺美术生产中心的局面，工艺美术生产开始从北方转向南方。南北造物间的交流事实上并未因政治而阻隔，反较前代更为频繁。佛教文化兴盛于汉地，印度僧人和西域工匠也纷纷来到中国，为工艺文化带来了新的成分。因此，中原文化、五胡文化、百越文化、古印度的佛教文化、欧洲文化在中国艺术设计史上第一次汇合、交融。六朝造物艺术成为南北造物风格与古希腊、波斯风格为一体的印度犍陀罗艺术的综合体。

思想领域的多元化表现为两汉儒教大一统的局面被打破，兴起的玄学、广泛传播的佛教思想、形成的道教思想、残存的儒家思想共存。玄学追求清简、理性、真情实感，这些对六朝工艺美术造物新风貌的出现有重要影响。因此，六朝工艺美术风格已没有了汉代初期的浑朴，也不再出现谶纬神学与儒家合流后的那种神秘、热烈、飞动，而是以清秀、空疏的艺术特点取而代之。六朝兴起的青瓷简化和优雅的发展方向就很好地体现了这种清秀的艺术风格。我们从装饰题材的演变也可以看出谶纬神学隐退、玄学兴盛的思想潮流。反映在装饰题材上，它开始打破过去的神兽云气的传统内容，而出现了反映当时宇宙观的新题材。如除动物纹外，莲花卷草、山石树木占有较重要的地位。这也和包括自然山水的客观“物”获得独立审美价值的思潮相符。

佛教广泛流行几乎影响了六朝工艺美术的各个门类。正如列宁所说：“被剥削阶级由于没有力量同剥削阶级进行斗争，必然产生对死后的幸福生活的憧憬。”而佛教宣扬的“因果报应”“生死轮回”，诱骗人们把眼前的痛苦，寄托在未来的幸福上。我们从雕塑、绘画、器具制作、装饰等中都可寻绎到佛教的元素，多表现为一种综合古希腊、波斯风格的印度犍陀罗艺术。佛教美术丰富了六朝造物艺术的各个门类、内容、形式、体裁、表现技巧。从规模、数量、参与程度诸方面看，六朝造物艺术受佛教思想的影响是空前的。铜器、石雕、织绣等造物活动，多有佛教题材。漆器中夹纻造像的发展，也与佛教有关。作为佛教象征的莲花、忍冬纹饰，成为这一时期的主要装饰内容。六朝时期，石雕工艺成为宗教美术的重要组成部分，具有突出的成就。汉代的石刻多为平面的“影绘式”，而六朝石雕多用立体的圆雕。著名的石窟有山西云岗、河南龙门、河北响堂山、南京栖霞山等。这些石窟的造像不仅数量多，而且规模宏大，是集体创造的艺术之物。

以先秦以后的道家学说、阴阳五行思想、神仙方术、巫术迷信为基础而形成的道教思想一定程度上也影响了六朝造物艺术，但无论从深度还是广度来看，都远不及当世佛教思想的影响。另外，儒教思想的衰退虽也表现于造物艺术中，然仍能从六朝文物中发现其元素，但较之于前代，其已经从主流的地位退出，如六朝画像砖除汉代流行的车马出行、四神仙人、奇禽瑞兽等题材外，还表现在圣贤高士题材的大量出现，更具有现实生活气息，这可以以南京西善桥等地出土的“竹林七贤和荣启期”砖画为代表。以“胜流”“名士”生活与风度为题材的人物、肖像画，以寄情岩壑的山水画开始摆脱附庸地位而走上独立发展的道路。有教化色彩的人物故事画则悄然减少。

六朝造物技术显然远超秦汉之时，这为更多艺术品之物的出现带来了可能。为行文的需要，现择取瓷器的发展为例，简述如下：瓷器的兴起是六朝造物艺术的重要新变。从材料学的角度看，商、周、春秋战国主要是青铜工艺品的制作。战国到汉代，青铜工艺已近尾声，兴起了漆器工艺，但由于漆器的成本较高，实用性较低，于六朝时逐渐衰落。此时，瓷器造物兴起，取代了青铜器、陶制器物及漆器的地位。虽然商代即已出现原始瓷器，但从三国两晋南北朝开始，日用产品生产才进入瓷器时代。这在中国古代艺术设计史上具有里程碑的意义。从此，瓷器全面渗透到人们日常生活的各个领域，并且独领风骚很长一段时间。直到现代，瓷器在人们日常生活中仍然占有重要的一席之地。这之中，青瓷与白瓷最具代表性。

六朝时期，青瓷开始取代墓葬中的陶器。[①] 而青瓷的大量出现也导致了一些新器形的产生，有些旧的器形（如传统的耳杯）逐渐被杯、碗等新器形取代。白瓷的出现晚于青瓷，因为白瓷需要比青瓷更高的技术手段。白瓷起源于何时尚未有定论，文献中提到晋代已有白瓷。而现存最早的白瓷当推北齐范粹墓中出土的七件。安阳范粹墓出土的七件白瓷器，仍不同程度地存在泛青的现象，反映出白瓷脱胎于青瓷的渊源关系。北朝白瓷的发现，不仅丰富了瓷器釉色的品种，更为重要的是为日后彩瓷的出现创造了先决条件。可以说，没有白瓷就不会有青花、釉里红、五彩、斗彩、粉彩等釉上和釉下的各种彩瓷。另外，脱胎于青瓷体系的还有黑瓷，二者所用原料相同。黑瓷的出现又是一次新的创造，其为色釉瓷器增添了新品种。[②] 六朝还出现了许多技艺的飞跃，如运用铸铜、鎏金工艺于佛道造像，是金属工艺与雕塑艺术的创造性结合的产物。又如六朝画像砖的制作技术也较前朝更为精美，水平有所提升。邓县画像砖用浅浮雕的手法，具有立体感。线条飘舞潇洒。画像砖烧成后，还在部分画面上填染颜色，多达七

① 青瓷在六朝时期获得了高水平的发展，这要归功于黏土处理技术、釉料成分、窑炉结构以及火候控制方面的改进。这些方面的进步使得瓷器的颜色更加均匀、釉层厚度更加一致、胎体的吸水率和气孔率更小、胎釉结合得更好，这就减少了釉面的开裂和剥落情况。

② 浙江上虞已发现汉代烧制黑瓷的资料。而六朝时期德清窑的黑釉，并没有达到完全纯黑的程度。但它的出现，丰富了瓷釉的色彩，为后来的乌金釉、铁锈花釉产生等奠定了基础，具有重要的意义。

种。邓县画像砖表现出一种特殊风貌的装饰效果，具有六朝时期清瘦飘逸的艺术风格。而六朝画像砖技术上较汉代最大的改进表现在出现了大型画像砖：汉代画像砖多为一砖一画，而六朝则为整体性和主题性的大型砖印壁画，一个题材往往由几十块砖或几百块砖组成。若没有高超的设计水准与工艺水平是无法完成这样的工艺造物的。

六朝时期，造物艺术也表现出一定的地域色彩。同一种材料制成的器物，也会呈现出“橘生淮南则为橘，生于淮北则为枳”的情况，陶制器具就是如此。南北方陶工使用的陶瓷原料由于地域所限，存在较大的差异。这种差异大大地影响到两个地区的制陶工艺和产品。北方可以从黄土沉积层取土，经过陈腐之后能够获得真正的黏土，而南方陶工所能用的，只有从风化的火成岩获得的瓷石。六朝的瓷器亦表现出这种地域差异。第一，青瓷盛产于南方，而白瓷则兴盛于北朝。六朝的青瓷产地，主要是以浙江地区为中心。[①] 其又可以再细分为越窑和瓯窑。[②] 1959 年，在江苏宜兴均山发现了三处六朝青瓷窑遗址。1975 年，又在宜兴的六十头、马臀等处发现了六朝时期的青瓷窑群遗址。而白瓷则以北齐（今以河北为中心的华北地区）为发源地与传播中心。[③] 安阳北齐范粹墓中出土七件白瓷器物（有三件白釉挂绿彩的器物），堪为代表。第二，且不论青瓷和白瓷的差别，即便同为青瓷，南北也存在差异。从瓷器的造型、胎质、釉色等来看，北方的青瓷和南方的青瓷有着较大的区别。例如，南方瓷秀丽，北方瓷浑朴；南方瓷轻巧，北方瓷厚重；南方瓷含氧化铁较多，北方瓷含氧化铝、氧化钛较多；南方瓷釉色青翠，北方瓷青中泛黄。由此可见，六朝青瓷的生产，虽然浙江是其中心产地，但它仍形成了南北生产的两个体

① 尽管今江浙范围内的太湖地区一直是青釉瓷器生产的中心，但其范围却在不断地向外扩张。随着时间的推移，新窑场的产品质量不断提高，颜色和种类也日趋多样化，新的青瓷窑址在更广大的范围内被发现，如四川成都的邛峰窑以及福建的一些窑址。

② 瓯窑系统分布在永嘉、温州一带。杜毓《奔赋》：“器择陶拣，出自东瓯。”

③ 在河北和河南新发现的瓷窑表明北方青瓷的生产中心应该就在这两个省份。

系。第三，北方各地发现的青瓷显示出一定的地域差异，但还是具有共同的北方瓷器特征，如器物形体一般较大，而且每一类器物的品种都比较多样化。釉层也较厚，有较强的玻璃质感和流动性，风格上相对来说比较简单、质朴、实用（当然不包括莲花尊）。北方陶瓷的工艺水平也不容忽视。总之，处于六朝这样一个文艺交流与文化融合的时期，造物艺术还一定程度上带有地域色彩。

六朝造物的类别与造型、装饰、花纹等也较前代有较大的改进。六朝青瓷器皿的种类日益丰富，造型多种多样。主要品种有：壶、尊、罐、碗、盘、杯、盒、瓶、灯、魂瓶、虎子等。其中，较有特色的是天鸡壶和莲花尊。鸡头壶，又称天鸡壶，是具有时代特色的一种壶式。早期纯粹出于一种装饰，东晋以后，鸡头加长。此鸡头也有做成羊头、牛头或虎头的，但是较少。也有的在壶的两侧刻画出双翅，这种壶由罐发展而来，后来越来越高，体形瘦长，至唐代，演变为龙耳壶。而莲花尊是一种具有较高艺术水平的造型。尊体以腹为中心，下部塑饰向上的莲花瓣三层，上部塑饰向下的莲花瓣三层，层层相接，故又名仰覆莲花瓷尊。尊底也塑成莲花瓣形，共七层，此外还有青瓷羊尊、青瓷熊尊、青瓷辟邪等。青瓷羊尊作跪伏状，形态自若，造型优美。这些象生的造型瓷像，既是实用品，又是装饰品，反映出六朝时期塑造工艺的高水平。六朝器物的造型比以前明显地丰富起来，常见的有壶、尊、罐、碗、盆、洗、碟、钵、耳杯、灯、熏炉、虎子和仓、灶、猪圈、鸡舍一类明器。两晋瓷器的造型风格朴素，并注重在实用前提下不断地改变和发展。鸡头壶为西晋时新创的一个品种，至东晋时期青釉和黑釉都广为烧制。鸡头壶从西晋到南朝其造型的演变经历了从简单到复杂，从模拟自然到实用与美的形式相结合的过程。青瓷的装饰方法十分丰富，有压印、刻花、堆贴、塑饰、雕镂、釉彩等。青瓷的装饰花纹，有铺首、朱雀、辟邪、仙佛、莲花、忍冬、联珠纹、网纹、菱格纹、波浪纹等，自东晋、北魏以后流行用莲花作为装饰。它和佛教的宗教意义结合起来，除了瓷器，其他如铜器、金银器、砖瓦、石刻、藻井、柱础等，都大量采用。忍冬纹（也称卷草）是六朝流行的一种植物纹。有人认为它是忍冬花（即金银花）的枝叶变化；也有人认为是莲叶的演变。六朝石雕的花纹雕饰也有自身发展的特色。石窟边缘常雕饰卷草纹，这是六朝时期流行的一种装饰纹样。卷草纹的枝干成二方连续的卷曲状，主要由叶子组成，叶子的变化和组织丰富多样。响堂山石窟的浮雕卷草图案是其代表。这种卷草纹还应用在佛光、石碑边侧，并大量应用在敦煌的藻井图案中。

因为在人们的生产、生活的用途方面的地位下降，所以六朝金属器皿、漆器等的造物活动也处于衰退时期。六朝时期的金属工艺，从发展历史看，处于一个衰落时期。这时期的日用铜器出土较少。只有铜洗、铜奁、铜锥斗、铜熨斗、铜炉等，大体上继承汉代的传统，变化不多。较有特色的是铜镜和铜佛。六朝的铜镜，早期制作比较草略，晚期则不乏精美之作。浙江绍兴的铜镜用浮雕的手法，具有显著立体感的效果。伍子胥画像镜，是具有特色的重要作品。而由于佛教的兴起，铜佛的制作成为具有时代特色的造物活动。不少六朝时期的金银器曾出土，制作十分精美，如长沙黄泥塘晋墓曾出土双鸟纹金饰、鱼形和梅花形金饰、镂空花金珠。宜兴周处墓出土有金花篮、金顶针。南昌东吴墓出土有花形金饰，上面还有“大吉”二字。六朝的漆器，从其产量和生产规模来看，已不如汉代那样发达，大概由于这一时期的政治局面极端混乱，北方部落相互兼并，南方朝代短促更替，战祸几乎没有中断过，因而形成我国历史上生产凋敝的过渡时期。同时，又由于在这一时期，陶瓷生产发展很快，青瓷的烧制成功，许多生活用品都可以用瓷器来代替，漆器的生产就相对地减少。但是，漆器的制作技术仍然是向前发展的。六朝时期的漆器工艺，较为突出的有夹纻造像、斑漆和绿沉漆几种。

六朝造物艺术的设计从主旨看，仍然与人本主义相关。所造之物在用途上体现为两个层面与四个维度。两个层面是：一个层面——与人的生产、生活紧密相关的物质需求；另一个层面是人们（主要指贵族统治者）在精神上的追求。四个维度是实用性、宗教性、礼制性、审美性。随着技术的进步，材料的改进，人们对生产、生活的工具之物也愈发关注。由于造物的目的多为实用，所以造型和材料、工艺总是服从实用目的，而器物的实用功能就是内容。实用性追求主要表现在生产和生活的需要。技术的进步、工艺的改进使得人们在生产活动中操作上手之物，更为方便。作为陶制器皿高级形态的瓷器之所以能取代陶器，并获得广泛的需求市场就是因为其有着陶器不具备的实用性优点。瓷器温润洁净、坚固耐用的特性，很快为贵族阶层与广大民众所接受，成为生活日用的主要产品。同样陶器、金属器皿、漆器等也因质性、功能的落伍而逐渐没落。对贵族统治阶层而言，豪奢愉悦体现在生活、祭祀、墓葬、朝堂等各个方面。瓷器中的盘口壶、鸡首壶、莲花尊、水注、虎子和魂瓶成为流行的样式，其中水注、虎子又和“士”清淡等生活方式有关。这种改变还体现在魂瓶上，其也与过去的殉葬物有所区别，它上面所雕塑的动物是生者为了祈祷死者在另一个世界过得幸福。青瓷中的莲花纹和忍冬纹的装饰，也受佛教的影响而盛。由于统治阶层争相豪奢以至“斗富”赌盛，金银器物的设计和用金银装饰器物，得以盛行。三国东吴有“花形金饰”（南昌出土），雕有“大吉”文字。西晋盛行花丝首饰。迄今所见的有“金狮子”“金簪”“金叶”（洛阳金村出土），金制首饰达60多种，多用金银细丝盘绕成各种花形纹样，雍容华贵，细致精巧，使西晋花丝工艺在继承汉代基础上有所发展并取得突出成就。这时期金银装（首）饰工艺以“错采镂金”技艺著称。又如六朝时期，统治阶级喜用金银器物，争相豪奢。十六国石虎所用金银器具，其制作精巧绝伦。当时也流行以金银为饰的风俗，所以从六朝时期的墓葬中出土的金钗、金簪、金镯、金环、金戒指等饰物都很多。贵族统治阶层为维护统治秩序，六朝器物制作仍不时表现出礼制思想，如铜镜上的题材融入了吴王、伍子胥、越王、范蠡、越女等人物形象。

六朝时期的工匠制度也较汉代有所新变。六朝时期的手工业工人，已具有一定程度的独立和自由，早在三国时就有独立户籍的“百工”。东晋以后确立了番役制度，南朝更实行了纳资代役。手工业者已被允许可在一定范围内进行自己的手工业经营。这些变化，使得不少手工业工人脱离了旧的人身依附关系，能够较自由地进行生产和技术改造，因而在一定程度上，促进了某些工艺生产的发展。器物上铭刻工名的制度，在六朝体现出了一定程度的市场化特征。比如六朝铜镜也有铸出工匠姓名的，如袁氏、尹氏、刘氏、李氏、田氏、吕氏，“黄龙元年陈世造”“天纪元年徐伯造”等，这也反映了私人商品生产的性质。六朝工匠或应统治者要求设计艺术之物，或应民众需求设计实用性较强的工具之物，极少的情况下也会依据审美的需求设计造物。历经岁月尘封，发现的具备神性、物性与人性的艺术之物往往属于最后一种，其造物活动并不像工具之物那样批量生产。无论是工具之物还是艺术之物，本质上都离不开人们（尤其是贵族统治者）的需要。这种需要包括物质的、宗教的、礼制的、审美的等诸多方面。

然需注意的是，这些人本主义的需求并不是一成不变的，在与自然物的互动中，新材料、造型等这些艺术观念的变化便会表现于所造之物中，如造物艺术中秦汉时期“质、动、紧、味”[①]“质朴雄沉”的艺术风格和审美观发展至六朝也变成“清秀空疏”的审美风格。总体上看，六朝造物艺术是多元的，艺术之物于此时达到了成熟的形态。

① 田自秉：《中国工艺美术史》，上海东方出版中心，1985，第124页。

第四节　六朝造物艺术观的生成

要把握六朝造物艺术观是如何生成与发展的，首先需要解释造物之物的本质和内涵。我们知道，物的本质用海德格尔的话说包含了天、地、神、人诸方面。我们可以从六朝所造之物的物性、神性和人性等方面阐释并演绎六朝造物艺术观的内涵及发展。在论述、演绎造物观生成发展同时，我们会辅之以同期咏物文学的概述，以资比较、借鉴。

在新石器时代晚期，猿人就能选择材料如砾石来制作石器，此外由木制器物到石制器物，再到青铜器、铁器，陶器转变为瓷器等。这些生产工具或生活用具材质的选择或变化都与人性（人的需求）相关。正如张道一先生所言："人们制造物品，都是带着具体的实用目的的，所谓'物以致用'、'物尽其用'。如果离开了具体用途，也就失去了它的价值。"[①] 物性的变化与人本主义的实用、审美方面的需求提高相关。我们需注意到"问题在于，须进一步认识'需要'的含义。吃饭用碗（钵），陶罐可以盛水，这是原始人已经知道并在造物活动中已经解决了的。可是为什么，在当时生活条件极端困难的情况下，人们连温饱都无法保证，何以花费那么大的精力，去在陶器上描绘花纹，或是取来卵石、兽牙、蚌壳进行穿孔，串连起来挂在颈上以为装饰呢？看来，除了实用之外，还有审美的意义"。[②] 因此，审美性与实用性的合一是六朝造物观的重要内涵。

原始社会并没有咏物之作，却也不妨碍其对物象的描述。而较早的咏物更多的是咏物之材质。《弹歌》："断竹继竹，飞土逐宍。"[③] 当然这并不能算咏物诗，但却是原始社会对狩猎生活的真实写照。涉及

① 张道一：《造物的艺术论》，福建教育出版社，1989，第 31 页。

② 张道一：《造物的艺术论》，福建教育出版社，1989，第 31 页。

③ 逯钦立辑校《先秦汉魏晋南北朝诗》，中华书局，1983，第 1 页。

“弓”的描述，仅是其材料——竹。这当然与他们的抽象思维水平较低有关，甚至无法为“物”命名。这也符合早期人们所认知的——“物”是其特征的载体。海德格尔认为，物可以分为三大类：自然物、工具之物与艺术之物。[①] 据上文可知，原始社会造物活动已经出现具备审美价值的艺术之物，是在满足实用性之后，人们开始注意到物中的美，如鲁迅先生所说的杭育杭育派。[②] 而由于先民对自然的畏惧而生崇拜，原始社会所造之物中也有与巫术、祭祀相关的神秘主义色彩。至于等级制度，从墓葬中不同身份墓主陪葬物的数量、尺寸、材质、审美价值的差异看，工具之物、艺术品也具备了表示等级秩序的特征。因此，原始社会所造之物就具备物质和精神两个层面的实用性、宗教性、审美性和等级性等特征。

夏商周阶段，“物”的内涵各个维度都获得了巨大的改进。实用性方面，上手之物越发追求操作方便，生活器皿也越发满足人们不断提高的生活品质需求。一方面体现在材质的转变，另一方面表现为生活需求带来的技艺进步。虽然“物”内涵全方面获得提高，但不同历史时期，某个维度的发展会较有特色。商代之前，造物活动体现出的宗教性维度较为突出。而周代造物则更注重等级性、礼制性的表达。如商代青铜器流行的带有神秘主义色彩的装饰——饕餮兽面纹，到周代则退居次要地位。西周青铜器物不重装饰而重纪事。周朝器物口大、腹线的造型特征便是为了铭刻祖先功业、记录重要事件而形成的。而造物的审美性也获得了更大的认可。特别是春秋以后，人们造物观念中审美的地位越发显得重要。这个时期最重要的是青铜器物，春秋战国时期青铜器远较前代精美，堪称中国青铜器的代表时期。就

① 在《艺术作品的本源》中，海德格尔一般有三种审视物的尺度：第一，纯然的物（原料），即从一切皆物出发，所有存在者的存在尺度是被其物性赋予的，茶壶和粉笔的存在不会一样，它们的存在差异是源于它们各自是其所是的那一物，质料和形式充当了物之所是的依据，在这个基础上，质料和形式召致的有用性，牵引出第二种物，即器具之物，同时引申出第三种物，即艺术品。

② 鲁迅：《鲁迅全集》（第 6 卷），人民文学出版社，2005，第 94 页。

纹饰而言，战国的青铜器具对审美的追求更为精致。因此，夏商周时期较前代最大的特点就是造物追求精神方面的需要超过了物质方面，这也标志着夏商周的造物进入了文明时期。人们对造物的精神需求开始超过了物质方面的需求。但这种精神上的人本追求，其趋势更像是以物质为基础的上层建筑。这可以从战国开始那种对娱乐、享乐主义奢侈风气的造物精神和形式的表达中得到体现。这点对统治者来说为了显示自己处于等级秩序的顶端，所造之物也尽显豪奢。一定程度上说，这对宏大、富贵、艳丽的审美形式有促进作用，如秦始皇的兵马俑、阿房宫、陵墓的装饰、陪葬物及彩绘陶出现等。西周以后的理性精神也值得一提。造物艺术内涵中，贵族统治者那种维护等级秩序的心理也并非都以宏大奢侈的造物形式来满足。

西周开始，统治者也试图以更理性、节制的方式对等级秩序加以阐释，这就是礼乐制度。西周以后，商代盛行的酒器被饮食器皿替代，也隐约可见这种理性的等级观念。“一方面说明西周早期的禁酒令（《尚书·酒造》）发生了效力，另一方面，就酒与食的特性看，前者往往更易将人引入非理性状态，酒的迷狂、生物性的狂喝滥饮与殷商的自然神崇拜具有内在的关联。相反，饮食过程则是宁静、温情甚至肃穆的，它诉诸味觉的特征引人趋于理性，也更宜于体验一种细腻、温馨、绵长的情感。这与周人借‘家族式的共餐礼仪’实现对祖先（祖宗神）追怀的情感需要相一致。”[①] 夏商那种“酒池肉林”的生活，西周贵族也不再羡慕，露台也转为祭祀的灵台（孟子有表述）。直到礼崩乐坏的战国时期，礼制精神也一直都是造物内涵精神方面的主要表现，从先秦到魏晋都一直包含着这一礼制思想，足见其影响之深远。秦汉时期，造物艺术的体系已经成熟。以原始儒家和阴阳五行思想为基础的儒家思想成为贵族统治者所造之物精神需求的主要表现，具体表现为：第一，依据使用者身份不同，所造之物明显分流。

① 刘成纪：《中国艺术批评通史》（先秦两汉卷），安徽教育出版社，2015，第 79 页。

普通民众使用之物，尤其是生产工具以实用性为最重要的标准，凸显人性。而贵族统治阶层使用的所造之物却依据不同时空分别继承了豪奢享乐与理性礼制精神。君王后宫的宴饮喜欢桑间濮上，又喜欢在祭祀场所与朝堂之上演奏雅乐。造物者也会依据贵族统治者的需求分别制作适应不同时空、满足其不同类别需求的器物。汉赋也能体现出贵族统治阶层的这种矛盾的心理需求，如枚乘的《七发》、司马相如的《子虚赋》《上林赋》等，虽然在大赋最后都能“曲终奏雅”，但奢侈的排场、宏大的建筑，包罗万象、涵盖万物的描绘早已契合了统治者满足尊贵身份心理。所谓“览者已过”等不符合儒家思想的批评，这也可以解释汉代出土的文物既有形式上错采金镂、雕绘满眼的富丽之作（如画像砖《戏车图》），又有较为质朴典雅、蕴含儒家教化思想的器物（如画像砖《授经》）。相较于周代的礼制思想，两汉时期的神学思想更为明显、突出。这点也在两汉造物中频频出现，如造物装饰上的四神纹，又如神界、地域和人间处于一个水平面的画像砖。周代以后，敬天保民的思想、被扭转的巫术等神秘主义又再度占据主流，并形成了一定的理论体系——西汉结合阴阳五行的儒教思想与东汉兴盛的谶纬神学。秦汉时期政治制度已经成熟，并以儒教一家为尊，这些神学思想被融入儒教之中，其目的是为统治阶层的政治需要服务。如果以“体用”理论来阐释的话，周代以前的原始巫术于当世是思想界的主体，那么两汉的神学思想更多是以“用”的形式为贵族统治者维护等级秩序服务。其本质上与汉代被改变了的儒家思想没有区别，都是维护统治者秩序的工具。因此，出土的汉代文物不仅是那些人事活动的场景，而且神怪图像的装饰或器物造型也都充满了教化色彩。因此，秦汉造物更倾向于造物之政治教化色彩，而咏物作品也因此倾向于歌咏物之功用，其器物的功用又一定是紧密联系政治教化。这种造物的精神内涵一直延续到汉末六朝。严格上说，即便汉末咏物创作者的借物抒情之作，其阐发的也与家国情怀相关，与“诗言志”相同，主旨并非“缘情”。

六朝时期，造物观念的新变主要体现在以下几个方面：第一，六朝所造器物出现大量异域文化或不同民族文化元素，如佛教文化元素不仅体现在装饰、造型等形式上，而且物的精神内涵也从政治教化转为佛教思想的宣扬、传播。这当然与儒家思想统治地位崩塌相关。乱世改变了统治秩序，贵族统治者也朝不保夕，其深信佛教者也颇多，如梁武帝多次舍身入佛教（南朝四百八十寺，多少楼台烟雨中）。当然，借佛教维护统治秩序的贵族统治者也存在，如北朝统治者多为胡人，佛教也属于外来民族文化产物，也多受推崇。如北魏鲜卑族的佛教石窟，则多以北魏君主的形象来雕塑佛像。虽然有政治意图存在，但也可见北朝统治阶层对佛教文化的认同、接受。在装饰纹饰方面，忍冬纹、莲花纹饰都是佛教文化的因子。第二，玄学思想的影响，使得当世六朝的造物倾向于清秀空疏的风格。不仅如此，还在所造器物的装饰方面有了新的主题，如人物方面，以竹林七贤等玄学人物代替了儒家主题中忠臣孝子的形象。花草树木植物图景或纹饰取代了四神等兽面纹饰。第三，器物上动植物的造型、图像、纹饰越发丰富，尤其是植物图像、纹饰大量增加。这与两晋以后，客观物获得独立审美价值有关。另外，玄学的流行，文士热爱山水草木也是当世器物多有植物图纹的原因。第四，为艺术美而造物的作品增多。在“为艺术而艺术”的时代，“艺”“文”设计中的儒家的说教理念也因之而淡化，出现了不少为艺术而艺术的造物者，也因此增加了造物活动以追求艺术形式审美为创作主旨的艺术之物的数量。

综上而言，六朝所造之物的特色可归结为：首先，在精神内涵层面上，一方面，不再以宣扬儒家教化、礼制、巫术等为创作主旨，而是回归初心——以“造物艺术”为创作目的。另一方面，以佛教为主的宗教色彩与多民族文化是其重要组成部分。其次，这些精神层面的追求也体现在所造器物的形式表现中。一方面，从器物的形式审美看，清秀的风格、瘦长的造型成为主流。另一方面，从器物的装饰看，器物的纹饰和图像中植物、山水自然渐成主流。再次，六朝造物风格存在南北差异。南方风格清秀轻巧，北方风格则显浑朴厚重。最后，无论是普通工匠，还是贵族造物者，都倾向于在所造之物中融入其个性化的色彩。这些造物特征于六朝咏物文学中也有所表现，二者相因相生。

六朝工匠群体的身份来源包括官方工匠、个体工匠、受胁迫者、贵族或官员等四类。而依据其从事的行业，其又大致可以分为三大类：生产与生活类器物的造物者、文化艺术器物的提供者、跨行业的全能型工匠。而所造之物主要分为工具之物和艺术品之物。无论是官方工匠、受胁迫的奴隶型工匠还是被雇佣的私人工匠，所生产的“物”绝大多数都属于工具之物。由于他们的创作情境带有一定程度的强制性，其作品所表达的也更多是统治者或雇主的需求，因此，几乎没有个人情志的表达。而咏物文学则与其存在较大的不同。自屈原《橘颂》开始，咏物文学都或多或少表达创作个体的情志。即便在“罢黜百家，独尊儒术”的两汉时期，咏物文学也时有寓情于物的作品，如蔡邕的《翠鸟诗》、班婕妤的《团扇诗》、刘安的《屏风赋》、羊胜的《屏风赋》、邹阳的《几赋》等。六朝咏物文学中亦有不少借物抒情之作，只不过六朝咏物抒情之作中家国情怀等儒法思想隐没，而代之以个体的悲欢离合之情。如：

> 鸷鸟化为鸠，远窜江汉边。遭遇风云会，托身鸾凤间。
> 天姿既否戾，受性又不闲。邂逅见逼迫，俯仰不得言。[①]

> 灵菊植幽崖，擢颖陵寒飙。春露不染色，秋霜不改条。[②]

---

① 逯钦立辑校《先秦汉魏晋南北朝诗》，中华书局，1983，第365页。

② 逯钦立辑校《先秦汉魏晋南北朝诗》，中华书局，1983，第930页。

> 治世之功，莫尚于笔，能举万物之形，序自然之情。……乃皆是笔之勋。人日用而不寤。迨尽力于万钧，卒见弃于衢路。[①]

> 下济亿兆，上宁侯王……体敛然以思暖，御轻裘于温房。猥弃我其若遗，去玉手而潜藏。君背故而向新，非余身之无良。哀劳徒而靡报，独怀怨于一方。[②]

魏晋咏物之作虽有残余的政治元素，如“治世之功，莫尚于笔”“下济亿兆，上宁侯王”，但事实上也多是个体对功名的留恋，而非真正的儒家治国理念。到南朝以后，这残存的功业思想也是日渐衰微。情感中的内容离政治越来越远而离日常生活越来越近。这种创作个体情思不断增强的趋势却未在造物艺术中得到体现。

先秦至于六朝，造物作品中如果真有情志的体现，那只能是统治阶级的情志。首先，器物中那些节制、简洁的结构造型，体现“禁欲”特征的造物艺术，其实是统治阶层有意为之。原因是不断膨胀的欲望和快感对于统治阶层而言是潜在的威胁。一方面，物质资源有限，无法满足所有人。若民众欲望过多，不加以节制，则难以治理。另一方面，统治阶层自身若不节制欲望，则不仅会出现暴政，而且会导致统治集团内部的权力之争。这同样不利于统治的长久。因此，造物艺术和礼仪、道德教化等一起承担起压制欲望的任务。其次，器物及其纹饰中金贵的材料、华丽的装饰、豪奢的场景、复杂的造型……具备上述特征的造物艺术也是统治阶层意志的体现：统治阶级需要通过造物的浪费来象征、炫耀他的权力，从而建立其统治权威。再次，造物艺术中图像、纹饰也以符号图像的传播来神话统治者。这些图像符号传播的信息将统治阶级神话化、合理化，通过组合演变，维护特

① 韩格平：《全魏晋赋校注》，吉林文史出版社，2008，第 217 页。
② 许结主编《历代赋汇》（校订本），凤凰出版社，2018，第 2408 页。

定阶层或家族群体的统治地位。最后，从现存六朝器物看，其体现的统治者的意志也往往不是个体的情思，还是一个特定的统治群体（如阶层、民族、家族、集团等）的意志。魏明帝作高山冠①、北周武帝作幞头②、宇文护改制公服③、魏武帝作懒架等这些所造之物都没有明显的个体情思表达，即便这些器物为统治者亲身参与实施。人与物或物与物之间关系的实质是人和人、人和社会、人和世界的关系。从现存的六朝器物来看，其所表达的思想情感多为群体而非创作个体，即便统治者也不例外。统治者或可在造物活动中融入个人的情感、意志，但无法和咏物文学一样，透过器物的外在形式寻绎设计个体的悲欢离合和人生经历、轨迹。那么，六朝造物活动都是没有设计者个性和情思的趋同之作吗？也不尽然，在艺术风格或审美特征方面则是有其个体特性的。而这部分堪称艺术之物的作品主要是由自由工匠或贵族工匠所设计、创作。如：

> 顾长康画裴叔则，颊上益三毛。人问其故，顾曰：“裴楷俊朗有识具，正此是其识具。”看画者寻之，定觉益三毛如有神明，殊胜未安时。④

> （宇文）述素好着奇服，炫耀时人，定兴为制马鞯，于后角上缺方三寸，以露白色，世轻薄者争仿学之，谓为许公缺势。⑤

> （张永）又有巧思，益为太祖所知。纸及墨皆自营造，上每得永表启，辄执玩咨嗟，自叹供御者了不及也。⑥

---

① （宋）高承撰，（明）李果订，金圆、许沛藻点校《事物纪原》，中华书局，1989，第137页。
② （宋）高承撰，（明）李果订，金圆、许沛藻点校《事物纪原》，中华书局，1989，第138页。
③ （宋）高承撰，（明）李果订，金圆、许沛藻点校《事物纪原》，中华书局，1989，第147页。
④ （南朝宋）刘义庆著，徐震堮校笺《世说新语校笺》，中华书局，1984，第387页。
⑤ 何庆先等整理《中国历代考工典》，江苏古籍出版社，2003，第52页。
⑥ 何庆先等整理《中国历代考工典》，江苏古籍出版社，2003，第47页。

顾恺之善于绘画，他画的人颇有自己独到的见解，着意对所画人物脸颊上多增添三根毛，反而使得画作取得了更多的认可。云定兴为迎合宇文述所作的马鞯也可视为造物者独特审美能力的体现，其结果是为大众所接受——世轻薄者争仿学之。张永也是如此，其所制作纸笔竟然被宋太祖认为“供御者了不及也”，足可证明其所制文具可称为“匠心独具”。但若细究起来，造物者的艺术个性能得到赞赏又离不开当世审美群体共同的审美趣味和文化思潮，如顾恺之绘制画像提倡“传神”而备受称道就与六朝玄学思想盛行的文化氛围密切相关。

核心小结

1. 先秦至于六朝造物艺术围绕人本思想及由之衍生出的神秘主义、审美、礼制化等精神需求展开。从原始社会至于战国造物经历了一次次质的飞跃。这个过程就是从满足人们生理需求逐步过渡到宗教、审美，进而发展为礼制等精神领域，至战国又重新回到娱乐、追求享乐等。随着天地神人四者的互动、交融，自然物—人工物—表意物的轨迹昭然可见。

2. 秦汉造物活动以贵族统治者的物质和精神需求为设计目的。这些满足贵族阶层需求的所造之物往往能跨过工具之物而成为艺术品之物。由于物的神性中融入了较多的儒教思想（原始儒家和阴阳五行思想为主），乐器、墓葬装饰等器物更多地反映了秦汉造物艺术观。

3. 六朝所造之物的特色可归结为：首先，在精神内涵层面上，一方面，不再以宣扬儒家教化、礼制、巫术等为创作主旨，而是回归初心——以“造物艺术”为创作目的。另一方面，以佛教为主的宗教色彩与多民族文化是其重要组成部分。其次，这些精神层面的追求也体现在所造器物的形式表现中。一方面，从器物的形式审美看，清秀的风格、瘦长的造型成为主流。另一方面，从器物的装饰看，器物的纹饰和图像中植物、山水自然渐成主流。再次，六朝造物风格存在南北差异。南方风格清秀轻巧，北方风格则显浑朴厚重。最后，无论是普通工匠，还是贵族造物者，都倾向于在所造之物中融入其个性化的色彩。

第四章　相因相生：六朝造物观与咏物文学关系析论

第一节　异同与借鉴：六朝造物观中的咏物元素

一　殊途同归：材有美与人格化精神

《周礼·考工记》说："天有时，地有气，材有美，工有巧。合此四者，然后可以为良。"① 其又曰："材美工巧，然而不良，则不时、不得地气也。"② 可见先秦人于造物活动中对于材料的择取与处理已有较质朴却初成体系的思想。对此笔者赞同诸葛铠先生《造物与自然——"天人合一"思想的再思考》一文的解读："天时指适时取材，地气指适地取材，如此才有美材，加之人工的巧作才有良器。前一个'材有美'可以理解文质皆美之材，后一个'材美'可以理解为文美质不良之材。"③ 因此，良器这四个要素的论述实际上是相互联系且以制器的材料为中心展开的。

《中国历代考工典》的"考工总部"曾对"天时、地气、材美、工巧"间的关系加以解释。其曰："王昭禹曰：'阴阳寒暑在天，运

---

① 杨天宇译注《周礼译注》，上海古籍出版社，2009，第 600 页。

② 杨天宇译注《周礼译注》，上海古籍出版社，2009，第 600 页。

③ 诸葛铠：《造物与自然——"天人合一"思想的再思考》，《设计艺术》2004 年第 4 期，第 8~10 页。

之以为时者也；刚柔燥湿在地，化之以为气者也。万物盈天地间，得时以生，得气以成，及其成材，天地之美具焉。’故曰工有巧，此四者相有以相成，合而用之，阙一不可。故曰，合此四者，然后可以为良。”[①] 在指出这四项造物因素相互联系、共同起作用于材料的形成以及造物的整个过程后，《中国历代考工典》又分别举例解释了何为“天时”，何为“地气”，何为“材美”，何为“工巧”。其文如下：[②]

是故斩毂之道，必矩其阴阳。其斩阳木，必以仲冬；其斩阴木，必以仲夏。弓人为弓，于冬则析干，于春则液角，于夏则治筋，于秋则合三材，此因天时也。

贡金锡责之扬，贡杶干责之荆，孤桐责于徐，漆枲责于豫，以至郑之刀、宋之斤、鲁之削、吴粤之剑，此因地气也。

相干欲其赤黑而穷心，阳声而远根相筋则小简，而长大结而泽漆，则欲测丝则欲沈，以至燕之角、荆之干、妢胡之笴、吴粤之金锡，凡此皆材之美也。

轮人为轮，则可规可矩，可水可县，可权可量，舆人为舆则员者中规，方者中矩，立者中县，衡者中水，直者如生，继者如附。三材既具，巧者和之以为轮；六材既具，巧者和之以为弓。凡此皆工之巧也。

由上述材料可知，“天时”“地气”“材美”“工巧”无不与“材”的美与不美紧密联系。这也说明“天时”“地气”不仅仅是在

① 何庆先等整理《中国历代考工典》，江苏古籍出版社，2003，第6页。
② 何庆先等整理《中国历代考工典》，江苏古籍出版社，2003，第6页。

造物的过程中对最后的物品形态产生影响，而更重要的是对物品最初的材料产生重大的影响。对于造物理论缺乏的先唐时期，上述造物思想虽形成于先秦时期，但其对材料的择取与处理的观念亦可视为六朝造物观的重要组成部分，也应视为工匠造物活动中的准绳。因此，六朝造物思想中，天时与地气是制造良器的客观条件，而三者都属于制作出良器的重要客观因素，相较而言，工巧属于制作良器的主观因素。“天时”“地气”这两项统一看成外在客观条件，将“工巧”看成人的主观能动性的发挥。事实上，原始社会时期，北京猿人已经会挑选材料来制作生产工具，如他们打制石器所选取的材料都是河边精致的砾石。因此，“材美工巧”至于六朝，实际已经深入人心。以器物为吟咏中心的文学作品就着重强调器物之“材美工巧”，而“材美”的特点尤其被反复敷陈。如：

洞庭风雨干，龙门生死枝。[①]

结根终南下，防露复披云。[②]

我有一宝剑，出自昆吾溪。[③]

六朝咏器物诗往往在开篇就着重表明器物“材美”的特点，以及造成材美的客观条件，如“天时”与“地气”。“洞庭”“龙门”“终南下”“昆吾溪”等处是琴、竹火笼、宝剑原材料的存在环境。这些地方天时、地气条件得天独厚，是某种器物原材料的最佳产地。由于咏物诗多有抒情言志、交流教化等功能，所咏器物常成为诗人群体抒情言志的交流载体，所以诗人对器物原材料产地的强调往往蕴含特殊

① 逯钦立辑校《先秦汉魏晋南北朝诗》，中华书局，1983，第1453页。
② 逯钦立辑校《先秦汉魏晋南北朝诗》，中华书局，1983，第1642页。
③ 逯钦立辑校《先秦汉魏晋南北朝诗》，中华书局，1983，第1750页。

意味。这特殊之处就是，六朝时期门阀士族出身对士人仕途的晋升有着决定性的作用，晋初刘毅《请罢中正除九品疏》中“上品无寒门，下品无势族”可谓六朝官吏选拔情况的真实写照。出身高门华族的子弟常“自恃人地，三十内望为公辅”，左思《咏史》云“金张藉旧业，七叶珥汉貂”，虽明言汉代史事，但实际则是借其史事暗指六朝的门阀制度。这就使得士人群体有着广泛的羡慕士族、期盼依附于士族，甚至跻身门阀的观念。

六朝士人群体一致认为，出身可被视为个人品德、才识和社会认可度的保证。正因为这种观念深入人心，所以咏物诗人常以器物为媒介向统治者推荐自己；在与其他文士交流时，会在开篇之处反复强调器物之“材美”。这种“材美”当然包含受益于天时、地气等客观因素。对“材美工巧”（特别是“材美”）的强调，在当时的社会氛围下易于得到统治者和社会群体的认可。

依据前文所引，《考工记》中“材有美”与“材美工巧”中材美的含义并不相同。正如诸葛铠先生所言：“前一个‘材有美’可以理解文质皆美之材，后一个‘材美’可以理解为文美质不良之材。”[①]因此，材美与工巧兼备是获得良器的理想条件。若是材质稍有不足，则工巧似可起弥补的作用。但后者所成之器明显不及前者，原材料的优良是工匠得以制成良器的最重要因素。这在某种程度上也反映出造物者对器物材质的重视甚至高于器物的外在文饰。这种观念实质上也是先秦以后“重道轻器”“质胜于文”等思想的一种表现。《老子》最早提出了“道”这一范畴，虽未明确提及“器”的范畴，但“道”生万物（包含器物）的思想，本就表明道的根本性特质。此后《周易·系辞》首次提出了“道器之辨”，认为“形而上者谓之道，形而

① 诸葛铠：《造物与自然——“天人合一”思想的再思考》，《设计艺术》2004年第4期，第8~10页。

下者谓之器”，[1] 又曰“见乃谓之象，形乃谓之器”[2]，“一阴一阳之谓道”。[3] 相较而言，道是乾坤和阴阳交易的法则和规律，故称为“形而上”，而器则是依据道而生成的有形之物，称为“形而下”。圣人受自然规律（道）启发而创制器物。简而言之，器依于道而生。此后，道本器末的思想一直是传统道器关系的主流。

> 道是无体之名，形是有质之称。凡有从无而生，形由道而立，是先道而后形，是道在形之上，形在道之下。故自形外已上者谓之道也，自形内而下者谓之器也。形虽处道器两畔之际，形在器，不在道也。既有形质，可为器用，故云“形而下者谓之器”也。[4]

自先秦以后，道本器末的观念一直占据主导地位。不仅道家通过对技术及其进步的根本性的批判，表明道与器间的对立，即便是提倡文质彬彬的儒家和重视技艺的墨家，实质上也是持重道而轻器的观念。“儒、墨两家思想中所体现的大道与成器之间的一致也并不就是两者间的统一，而是某种近似于总体与分殊以及原则与具体运用之间的关系。实际上，在器物及成器的价值问题范围内，儒家思想通过认清器物价值的限度，还抵达了对两者间差异和矛盾的认识，并成为重道轻器之思想传统的起点。”[5] 也就是说，渊源于先秦美学的道器思想中，道是根本，器从属于道，但道亦需要器来显现。这就是说，大道与成器之间存在一种类似于总体与分殊以及原则与具体运用之间的

---

① 黄寿祺、张善文译注《周易译注》（新修订本），上海古籍出版社，2018，第 726 页。
② 黄寿祺、张善文译注《周易译注》（新修订本），上海古籍出版社，2018，第 719 页。
③ 黄寿祺、张善文译注《周易译注》（新修订本），上海古籍出版社，2018，第 700 页。
④ 《十三经注疏》整理委员会整理，《十三经注疏·周易正义》，北京大学出版社，1999，第 292 页。
⑤ 徐飚：《成器之道——先秦工艺造物思想研究》，江苏美术出版社，2008，第 197 页。

关系。我们认为，六朝造物活动也是遵循这种道器观。最直接的证据是，脱胎于玄学的形神关系深刻影响了六朝文学、绘画等艺术领域的设计。如顾恺之的传神论，其所谓“神”主要指人物画在构建人物形象时，应具有绘画对象的内在精神和性情。而宗炳在《画山水序》中提出的畅神说虽是以山水画为对象，但其对“神”的理解与顾恺之相通。他们都认为绘画是在以物象传达性情和审美价值。文学领域的文质关系、艺术领域的形神关系都与道器间的关系相似——是某种近似于总体与分殊以及原则与具体运用之间的关系。文质论中的“质”与形神论中的“神”事实上都可视为“道”向艺术审美领域延伸的代名词。

咏物文学自屈原《橘颂》至六朝前期，同样将描摹的重点放在中心意象所蕴含的道德人格之上，至于中心物象的形貌，仅是勾勒，其大概并不具体。这种粗陈中心物象概貌，着重传达中心物象道德人格化形象的创作方式被称为“比德”。比德的审美实践在先秦就已经大量存在。如《秦风·小戎》的“言念君子，温其如玉”[①]，以玉比喻君子品德。又如老子在《道德经》中写到“上善若水”，“上德若谷”，正如《文心雕龙》所言：

> 关雎有别，故后妃方德；尸鸠贞一，故夫人象义。义取其贞，无从于夷禽；德贵其别，不嫌于鸷鸟；明而未融，故发注而后见也。且何谓为“比”？盖写物以附意，飏言以切事者也。故金锡以喻明德，珪璋以譬秀民，螟蛉以类教诲，蜩螗以写号呼，浣衣以拟心忧，席卷以方志固：凡斯切象，皆比义也。[②]

屈原香草美人的象征系统亦是如此。如东汉王逸所说：

① 王秀梅：《诗经译注》，中华书局，2015，第249页。

② （南朝梁）刘勰著，范文澜注《文心雕龙注》，人民文学出版社，1958，第601页。

《离骚》之文，依诗取兴，引类譬喻。故善鸟香草，以配忠贞；恶禽臭物，以比谗佞；灵修美人，以媲于君；宓妃佚女，以譬贤臣；虬龙鸾凤，以托君子；飘风云霓，以为小人。[①]

这都明显地体现了“比德”的审美观。这当然与自然物的审美价值尚未被发现有关。正如钱志熙所言：“西晋人感物，主要是由天地运行，季候变化引起崇替兴衰之感，……还不可能将自然界作为自己的审美活动的客体。”[②] 自然物获得独立的审美价值当是东晋之后。

先秦至于六朝，人们在自然物获得独立审美价值之前，多将“物”的优良本质着重强调，其目的是借物的美好材质突出自身的高尚人格。而六朝时期，获得优良材质的天时、地气又与出身的门第相比拟。相对于后天的工巧装饰之美，先天的道德人格更加难能可贵，也成为良器最重要的标志。可以说，造物领域重视材有美的思想与咏物文学中比德的思维，都源于哲学领域的道本论，也都受其影响。从诗歌与造物工艺（包含美术）的地位来看，从诗人群体与工匠群体的文化修养分析，道本论应该是先影响了文学领域，然后是美术领域，最后通过贵族统治者的需求而施及工匠的造物过程。[③]

综上所述，被六朝造物者所承袭的“材有美”造物思想实际是先秦道器观的反映。[④] 其与咏物文学的比德思维都源于“道”为万物之本的思想。与之相似，儒家提出的文质关系、玄学中的形神关系原本都与人格修养相关，后来才被应用于文艺批评。当然，咏物文学中对“物”之材质及其生长环境的强调是诗人为了获得统治者的青睐和士

① （宋）洪兴祖：《楚辞补注》，中华书局，1983，第3页。

② 钱志熙：《魏晋诗歌艺术原论》，北京大学出版社，1993，第289页。

③ 虽然这只是一种推测，但造物艺术中追求灵气、人格化等内涵确有向文人群体审美情趣或贵族统治者精神需求靠拢的迹象。而统治者对造物内涵的需求观念又是士人群体（主要是文士）价值观的反映和传递。

④ 六朝画论中推崇传神、写神、畅神等理论似可证明六朝造物者仍然秉持了物的精神品质重于外在形式的“道本”思维。

人群体的肯定。这与当时门阀制度、礼制文化都有一定的关联。六朝造物思想中“材有美”受推重的原因与之相类，都是为了获得统治者和士人群体的肯定，其也蕴含了等级制度、礼制文化。从受影响的先后顺序来看，我们推测咏物文学和造物艺术都受到了道本观、礼制文化等因素的影响，咏物文学应是先于造物艺术受到影响。诗歌在士人群体的影响力、诗言志的文学功用、诗人群体的身份、诗人群体文化修养等因素，对工匠造物之主旨、选材和教化功用、审美趣味产生了深远的影响。比德思维、比兴手法、审美体验等方式是咏物文学影响贵族及工匠群体造物思维的因素。造物艺术与咏物文学本质上都是以满足统治者精神需求，获得贵族和士人群体认可为创作主旨，但二者在艺术表达上并不相同：造物工匠为满足统治者或士族阶层的需求，坚持选材的讲究，并对材质赋予其表现使用者尊贵地位或崇高人格的期望。咏物文学则以比兴的方式赋予交流对象尊贵地位或崇高人格，并在内容上强调器物材质的优良和得天独厚的生长环境。“材有美”造物思想与咏物诗对器物材质的强调都是为了突出器物的道德人格内涵，并以之为表现的中心。人对材料的使用涉及器具制作中最基本的人、物关系，材料的自然属性与器具为人而存在的属性，通过人的工艺实践实现交会。这种交会使工艺性器具成为人的自然物性观和属人的目的论的集结形式，或者物性向人性的过渡形式。物性与人性的融合是六朝造物观与咏物文学思想的共通之处，是道本思想在文艺领域的延伸。

二　情感与想象：造物艺术观的时间性

六朝造物艺术中的时间性特征可谓受咏物文学的影响而产生。诗歌是时间性的艺术，而工艺（含绘画、壁画等美术）等造型艺术则具有空间性特点。六朝造物艺术中呈现的情感与想象的表达则是六朝造物思想对咏物诗艺术观的吸收。也就是说，六朝造物思想中工巧的部分就包含咏物诗的影响。

我们首先分析一下六朝造物艺术中情感融入的情况。造物艺术中融入诗情，就是要求造物者有主观之“情”“意”，使以“境”见长的造型艺术因“情感”而呈现意境，也就是说造物艺术要学习诗的抒发情感、长于想象，在空间艺术中体现出时间艺术的特点。那么，六朝造物艺术中哪些具体表现可视为造型艺术融入了咏物诗之情、意呢？

六朝时期，自然物获得了独立的审美价值，其也开始成为诗人群体的描绘中心。陶渊明在自然平淡中道出了田园景物之情趣，而谢灵运移步换景、寓目辄书的描绘山水之法亦对后世咏物诗表现技巧发展有积极推动作用。经过六朝诗人的实践，咏物诗对自然物象的感受力与表现力都得到了极大的提高，这也使得时间艺术的创作者（诗人群体）更加了解造型（空间）艺术的表现特征和创作思维，反过来也同样有利于其将时间艺术的创作思想融入空间（造物）艺术之中。咏物诗中的画意表现出文人群体对诗歌与造型艺术的融通有了探索。南朝时期描摹中心物象形貌情态的作品就是咏物诗对空间性艺术的吸收。这类诗歌省略了时间性的叙述、材质生长环境的交代，甚至篇末的抒情。如：

翻阶没细草，集水间疏萍。芳春照流雪，深夕映繁星。[①]

风轻不动叶，雨细未沾衣。入楼如雾上，拂马似尘飞。[②]

芬芳君子树，交柯御宿园。桂影含秋月，桃花染春源。
落英逐风聚，轻香带蕊翻。丛枝临北阁，灌木隐南轩。

① 逯钦立辑校《先秦汉魏晋南北朝诗》，中华书局，1983，第1403页。
② 逯钦立辑校《先秦汉魏晋南北朝诗》，中华书局，1983，第2056页。

交让良宜重，成蹊何用言。[1]

前两首诗通过比喻的方式或以不同的角度来描绘所见中心物象的情态。最后一首萧绎的《芳树》虽仍保留了中心物象的生长环境与篇末抒情，却也与魏晋时期同类作品有很大的不同，具体表现为以下两方面。一方面，六朝后期的咏物之作情志的抒发已进入“性情渐隐”的阶段。如萧绎《芳树》最后一句“交让良宜重，成蹊何用言”[2] 就不再有魏晋咏物诗人的激情。另一方面，生长环境已经成为一个部分与中心物象的其他组成部分共同构成诗歌中心意象，如萧绎《芳树》的中心意象就是由生长环境、树影、花、落英、香蕊、丛枝、灌木等各部分共同构成的。

诗人群体对空间艺术的熟悉和技巧的掌握，又激发了他们将视角转移至在造物艺术中融入咏物诗的创作观念，由此时间艺术与空间艺术也开始走上了会通的道路。造物艺术融入咏物诗情主要表现为空间造物艺术中呈现情感的表达或时间叙事。郭熙《林泉高致·山水训》曾云：

真山水之云气，四时不同：春融怡，夏蓊郁，秋疏薄，冬黯淡。尽见其大象，而不为斩刻之形，则云气之态度活矣。真山水之烟岚，四时不同：春山澹冶而如笑，夏山苍翠而如滴，秋山明净而如妆，冬山惨淡而如睡。画见其大意，而不为刻画之迹，则烟岚之景象正矣。[3]

在造物艺术的装饰中融入时间性具体可表现为：山水、物色四时

① 逯钦立辑校《先秦汉魏晋南北朝诗》，中华书局，1983，第2031~2032页。
② 逯钦立辑校《先秦汉魏晋南北朝诗》，中华书局，1983，第2032页。
③ （宋）郭熙：《林泉高致》，山东画报出版社，2010，第26页。

会呈现出不同的形貌、情态。所造之物因季节的变化、参入时间因素而呈现不同的面目，这会触发欣赏者对自然景物真正的相亲相近之情，就能从自然物情态的时空合一中，感受到不同的情感。如造物者能这样看待自然物，也就能在造物活动的空间展示中，体会和表现时间，从而更好地抒情。因此，六朝造物者开始从客观描绘向抒发情感和惹人联想的方向靠拢，从而更好地表现时间性特征，更好地抒发情志。苏轼在《跋蒲传正燕公山水》云："画以人物为神，花竹禽鱼为妙，宫室器用为巧，山水为胜。而山水以清雄奇富、变态无穷为难。燕公之笔，浑然天成，粲然一新，已离画工之度数，而得诗人之清丽也。"① 可见在造物艺术的空间描摹中融入情感，就能营造出意境。就如同咏物诗中物象若融入了诗人的主观情思就会呈现给欣赏者以"意象"。造物者在设计过程中也力图在造型和装饰表现中呈现出这样的艺术效果。这种蕴含诗情的造物工艺多集中于绘画、壁画、器物装饰方面。

总之，情感成了咏物诗与造物艺术的交汇点，也成为造物者与诗人创作的共振点。自六朝始，造物艺术与咏物文学已经体现出相互融合、时空合一的特点。那么，造物艺术中是如何具体地体现情志呢？造物者借鉴诗歌情景交融的创作手法在造物艺术中融入了抒情主人公的形象，试图将美术或工艺装饰中的物象转化成为意象。在自然物获得独立审美价值后，人们对个体物或单一物类空前关注，对"物"形象的认知能力与审美能力也获得提高，咏物诗由粗陈概貌向精细具体描摹中心物象发展。这种对视觉形象的追求，某种程度上牺牲了情感的表达，以致受到批评与诟病。如清人王夫之《姜斋诗话》就曰：

> 咏物诗，齐梁始多有之。其标格高下，犹画之有匠作，有士气。征故实，写色泽，广比譬，虽极镂绘之工，皆匠气也。又其

① 孔凡礼点校《苏轼文集》，中华书局，1986，第2212页。

> 卑者，短凑成篇，谜也，非诗也。李峤称“大手笔”，咏物尤其属意之作，裁剪整齐而生意索然，亦匠笔耳。至盛唐以后，始有即物达情之作。①

与之相反，以空间性为特征的造物艺术则走上了打破“形似”视觉追求，而追求物象带有抒情特征的道路。通过线条刻画的方式融入时间性特征，会通咏物诗创作观念，最值得关注。现详述造物艺术中意象的呈现与线条运用间的关联。

其一，六朝造物者推崇通过清简的线条绘制物象来展现主体的情志与精神内涵。在以少总多的玄风影响下，六朝形成了清简的审美风格。与声色大开的咏物诗创作风格不同，清简的造物风格贯穿了整个东晋和南朝。为了突出所绘制物象的情志，造物者刻意简化了笔墨线条，而着重将笔墨运用于突出物象抒情特征之处，文化素养较高的造物者尤其如此。由于清简之风成为六朝社会的主流审美观念，普通工匠在造物过程中也会尽力遵循。因此，器物的造型与装饰图案都追求一种清简而又带有神韵的风格。这种造物意识也源于六朝前期咏物诗追求以简练含蓄的语言表现无限情思与意蕴的创作观。

造物者以突出情志为主旨，故而在摹写物象时就会选取最核心的物态，以简约清晰地勾勒出中心物象“人化”的情态，“逸笔草草，不求形似”方能“写胸中逸气”，而容易冲淡主题与情志表达的次要物象或背景则尽量简略舍弃，这样就不会影响中心物象的神韵情态与抒情主人公形象。这种以清简的笔法直入心灵的构图方式在六朝造物群体间广泛运用。故伍蠡甫先生说：“在画中诗的建立和表达上，我国还有‘臻于化境’之说，所谓‘化’，意味着化客观为主观，为写心而状物，其表达方式则贵在形简意赅、以少胜多的特点。”② 其中，

---

① （清）王夫之：《姜斋诗话》，舒芜校点，人民文学出版社，1961，第165页。

② 伍蠡甫：《中国画论研究》，北京大学出版社，1983，第239页。

以少总多是玄学思想的清谈方式，而言简意赅则是当世文学（含咏物文学）的表现方式。除了简约的线条外，清简风格的形成还表现为线条的流畅而不呆滞。南朝诗歌讲究流畅圆美流转，其也被造物艺术所吸收。

虽然六朝造物者或未能形成理论性的总结，然实践活动中则普遍以简约线条勾勒中心物象人化情态，所造之物也因之呈现出清简的风格。

其二，六朝造物者以线条表现出情感的节奏。节奏是咏物诗的一个主要特征，感情的起伏、波动，造就了诗的节奏、韵律的变化。同样，我国造物领域的“时间性”又常是通过节奏体现出来的。中国物象的绘制依靠线描加以显现。线条的灵动矫变适于感情发抒而体现节奏。主要由线，再辅之以点的绘制之法，加以隐去作者立足点，对物象作俯视（以大观小）而非透视的立场，使物象中的远近虚实、上下左右、明暗变化，呈现出独特的气韵和节奏。画面或密或疏，或平缓或险峻，高低错落，远近相宜，由画面的结构可以使观赏者产生张弛变化的节奏感。我们从这种节奏感中，可以体味出其中的感情变化。董其昌《画禅室随笔》云：“远山一起一伏则有势，疏林或高或下则有情，此画诀也。”以线条所构成的画面变化体现感情节奏，从而表现诗情，正是中国画的特点。

综情感、想象、写意（非纪实）、节奏等，最终综合表现出中国画特有的意境美。这种意境美不是直接的视觉作用产生的，而是经品赏、涵泳其中，逐渐体验而出，其呈现的正像刘熙载《艺概·诗概》所说：“山之精神写不出，以烟霞写之；春之精神写不出，以草树写之。故诗无气象，则精神亦无所寓矣。”[①] 画面如“烟霞”“草树”，意境则如“山之精神”“春之精神”。“丘壑求天地所有，笔墨求天地所无”，这正是“画中有诗”，是诗情所在的意境。

---

① （清）刘熙载：《艺概》，叶子卿点校，浙江人民美术出版社，2017，第85页。

其三，线条讲究气韵。六朝以后，文人群体（包含士族）逐渐进入画坛，不仅使绘图群体的文化、身份结构发生变化，其审美情趣和文化视角也改变了美术与造物装饰领域的图像构造。关于六朝物象图案的绘制，除了顾恺之的传神论、宗炳的畅神论之外，谢赫在《古画品录》中提出了绘画六法。其文曰：“虽画有六法，罕能尽该。而自古及今，各善一节。六法者何？一气韵生动是也，二骨法用笔是也，三应物象形是也，四随类赋彩是也，五经营位置是也，六传移模写是也。”[①] 气韵生动无疑是六法中的核心，而其余五法都用以补充说明气韵生动。至于气韵生动的含义，各家存在分歧。以当时发展更为成熟且与绘画同出一源的书法作为参照对象，从笔墨线条分析气韵生动，不失为一个较好的角度。绘制物象使之气韵生动与书法讲究的“势”二者在线条的审美表现上有相似之处。绘制物象的线条讲求轮廓双界的阴阳对应、牝牡相得和转左侧右等审美特征使线条变得“气韵生动”。在造物活动的物象绘制中，以上线条的审美方式在实质上已不仅是纯粹的视觉作用，而且附加了造物者与欣赏者的审美认知。“气韵”不仅作为造物所呈现意象的生动体现，而且还是一种主体与客体因水乳交融而营造成的整体意蕴。物象之“神”来自造物者的主体意识（或当世主流观念影响下）对客观物象的精神认同。而这种更加细微的专注与认同，仿佛又能舍弃轮廓之形气的限定，直入物象之“韵”的时间化本质中去，要永远体会其情韵，正如英国美学家贝尔所提出的对“艺术本质”的探讨——“有意味的形式”。

艺术品中必定存在着某种特性，离开它，艺术品就不能作为艺术品而存在；有了它，任何作品至少不会一点价值也没有。这是一种什么性质呢？什么性质存在于一切可能唤起我们审美感情的客体之中呢？什么性质是圣索菲亚教堂和卡尔特修道院的窗

① （南朝齐）谢赫著，王伯敏标点注译《古画品录》，人民美术出版社，2016，第1页。

> 子、墨西哥的雕塑、波斯的石碗、中国的地毯、皮埃里·德拉和弗朗切斯卡及塞尚的作品中所共有的性质呢？看来，可做解释的回答只有一个，那就是“有意味的形式”，在各个不同的作品中，线条、色彩以某种特殊方式组成某种形式或形式间的关系，激起我们的审美感情。这种线、色的关系和组合，这些审美的感人的形式，我称之为“有意味的形式”，就是一切视觉艺术的共同性质。[①]

贝尔的理论依据源于自康德以后的纯粹审美形式的理论，突出形式美感在传递作品审美精神内涵中的重要作用。西方的文艺理论或可解释六朝造物者通过线条视觉冲击的运用表达出当世造物群体的审美情趣和主体精神。

六朝造物者在进行绘画或器物装饰相关的美术设计时，将自身的创作生命力与当时审美价值传递到物象之上，使之栩栩如生、气韵生动。刘勰云“窥意象而运斤”。这种在物象或物象群中融入时间性特征的设计方式也与咏物文学的创作相关。

首先，六朝前期的咏物作品对于中心物象仅描绘其大概的形态。正如王葆玹所说：“中国人的思路是从整体到局部，西方人则是从局部到整体。”[②] 或受当时以少总多的玄学思潮影响，魏晋咏物之作对物象的描绘较为简约。中心物象尚仅以写意方式描绘出概貌，其余次要意象更少着墨。如：

> 栖栖失群鸟，日暮犹独飞。徘徊无定止，夜夜声转悲。
> 厉响思清远，去来何依依。因值孤生松，敛翮遥来归。
> 劲风无荣木，此荫独不衰。托身已得所，千载不相违。[③]

---

① 转引自周宪《美学是什么》，北京大学出版社，2001，第153~180页。

② 见张岱年、成中英等《中国思维偏向》，中国社会科学出版社，1991，第62页。

③ 逯钦立辑校《先秦汉魏晋南北朝诗》，中华书局，1983，第998页。

全诗 60 字的篇幅与其说是描绘“鸟”这个中心物象，不如视“孤独”为描写的中心。这种以简约笔调写物象之意的创作思想在咏物诗人群体中是被普遍接受的，作品亦不在少数。又如：

泛泛东流水，磷磷水中石。蘋藻生其涯，华叶纷扰溺。
采之荐宗庙，可以羞嘉客。岂无园中葵，懿此出深泽。[①]

鸿鹄相随飞，飞飞适荒裔。双翮临长风，须臾万里逝。
朝餐琅玕实，夕宿丹山际。抗身青云中，网罗孰能制。
岂与乡曲士，携手共言誓。[②]

随着越来越多文人进入造物的美术设计领域，清简风貌的物象风格也因之在造物领域被逐渐广泛接受。

其次，六朝咏物诗借物抒情与寓情于物的创作思想也被融入六朝造物艺术之中。六朝前期咏物诗常以中心物象的美德自拟或勉励他人，其源于先秦以后的比德思维。而六朝后期的咏物诗中，这类比体咏物诗也仍然存在。如：

亭亭山上松，瑟瑟谷中风。风声一何盛，松枝一何劲。
冰霜正惨凄，终岁常端正。岂不罹凝寒，松柏有本性。[③]

昔日从戎阵，流汗几东西。一日驰千里，三丈拔深泥。
渡水频伤骨，翻霜屡损蹄。勿言年齿暮，寻途尚不迷。[④]

---

① 逯钦立辑校《先秦汉魏晋南北朝诗》，中华书局，1983，第 371 页。
② 逯钦立辑校《先秦汉魏晋南北朝诗》，中华书局，1983，第 504~505 页。
③ 逯钦立辑校《先秦汉魏晋南北朝诗》，中华书局，1983，第 371 页。
④ 逯钦立辑校《先秦汉魏晋南北朝诗》，中华书局，1983，第 2449 页。

咏物诗人对比体咏物诗的创作热情贯穿了整个六朝。通过物象的绘制想象、抒情或是传递抒情主人公形象的技法亦受其影响。

再次，六朝咏物诗发展到南齐永明以后，在追求形似创作风潮影响之下，赋体咏物诗盛行。对中心物象的描摹引入了用典、引发联想等艺术表现手法。如：

> 翻阶没细草，集水间疏萍。芳春照流雪，深夕映繁星。①

> 人怀前岁忆，花发故年枝。②

> 天汉支机罢，仙岭博棋余。零陵旧是燕，昆池本学鱼。
> 云移莲势出，苔驳锦纹疏。还当谷城下，别自解兵书。③

关于咏物诗以物象引发联想或于中心物象中融入想象，其自身有三个特点。其一，中心物象的情态并非即时实景所作，而是中心物象在非一时一地的不同状态下的形态呈现并组合成一个被描摹的完整意象，如所引王融《咏池上梨花诗》。其二，所描绘中心物象是诗人见物起兴而作，眼前所见景物引发了诗人贮存在脑海中对该物象的所有联想。因此，其所描摹的中心物象不仅是实际所见中心物象的当下形貌，而且是创作主体跨越时空，将该物象所有情态组合而成的意象。正如萧绎《咏梅诗》所描绘的梅花融入了诗人对梅花的回忆，梅花所呈现的情态也是超越时空的组合情态。其三，咏物诗还通过典故赋予物象的特质和文化寓意进行创作，以用典的方式含蓄地暗示、引出欣赏者对中心物象的联想和文化解读。阴铿《咏石诗》几乎句句用典，其实质也是将典故蕴含的物象品质与精神内涵组合，勾勒中心物象的情态。

---

① 逯钦立辑校《先秦汉魏晋南北朝诗》，中华书局，1983，第 1403 页。
② 逯钦立辑校《先秦汉魏晋南北朝诗》，中华书局，1983，第 2057 页。
③ 逯钦立辑校《先秦汉魏晋南北朝诗》，中华书局，1983，第 2458 页。

六朝咏物诗借物象或典故起兴，拼接组合不同时空状态或典故赋予物象精神内涵和外在形态。这种引人联想、激发想象的创作方式也被造物思想所吸收，运用于六朝造物活动的物象绘制中。六朝造物者绘制物象的图案已经开始像咏物诗那样为图像留下想象的余地，留下感情继续延伸的空间。作为视觉艺术，直接可感是其所长，但如果笔尽意尽，一览无余，那当然不是高手之作。要具备“诗情”，就应该像咏物诗上述创作手法那样给人以形象之外的感受，留下想象得以驰骋的空间。其实，我们看六朝时期所造之物的美术图像在题材上就有许多源于诗歌。如荣启期与竹林七贤壁画，竹林七贤是六朝时期广受喜爱的人物，其高洁真率的品质，被视为合乎玄理。七贤图像与竹林被绘制于陵墓的壁画（画像砖）上，足见其使欣赏者联想出玄学文化、高洁品质等寓意。

造物者绘制物象除了要充分发挥自己的想象外，引起欣赏者无限联想难度更大。如嵇康《赠秀才入军》第十四首的“目送归鸿，手挥五弦，俯仰自得，游心太玄”[①]，顾恺之在画其图时就深感不易，他就曾感慨道：“手挥五弦易，目送归鸿难。”[②] 该画作中人物形象“手挥五弦”这类连续性的动作表达本就不易，而使人物充满玄学精神的“目送归鸿”情态更是难上加难。其难度正在于激发欣赏者的想象，触发欣赏者的主动审美心理。六朝文献较为缺乏，我们还可从理论较为成熟的后世寻求例证。如明代唐志契《绘事微言》记载道：“政和中，徽宗立图画博士院。每召名工，必摘唐人诗句试之。尝以‘竹锁桥边卖酒家’为题，众皆向‘酒家’上着工夫，惟李唐但于桥头竹外挂一酒帘，上喜其得‘锁’字意。又试‘踏花归去马蹄香’，众皆画马画花，有一人但画数蝴蝶飞逐马后，上亦喜之。”[③] 这两位

① 逯钦立辑校《先秦汉魏晋南北朝诗》，中华书局，1983，第483页。

② （南朝宋）刘义庆著，（南朝梁）刘孝标注，余嘉锡笺疏，周祖谟、余淑宜、周士琦整理《世说新语笺疏》，中华书局，2011，第625页。

③ （明）蒋一葵：《尧山堂外纪》，明万历精写刻本。

画师之所以能得到擅长画艺的宋徽宗青睐，就因为他们绘制物象不求尽其意，而是反其道行之——物象绘制过程中给欣赏者留下足够的想象空间。又如《图画见闻志》记载，宋人郭忠恕有次乘醉在大幅素绢的一角画“远山数峰”，而别处都是呈现空白以示人。这种空间上的留白手法，就可以使人们从示象的“数峰”中想象未示象的山峰雄姿，用虚者激发“以神会”的积极联想。

六朝咏物诗中心物象的描摹实质择取、拼接了诗人在不同时间、地点、角度、情境下对该物象各种不同情态的贮存记忆，其中甚至还包括文献中的典故描述。而器物装饰和绘画、雕塑等刻画物象也同样来源于造物者对该物象的理解、记忆。所谓“十日画一水，五日画一石”这样的艺术创作手法后世进行过理论总结，如董其昌云：“读万卷书，行万里路，胸中脱去尘浊，自然丘壑内营，……”[①] 在这一点上，造物艺术与咏物诗是相似的。考虑到诗人群体的社会地位、文艺修养及对社会舆论的影响力，造物工匠群体更可能是受到咏物诗意象组合方式的影响绘制物象及其背景。

三　六朝造物艺术的时空结构

就时空结构而言，六朝前期的咏物诗或比体咏物诗[②]是有较完整的时间叙事顺序的。“魏晋咏物诗或比体咏物诗中，诗人笔下的中心意象包含了过去、现在、未来的时间要素，诗人虽对中心物象作了如此全面完整的时间描绘，所要突出的其实还是对过去或未来中心物象状态的追忆或期盼。虽说有不少对当下时间‘物’状态的描写，但这是诗人力图按时间顺序一线性地表达完整的画面，其与诗人在完整意象塑造过程中有意突出某个时空中的意象（如过去、未来），并不冲突。”这种叙述方式在文学方面可以追述到先秦时期《诗经》中运用

① （明）董其昌著，毛建波校注《画旨》，西泠印社出版社，2008，第16页。

② 比体咏物诗较赋体咏物诗产生的时代早，主要以比兴的方式抒发诗人情志。这种创作方式在六朝后期虽不占据主流，但仍然有少量作品存在。

的赋法。如《豳风·七月》就全篇以时间顺序描述了底层农夫一年四季的艰苦劳作与艰辛生活，后世有画师就依据诗歌内容题材绘制了《豳风·七月》图卷。像咏物诗这样按时间顺序完整叙述、描摹的方式在造物艺术中也并不罕见。王延寿《鲁灵光殿赋》谓殿中壁画“图画天地，品类群生”，“千变万化，事各缪形”，古帝王及其他人物也“靡不载叙”。事实上，这并非虚言，汉代壁画及画像砖、石也沿袭求全的精神。当然，从咏物诗角度看，要有中心物象，这些造物美术图像有许多就不存在与之类比的可能，但我们仍可找出部分符合中心物象标准的作品。我们发现造物艺术的美术创作中对中心物象的描摹和突出，有以下几种情况。六朝佛教思想兴盛，其于题材、风格等方面影响了文学的同时也深刻地影响了造物艺术。现以佛教题材为例，试着分析如下。

首先，受咏物诗完整时间链条叙述方式的影响，造物艺术也以连环画的形式补足空间艺术时间元素不完整的缺陷。如新疆伊循密兰一处方形寺庙中，其壁上有须大拏太子本生故事。太子被逐及赎回的故事情节颇为复杂，连环画的表现手法就被运用其中。这也给造物艺术注入了诗歌时间性的特征。不仅如此，太子本身因为是主角身份，自然成为壁画艺术中的中心意象。类似的例子还有《洛神赋图》，画作以长卷的方式再现了曹植《洛神赋》。在类似连环画的长卷图像中，洛神在每个场景中都出现，成为当然的中心意象。也就是说，造物艺术被用于绘制物象时，因需要也会有时突出某个物象。这就与咏物诗重点着墨于所描摹的中心物象颇为相似。二者创作观或互有借鉴。

其次，造物艺术也可以通过以时观空的表现手法打破时间的限制，将时间换为空间进行艺术设计，如敦煌莫高窟壁画《降魔变》中画者放弃了连环画式的表达，而代之以物象的方位来凸显中心物象。在《降魔变》中，释迦牟尼尊者被置于居中的位置，而佛经故事中的魔王、三个魔女、魔众及大地震动等背景则围绕着释迦牟尼尊者展开。

将不同时间发生的事件与众多人物集中于一个平面叙述的方式同样是造物艺术受诗歌影响融入时间特征的另一种艺术表达。而将最重要的人物释迦牟尼尊者置于居中位置，其他物象围绕其展开的表达方式则与六朝咏物诗突出中心意象的创作观念十分相似。

最后，造物艺术还有一种被称为“以体观面”的表现手法亦是受咏物诗创作观的影响。所谓的“以体观面”造物手法就是“将目力不及者依然给以展现，即将看不见的作为‘体’的部分，化作‘面’来处理；或将发生在同一空间的情节展开为平面，通过依次排列来展现全部内容”。[①] 事实上，以体观面和以时观空的表现手法都是通过空间的排列展示于一个平面来弥补时间性因素的缺少。二者体现了咏物诗中心意象呈现的不同观念。以时观空是通过居中位置凸显中心物象，而以体观面则是在一个平面上依次排列来展现所有内容。这种时空结构的展现看似与咏物诗无关，较为接近山水田园的长卷绘画，但事实上并非如此。在山水绘画中，画卷的视角随物象运动，目光转移而将立体空间内的所有物象依次展现。这事实上也是源于汉大赋一类求全思想的表达方式。就诗歌而言，其在自然物获得独立审美价值后，最先运用于山水诗。谢灵运山水诗就是通过移步换形、寓目辄书的写法表现山水景色。谢灵运山水诗记行程、时间和空间，在行进中变换，并非写一个固定的画面。如《于南山往北山经湖中瞻眺》开首四句“朝旦发阳崖，景落憩阴峰。舍舟眺迥渚，停策倚茂松”[②]，谢灵运“诗写的都不是一个范围明确的空间，不是站在一个静止的画面前面，而是边行边赏，仿佛进入画廊，观赏一幅又一幅的图画。景观不断变换，因之也常常变换描写的角度，忽而写山，忽而写水，忽而写远，忽而写近”。[③] 这种通过目光转移、顺序排列全部内容的表达手法后来也由山水诗进入了咏物诗创作领域。六朝后期的部分赋体咏

① 邓乔彬：《有声画与无声诗》，上海社会科学院出版社，1993，第158页。
② 逯钦立辑校《先秦汉魏晋南北朝诗》，中华书局，1983，第1172页。
③ 罗宗强：《魏晋南北朝文学思想史》，中华书局，1996，第195页。

物诗由于全篇描写的中心意象由各个子意象组合而成，因此其可运用这种原本描绘山水诗的创作手法。如：

> 梢耸振寒声，青葱标暮色。疏叶望岭齐，乔干临云直。[1]

> 初桃丽新采，照地吐其芳。枝间留紫燕，叶里发轻香。
> 飞花入露井，交干拂华堂。若映窗前柳，悬疑红粉妆。[2]

这两首诗都是由各句分述中心物象的各个部分，对其进行细致刻画。如沈约《寒松诗》中，诗人以寒松为中心物象，分别对寒松的子意象树梢、青葱之色、疏叶、乔干诸方面做了详细的描绘。萧纲《咏初桃诗》也是在首句点明中心物象“初桃”后，分别对初桃的枝、叶、花、干的形态细致刻画。因此，山水画或壁画中以体观面的表现手法或也受到这类子意象的描绘合成中心意象类咏物诗的影响。如莫高窟的《狩猎图》，画家的视点随猎人与猎物在猎区内运动，将立体空间内发生的一切处理成平面所见。其或描写猎人追逐三只鹿或猎杀猛虎，这些场景组合出“狩猎”这一主题。虽然这类造物艺术并未突出某个中心物象，但其方法是有借鉴上述六朝后期咏物诗的创作观念的。

第二节　唯美：对“物”形式审美的一致追求

一　六朝咏物诗的“形似与唯美”

明人陆时雍说：“诗至于宋，古之终而律之始也。体制一变，便

① 逯钦立辑校《先秦汉魏晋南北朝诗》，中华书局，1983，第1657页。

② 逯钦立辑校《先秦汉魏晋南北朝诗》，中华书局，1983，第1959页。

觉声色俱开。”[①] 清沈德潜《说诗晬语》亦曰：“诗至于宋，性情渐隐，声色大开，诗运一转关也。”[②] 作为语言艺术的代表，诗歌的艺术追求在六朝初期发生了重大转向。具体而言，诗歌创作由“言志缘情”转向追求外在艺术形式的唯美，正所谓“性情渐隐，声色大开”。诗人群体通过精巧细腻的语言艺术形式占据欣赏者的视听感官，最终渗透于内心世界。刘宋时期，诗歌创作就常以描摹物象追求“形似”来表现审美的风气。刘勰《文心雕龙·物色》曰：

> 自近代以来，文贵形似，窥情风景之上，钻貌草木之中。吟咏所发，志惟深远；体物为妙，功在密附。故巧言切状，如印之印泥，不加雕削，而曲写毫芥，故能瞻言而见貌，即字而知时也。[③]

又刘勰《文心雕龙·明诗》曰：

> 宋初文咏，体有因革。庄老告退，而山水方滋；俪采百字之偶，争价一句之奇，情必极貌以写物，辞必穷力而追新，此近世之所竞也。[④]

刘勰所说“近代”“近世”一般认为是南朝伊始。裴子野《雕虫论序》以为刘宋明帝时就已产生语言艺术追求形式美的风尚。其文曰：

---

① （明）陆时雍：《诗镜总论》，丁福保辑《历代诗话续编》，人民文学出版社，1983，第1406页。

② （清）沈德潜：《说诗晬语》，凤凰出版社，2010，第96页。

③ （南朝梁）刘勰著，黄叔琳注，李详补注，杨明照校正拾遗《增订文心雕龙校注》，中华书局，2012，第569页。

④ （南朝梁）刘勰著，黄叔琳注，李详补注，杨明照校正拾遗《增订文心雕龙校注》，中华书局，2012，第65页。

> 宋明帝博好文章，才思朗捷。尝读书奏，号称七行俱下。每有祯祥及行幸宴集，辄陈诗展义，且以命朝臣。其戎士武夫则托请不暇，困于课限，或买以应诏焉。于是天下向风，人自藻饰，雕虫之艺，盛于时矣。[①]

刘勰将此创作风潮的兴起时间上推至刘宋武帝、文帝时。《文心雕龙·时序》曰：

> 自宋武爱文，文帝彬雅，秉文之德，孝武多才，英采云构。自明帝以下，文理替矣。尔其缙绅之林，霞蔚而飙起。王袁联宗以龙章，颜谢重叶以凤采，何范张沈之徒，亦不可胜也。[②]

文学创作追求“形似”，与受赋体文学创作方式的影响有关。六朝时期，诗与赋在创作上出现了交融互化的现象。而诗歌创作赋化主要发展、成熟于魏晋时期。按徐公持说法，“诗的赋化现象，绵延于整个魏晋时期，它表明，在魏晋诗歌的大发展中，赋曾经起过积极的参与作用”。[③] 因此，发展到南朝，诗歌创作一定程度上具有赋体文学“体物”的创作特征。这是包括创作咏物诗在内的诗人群体的“形似”之意。詹锳也对这种重形似的诗风评述道：“乃谢（灵运）等所作过于雕琢，……文字鲜有真趣，故彦和谓‘窥情风景之上，钻貌草木之中’，此其言刻画之病也。”[④] 而以描摹物象为创作主旨的咏物诗，这方面的特征则更加突出。从引文上看，足见诗人群体试图将语言描述发挥到极致，完整、真实展现客观物象的创作观，即所谓

---

① （宋）李昉等：《文苑英华》，中华书局，1966，第3873页。

② （南朝梁）刘勰著，黄叔琳注，李详补注，杨明照校正拾遗《增订文心雕龙校注》，中华书局，2012，第535页。

③ 徐公持：《诗的赋化与赋的诗化——两汉魏晋诗赋关系寻踪》，《文学遗产》1992年第1期，第16~25页。

④ （南朝梁）刘勰著，詹锳义证《文心雕龙义证》，上海古籍出版社，1989，第1745~1747页。

“如印之印泥，不加雕削，而曲写毫芥”[①]。而这股诗歌创作追求“形似”的风潮在钟嵘《诗品》中也多有记载；[②] 颜之推《颜氏家训·文章》也有“何逊诗实为清巧，多形似之言”。[③]“形似”是六朝前期诗人群体的创作追求，可谓一时风气。而齐梁之后，诗人群体对“艺术形式”的追求更为全面，可谓真正意义上的声色大开。在视觉方面，齐梁咏物诗人在追求“形似”的基础上，对仗、用典、练字等语言技巧日益丰富。萧子显《南齐书·文学传论》云“缉事比类，非对不发”。[④] 六朝时期，文人群体审美意识自觉，不仅发现形式之美，还尽力表现形式之美。王瑶《中古文学史论》曰：“我们可以这样说，对偶和数典用事的追求，是要求一种建筑雕刻式的美；辞采声色和永明声律的调谐，是追求一种图画音乐式的美……”[⑤] 曹丕在《典论·论文》中对文学性最强的诗与赋的文体特点就归纳为“丽”。就咏物诗而言，魏晋的咏物之作在对偶等形文之美的追求方面就很好地体现了“析句弥密，联字合趣，剖毫析厘”。[⑥] 六朝初期的咏物之作已有对仗较为讲究的律联。如：

东西经七陌，南北越九阡。[⑦]

不愁世赏绝，但畏盛明移。[⑧]

---

① （南朝梁）刘勰著，黄叔琳注，李详补注，杨明照校正拾遗《增订文心雕龙校注》，中华书局，2012，第 569 页。

② （南朝梁）钟嵘著，曹旭注《诗品笺注》，人民文学出版社，2009，第 206 页。

③ 王利器：《颜氏家训集解》（增补本），中华书局，1993，第 298 页。

④ （南朝梁）萧子显：《南齐书》，中华书局，1972，第 908 页。

⑤ 王瑶：《中古文学史论》，北京大学出版社，1998，第 212 页。

⑥ （南朝梁）刘勰著，黄叔琳注，李详补注，杨明照校正拾遗《增订文心雕龙校注》，中华书局，2012，第 443 页。

⑦ 逯钦立辑校《先秦汉魏晋南北朝诗》，中华书局，1983，第 423 页。

⑧ 逯钦立辑校《先秦汉魏晋南北朝诗》，中华书局，1983，第 622 页。

齐梁以降，创作者对形式美的追求愈发强烈。王夫之《姜斋诗话》评价咏物诗道：“咏物诗，齐梁始多有之。其标格高下，犹画之有匠作，有士气。征故实，写色泽，广比譬，虽极镂绘之工，皆匠气也。又其卑者，饾凑成篇，谜也，非诗也。”[①] 这是南朝大部分咏物诗创作以“形式唯美”为单一追求的真实写照。如萧詧《纸》曰：“皎白犹霜雪，方正若布棋，宣情且记事，宁同鱼网时。”[②] 又如萧纲《咏坏桥诗》：“虹飞亘林际，星度断山隅。斜梁悬水迹，画柱脱轻朱。”[③] 前两句中创作主体将眼前的坏桥想象成横跨林际的彩虹与山间的星带，形象活泼的画面通过语言艺术构建。而后两句镜头由远及近地捕捉中心物象（坏桥），进行细节描写。褪色的雕栏画柱与年久的水渍在诗人的描绘下另有一种美感：中心物象的活泼形象，精美巧丽的语言载体，二者相互辉映。六朝后期的咏物诗创作普遍追求随物赋形的形式之美。

翻阶没细草，集水间疏萍。芳春照流雪，深夕映繁星。[④]

九冬飘远雪，六出表丰年。睢阳生玉树，云梦起琼田。
入窗轻落粉，拂柳驶飞绵。欲动淮南赋，乱下桂花前。[⑤]

创作主体通过意象、用事、对偶、想象等多种艺术技巧来挖掘语言形式的潜力，以期既突显中心物象，又使之与周遭次要意象更加交融。既然是“声色大开”，那“声文”追求“唯美”的情况又如何？

---

① （清）王夫之：《姜斋诗话》，人民文学出版社，1961，第165页。
② 逯钦立辑校《先秦汉魏晋南北朝诗》，中华书局，1983，第2105页。
③ 逯钦立辑校《先秦汉魏晋南北朝诗》，中华书局，1983，第1975页。
④ 逯钦立辑校《先秦汉魏晋南北朝诗》，中华书局，1983，第1403页。
⑤ 逯钦立辑校《先秦汉魏晋南北朝诗》，中华书局，1983，第2492页。

《南齐书·陆厥传》曰："永明末，盛为文章。吴兴沈约，陈郡谢朓，琅琊王融，以气类相推毂。汝南周颙善识声韵，约等文皆用宫商，以平上去入为四声，以此制韵，不可增减，世呼为'永明体'。"[①] 又《梁书·庾肩吾传》云："齐永明中，文士王融、谢朓、沈约文章始用四声，以为新变。至是转拘声韵，弥尚丽靡，复逾于往时。"[②]

这种语言形式的"声色大开"之美包含声文和形文。声文主要是指语言艺术能够吟诵出音乐听觉之美。钟嵘《诗品序》就对王融追求诗歌"声文"美之事有过记载。

> 昔有王元长（王融字）者，常谓余云："宫商与二仪俱生，自古词人不知之。唯颜宪子乃云：律吕音调，而其实大谬。唯见范晔、谢庄颇识之耳。"尝欲造《知音论》，未就而卒。[③]

不仅如此，六朝后期的咏物诗人亦对形文之美颇为重视。故颜之推《颜氏家训·文章》谓："今世音律谐靡，章句偶对，讳避精详，贤于往昔多矣。"[④] 六朝咏物诗的创作就体现了对"声文"之唯美的重视。上文所举王融、谢朓、沈约等人，既是永明声律论的倡导者，又是咏物诗的创作主体。他们在咏物诗创作实践中，融入了"四声八病"等理论。从永明开始，咏物诗人在"妙达此旨（四声八病），始可言文"理念的引领下，创作出了许多精美的律句、律联，如王融《离合赋物为咏火》"冰容惭远鉴，水质谢明晖"[⑤]（平平平仄仄，仄仄仄平平）；又如沈约《玩庭柳诗》之"楚妃思欲绝，班女泪成行"[⑥]

① （南朝梁）萧子显：《南齐书》，中华书局，1972，第 898 页。

② （唐）姚思廉：《梁书》，中华书局，1973，第 690 页。

③ （南朝梁）钟嵘著，曹旭注《诗品笺注》，人民文学出版社，2009，第 206 页。

④ 王利器：《颜氏家训集解》（增补本），中华书局，1993，第 268 页。

⑤ 逯钦立辑校《先秦汉魏晋南北朝诗》，中华书局，1983，第 1405 页。

⑥ 逯钦立辑校《先秦汉魏晋南北朝诗》，中华书局，1983，第 1651 页。

（仄平平仄仄，平仄仄平平）。而梁陈时期，咏物诗创作达到高潮，律联、律句也显著增加。梁简文帝、梁元帝兄弟的咏物诗中，律联、律句所占比例已超三分之二。就平韵的律联而言，咏物诗并非都是“平平平仄仄，仄仄仄平平”这样的标准式，也有不少变式，如：

逐风从泛漾，照日乍依微。[①]（仄平平仄仄，仄仄仄平平）

风轻不动叶，雨细未沾衣。[②]（平平仄仄仄，仄仄仄平平）

引文中第一联出句的第一字“逐”与第二联出句第三字“不”若为平声，两联才是标准的律联，但何伟棠称，当时五言诗句平仄交互配合的要求是二五字异声，即诗句前二字为一段，后三字为一段，两段末字应平仄相间。[③] 律句可因第一和第三字变动平仄而各自形成若干变式，即根据“一三五不论，二四六分明”的说法，在某些情况下，第一、三字可以从权。[④] 陈代咏物诗人追求“声文”的情况更为普遍。据统计，阴铿、张正见等诗人所作咏物诗律句甚至超过90%，如阴铿《侍宴赋得夹池竹诗》等咏物诗的律化程度甚至达到唐人的水准，张正见的咏物之作更是句句皆入律且不失粘失对。六朝咏物诗人对“声文”之美的不懈追求，也得到了后人的肯定与赞赏。胡震亨《唐音癸签》就曰：“徐、庾、阴、何，以及张正见、江总持之流，或数联独调，或全篇通稳，虽未有律之名，已浸具律之体。”[⑤] 总而言之，六朝咏物文学发展的趋势是越发追求形文和声文之美，甚至到

---

① 逯钦立辑校《先秦汉魏晋南北朝诗》，中华书局，1983，第1974页。

② 逯钦立辑校《先秦汉魏晋南北朝诗》，中华书局，1983，第2056页。

③ 何伟棠：《永明体到近体》，广东教育出版社，1994。

④ 徐青：《南北朝诗歌律句和律联概要》，《湖州师专学报》（哲学社会科学版）1998年第2期，第4~10页。

⑤ 郑昕怡：《试论魏晋美学符号对于中国当代设计的启示》，《南京艺术学院学报》（美术与设计版）2012年第6期，第156~158页。

了无所不用其极的地步。那么，除了语言艺术之外，六朝造物艺术的审美风格如何？

二　六朝造物艺术的审美特征

由于受玄学思潮的影响，与咏物文学相似，造物艺术在魏晋时期的审美上追求一种“初发芙蓉，自然可爱”的神韵。六朝器物的线条洋溢出清丽之气，造型简洁细腻。从瓷器的角度看，与汉唐宋相比，六朝青瓷与莲花纹样的设计风格显得古朴敦厚、含蓄内敛。青瓷淡雅，莲花纹清奇，建筑自然秀丽、飘逸优美的线条……这些与六朝讲求自然清秀的审美是契合的。若全面分析，自然清简的造物风格自东晋才较为明显，西晋则更为注重详细的描写。《宋书·谢灵运传》说：“降及元康，潘、陆特秀；律异班、贾，体变曹、王；缛旨星稠，繁文绮合。”① 与文学创作相似，西晋时期的造物风格较为注重形式审美。现比较两晋瓷器的审美特征（见图 4-2-1、图 4-2-2）。

图 4-2-1　西晋青瓷盥盆

图 4-2-2　六朝青瓷熊尊

瓷器是六朝器物中颇具代表性的艺术成果，我们从其制作过程就可看出这种形式追求和欣赏价值愈发被重视的风潮。图 4-2-1 是西晋时期制作的瓷器——青瓷盥盆。其口径 32.8 厘米，腹深 7.7 厘米，高

① （南朝梁）沈约：《宋书》，中华书局，1974，第 1778 页。

9.6 厘米，底径 7.1 厘米。对比秦汉时期古朴粗制而重视实用性的盥器，西晋的青瓷盥盆观赏性大大加强。如图 4-2-1 所示，该青瓷盥盆折沿内划花且外印花。这种对艺术形式的自觉追求也体现出造物者不同以往的时代风气，属于一种集体审美意识的觉醒。图 4-2-2 所示六朝青瓷熊尊（高 8 厘米，底 7.2 厘米×6.3 厘米，孔径 1.5 厘米）则较西晋青瓷盥盆更显精美。熊意象成为艺术创作的重中之重，某种程度上甚至超过了其实用的工具价值，从不重装饰到以“物”为装饰，“物”从辅助性修饰（如西晋青瓷盥盆中的“花”形象）到成为主角（六朝青瓷熊尊中熊的形象）。

图 4-2-3 为西晋鸡首壶，高 10.3 厘米，口径 5.3 厘米，见于温州博物馆编《温州古陶瓷》（文物出版社，2001）。而图 4-2-4 是东晋褐彩鸡首壶，高 19.5 厘米，口径 8.1 厘米，也见于温州博物馆编《温州古陶瓷》。通过对比我们能明显察觉出西晋设计重在形式和繁复而东晋仍是以少总多却情貌无遗。同为鸡首壶，西晋重于数量，出现多个突出部分，包括鸡首、鸡翼和鸡尾，却缺乏整体感。东晋反之，器物仅制一鸡首而两侧突出的部分为翅膀（鸡翼）。特别是结合壶的握柄部分象鸡尾形，整体形象较西晋清晰完整，栩栩如生，更上一个层次。如图 4-2-5 亦是东晋的鸡首壶：

图 4-2-3　西晋鸡首壶

图 4-2-4　东晋褐彩鸡首壶

图 4-2-5 东晋双首双柄鸡首壶

器物的造型更加精致，对中心物象的想象也更具形象性，更贴近生活。这时候出现了两只齐头并进的公鸡作为整体造型。在生活中，如鸡类等动物多群居生活，时常并排而行，足见“艺”“文”设计者对“物”的理解更加深刻，更注意观察生活中的万物，其审美眼光较前代更多关注所见之“物”。值得注意的是，咏物诗赋中也出现了许多以物类而非单独个体为描摹中心的作品。这说明“物”独立审美价值的被发现与“艺”“文”设计群体对“物”越发重视也越发理解。西晋“繁缛”至于东晋的“清简”，六朝造物艺术似也经历了一个由追求形似到越发重视神似的发展过程。这些都为形神兼备艺术品的出现，奠定了基础。而南朝的造物艺术风格可视作西晋繁缛美与东晋清简审美趣味的整合，其实就是以较丰富的线条达到情貌无遗的效果。为了比较方便，更具视觉感，我们仍以鸡首壶为例（如图 4-2-6）。

通过与两晋同类作品比较，我们发现南朝的鸡首壶线条更为华丽，造型较前更精致，如壶身上的花纹就更为华丽，尤其可注意的是象形鸡尾的握柄部分特别做了装饰。这种追求形式美（视觉美与听觉美）的风气发展到南朝末期，其观赏性功能甚至超过了实用性（如图 4-2-7）。

图 4-2-6 南朝鸡首壶

图 4-2-7 南朝末期鸡首壶

上图中的鸡首壶精美华艳程度远超前代，其装饰之美不只在壶身、壶尾，还遍布全身，如鸡背上方的壶头颈部分通过颈部三圈划分使得艺术品的层次感更强，也更具美感。这些造物作品的艺术魅力与风格，记载着六朝艺术发展的趋势和潮流，以及由汉至唐具有过渡性的时代特征。

三 六朝咏物诗与造物艺术审美上的异同

宗白华《中国美学史中重要问题的初步探索》曾将中国的审美分为“出水芙蓉”与“错采镂金”两种形态。[①] 六朝是一个转变的关键时期。自魏晋开始，文士群体对审美的追求由“错采镂金”转向了“出水芙蓉”。如毛先舒《诗辩坻》所言：“镂金错彩，犹留晋骨，初日芙蓉，微开唐制。”六朝文艺创作或审美风格经历了一个由“错采镂金”到“出水芙蓉”的过程。文学创作方面，魏晋至于南朝初期，繁复详细描摹的赋物表达一直存续。这其中，西晋与刘宋时期这种文艺表达尤为突出。太康诗歌就以繁缛的风格著称。陆机《文赋》述之

① 宗白华：《美学散步》，上海人民出版社，1981，第 28 页。

为："或藻思绮合，清丽千眠。炳若缛绣，凄若繁弦。"[①] 繁，指描写繁复、详尽，不避烦琐。缛，指色彩华丽。繁缛的"错采镂金"之美同样不时见于六朝造物艺术之中。

图 4-2-8　螭龙纹金带扣

图 4-2-9　青釉堆塑谷仓罐

如图 4-2-8 西晋刘弘墓出土的螭龙纹金带扣做工精细，可谓美轮美奂。该器圆首略呈长方形，外沿饰绞索纹，镶嵌有菱形绿松石 36 颗、圆形绿松石 8 颗。中部饰一飞腾的螭虎，角分歧，阔嘴，身上焊满细小的金珠，背部排列由小到大的金珠，身中部嵌一颗直径 0.9 厘米的绿松石，尾分两叉，四爪弯曲有力。这与西晋咏物诗描摹物象，追求"繁缛"，而不避烦琐地堆砌，以至于无以复加的创作观念，有异曲同工之妙。青瓷制器亦可见此繁缛之风。如图 4-2-9 青釉堆塑谷仓罐在造型结构、雕塑诸方面都体现出立体复杂的特点。该器上半部为两层楼阁加堆塑装饰。上层中间立一楼阁，四角各立一阙，四面各有一跪俑；下层四角亦各有一阙，两面各有一牌坊，另两面各有两跪俑。下半部为一罐，腹部塑贴三组骑兽人和三组舞俑。其雕塑方面亦不避烦琐，楼阁、动物、乐舞杂技是其主要内容，豪门贵族生前居

① （西晋）陆机著，金涛声点校《陆机集》，中华书局，1982，第 3 页。

住的城堡式楼阁建筑以及奢华的生活场面为器物演绎的主题。从谷仓罐的结构、雕饰内容及题材演绎等方面看，其与赋体文学或咏物诗中的赋物描写在创作思想上或一脉相承。南朝追求形似的风格亦可谓“错采镂金”审美趣味的延续。《诗品》引汤惠休语曰：“谢诗如芙蓉出水，颜诗如错采镂金。颜（延之）终身病之。”① 意思是颜延之的诗歌创作追求字词雕饰，因之多有斧凿刻意之感，相形之下，谢灵运的诗风显得自然可爱。从南朝追求形似之风未歇，而颜（延之）终病之的情况看，“错采镂金”的审美在六朝或始终存在，但六朝后期逐渐不为主流审美观所认同。其实，无论是造物工艺还是咏物文学中，从东晋开始，“错采镂金”渐淡出于文、艺创作的主流审美追求。虽然两种审美风格贯穿始终，但文、艺创作主体在不同阶段，对繁缛或清简的审美风格的追求各有侧重。如上文所述，就六朝时段而言，咏物诗歌历经了由繁至简，再到形式精美、意象生动的过程。造物艺术的审美趋势大致与咏物文学相同。受玄风影响，造物艺术美学特征也经历了由西晋的繁缛到东晋之清简的演变。西晋繁复的形式追求与东晋艺术制作简洁勾勒内在神韵的不同风格，还可以以下两个烛台比较印证（见图 4-2-10、图 4-2-11）。

图 4-2-10　西晋狮形烛台

图 4-2-11　东晋青瓷狮形烛台

① （南朝梁）钟嵘撰，曹旭集注《诗品集注》，上海古籍出版社，2011，第 351 页。

两座狮形烛台都较为精致，但细致剖析，毕竟不同。西晋的作品明显要线条繁复一些，更注重外在之精美。其犹如文学所谓之“富丽”。从狮头、背、腿几个重要部位看，线条非常丰富。狮子从头到臀部的上半部分都是鬃毛的条纹，若仔细观察，发现竟然还有对胡须的绘制。就狮形下半身比较，西晋的艺术品形式更为复杂，狮腿及其间的纹饰颇多。相同位置，东晋的狮形只有几条较深的线条来表示腿部。虽然如此，但我们若细致观察，东晋狮形烛台条纹虽少，可刻画出的狮子却更显生气。只见狮子怒睁双目，尾巴上翘，尽显威严外，又透露出一丝可爱之憨态。这与当世越发重视“神似”的审美趣味有关。东晋玄风炽盛，玄学影响下的士族文人普遍以清、简、淡为美，人物品藻以清隽高逸、风韵潇洒为美。《世说新语》中《品藻》《赏誉》《容止》诸篇洋溢着对“简”“清”“淡”的欣赏。如东晋孙绰与简文帝品评名士风流，孙绰尝言：“刘惔清蔚简令，王濛温润恬和，桓温高爽迈出，谢尚清易令达……”[①] 人物形体的审美则崇尚瘦削飘逸，“秀骨清像”成为当时的审美时尚。东晋至南朝的瓷器多纹饰简朴或素面无纹，造型由浑圆丰硕趋向瘦削、挺拔，正是这种独特的审美意识的物质体现。比较两晋至于南朝末年鸡首壶造型可知，造物艺术的美学特征已发生明显变化，到齐梁时期，简淡自然之风已被全面追求形式的唯美所取代。咏物文学与造物艺术经历由繁至简后，审美趣味再次转向，但南朝美学对形式的全面追求与西晋的繁缛之风是不同的。如果西晋的审美可称为“富丽”，那么齐梁的风格则是“精美”。六朝后期的审美追求，是在融合“形似”与“神韵”二者的基础上，力图做到形神兼备的尝试。即便不论音律等听觉之美，视觉审美方面咏物之作也有较大改进，主要有三点表现：第一，南朝咏物诗人不再频繁用直接描述的赋法，而是增加了比兴、联想等表达方式的比重。第二，以对中心物象本体的传神写照代替与中心意象相关或其

① （唐）房玄龄等：《晋书》，中华书局，1974，第2419页。

所包含各次要意象的铺陈描写。第三，齐梁以后的宫体咏物之作亦较前成熟。同样以女性为描写中心，六朝后期的咏物诗将女性的情思与心理融入形貌描写之中，如萧纲的《咏蜂诗》等。形貌与心理描写的融合程度、内容比重等方面都较前人更协调、合理。六朝造物艺术审美情趣的发展趋势与咏物诗大致相同，但二者审美上仍存以下区别。首先，如上文所述，六朝咏物诗与造物艺术审美趣味的演变趋势大致相同，但由于艺术门类的差异，在不同历史时段二者的审美性仍有各自的特点。在造物艺术方面，清淡简秀的风格与对物“神韵”的追求一直是设计主体关注的重点。南朝陵墓的神道石刻堪为代表。与六朝前期石兽的粗犷威猛相比，南朝的造物艺术显示出的是秀美与清丽的气度。麒麟、天禄等“瑞兽”抬头竖颈，高大而略显瘦长，渐失汉魏大型石刻的朴拙与神秘。它们既富有灵气，又透出一种生动与悠闲。咏物诗方面则不尽然。而六朝后期的咏物之作，对形式美的追求才是其审美的标准。齐梁以后的咏物诗普遍带有宫体色彩，如纪少瑜《咏残灯诗》：“残灯犹未灭，将尽更扬辉。唯余一两焰，才得解罗衣。”[①]又如沈约的《咏筝诗》：“秦筝吐绝调，玉柱扬清曲。弦依高张断，声随妙指续。徒闻音绕梁，宁知颜如玉。”[②] 正如胡大雷先生所言：“这类咏物重点不在物而在人的诗渐渐多起来了，且多是吟咏处于男女交往中的女性。”[③] 如上文引诗中虽然对女性描写仅出现在最后一句，但却恰是当世咏物诗人普遍认同的重心所在。比较而言，从当世工艺制器实物来看，造物艺术受这股宫体艳情之风的影响明显较少。其次，从创作主旨来看，先秦以后，“造物”艺术中的器物工艺的主旨就以功能性为主。六朝以后，装饰性的重要程度虽被极大地强调，但功用性（实用价值）才是器物制作的创作主旨，而诗歌自古以吟咏情性为创作主旨。魏晋咏物诗多抒发家国情怀或个人情感。即便南朝

---

① 逯钦立辑校《先秦汉魏晋南北朝诗》，中华书局，1983，第 1779 页。

② 逯钦立辑校《先秦汉魏晋南北朝诗》，中华书局，1983，第 1656 页。

③ 胡大雷：《宫体诗研究》，商务印书馆，2004，第 98 页。

以后，诗歌“性情渐隐”，咏物诗中仍然不乏借物抒情之作，如梁简文帝萧纲《夜望单飞雁诗》、陈人沈炯《咏老马诗》等。因此，六朝造物主体仍或多或少秉持了先秦以后的功用主义美学思想。最后，就创作主体看，造物艺术的发起者、设计者与工匠在多数情况下并不是同一人，发起者与设计者多为贵族，器物制作的实践者则多为身份卑微的工匠。畏于发起者的权势，工匠在实践过程中会竭尽所能地达到发起者或设计者的审美标准，但创意、设计、实践各部分因造物主体的不同，某种程度上会影响艺术品的审美趣味，艺术品体现出的设计者审美个性或被削弱，艺术品展现出的审美趣味也更趋向于创作群体的主流观念。咏物诗发起、构思与创作都是诗人所为，其既反映了创作群体的主流审美观，又可以呈现诗人作为个体的审美趣味。

第三节　变与不变：传统程式与多元文化的博弈

西域的文化经中原传播至南方的设计因素也在艺术品中得以呈现。在《太平御览》引《前凉录》中记载，西域地方政权曾向张轨进献与人等高的金水瓶，此举当为域外金银器流入我国的最早记录。自此以后，西域诸地方政权高档的奢侈品逐渐传入我国。在这之中有三大外来文化传入中原对南北朝造物艺术产生影响。

一　波斯等中西亚文化的影响

波斯文化因子的影响，这点在学界已经达成了共识，如联珠纹最早出现并流行于萨珊波斯，萨珊王朝文化上忠实于阿卡美尼德时代形成的伊朗本土文化，其联珠纹因此含有宗教意味。其黄道带中表示天的圆圈是主角，它的星相象征性通过沿着圈排列的众多表示天的小圆珠来表现。其中出现的雄鸡在波斯文化中也被认为与太阳相关联；组合形象森莫夫（Senmurv）可追溯至早期传说中的 Sacna 鸟，是一切植物之源，并代表萨珊王朝特殊的皇家荣耀。就题材图案而言，狮、象、孔雀、翼马、高鼻深目的胡人等不见于传统装饰，有的却已在中亚、波斯艺术中出现，但传入中原后与汉文化融合，产生了一定的变化。北朝末，织物上出现的联珠纹有可能也存在这种情况，即借用西方的艺术形式，注入中国人的理解。狮子多为卧伏状，不同于中、西亚艺术中的搏斗、捕食、站立状，以体现其活力与威猛；象经常配上鞍鞯、伞盖，有时还有持象钩的象奴牵引；骆驼多承载货物，尾随胡人。因为中国人尚未形成对袄教的普遍热情，所以与其说当世人对联珠纹知其义、解其纹，不如说其更注重的是新奇的样式，在结合实践与理解基础之上模仿而成，如负重的骆驼、牵驼的胡人以及有意标明的“胡王”字样，如图 4-3-1 描绘的是丝绸之路上贸易往来频繁、胡人称臣纳贡的场景，而那卧伏的狮子、温顺且备有鞍鞯的大象是对当时西域屡次进贡驯狮、驯象的表现。《洛阳伽蓝记·城南》记载：“永桥南道东有白象、狮子二坊。白象者，永平二年乾陀罗国胡王所献，背设五彩屏风，七宝坐床，容数人，真是异物。常养象于乘黄曹，象常坏屋毁墙，走出于外，逢树即拔，遇墙亦倒。百姓惊怖，奔走交驰。太后遂徙象于此坊。狮子者，波斯国胡王

图 4-3-1　胡王牵驼对狮纹锦

所献也，为逆贼万俟丑奴所获，留于寇中。永安末，丑奴破灭，始达京师。"①

进入华夏文明圈，在固原北魏漆棺（见图4-3-3）上，尽管尺度小了许多，但细小的联珠圈，人物袒露上身、批长帛带、双手合十的姿态与巴米扬一脉相承，只是已经融合中国传统的审美原则，取对称式排列。其实在传播至华夏之前，波斯文化就先与所经历的中西亚文化率先交融。波斯传来的联珠纹在巴米扬石窟的壁画（见图4-3-2）上，既有模仿萨珊样式的联珠含绶鸟，又有以细小的圆珠结成圈、内填以结跏坐的菩萨。即便菩萨的冠饰也借用了波斯王族的长帔帛，尽管珠圈或还含有神圣之光的寓意，内填主题却已不再是祆教的神，波斯的样式都已被用来表现佛教的题材。

图4-3-2　巴米扬壁画

① （北魏）杨衒之撰，周祖谟校释《洛阳伽蓝记校释》，中华书局，1963，第117~118页。

图 4-3-3 固原漆棺残片

又如孔雀虽也不常见于中国装饰，但它长尾、顶冠、毛色鲜艳的特征极似中国人熟悉的朱雀。正是这种相似，将伊朗的象征性艺术与华夏传统联系起来。初唐，还曾见一片有胡人持角杯对饮图案的联珠纹锦，它所展现的无疑是中国人对外来生活方式、器皿的猎奇。从北朝后期到唐初，联珠纹织物产生一些变化。菱格形的框架减少，圆形珠圈占绝对优势。细小的联珠逐渐消失，代之而起是大联珠，并开始出现用“回”字形等作四等分。主纹的单位个数渐少，最初是三对六个单位，随后流行四个或一对两个单位，然后居主流的是两个单位。辅花也有从人物到植物的变化趋势，另外综合敦煌壁画对织物的描绘，新出现狩猎、天马、侍乐胡王、胡人对饮等主纹题材。

因此，中原器物在图案题材、纹饰样式乃至文化因子等方面都受到了源于波斯而经巴米扬等传播的中西亚文化的影响。这种影响的表现当然不是照搬波斯等本土文化而是经过中原人民吸收、改造而来。对波斯文化的再阐释、中原与中西亚文明交流的事件记录等文化间的互动都在六朝器物上留下了痕迹。

二　佛教文化的影响

（一）佛教文化与咏物文学

除了波斯文明外，古印度文化的传入（尤其是佛教文化的传播）对六朝文学与艺术都有深远影响。佛教文化对以诗歌为代表的六朝文学影响是较为明显的。其主要方式是通过僧人到达中原或南方等地传教，吸引信众。经西域传入中原是佛教文化传播至中国的主线。具体传播方式有印度或西域僧人到主要城市（如洛阳、长安、建康、襄阳等处）或名山大川（如庐山、嵩山等）建寺庙、收僧众、传道。对待底层民众，佛教传道者主要通过轮回报应能帮助人们在乱世疾苦之中求得解脱的说辞来吸纳信众。而吸纳中上层文士群体的方式则是通过佛教思想依附于当世盛行的玄学思想，以玄解佛，令中上层贵族和广大文士群体接受并虔诚依附于佛教。佛教吸纳信众的方式对中国诗歌也产生了巨大影响。[①] 佛教文化对文学创作的影响可以归纳为：第一，通过建立寺庙、结交权贵的方式在华夏大地扎根；第二，以满足贵族文士群体精神需要与满足底层民众物质需求的方式吸纳信众；第三，通过以上方式长期融合中国本土文化，影响当世中国人的思维和观念（如第一代弘法的都是印度或西域高僧，而后来在中国传道的多是中国本土的僧人）；第四，文化关系是互相作用的，佛教文化传入中国后与本土的儒家思想和玄学思想相互融合，形成了一种新的文化。

以诗歌为例，具体而言，佛教文化对文学的本体观、意象观、文辞观诸方面都有影响。一方面，部分诗人深受庐山净土思想的影响，特别是慧远提出的“神不灭论”“法相应显于境”等思想。该思想在文学创作上表现为意象塑造的重神轻形，也表现为过于注重佛法玄理

---

① 钟志强：《庐山佛教文化与六朝咏物诗关系研究》，新华出版社，2019。

反而割裂了全诗的情景交融。这可以谢灵运、王齐之等人的佛菩萨像赞为代表。另一方面，陶渊明等文人对庐山僧侣教团的一些思想并不接受。在交往论辩过程中，发展完善了自己的理论，在营造意象的过程中，自然会有不同的表现，陶渊明咏物诗中自然而然叙写心境的方式，使得中心意象和心境浑然一体。陶渊明秉持儒、玄等本土文化为主，并兼收佛教思想，发展了意象营造的创作思想。比如陶渊明咏物诗融情、景、事、理为一体的创作实际，就是对慧远“法相应显于境”独辟蹊径的成功阐释和实践。我们认为，六朝诗人与庐山僧侣的交往对六朝诗创作观或相关诗学理论的发展有着重要影响。

首先是当世佛教的一些思维方式，如兼容并蓄的态度。观想念佛与实相念佛的修行方式或因势利导的修行法门，以及一些佛教观念，如“性灵”观念对于咏物诗之本体观，中道观念对于意象观，净土观念对于诗人情景境界的塑造，虚寂法身观念对于咏物诗创作中的动静态描绘，以及唱导、诗词赞颂等对于六朝诗的艺术形式都有巨大影响。其次，意象观方面，佛教思想与六朝诗的中心意象、意象间的关系及其蕴含的时空观念都有一定程度的关联，如可通过镜花水月、声响光影等佛教经典意象或最基本的意象元素在六朝咏物诗中的具体表现，分析其蕴含的文学思想。最后是佛教文化与六朝诗人的文辞观。南朝声律论影响了咏物诗的创作习惯，其或与咏物诗人的双重身份有关，因为“四声说”的提出者中不少既是咏物诗人，又是佛教的信众。因此，笔者以六朝诗为切入点，通过声律、对偶、形式诸方面的文本细读，探究蕴含于六朝诗的形式之视觉美、声文之美背后的文学思想及其与庐山佛教文化的渊源。

（二）佛教文化与造物艺术

魏晋以后，道教开始发展，佛教逐渐兴盛，儒、佛、玄鼎立局面得以形成，这三种文化成为影响中国思想文化的三大主要力量。佛教思想及教义传播的重要途径是视觉艺术传达。动物形象设计在展现中有着重要作用，其展现方式也多样。

第一，为了宣扬教义，古印度的佛教重视色彩艳丽的表达，颜色的运用在工艺品图案、壁画等视觉表现中受到重视就可能是受到佛教文化的启发。第二，佛教文化为促进人们修行，会营造寺庙中庄严肃穆的气氛，六朝器物中图案、纹饰或绘画形象（尤其是动物形象）也很注重线条的运用，表现凶狠、强悍一面的线条会变得直接与突出，一笔一画都勾勒得极其鲜明，甚至将狮子的胡须、蛇皮上每一处花纹都勾勒得十分精细。第三，动物形象影响了艺术设计的题材内容或设计主题。纹饰的题材增添了新的重要内容，与佛教教义相关的禽、兽、佛像、飞天纹和植物纹样中的莲花、忍冬以及莲花化生等日趋增多，且成为时尚纹样。莲花是佛门圣花，又名芙蓉、芙蕖。《楚辞》"集芙蓉以为裳"中"芙蓉"即指莲花。莲花纹早在春秋战国已出现。但莲花装饰的大量风行，则与佛教的传入有关。作为佛教文化的符号，莲花在佛教艺术中成了重要装饰题材之一。

狮子与大象这两种动物在六朝器物造型或图案、壁画中较为常见，这可归结为佛教文化的影响，因为佛教中"狮子"是神威的象征，由寺院门口的石狮形象也足以看出狮子在佛教文化中的地位。而"象"的形象则来自释迦牟尼诞生之日乘象入胎的故事，大象又是菩萨的坐骑，因此，大象在印度具有神圣的地位。在艺术造物中"狮""象"的形象都非常精美：狮子通体华丽且有许多高贵的装饰，鬃毛卷曲柔顺，眉毛黑浓，张口作嘶吼状，嘴边的胡须非常细腻，刻画得栩栩如生，展现出威严的一面；大象则通身洁白，脚踏莲花，象鼻弯曲向上，象牙尖耸，身体修长，周围有云彩相伴，画面色彩丰富华丽，展现出一种腾云驾雾的仙境之感，一改之前大象的笨重感觉。这在汉地出产的器物造型或图案之中也有类似的表现。

佛教文化为一些非实用的陶瓷造型提供了新的素材，最有代表性的是莲花尊。莲花尊是南北朝时期一种以莲花装饰为主并与造型融为一体的青釉瓷器。如北朝的青釉莲花尊，其器体为一仰一俯，形似碗钵的莲花构成尊的主体。莲花尊腹部至底座，由 7 层的仰覆莲花瓣构成，宛如一朵盛开的莲花，从上腹、肩到颈、首的外观设计，如一只精美的大杯倒扣其上，和谐而有层次，富有节奏和韵律，是佛教艺术与中国传统文化完美结合的典范作品。尊肩有系穿，尊颈略细长，饰有花鸟云龙。整个器物造型堂皇庄重，匠意新颖，装饰瑰丽，端庄俊秀。在光线下映现出的神奇幻觉，再现了佛教的庄严与神秘，达到了极高的艺术境界，折射出当时先进的工艺水平，同时极大地丰富了中国陶瓷艺术，反映了人的心理，是精神的特殊写照。

本民族本地域的文化，激发出造物者的创造热情，且以极为流行的方式渗透在陶瓷及其他造物类型之中。如魏晋南北朝时期，莲花纹和忍冬纹的运用与佛教文化融合而被赋予宗教意义。南朝的青釉刻花壶，腹部上下有凸雕仰覆莲花瓣纹饰，在两层莲瓣之间，有相连的卷草花纹。这类莲花纹表现形式丰富多彩，有的应用于碗外沿、盘沿、壶身，有的与形体融为一体，增加了器物造型的美感，还有的将花瓣用堆贴形式予以表现，充满生命的活力，最终成为具有我国民族特色的主要纹饰。又如越窑的装饰，普遍以莲花为装饰，在碗、盏、钵的外壁和盘面普遍画饰垂线仰莲，形似一朵盛开的荷花。器物上常有表现生活场景的纹样，刻画细腻且逼真，真实地反映了当时的社会面貌，一些生活用品如虎子、烛台、油灯、水盂大胆使用夸张变形的动物形象，以刻、印、堆、贴等不同的手法出现在瓷器上，全方位地体现了那个时代的审美意识，丰富了人们的精神生活。这样集中的佛教装饰纹样，带有浓厚的佛教色彩。

总而言之，佛教文化的传播、普及和中国化对六朝的文学、艺术产生了深刻影响，使得六朝的咏物文学与造物艺术发生了深刻的改变。佛教作为意识思维深入人们的意识认知中，对中国的文艺发展有巨大推动作用。这使六朝在文艺史上成为一个耀眼的时代、一个文化多元合成的时代。

三　古希腊罗马文明中国化与六朝“艺”“文”设计

中国和古希腊罗马世界地处欧亚大陆的东西两端。从“整体历史”角度看，汉唐时期中国和古希腊罗马世界的交往主要有三条道路：其一是从华北地区（内蒙古草原的河套地带）出发，跨越戈壁沙漠至蒙古高原，然后越过额尔齐斯河，穿越南西伯利亚草原，向西经过咸海、里海北部，到达黑海沿岸，这条道路被称为欧亚草原之路。其二是经河西走廊西去的道路。这条道路东起中国的长安（今西安），经河西走廊出玉门关，沿塔里木盆地两侧西行，汇于喀什噶尔，跨越帕米尔高原后经伊朗高原到达地中海东岸。在唐宋时期中国经济重心南移之前，这是中国和西亚、欧洲交流的主要动脉。中国著名的丝绸产品主要是通过这条交通线向西方大量流通，因此有“丝绸之路”的美称，狭义的“丝绸之路”指这一条交通线。其三是海上交通线。起点是中国南部，经南中国海、印度洋，通过波斯湾或红海，到达希腊-罗马文化影响下的地中海沿岸。华夏文明从中国北部的黄河流域向长江以南推进经历了一个相当长的时期，海上交通线的开通要晚于上述两条陆上交通线。[①] 古代希腊罗马文化传入中国，其在与中国文化互动过程中对六朝文艺渗入颇深。有学者认为“南北朝考古提供的金银器皿仅只十余件，但却有三分之二以上被判认产在罗马、拜占庭、萨珊波斯、粟特、巴克特利亚，这一度引

① 张绪山：《整体历史视野中的中国与希腊-罗马世界——汉唐时期文化交流的几个典型》，《全球史评论》2008 年第 1 期，第 215~235 页。

起了历史学家、考古学家的关注”。[①] 如河北赞皇李希宗夫妇墓里的捶揲水波纹银碗（图 4-3-4），碗壁饰水波纹，碗心饰宝相莲花，由于器皿上出现了水波纹，引出器物西方源头之说。[②]

图 4-3-4　捶揲水波纹银碗

又如图 4-3-5 所示，安阳北齐范粹墓（575）中的黄釉扁壶[③]，其形体正面若梨，肩设双孔，与拜占庭（即东罗马帝国）的扁壶造型相仿佛。文化的交流、碰撞自然会影响六朝的造物艺术。出土的北朝金银器皿中，产自罗马、拜占庭等处的数量比例竟高于三分之二。这一现象体现出北朝统治集团对西方文化的喜爱。统治阶层的风气如此，必然会引领整个社会的工艺设计潮流，北朝的工艺美术自然也常带有浓郁的异国情调。在建筑方面，唐代的宫殿设计甚至有古罗马文化的影子。古代文献多有记载，如《旧唐书·拂菻传》记拂菻国都城宫室的情况。

① 尚刚：《风从西方来——初论北朝工艺美术中的西方因素》，《装饰》2003 年第 5 期，第 31~32 页。

② 尚刚：《唐代工艺美术史》，浙江文艺出版社，1998，第 190~191 页。

③ 河南省博物馆：《河南安阳北齐范粹墓发掘简报》，《文物》1972 年第 1 期，第 47 页；韩顺发：《北齐黄釉瓷扁壶乐舞图像的初步分析》，《文物》1980 年第 7 期，第 39~41 页。

其殿以瑟瑟为柱，黄金为地，象牙为门扇，香木为栋梁。……至于盛暑之节，人厌嚣热，乃引水潜流，上遍于屋宇，机制巧密，人莫之知。观者惟闻屋上泉鸣，俄见四檐飞溜，悬波如瀑，激气成凉风，其巧妙如此。①

唐代也出现了相似的建筑，唐玄宗所建凉殿即这类建筑，如《唐语林》卷四有：

玄宗起凉殿，拾遗陈知节上疏极谏。上令力士召对。时暑毒方甚，上在凉殿座后，水激扇车，风猎衣襟。知节至，赐坐石榻，阴霤沈吟，仰不见日，四隅积水成帘飞洒，座内含冻，复赐冰屑麻节饮。陈体生寒栗，腹中雷鸣，再三请起方许，上犹拭汗不已。陈才及门，遗泄狼籍，逾日复故。谓曰："卿论事宜审，勿以己为方万乘也。"②

图 4-3-5　黄釉扁壶

① （后晋）刘昫等：《旧唐书》，中华书局，1975，第 5314 页。

② （宋）王谠撰，周勋初校证《唐语林校证》，中华书局，1987，第 327~328 页。

向达先生认为：“玄宗凉殿，‘四隅积水成帘飞洒，座内含冻’。王铁自雨亭子亦复‘檐上飞溜四注，当夏处之，凛若高秋’。与《拂菻传》所述俱合，当即仿拂林风所造。清乾隆时圆明园中水木明瑟，‘用泰西水法引入室中，以转风扇，泠泠瑟瑟，非丝非竹；天籁遥闻，林光逾生净绿’。所谓凉殿与自雨亭子，或即后世水木明瑟之类耳。”①

四　造物活动中固定程式与咏物文学关系析论

我们为六朝造物艺术或咏物文学所倾倒时，总会对造物者的技艺称赞不已。事实上，在六朝这样一个造物设计的自发时代，造物者对所造之物的影响是较为有限的，而工匠群体背后的造物传统反而对所造之物有着强大的影响力。外来文化元素也是要遵循在传统程序的基础上，与之融合而共生的艺术规律。对咏物文学而言，情况也是如此。“自发设计受着传统的引导、界定和支配，不仅师傅带徒弟、传子不传女之类的传承方式，使技艺传统一代代延续下去，其严格来自于传统文化、生活习俗、礼仪制度、宗教信仰和知识的一些潜规则成为技艺传承和使用的重要支配力量，这种文化氛围所给予制作者的创意自由是十分有限的，个人因素只局限在传统技艺的框架内有所发挥，因此，新的创意形式较少，而技艺则可能向更高的方向发展。”②那么，造物艺术与咏物文学背后的传统又有什么异同，二者又是如何相因相生的？

我们可以先分析一下与六朝造物艺术相关的“传统”力量。就上文来看，造物艺术背后的传统力量来源广泛，如传统文化、生活习俗、礼仪制度、宗教信仰和知识的一些潜规则。这些传统文化给予六朝造物技艺以固定的程式。这种固定的程式不仅体现于造物的实践活

① 向达：《唐代长安与西域文明》，商务印书馆，2017，第46页。

② 李砚祖：《设计之维》，重庆大学出版社，2007，第77页。

动中，也在六朝工匠群体造物观念中形成固化。六朝造物传统的来源其实并不只是当世的上述文化氛围，还包括对前代的文化传承。“（工匠群体）从亲人或师傅那里继承技艺，教给他们技艺的人又是从他们的师傅那里继承来的。这样就积累了许多代人的智慧，形成了宝贵的经验。智慧一旦成为传统就是巨大的力量，传统与历史同时得以发展和创造。匠人们在传统的引导下进行工作。传统作为土壤、自然、风土之故里，作为历史、习俗之家哺育了他们的“自我”，又因地城、手法之不同而异。传统繁荣的种种形式，产生了民族固有的工艺。传统是所谓的“律”，是汇集人类经验的法则，是应该做什么、不应该做什么的指针。[①]

正如上文所述，造物者的技艺与相关传统是继承、积累了许多代人的智慧而形成的。这些智慧、经验又是数代人从造物活动的实践中得出的。亚历山大曾指出自发设计（六朝可视为自发设计时期）有两个主要特征。一是上文所述的造物艺术“传统的压力”；另一个特征就是“对不适合物的直接反应”，即对制造物的直接处置所表现出的直接性和即时性。潘纳格迪斯·罗瑞德认为这种“即时性”表现在两方面：首先，设计者所使用的原料取材于他周围的环境，造物的方法也来自环境；其次，设计者即造物者直接对设计问题产生反应，“当他需要建造时才建造，当他需要用品时才制作”。从这些造物活动处置所表现的直接性和即时性总结出的经验和智慧就成了六朝造物观念和实践活动中的固定程式。潘纳格迪斯·罗瑞德对此有进一步的分析。[②]

> 第一，造物的直接性使设计者（制作者）所使用的元素，不是他自己的独创，而是来自于传承，来自于传统的限制；“设计

---

① 〔日〕柳宗悦：《工艺文化》，徐艺乙译，广西师范大学出版社，2011，第114~115页。

② 〔英〕潘纳格迪斯·罗瑞德：《设计作为“修补术”：当设计思想遭遇人类学》，陈红玉译，载李砚祖主编《艺术与科学》，清华大学出版社，2006，第76~85页。

者环视周遭来选择材料，传统决定了他们能看到的。传统规定了设计者观看世界的方式，也规定了设计者从所见对象中选择对象的过滤器”（工具）。

第二，设计者面临的问题是传统的一部分。“在自发设计中，设计者并不遭遇新问题，他所面对的问题是世世代代的老套。……对于不断出现的问题，传统能够逐渐淡化并提供适当的答案。”这一点看似平常，但从理论上揭示这一点十分重要。

第三，传统不仅规定了设计者所面临的问题，也规定了解决问题的方式和方法。“这方面是传统最显著的作用；它决定着人工品的形式，设计者仅仅通过在余下来指明的有限空间里表达他自身，因此是传统导致了本土设计风格和自发设计特点的形式。

因此，虽然造物传统力量来源于广泛的文化氛围，但其具体表现于造物的选材、装饰、工艺诸多方面的经验积累。正如柳宗悦先生所言，“传统是‘型’”[①]，传统不应被视为凝固的形式主义。“我们回过头来看，在某个时代、某个地方若能够制作出优秀的器物，不能说在其背后没有被浓郁的信仰（信仰亦可视为源于传统）气氛所笼罩。”[②] 那么，六朝造物活动中的固定程式或六朝造物思想中被工匠群体接受并遵循的传统观念有哪些呢？从上文潘纳格迪斯·罗瑞德的分析来推测，“工艺美术设计者、制作者身居传统之中，似乎其制作从材料到工艺再到方式和结果都受到了传统的制约、再制约”。[③] 材有美、材美工巧、清简风格、装饰中物象的程式化、物象绘制的传神等都是一代代造物者总结而成的经验智慧，也是六朝造物观念中的重

① 〔日〕柳宗悦：《工艺文化》，徐艺乙译，广西师范大学出版社，2011，第116页。
② 〔日〕柳宗悦：《工艺文化》，徐艺乙译，广西师范大学出版社，2011，第9页。
③ 李砚祖：《设计之维》，重庆大学出版社，2007，第78页。

要组成部分。本研究拟结合概念上的固定传统与实践中的固定程式进行阐述。由于上述设计观念在前文有过论述，此处仅叙述这些造物传统的传承性及其相关部分，其余则从略。

首先，选材方面六朝造物遵循的是先秦业已形成的“材有美”观念。“设计者环视周遭来选择材料，传统决定了他们能看到的。”① 自先秦至于六朝，工匠群体的材料择取从未放弃这一观点：器物的原材料需要良好的客观实质环境（天时、地气）并适合于满足贵族统治者的物质、精神需求。生产工具或生活用具依据人们（特别是贵族阶层）的需求，历经直接使用经验的反馈、修正，形成较为固定的器型与装饰，这是较为固定的程式。但这些满足不同需求的器物却是形态各异，如酒器与武器就差距甚远，酒器中的酒壶与酒杯也并不相同。而六朝人沿袭了先秦以后的造物观，会适当地择取相应的材料进行造物。这可以从大小两方面来理解。就大的方面看，不同种类的材料适于满足人们不同的需求，如乐器制作会择取生长环境上佳的“木”作为材料。而自先秦以后，“君子温润如玉”的观念广泛影响了士族文人和贵族。工匠群体会应他们的需求，以玉石为材料为士族阶层打造随身配饰的玉器。就小的方面来说，生长环境、知名程度等因素的差别可能会影响人们对同一类材质的使用体验和感受。如琴、瑟、琵琶等乐器最重要的制作材料是木头，一般桐木是较适合的材质，而当世乐师、工匠及欣赏者普遍认为由生长于龙门并获得天时、地气的桐木制作而成的琴瑟音质最为出色。而其他地区的桐木则无法满足较高等级的演奏者或欣赏者的审美需要和礼制需求。在制作弓“干”部分之时，材料的好坏依次为“凡取干之道七：柘为上，檍次之，檿桑次之，橘次之，木瓜次之，荆次之，竹为下”。又如玉器也有明显的礼制划分和等级差别，不同生长环境、成色、形态的玉制配饰满足不同身份配饰者的等级需求。事实上，人们普遍追求用最好材质制作成的

① 李砚祖：《设计之维》，重庆大学出版社，2007，第78页。

器物，有时甚至会出现逾越规矩的现象。这样的情况在追求奢侈品的六朝贵族群体中也时有发生，如六朝时期石崇与王恺斗富的现象。有观点认为，材有美是原材料文质兼美的情况，而材美则是指原材料文美而质不佳的状况。“材有美”及其蕴含的文质关系也被运用于文学领域。六朝前期及之前的咏物之作更倾向于借物抒情或寓道德教化于物之中，而对所咏之物的外貌形态仅是描绘了大概。这是质胜于文思想对咏物文学的影响，造物与咏物领域质胜于文的观念都源于道为万物之本的思想。[①] 相对而言，“材美工巧”的思想是指材料的文美质却未必佳。“材美工巧，然而不良，则不实，不得地气也。”这种情况下若要制作成良器则需要高水平技艺的工匠——工巧。关于工巧，《考工记》在“轮人为轮”部分记叙道，“斩三材必以其时。三材既具，巧者和之”。[②] 又如：

> 凡斩毂之道，必矩其阴阳。阳也者稹理而坚，阴也者疏理而柔。是故以火养其阴，而齐诸其阳，则毂虽敝不蔽。[③]

> 凡为弓，冬析干而春液角，夏治筋，秋合三材，寒奠体，冰析濁。冬析干则易，春液角则合，夏治筋则不烦，秋合三材则合，寒奠体则张不流，冰析濁则审环，春被弦则一年之事。[④]

这些例子较好地反映了“材美工巧”的造物思想。工巧作为制作良器的主观条件，其并不独立存在而是与客观条件紧密相关。工匠需

① 一般认为《论语》中“质胜文则野，文胜质则史，文质彬彬，然后君子”的论述被视为文质关系首次应用于文学领域。虽然是孔子提出，但“文为纹理，质为材质”，所以，可能文质概念是由造物领域而延伸至文学领域。当然，二者的思想基础应源于“道为万物之本”的道家思想。

② 闻人军译注《考工记译注》，上海古籍出版社，2008，第 17 页。

③ 闻人军译注《考工记译注》，上海古籍出版社，2008，第 20 页。

④ 闻人军译注《考工记译注》，上海古籍出版社，2008，第 139 页。

要根据材料不同的物理特性和其不同的用途，运用自己掌握的技术，对其进行处理。中国的“工巧”还包含“调和阴阳”的技艺。在不同的季节里面，造物者根据不同季节的温度和不同材料的特性，而去实施不同的造物活动。这源于先秦以后“天人合一”的哲学思想，具有中国传统的文化特质。与“材有美”的思想一样，紧密联系材料物理性质和客观环境的“工巧”思想也被六朝造物者所传承和接受。文学创作同样被六朝人视为技艺之一。只不过由于“诗言志”“文之为德也大矣”等观念的流行，六朝诗人的身份地位普遍高于造物工匠，因此，文学创作的地位在六朝高于造物工艺。

其次，清新简约是六朝最重要的美学风格。这在六朝的造物艺术和文学创作中有十分明显的体现。就咏物文学而言，具有最为明显的清简风格的多数是东晋和宋初的作品。玄学具有玄虚、恬静、超脱的特色。事实上，随着玄学以少总多思想的流行，文人群体多受玄风影响，文学创作以清简为高，而造物艺术亦是如此。“从工艺美术的风格来说，它具有清秀、空疏的艺术特点。”① 如六朝所造佛像就清秀瘦骨；出土于邓县的六朝画像砖亦展现了清秀雅致的艺术特色，具有六朝时期清瘦飘逸的时代艺术风格。② 另外，六朝的瓷器器型也由浑圆向瘦长清秀的风貌发展。无论是六朝咏物诗还是造物艺术都呈现出清简的艺术风格，整个六朝造物风格莫不如此。这与哲学领域炽热的玄学风潮密切相关。

最后，器物图像的呈现与咏物诗的发展趋势一致——由抽象至于写实的倾向成为主轴。气韵生动是咏物文学、造物艺术设计者共同追求，而以形写神则成为实现这一追求的路径。自先秦两汉至魏晋，中国物象绘制注重神气而忽略外在形式。如汉代《淮南子》就反对“谨毛而失貌”，强调绘画应具有“君形者”神气。“以最具展示性的

① 田自秉：《中国工艺美术史》，东方出版中心，2010，第 140 页。

② 田自秉：《中国工艺美术史》，东方出版中心，2010，第 132 页。

织物纹样为例，它们在汉晋时代仍很抽象，尤其是兽形，神奇怪异，以至今日往往无法指实到底表现的是哪种动物。北朝中期以后，风气一变，写实倾向日益明朗。再经唐人的大力弘扬，写实风的主导地位就完全确立了，以后，再也没有偏离这个方向，甚至，还会加强。”[①]“动物、植物真实的形象在建筑装饰中被程式化为一种定型的式样，甚至成为一种符号，这无疑会使装饰便于制作，形象塑造的质量也易于保证。”[②] 六朝造物观中的这一传统观念也是传承自前代。“在中国，这种程式化的现象出现得很早。秦汉时期的瓦当大量用各种动物作装饰，除了龙、凤这类神兽外，虎、豹、鹿等皆为自然山林中常见动物，在瓦当上，它们的形象都被简化了，都成为一个平面的侧影出现在小小的瓦当上，但经过工匠的细心观察与设计，剪影式的虎与豹仍表现出那种凶猛的神态，不论是单只鹿还是母子鹿都显出那种温驯的特性。汉墓中的画像石与画像砖为我们留下一批早期人物、动物与植物的形象，这些形象也多为剪影式的平面形式，用简单的线刻表现在砖、石表面上。人们熟悉的马，工匠用精练的形象表现出站立、举蹄欲奔、四蹄腾飞等多种状态，生动而有力。如果说在画像石上的虎形还比较写实，那么在同一时期石柱础上的石雕老虎形象却已经精练许多了。柱础上有的虎头、虎身略呈方形，虎尾很长，盘绕着柱子，显得十分有力度。”[③] 在六朝前期，咏物诗仅以程式化的方式写出物象的概貌，而着重表现中心物象蕴含的道德人格。事实上，这与六朝画论中的传神论、畅神论相关。[④] 而文学、艺术创作以简约的线条（笔调）刻画出“物象”之神韵的程式化设计观无疑也是受玄学思想的影响。只是南朝以后，自然物获得独立审美价值之后，诗歌创作追

---

① 尚刚：《隋唐五代工艺美术史》，人民美术出版社，2005，第 242 页。

② 尚刚：《隋唐五代工艺美术史》，人民美术出版社，2005，第 104 页。

③ 尚刚：《隋唐五代工艺美术史》，人民美术出版社，2005，第 98 页。

④ 上文对传神论、畅神论有过详细论述，此处不再赘述。

求“形似”的风气兴盛，以描绘中心意象为重点的赋体咏物诗也大量出现并成为咏物诗的创作主流，故陆时雍《诗镜总论》曰：“情性渐隐，声色大开。”[①] 六朝造物领域同样也出现了这样的写实倾向。“六朝的铜镜，早期制作比较草略，晚期则不乏精美之作，铸作纤巧，图案工整。流行纪年铭文。装饰花纹有龙虎纹、鹤翔飞鸿纹、兽形生肖纹等。”[②] 总之，先秦至六朝，造物艺术与咏物诗都没有放弃对物象精神内涵的表现和凸显，只不过表现方式随着时间的推移存在差异。六朝之前与魏晋时期，物象没有获得独立的审美价值，设计者以比德思维借物凸显一种带有主人公色彩的道德人格。南朝以后，物象蕴含的精神人格逐步向审美靠近、融合，转变为重点表现物象精神气韵的设计观念。而“以形写神”与“传神”并不矛盾，顾恺之本人就人物画提出这一对概念就含有矛盾统一的意味。六朝后期注重增加对物象的“写实”实际是为了更好地传神。

第四节　独树一帜：北朝造物艺术与咏物诗的比较

我们据逯钦立《先秦汉魏晋南北朝诗》统计，北朝咏物诗存 92 首。其中北魏咏物诗 19 首，北齐咏物诗 19 首，北周最多，约存 54 首。而诗人之中庾信的咏物之作数量最多，达 37 首。此外，庾信还有《咏画屏风诗二十五首》，但考之内容并未围绕中心物象描摹，没有咏物意识，因此，这里未将其列入。就现存这 92 首作品而言，对无生命自然物的吟咏之作最多，达 25 首。以植物为描绘中心的作品数量达 19 首，共 18 类。

① 丁福保：《历代诗话续编》，中华书局，2006，第 1407 页。

② 田自秉：《中国工艺美术史》，东方出版中心，2010，第 136 页。

表 4-4-1　北朝咏物诗“中心物象”分析

中心物象类别	具体的咏物作品	具体物象
无生命自然物	应诏甘露诗、贺老人星诗、喜雨诗、对雨诗、望海诗、奉和望山应教诗、云居寺高顶诗、日出行、关山月（王褒）、咏月赠人诗、咏雾应诏诗、至渭源诗、七夕诗、奉和赵王喜雨诗、和李司录喜雨诗、郊行值雪诗、舟中望月诗、望月诗、对雨诗、咏春近余雪应诏诗、新月诗、望渭水诗、咏日应赵王教诗、玉浆泉谣、尚法师，共 25 首	甘露、星辰、雨、日、月、山、海、石壁、雪、渭水（源）、泉，共 11 类
动物	咏花蝶诗、空城雀、青台歌、宣武孝明时谣、西魏时谣、东魏童谣、看柳上鹊诗、野田黄雀行、咏龟诗、咏雁诗、看斗鸡诗、斗鸡诗、赋得集池雁诗、咏雁诗、秋夜望单飞雁诗、代人伤往诗之一，共 16 首	花蝶、雀、鹦鹉、焦梨（河中）、狗子、龟、雁、鸡、黄鹤，共 9 类
植物	应制赋铜鞮山松诗、浮萍诗、悲落叶、杨白花、香茅诗、咏竹诗、庭柏诗、奉和咏龙门桃花诗、咏萱草诗、和王褒咏摘花、咏定林寺桂树、咏园花诗、梅花诗、咏树诗、杏花诗、忽见槟榔诗、赋得荷诗、移树诗、奉梨诗，共 19 首	松、浮萍、落叶、杨白花、香茅、竹、庭柏、桃花、萱草、花、桂树、园花、梅花、树、杏花、槟榔、荷、奉梨，共 18 类
器物	咏宝剑诗、讽真定公诗二首、赠王肃诗、代答诗、屏风诗、麟趾殿咏新井诗、弹棋诗、镜诗、尘镜诗、咏羽扇诗、题结线袋子诗、明庆寺石壁诗，共 13 首	宝剑、琴、丝、针、屏风、废井、弹棋、镜、羽扇、结线袋子、石壁，共 11 类
物化之人	罗敷行、大堤女、晚妆诗、冬夜咏妓诗、王昭君、奉和赵王美人春日诗、舞媚娘诗、和咏舞诗、奉和赐曹美人诗、和赵王看妓诗、看舞诗，共 11 首	物化的女性，共 1 类
不作为研究对象，但视为借鉴参考的物类		
建筑	咏飞仙室诗、铜雀台、奉和同泰寺浮图诗、忝在司水看渭桥诗、赋得鸾台诗，共 5 首	飞仙室、铜雀台、同泰寺浮图、渭桥、鸾台，共 5 类
声音	听歌一绝诗、听琴诗、日晚弹琴诗，共 3 首	歌声、琴音，共 2 类

由表 4-4-1 可知，北朝咏物诗的吟咏对象数量虽不多，但种类较为丰富，大致与造物艺术范围相当。由于建筑、声音等的特殊性，

本书拟将《听歌一绝诗》《听琴诗》《日晚弹琴诗》归为器物类咏物诗讨论，而暂不将吟咏建筑类的诗歌划入研究范围。我们若对咏物诗与当世所造器物进行比较，会发现二者互有异同。就物象题材而言，北朝士族咏物诗中的物类几与南朝咏物诗相同，但北朝器物上的装饰画与纹饰上出现的物种与咏物诗的中心物象差距较大。在动植物物象题材方面，北朝造物艺术择取的多是能与自身在集体中等级身份相应的瑞兽形象，有象征特权合理化的意味。而北朝以动植物为吟咏中心的作品，则几乎都是士族生活环境的周遭寻常景物，所谓物象的范围不出宫闱园林。北朝诗人通过触目所见的寻常动植物，表现出对艺术形式的审美追求。以自然物象为题材的咏物作品与造物艺术一致，更倾向于满足北朝贵族的等级荣誉需求。人物形象方面，造物艺术以细致描摹为主，以空间性叙事补充为辅。但相对于咏物诗，其对人物心理的描绘手段较为欠缺，所以也没有沾染咏物诗中物化女性情思描写所带的宫体色彩。至于器物题材方面，造物艺术一方面满足于贵族的使用或欣赏体验，另一方面仍然是为北朝贵族对等级荣誉的精神追求服务。咏器物诗则是走抒发创作主体情感的道路。现将北朝造物艺术与咏物诗中对各类物象的选择、描绘及其蕴含的设计思想详述如下。

一　礼制与审美：关乎贵族精神追求的择取

北朝咏物文学与造物艺术的创作中，物象是创作主体艺术观表现的重要载体。其中，动植物与自然物又是各类物象的主要组成部分。作品对这些物象的择取其实质也反映出贵族在精神层面不同领域的追求。贵族对器物造型、装饰的选择，多从满足自身等级荣誉需求方面考量，希望展示自身在所处集体中的等级权位。这类贵族所展示的"大我"，可视为朝堂或家族中的身份符号，而从北朝咏物诗寓情于物的"小我"自足中，亦可窥知士人对艺术审美的不倦追求。简而言之，北朝咏物诗以满足诗人的审美需求为指归，而造物艺术则力图满足贵族对等级荣誉的精神追求。在这两种精神需求的驱动之下，造物艺术与咏物诗对作品中物象的择取也各有偏向。

北朝咏物诗中对动物或植物择取的多是文士生活中较常接触的平实之物，动物如雀、鹊、鸡等，植物如庭柏、桂树、梅花、杏花等。北朝咏物诗中以动物为中心物象者有两类：士族周围环境触目所见者与民谣中的比兴之物。而在事实的创作中，作品又会在塑造中心意象时，以用典之法融合传世文献对该物象的记述，如北齐萧毂《野田黄雀行》、赵儒宗《咏龟诗》等，以动物为描摹中心的咏物诗着力于发掘艺术的审美价值。篇末虽有寓情于物的表达，但更多的是一种程式化的咏物表达，目的或是通过拟人式的情思传达，表现中心物象的“精气神”，使得所咏之物的形象更加丰满。如：

有灵堪托梦，无心解自谋。不能著下伏，强从莲上游。负图非所冀，支床空见留。傥蒙一曳尾，当为屡回头。[①]

逢风时迥度，逐侣乍争飞。犹忆方塘水，今秋已复归。[②]

第一首为赵儒宗《咏龟诗》，该诗句句用典，描绘了一只追求自由而不乐为世务所缨的灵龟形象。“傥蒙一曳尾，当为屡回头”等语句寓情于物，其并不能视为作者真实情志的表现。诗人由眼前之龟联想到典故中对龟形象的描述，以用典的方式组合成其所理解的龟的意象。这种句句用典、组合营造中心意象的方法被当世诗人视为一种诗歌外在形式审美的探索方式。庾信的《赋得集池雁诗》后两句“犹忆方塘水，今秋已复归”同样能令人察觉出淡淡的情志。但事实上，对大雁的心理描写也是以营造大雁为中心意象为目的的一种程式

① 逯钦立辑校《先秦汉魏晋南北朝诗》，中华书局，1983，第2285页。
② 逯钦立辑校《先秦汉魏晋南北朝诗》，中华书局，1983，第2408页。

化表现手法。该诗以赋得为题，足见其创作情境为“文人参加集会时根据自己所分得的题目即席赋诗”。这种创作情境下咏物之作一般很少以抒发真情实感为创作主旨，诗人会以逞才斗艺的方式表现自身对艺术形式美的追求。相较而言，器物上起装饰作用的动物形象则更倾向于用一些神话传说中的神兽，如河南邓县的画像砖的题材中就有大量的神兽珍禽：龙凤、四神（青龙、白虎、朱雀、玄武）、麒麟、天马等。贵族陵寝中也常有辟邪、麒麟等镇墓之兽，如图 4-4-1、图 4-4-2、图 4-4-3。

图 4-4-1　凤凰吹笙画像砖

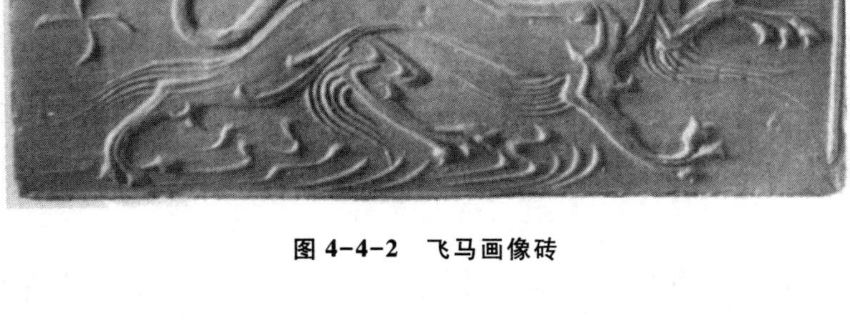

图 4-4-2　飞马画像砖

图 4-4-3　双龙画像砖

设计者对这种神兽与珍禽的偏爱是渊源有自的。万物有灵的观念、先秦巫术、祭祀仪式等因素不仅影响了咏物文学的创作，而且在某种程度上引导了造物艺术的主题倾向。商周青铜器上的饕餮、两汉器物上的四神图案都是如此。六朝以后，儒教对士人思想、言行的控制力虽然减弱，但器物上偏爱刻画神兽珍禽的设计风格依然盛行。除了上文提及的丧葬物品外，这种设计风格实际渗透于六朝人生活的各个方面。如北朝织物（服饰类）装饰就好用动物题材，这其中尤以龙、凤、麒麟、人面异兽、双角兽等带有神话色彩的动物为多。另外，北朝的瓷器纹样题材主要有鸡首、象首、龙三类，其中，“龙”就是属于带有神秘色彩的装饰题材。金银器物中也有不少神秘色彩浓厚的瑞兽，如图 4-4-4 所示。

与汉代贵族喜好四神图纹不同，北朝贵族喜好的神兽谱系中增添了一类以马和牛为主，具有多种动物特征的瑞兽。其往往择取不同物类最典型特征的部分，加以组合、夸张、变异而成。北朝新出现的神异化瑞兽或与拓跋鲜卑氏族源有关。《魏书·序纪》曰：

献帝命南移，山谷高深，九难八阻，于是欲止。有神兽，其

图 4-4-4 金瑞兽

形似马，其声类牛，先行导引，历年乃出。[1]

但这些珍禽瑞兽并未成为北朝咏物诗所描摹的中心物象。由此可知，北朝咏物诗人偏好触目所见的动物，而造物者则更偏爱具有神秘色彩的珍禽与瑞兽。这种差异或许与北朝“艺”“文”设计群体对咏物文学与造物艺术的精神需求侧重不同有关。我们认为，文学创作于北朝贵族的精神需要而言，可能更倾向于审美，而造物艺术与贵族对宗教、等级制度等方面的需求更加紧密。

这种精神需求的不同，同样体现在北朝士族对待植物题材的选择上。相较于北朝咏物诗中咏物诗人日常所见的 18 类植物，北朝器物中植物的图纹仅有莲花、忍冬、茱萸、菩提叶、树（叶）等。除了树与叶这类广义的植物外，其余都与宗教文化相关，如莲花、忍冬、菩提叶都渊源于佛教文化，而茱萸的来源也具有宗教神秘色彩。据吴均《续齐谐记》记载：

汝南桓景随费长房游学累年，长房谓曰：“九月九日，汝家中当有灾。宜急去，令家人各作绛囊，盛茱萸，以系臂，登高饮

① （北齐）魏收：《魏书》，中华书局，1974，第 2 页。

> 菊花酒，此祸可除。”景如言，齐家登山。夕还，见鸡犬牛羊一时暴死。长房闻之曰：“此可代也。”今世人九日登高饮酒，妇人带茱萸囊，盖始于此。①

另外，北朝造物艺术中的动植物题材还出现不少域外之物，如动物中的大象、狮子等，又如植物中的菩提叶、葡萄纹等。因此，六朝器物中的动植物题材择取主要是神话传说中的瑞兽、带有宗教色彩者、域外流入物种三类。而六朝咏物诗中的动植物题材则多是诗人生活环境常见的物象。

北朝咏物诗中以自然物象为描绘中心的作品多为应诏、奉和之作，如《应召甘露诗》《贺老人星诗》《咏春近余雪应诏诗》等。对君王等统治阶层的歌功颂德、满足贵族等级荣誉的精神需求是这类咏物之作的创作指归。以自然物为题材的造物艺术则与咏自然物的诗相似，都倾向于满足贵族统治者彰显“君权神授”等级制的心理需求。《邺中记》记曰：

> 石虎正会于正殿。南面临轩，施流苏帐，皆窃拟礼制，整法服，冠通天，佩玉玺，玄衣纁裳，画日月火龙黼黻华虫粉米。寻改车服，着远游冠，前安金博山，蝉翼丹纱里服。②

此处，日、月、火等自然物与龙一样都是祥瑞之物，其实质也是贵族统治者借物来表达对封建等级制的精神需求。除了日月外，云气、风雨等自然物都可被视为祥瑞之物并装饰于六朝器物之上。由此可知，咏物诗与造物艺术于北朝贵族而言，在不同的精神层面，有不同的价值。体现等级荣誉感的“大我”与审美传情的“小我”是北

---

① （梁）吴均：《续齐谐记》，上海古籍出版社，2012，第229页。

② （晋）陆翙：《邺中记》，《丛书集成初编》本，商务印书馆，1937，第4页。

朝贵族内心深处的两大精神需求，其也是造成北朝造物艺术与咏物诗中动植物、自然物象抉择差异的动因。

二 细描与宫体："应目会心"的两种艺术诠释

"应目会心"出于宗炳《画山水序》，其文曰："夫以应目会心为理者，类之成巧，则目亦同应，心亦俱会。"[①] 这句话可译为："如果以'看之于眼得之于心'为观看之理的话，画得很像很巧妙，则眼睛也可以像看到自然山水一样，心也能得到它的物像之灵秀。"[②] 其又曰："应会感神，神超理得。……余复何为哉，畅神而已。神之所畅，孰有先焉。"[③] 宗炳《画山水序》中的应、会、神等概念实出于魏晋佛学的特有用法。释僧肇《般若无知论》云：

> 然则智有穷幽之鉴，而无知焉；神有应会之用，而无虑焉。神无虑，故能独王于世表；智无知，故能玄照于事外。智虽事外，未始无事。神虽世表，终日域中，所以俯仰顺化，应接无穷，无幽不察，而无照功。斯则无知之所知，圣神之所会也。[④]

所谓"神有应会之用"指的是价值主体"神"和外物相"应接"的行为过程。宗炳取之佛理，将绘画的创作过程分为：目应、心会、神畅。其中，神畅被视为魏晋人绘画艺术的创作主旨，而目应与心会则是形容创作过程及状态。我们以为，今天看来，虽然北朝咏物诗与当世所造器物艺术效果上未必达到了传神或畅神的效果。但无论是当世的咏物诗人，还是造物者，其创作都是为了满足北朝贵族的精神需

① 沈子丞编《历代画论名著汇编》，文物出版社，1982，第14页。

② 赵超：《"画山水"观念的起源——宗炳〈画山水序〉研究》，中国美术学院博士学位论文，2013，第62页。

③ 沈子丞编《历代画论名著汇编》，文物出版社，1982，第14页。

④ （东晋）僧肇著，张春波校释《肇论校释》，中华书局，2010，第72页。

求。而对人物形象进行穷形尽相的描绘是二者“以形写形”共通的创作表现。只不过在“应目会心”这个大致的方向上，造物艺术倾向于以细描与空间叙述的方式塑造人物形象。而北朝咏物诗则将笔调由外貌形态延伸触及人物的心理情思的拟写。北朝咏物诗人与造物者在塑造人物形象方面，对晋人“应目会心”的艺术观，做出了两种不同的诠释。在人物形象的描摹刻画方面，北朝咏物诗与南朝咏物诗一致，吟咏的中心都是物化的女性。这些物化的女子皆是生活于宫廷闺阁中的女性，她们也是与贵族诗人在日常生活中频繁接触的人。六朝造物艺术中呈现的女子与之相似。工艺制器与绘画艺术中的女性也多为宫廷中的女性，如河南邓县出土的画像砖就描绘了不少出行与演奏乐器的宫廷贵妇或侍女（见图 4-4-5）。[①]

图 4-4-5　邓县贵妇出游画像砖

画像砖上，前面二人是贵妇，而后面两个追随者为丫鬟。刻画者以线条细致描摹了二者在穿着、气质及精神面貌方面的区别，如贵妇人与丫鬟的发型装饰就有明显不同。贵妇的头昂起，且面部表情带有自信。反观丫鬟则是低垂着头，紧随贵妇人身后，供其差遣。这些女

① 河南邓县画像砖为六朝画像砖重要代表，不可忽略。画像砖虽为南朝的作品，但其地处南北政权接壤处，其中亦受到了北朝造物艺术的影响。

性身份地位得以显现，是通过造物者对当世女性日常面貌的真实而细致描绘的方式。又如图 4-4-6、图 4-4-7，北齐太尉徐显秀墓中壁画，描绘了墓主出行的仪仗的盛况。壁画同样以写实的笔调描摹了仪仗队各色人物的形貌。

图 4-4-6 与图 4-4-7 展示了北齐太尉徐显秀墓中壁画所绘的两位不同发型、服饰的侍女。就服饰而言，图 4-4-6 展示了身穿圆领窄袖襦的侍女形象，而图 4-4-7 展示了身穿翻领窄袖襦的侍女形象。其实，在整幅壁画中，除上述三者外，其他侍女的服饰也各有特色。这些呈现差异化而非整齐划一的形象，这种“曲写毫芥”的创作手法某种程度上反映出造物者力图于器物外形装饰上实写人物形象的造物艺术观。绘画之外，雕塑、陶俑制作同样以细致描摹追求欣赏者的神畅的审美感受。

图 4-4-6 北齐太尉徐显秀墓壁画中身穿圆领窄袖襦的侍女

图 4-4-7 北齐太尉徐显秀墓壁画中身穿翻领窄袖襦的侍女

通过比照图 4-4-8、图 4-4-9 展示的女骑俑，我们不难发现，两位骑马的女子造型各异，甚至二人所骑乘之马的造型差异都被工匠细致地表现出来。即便北朝咏物诗也力求细致地表现女性形象，但受限于篇幅与表达方式，无法将这种细致的差异呈现出来。北朝女俑注重表情和细部的刻画。女俑面部多带有安详、释然的微笑，与佛教造像上的微笑相似。其或与佛教文化对北朝贵族的影响有关。这也可视为北朝人物形象塑造以细致描写诠释“应目会心”“以形写神”创作观的表现。

图 4-4-8　高润墓笼冠女骑俑

图 4-4-9　高润墓女骑俑

这种“如印之印泥”的描摹手法同样也被北朝咏物诗人运用于宫闺女性物化的表达中，二者存在相似之处。如北齐萧放的《冬夜咏妓诗》曰：

> 佳丽尽时年，合暝不成眠。银龙衔烛烬，金凤起炉烟。
> 吹篪先弄曲，调筝更撮弦。歌还团扇后，舞出妓行前。
> 绝代终难及，谁复数神仙。[①]

又如庾信《舞媚娘》曰：“朝来户前照镜，含笑盈盈自看。眉心浓黛直点，额角轻黄细安。”[②] 这种以细致的笔调描摹女性外貌、身姿、表情的方式在当世属于较为先进的表现手法。自陆机称“穷形而

① 逯钦立辑校《先秦汉魏晋南北朝诗》，中华书局，1983，第 2259 页。
② 逯钦立辑校《先秦汉魏晋南北朝诗》，中华书局，1983，第 2352 页。

尽相”以后，诗歌赋化的趋势就较为明显。谢灵运及多数咏物诗人的作品，宗炳、王微诸人的画作，皆追求物象之形似。如宗炳《画山水序》就说：“身所盘桓，目听绸缪，以形写形，以色貌色。”[①]《文心雕龙·物色》更有言曰：“自近代以来，文贵形似，窥情风景之上，钻貌草木之中。……体物为妙，功在密附。”[②] 因之，造物艺术与咏物诗对物象“穷形而尽相”的描摹都与六朝追求形似的审美思潮有关。这是二者的相似之处，而北朝咏物诗中对物化女性的描写实际包括了她们的心理，如庾信《舞媚娘》的后半段描绘的是女性的心理的情思：“只疑落花慢去，复道春风不还。少年唯有欢乐，饮酒那得留残。”[③] 事实上，人物心理描写能与表情神态相应互显，使得女性形象更加丰满而完整。而造物艺术中的女性形象受限于人物情思的表现手段，从而难觅人物形象中内心情思的部分。咏物诗中物化女性内心情思的描写颇有宫体色彩。所谓宫体，语出《梁书·简文帝纪》曰：“（简文帝萧纲）雅好题诗。其序云：‘余七岁有诗癖，长而不倦。然伤于轻艳，当时号曰宫体。’”[④] 因之，以浓艳富丽、雕琢精巧的语言，描写女性的外貌、服饰、神态、举止，甚至描写男女私情的作品可称为宫体诗。[⑤] 从庾信多次创作这类题材进献给北周赵王等贵族及隋唐时期宫体诗的兴盛情况看，北朝统治者与南朝贵族一样，十分喜爱这类宫体作品。北朝贵族喜爱宫体咏物诗的原因并非喜好女色，而是对这类艺术形式带给欣赏者审美感受的接受与肯定。如王力坚认为：“萧纲等南朝诗人在创作时，通过审美的距离，观察、选择以及营造独具形态美和感官美的画面，以达到宫体诗唯美的创作目的。”[⑥] 北朝咏

---

① 俞剑华：《中国画论类编》，人民美术出版社，2016，第 583 页。

② （南朝梁）刘勰著，黄叔琳注，李详补注，杨明照校正拾遗《增订文心雕龙校注》，中华书局，2012，第 569 页。

③ 逯钦立辑校《先秦汉魏晋南北朝诗》，中华书局，1983，第 2351~2352 页。

④ （唐）姚思廉：《梁书》，中华书局，1973，第 109 页。

⑤ 宫体诗中以物化女性为吟咏中心的作品也属于咏物诗。

⑥ 王力坚：《道德距离与审美距离——从萧纲诗看南朝宫体诗的审美意趣》，《名作欣赏》2004 年第 4 期。

物诗中以女性为描摹中心的作品都出自庾信与萧放二人。而这二人又都是由南入北的诗人。因此，北朝宫体色彩的咏物诗与南朝同类作品的创作主旨并无显著差异。

值得注意的是咏物诗中借女性口吻表现出的宫体色彩在造物艺术中这种情况则较难寻绎。虽然对于北朝造物艺术和咏物诗中的女性形象，创作主体以描摹物象为重心，追求写实的创作观念，但二者在创作过程中的侧重点有较为明显的差异。咏物诗描绘物化女性的重点其实是带有宫体色彩的女性魅力。这种宫体色彩浓厚的魅力除了外形的体貌、动作、服饰外，也包含了人物的心理描写。至于造物艺术中女性情思的难觅，或与造物艺术在表现人物内心情思方面的手段受限、不及诗歌便利有关。因此，囿于表现人物内心世界的乏力，朴实的北朝造物者转而追求一种写实的描摹创作方式。这种写实的创作方式注意对物象的细致描摹。而咏物诗虽也被称为“故能瞻言而见貌”，但由于是语言艺术，在视觉呈现部分无法企及器物于造型、装饰方面的艺术表达。如图 4-4-6 与图 4-4-7，即北齐太尉徐显秀墓中壁画上的侍女，通过视觉呈现，欣赏者即可看出女性发型、服饰、体态诸方面的差异。这种差异哪怕极其微小，也能从视觉方面加以区分，如徐显秀墓中壁画上的侍女头发卷曲，额头处有分叉，头后部有一结绳。在北周李贤墓出土的鎏金银瓶的瓶身上有类似形象的人物，学界认为该鎏金银瓶出自萨珊。因此，我们推测徐显秀墓中壁画上的侍女佩戴一种具有西域文化特色的假发。这种带有个性化的形象差异，在咏物诗中则不能被表达出来。如庾信《和咏舞诗》曰“顿履随疏节，低鬟逐上声”[①]，又其《看舞诗》有“到嫌衫袖广，恒长碍举鬟”[②]，无论是“低鬟”，还是“举鬟”，诗人描写的仅是女子在舞蹈过程中低头与抬头时发型的状态。这里欣赏者并不能从中了解物化女性发型的具体状

① 逯钦立辑校《先秦汉魏晋南北朝诗》，中华书局，1983，第 2372 页。

② 逯钦立辑校《先秦汉魏晋南北朝诗》，中华书局，1983，第 2405 页。

态。其服饰、动作、形貌等皆如此类，并不及造物艺术通过视觉呈现传达给欣赏者大量具体的信息。因此，造物艺术的长处就在于能传达出更详尽、细致的人物形象信息，而这是咏物诗所无法与之相媲美的。

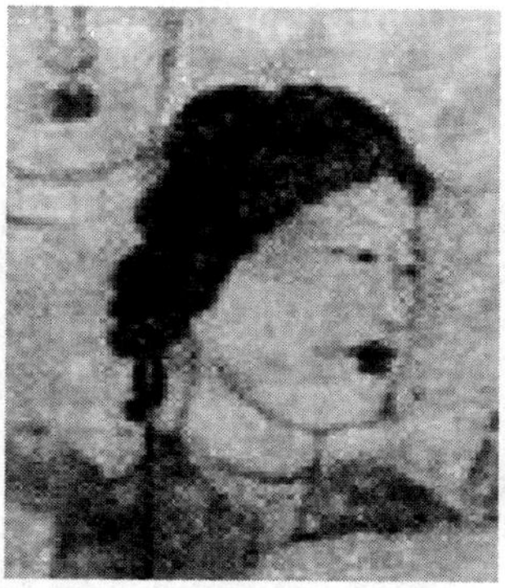

图 4-4-10　徐显秀墓壁画中头戴假发的侍女

六朝造物者也注意利用壁画等造物艺术的空间性，以不同板块拼接、连载的方式叙述故事的情节，补充、完善人物的形象。这种按照故事发展顺序进行构图的连环式壁画在叙述故事过程中，也对人物形象的塑造有补充作用，比如北周时期的壁画《微妙比丘尼故事》就是此类造物艺术的代表。壁画通过微妙比丘尼对自身遭遇的回忆叙述规劝众女子。连环画式的故事呈现方式，使欣赏者对微妙比丘尼的形象（包括其过往与现在）有完整的了解。较有特色的还有北魏时的壁画《鹿王本生》。当然，这里描述的虽非女性形象，但以拟人的方式讲述了九色鹿王和忘恩负义者的故事。通过壁画我们还知晓了九色鹿王的前身是释迦牟尼佛。这种通过空间叙述故事的方式，是造物艺术丰富人物形象的表现方式，可视为对人物内心活动描写缺失的一种弥补方式。如前文所述，邓县画像砖中贵妇和丫鬟神态形貌的组合对比（见图 4-4-5），亦可引发欣赏者对不同身份人物心理描写的联想。值得注意的是，这种以空间性铺排叙事手法塑造人物形象的造物手法不仅用于绘画，雕塑群或陶俑艺术同样也通过物质的广延性向欣赏者传递人物形象的信息。北朝随葬女俑在种类和数量上都大大超过前代，在种类上，北朝时期增加了女官俑和劳作俑，类型更加丰富，形成了女官俑、女侍俑、舞乐俑和劳作俑的组合。在其之前的十六国时期，就出现过女俑群的组合方式，诠释面貌各异的女乐俑，有击鼓、弹琴、扶瑟、吹管四例一组（见图 4-4-11）。

图 4-4-11　平陵 M1 女乐俑

不同于壁画，北朝女俑群组合故事性较弱。虽然如此，北朝造物者仍通过女俑群的组合，丰富了女俑的形象。北朝女俑塑造的官、侍、伎、仆四类女性组合，不但丰富了自身形象，也蕴含了北朝贵族对“身份”“地位”概念的重视与荣誉感需求。

因此，北朝造物艺术与咏物诗表现人物形象时各有不同的方式。北朝造物艺术对人物个体形象细致描摹，而辅之以空间性的铺排来完善人物形象。北朝咏物诗对人物形象的细致描摹更是由外貌至于内心活动，也就是说女性人物的情思或可动人，但亦属于“错采镂金”式的写形似之法。

另外，如果说欣赏者捕捉器皿装饰中人物的情思十分困难的话，那造物艺术对声音的生动表达则几乎不可能。因此，北朝咏物诗中三首描绘声音的作品则无法在当世造物艺术品中寻找到比较对象，我们只能将其中《听琴诗》与《日晚弹琴诗》二首归入咏器物类诗歌的范畴，而《听歌一绝诗》则只能放入吟咏物化女性的作品中。

三　万物同宇与诗可以群

造物艺术与咏物诗对器物的艺术表达是我们关注的重点。北朝咏物诗涉及的人工器物题材约有 11 类。《荀子·富国》曰："万物同宇而异体，无宜而有用为人。"[①] 对于器物制作的态度，北朝贵族统治者不仅满足于实用目的等造物艺术的物质层面，而且更注重满足自身精神层面的需求。这种追求主要体现在两方面：一方面，北朝器物的原材料讲究优质且产出的时机符合天时，生长环境占尽地利，生长、制作过程耗费了造物者的精力，而用这样的材料制作而成的器物才能匹配统治阶层的社会地位。也就是说，不同材质的器物与不同身份的使用者相互对应。北朝贵族墓葬的随葬品等级与墓主身份的对应情况即可为例，如封门、葬具的材质，武士俑的高度，白瓷、玉器、金银器、铜镜的随葬都与墓主的身份地位密切相关。墓主身份等级对随葬器物影响的表现形式大致是正相关的，即墓主身份越高，墓葬规模越大，形制越复杂，随葬品数量和种类越多，装饰技法越华丽；墓主身份越低，墓葬规模越小，形制简单，随葬品数量和种类较少，装饰技法朴素。如北朝后期的骑马武士俑仅见于高级别的官员墓中——他们的仪卫俑中包括数量较多的骑俑，如手持乐器的伎乐骑俑、手中无物的仪仗骑俑以及人马均带甲的甲骑具装俑等，而身份较低的官员和平民的随葬物中则没有这类骑俑。而镇墓武士俑的高度，同样因墓主身份等级而有明显不同。如关中地区一品官员墓葬中出土的镇墓武士俑高约 50 厘米；二品及以下的镇墓武士俑高则在 40 厘米以下。玉器也同样可用来表明人物身份的差异。先秦时期，玉器

① 章诗同注《荀子简注》，上海人民出版社，1974，第 92 页。

与等级差异就被纳入礼仪制度文化之中。“等级性礼玉”既被用于日常礼仪场合，也被用于墓葬中体现墓主身份。带有等级色彩的玉器被纳入“礼”的体系中，所以地位不同的人群可以使用的玉器种类、数量、形制有一定的差异，如《周礼》记载：“以玉作六瑞，以等邦国。王执镇圭，公执桓圭，侯执信圭，伯执躬圭，子执谷璧，男执蒲璧。”[①]

北朝贵族沿袭了这一精神文化传统。区别于前代之处在于等级性礼玉的代表性器类从先秦汉魏晋六朝的玉璧逐渐转变为隋唐的玉带。所谓玉带，即装饰有玉的革带。目前最早的玉带见于北周若干云墓中，[②] 若干云墓墓主为周武帝婿，官至上开府仪同大将军、骠骑大将军，封任城郡公。但北朝文献中，玉带与等级关系的记载较为缺乏。由于隋唐的统治阶层多出身于北周的关陇集团，我们姑且引用礼制文化与北朝一脉相承的隋唐文献，以资参考。其文曰：

> （高宗显庆元年）其后以紫为三品之服，金玉带銙十三；绯为四品之服，金带銙十一；浅绯为五品之服，金带銙十；深绿为六品之服，浅绿为七品之服，皆银带銙九；深青为八品之服，浅青为九品之服，皆鍮石带銙八；黄为流外官及庶人之服，铜铁带銙七。[③]

按照带銙材质和数量的不同可以分为六个等级，天子以下至于庶人的广大人群均被涵盖。随着等级的递降，带銙数量也从十三枚递减至七枚，材质也由金带、银带、鍮石带至于铜铁带。又如《隋书》曰：“一品，玉具剑，佩山玄玉。二品，金装剑，佩水苍玉。三品及

① 杨天宇译注《周礼译注》，上海古籍出版社，2009，第280页。

② 员安志编著《中国北周珍贵文物——北周墓葬发掘报告》，陕西人民美术出版社，1993。

③ （宋）欧阳修、宋祁：《新唐书》，中华书局，1975，第529页。

开国子男，五等散品名号侯虽四、五品，并银装剑，佩水苍玉。”[①]又北朝后宫妃嫔使用的车具亦可视为当世贵族对器物制作精神需求的导向。北魏“正从第一品执事官、散官及仪同三司、诸公主，得乘油色朱络网车，车、牛饰得用金涂及纯银”。[②]北魏孝文帝进行后宫改革时，规定“左右昭仪位视大司马，三夫人视三公”。[③]北魏“前职员令”记载，大司马、三公均官居一品，与他们官品相对的后宫嫔妃——左右昭仪、三夫人地位也相同。因此，她们的车辇也必然相同，乘坐的都是油色朱络网车。又如《隋书》也记载北齐官僚依照身份的不同而配饰各异，“二品已上金缕，三品金银缕，四品银缕，五品、六品彩缕，七、八、九品彩缕，兽爪鞶。”[④]佩剑和玉亦也有等级之分，“一品，玉具剑，佩山玄玉。二品，金装剑，佩水苍玉。三品及开国子男、五等散品名号侯虽四、五品，并银装剑，佩水苍玉。侍中已下，通直郎已上，陪位则像剑（假剑）”。[⑤]

可见，选材反映出六朝贵族的礼制思想及其精神需求。除了原材料的选择外，装饰、工艺等方面的差异也无不体现这种礼制思想和精神需求。我们可以服饰上的装饰纹样为例，分析贵族群体的这种等级性精神需求。《虞书·益稷》提出皇帝的冕服上施用十二章花纹：“予欲观古人之象，日月星辰山龙华虫作会（同绘），宗彝藻火粉米黼黻绨绣，以五彩彰施于五色作服，汝明。”而随着等级的降低，其花纹的章数和纹饰标示也逐步递减。北朝文献相关记载较为缺乏，我们可以隋唐文献的记载进行窥测。据《旧唐书·舆服志》记载，天子冕服施十二章，其中日、月、星辰三章只有天子才能使用。一品大臣之服，施九章；二品之服，施七章；三品之服，施五章；四品之服，

① （唐）魏徵等：《隋书》，中华书局，1973，第242页。
② （唐）魏徵等：《隋书》，中华书局，1973，第196页。
③ （北齐）魏收：《魏书》，中华书局，1974，第321页。
④ （唐）魏徵等：《隋书》，中华书局，1973，第242页。
⑤ （唐）魏徵等：《隋书》，中华书局，1973，第242页。

施三章；五品之服，裳服一章，为黻，是十二章中等级最低的。而斗拱的存在也体现了礼制的文化，是封建等级、社会地位的象征，其充分体现了封建社会建筑的等级制度。“又奏准营缮令，王公已下舍屋不得施重栱藻井。”[①] 这些文献都明确规定只有宫殿、皇家园林、寺庙等高等级的建筑，才允许在建筑的柱和屋檐之间安装斗拱，而斗拱层次也反映出建筑物的重要性和等级差别。

《孟子·尽心章句下》说：“口之于味也，目之于色也，耳之于声也，鼻之于臭也，四肢之于安佚也，性也。”[②] 当世人早已认识到对于器物的认知、理解、使用与体验，必须依靠人的感官功能得以实现，且人的情感、思维、意志等高级复杂的精神活动也是以感官所获为基础的。由于材质、造物程序、工匠技术、装饰诸多因素的差异，使用者能从使用过程中获取更舒适的体验，而欣赏者则能从中感受到器物的审美价值。因此，器物的制作者和使用者会根据感官体验的差异，对造物活动进行改造和调试。如北朝的鸡首壶器型高大，壶身修长，其装饰较南朝同类器物也更加富丽精美。北朝鸡首壶的把手高出口沿甚多，并见有双股龙首一鋬作品。其龙首制作精细，表情夸张，而鸡首则更加写实（见图 4-4-12）。北朝造物者将鸡首壶与莲瓣壶的造型相结合，以浮雕的莲瓣将器身分成上下两部分。北齐后期的作品，往往还会加上贴饰的忍冬、宝珠、凤鸟，追求一种精美繁缛的审美风格。

北朝的咏物诗中同样体现出贵族对于集体等级思想、审美价值等方面的追求。虽然对精神性的追求成为贵族群体的共识，但咏物诗人更多则是将自己比喻成物，以物的口吻向使用者娓娓述说自己的出身、历练、品质、功用和外形，通过表达自己满足贵族使用者精神需求。如北魏崔鸿《咏宝剑诗》曰“宝剑出昆吾，龟龙夹采珠”[③]，开

---

① （宋）王溥：《唐会要》，中华书局，1990，第 671 页。

② 杨伯峻：《孟子译注》，中华书局，2010，第 333 页。

③ 逯钦立辑校《先秦汉魏晋南北朝诗》，中华书局，1983，第 2222 页。

图 4-4-12 青釉龙柄鸡首壶

篇即交代了宝剑的产地昆吾。《列子·汤问》：“周穆王大征西戎，西戎献昆吾之剑，火浣之布。其剑长尺有咫，练钢赤刃，用之切玉，如切泥焉。”① 又《尸子》解释为：“昆吾之剑可切玉。”② 其中，“龟龙夹采珠”则是对此宝剑的产出进行神化。

又如鹿悆《讽真定公诗二首》（其一），其文曰：

> 峄山万丈树，雕镂作琵琶。由此材高远，弦响蔼中华。③

乐器琵琶取材于峄山万丈之树，点明琵琶所用材质的“高远”。事实上，峄山孤桐向来被视为制作乐器最佳的材料。东汉应劭在《风俗通义》中云：“梧桐生于峄阳山岩石之上，采东南孙枝以为琴，声清雅。”④ 东晋葛洪也说：“峄阳孤桐，不能无弦而激哀响；大夏孤竹，不能莫吹而吐清声。”⑤ 由此可知，琴瑟琵琶等乐器选材一定用峄山

① 杨伯峻：《列子集释》，中华书局，1979，第 189 页。

② 杨伯峻：《列子集释》，中华书局，1979，第 189 页。

③ 逯钦立辑校《先秦汉魏晋南北朝诗》，中华书局，1983，第 2217 页。

④ （汉）应劭撰，王利器校注《风俗通义校注》，中华书局，2010，第 486 页。

⑤ 杨明照：《抱朴子外篇校笺》，中华书局，1991，第 247 页。

之桐树方可称道。而万丈树又表明其质地优良，是峄山桐树中的佼佼者。其与建安诗人刘桢《赠从弟三首》一样，也是借物讽喻之作，表达了对赠诗对象的勉励与期待。由于时空变换，“唯才是举”的汉末建安时期已远，南北朝社会早已形成以高门华族为贵的集体意识。门阀制度下，“上品无寒门，下品无庶族”。乐器选材取峄阳孤桐，那人才则应取士族，表明非出身士族不能引起当权者注意的客观社会现实。《讽真定公诗二首》（其一）这首以琴喻人的咏物诗，虽非自荐之作，实际是借物为喻，勉励他人的作品。其中“峄山万丈树”“材高远”等语句亦含有揭示其出身的尊贵，暗含劝勉之意。据史料记载，“悆为真定公元子直国中尉，恒劝以忠廉之节。尝赋五言诗云云。子直少有令闻，悆欲善其终，故以讽焉”。[①] 因此，无论是以自荐，还是以劝勉为创作主旨的北朝咏物诗，都蕴含了当世的礼制思想和等级观念。选材同样仅是第一步，其后“雕镂”“弦响蔼中华”等，则从装饰、雕琢、功能、审美等方面比喻人物的出身、教育、才能、功业。而创作者这样做实质是为满足统治者礼制性、审美性、舒适性[②]等需求，而这些是整个社会文化群体的共识。

事实上，北朝咏物诗中对器物的描摹大多数都并非写实，其创作主旨倾向于交流功能。《论语·阳货》曰：“子曰：‘小子何莫学夫诗？诗可以兴，可以观，可以群，可以怨。’”[③] 杨伯峻对“诗可以群”的解释是：“读诗，……可以锻炼合群性。”[④] 六朝时期“诗可以群”美学观念表现为“追求集体性、功利性与交际功能”[⑤]。相较于南朝咏物诗人“诗缘情”的倾向，北朝咏物诗的创作往往有更明确

---

① 逯钦立辑校《先秦汉魏晋南北朝诗》，中华书局，1983，第 2217 页。

② 金相玉质的诗歌同样能带给人心情愉悦等舒适的审美体验，如《太平广记》引《谈薮》就有：“梁高祖重陈郡谢朓诗，常曰：‘不读谢诗三日，觉口臭。’”

③ 杨伯峻译注《论语译注》（简体字本），中华书局，2006，第 208 页。

④ 杨伯峻译注《论语译注》（简体字本），中华书局，2006，第 208 页。

⑤ 吴承学、何志军：《诗可以群——从魏晋南北朝诗歌创作形态考察其文学观念》，《中国社会科学》2001 年第 5 期，第 165~174+208 页。

的交流对象。而这种对明确对象交流功用的强调在北朝造物艺术中则较为罕见。除了上文所述士人自荐、劝勉的交流情况外，北朝诗人常常借咏物诗来传情达意。如《赠王肃诗》与《代答诗》：

> 本为箔上蚕，今作机上丝。得络逐胜去，颇忆缠绵时。①

> 针是贯绅物，目中常纴丝。得帛缝新去，何能衲故时。②

这两首诗虽各自以蚕丝和针为中心物象，但绝非对二者形貌的实际描摹。确切地说，这两首诗都是借蚕丝与针喻人，通过突出所咏之物的某个特性，以比兴方式向明确的对象传情达意。

因此，北朝诗人创作咏物诗的目的倾向于交流功能。在满足礼制精神功用观的主导之下，诗人和造物者都有意识地开启了作品的交流功能。咏物诗已如上文所述，六朝造物者事实上也有为与明确对象交流而造物的情况。如：

> 其后人有上百戏者，能设而不能动也。帝以问先生："可动否？"对曰："可动。"帝曰："其巧可益否？"对曰："可益。"受诏作之。以大木雕构，使其形若轮，平地施之，潜以水发焉。设为女乐舞象，至令木人击鼓吹箫；作山岳，使木人跳丸掷剑、缘绖倒立，出入自在，百官行署，舂磨斗鸡，变巧百端。③

虽然此为三国曹魏时马钧的例子，但也可证知工匠受诏令而造物与诗人受诏令而作咏物诗的情境是十分相似的。在这种情况下创作的作品蕴含了君臣或上下级之间的交流，如：

① 逯钦立辑校《先秦汉魏晋南北朝诗》，中华书局，1983，第2227页。
② 逯钦立辑校《先秦汉魏晋南北朝诗》，中华书局，1983，第2227页。
③ 何庆先等整理《中国历代考工典》，江苏古籍出版社，2003，第46页。

> 丞相仓曹祖珽谓芳曰：“律管吹灰，术甚微妙，绝来既久，吾思所不至，卿试思之。”芳留意十数日，便报珽云：“吾得之矣，然终须河内葭莩灰。”祖对试之，无验。后得河内灰，用术，应节便飞，余灰即不动也。①

这种造物活动的情境或发生于工匠受上级诏令而作，或发生于臣下为讨上级欢心主动创制。如：

> 述素好着奇服，炫耀时人。定兴为制马鞯，于后角上缺方三寸，以露白色。世轻薄者争放学之，谓为许公缺势。又遇天寒，定兴曰：“入内宿卫，必当耳冷。”述曰：“然。”乃制袂头巾，令深袙耳。又学之，名为许公袙势。②

但庾信、王褒等由南入北的诗人创作的咏物作品则仍秉承“诗缘情”主旨——借物抒情。如：

> 投壶生电影，六博值仙人。何如镜奁上，自有拂轻巾。
> 隔涧疑将别，陇头如望秦。握笔徒思赋，辞短竟无陈。③

> 明镜如明月，恒常置匣中。何须照两鬓，终是一秋蓬。④

庾信与王褒由南入北周，羁留不返，常发思念故国之叹，这种情感也寄寓于其所作的咏物诗之中，以上二首咏物诗便属于这类情况。相较于前面的寓志抒情之作，庾信等人的作品往往并无明确的传情达

① 何庆先等整理《中国历代考工典》，江苏古籍出版社，2003，第48页。
② 何庆先等整理《中国历代考工典》，江苏古籍出版社，2003，第52页。
③ 逯钦立辑校《先秦汉魏晋南北朝诗》，中华书局，1983，第2341页。
④ 逯钦立辑校《先秦汉魏晋南北朝诗》，中华书局，1983，第2406页。

意的对象。中心物象往往仅是表达创作主旨的媒介，但在创作者的潜意识中，这类咏物之作和造物艺术一样，都蕴含了对贵族阶层精神性需求的满足。

以言志抒情为创作主旨的北朝咏物诗，其对中心物象的描摹并非写实，如崔鸿的《咏宝剑诗》即可为例。事实上，剑在汉代已经被刀所取代，退出了历史舞台。因为礼仪，其仅仅作为配饰而存在。北朝咏物诗对其功能的赞叹性描述，显然仅是以之为媒介，表达出对特定人物才能和功业方面的肯定。虽然如此，北朝以器物为描摹中心的咏物诗还是有部分作品以写实为创作主旨，如《麟趾殿咏新井诗》《咏羽扇诗》《题结线袋子诗》等。

当为醴泉出，先令浪井开。铜新九龙殿，石胜凌云台。①

摇风碎朝翮，拂汗落毛衣。定似回溪路，将军垂翅归。②

交丝结龙凤，镂彩织云霞。一寸同心缕，千年长命花。③

庾信的咏物诗并无明显抒发情感的倾向，《题结线袋子诗》是北朝咏器物诗中较为少见的对中心物象进行写实性描述的作品。宗懔《麟趾殿咏新井诗》同样不以抒情为创作主旨，但其采用的对中心物象的描写亦非写实性。全篇并没有观赏中心物象，即景创作，而是以对仗、用典等表现手法对“新井”的材料质地、审美、功能进行全方位描述。这首诗某种程度上具有对统治者歌颂之意。其诗中“醴泉”“浪井”“九龙殿”“凌云台”等均涉及典故，以描绘水质、井之祥瑞（出身）、材料及其审美体验等部分。如“浪井”，《艺文类聚》引晋

① 逯钦立辑校《先秦汉魏晋南北朝诗》，中华书局，1983，第2327页。

② 逯钦立辑校《先秦汉魏晋南北朝诗》，中华书局，1983，第2407页。

③ 逯钦立辑校《先秦汉魏晋南北朝诗》，中华书局，1983，第2407页。

张鉴的《浔阳记》记载，此井是西汉名将灌婴在高帝六年（前201）领兵屯扎九江时开凿的，故称灌婴井。《艺文类聚》还记载了这浪井与祥瑞关联的始末。其文曰：

> 孙权经此城，自标井地，令人掘之，正得故井。铭曰：“颍阴侯所开。云三百年当塞，塞后不满百年，当为应运者所开。”权忻悦，以为己瑞。[①]

由此，浪井就被当世人视为一种祥瑞。《梁书·符瑞志》曰：“浪井不凿自成，王者清静则应。”[②] 梁代孙柔之《瑞应图记》：“王者清静则浪井出，有仙人主之。”宗懔这首《麟趾殿咏新井诗》或为应诏令所作，其中九龙殿、凌云台等意象也取材于帝王居所。若是如此，则其有明确的达意对象。因此，该诗仍然是以满足贵族统治者精神需求为创作主旨。虽然如此，这样的作品却很可能是在诗人触目所见的情境下创作而成的。这种情境下，咏物诗人以写实的笔法描绘中心物象。只是诗歌文体特点与美颂上德的创作主旨，使得其写实性被遮蔽。作者以一种较为独特的咏物诗表达方式将其所见之物的感觉以比拟的方式表达出来。

其实，这种将所要表现之物以比拟加以呈现的方式在造物艺术中亦时有表现，如贵族统治者觉得前代或当世同类器物能满足其物质或精神性需求时，往往会要求造物者在为其创制的同类器物中，融入相同的设计元素，贵族统治者甚至希望该器物能汇集所有同类器物的优质特征。当然，超越时空地汇集某物类的优点，在咏物文学创作中较为容易实现，而在造物艺术的创作中则显得颇为困难。对传统装饰的继承可视为贵族统治者跨越时间所限的模仿方式。经实践证明的造物

① （唐）欧阳询：《艺文类聚》，上海古籍出版社，1982，第178页。

② （唐）姚思廉：《梁书》，中华书局，1973，第863页。

程序、工艺及配饰都是将前代造物优质元素嵌入当世造物艺术的表现形式。如前文所述包括四神纹饰、龙凤、嘉禾、羽人等祥瑞物象符号融入造物设计之中即可为例，又如瓷器中鸡首壶就是北朝造物艺术对前代的继承。由于《风俗通义》中“门户用鸡”的记载，[①] 魏晋人常将与“鸡”相关的物品置于门户位置。晋王嘉《拾遗记》记载“或刻木或铸金为此鸟之状置于门户之间，则魑魅鬼类自然退伏，今人每岁元旦或刻木铸金，或图画为鸡于牖上，此之遗像也”。[②] 这种阳宅的设计或影响与“鸡”相关的造型成为陵墓的装饰。[③] 北朝鸡首壶出现并被运用于陵墓装饰表明，北朝贵族也和前代统治者一样，接受前代统治者文化思想并模仿一些行为。

而超越空间的模仿在北朝造物活动中则较为明显——对南朝和西域等设计元素的引入，这其中就包括上文所述的佛教文化元素、狮子、骆驼、孔雀、大象、翼马等域外物种形象的融入，除了追逐时尚外，还包含了一定的政治方面的精神需求。如后赵统治者石虎因自己是胡人，为了巩固自身在中原地区的统治，崇佛抑道，因为佛教由古印度经西域传入，亦被视为外来宗教，石虎认为与自己胡人身份相似，有意抬高佛教贬低中原本土产生的道教。又如北朝统治者喜好翼马也是渊源有自的。中国织造的第一类联珠纹里，主纹题材中已经出现的萨珊式象征动物只有翼马，野猪头、鹿、大角羊、雄鸡均不见。北朝统治者对翼马的情有独钟或是基于对日神密特拉的信仰。这种以之为等级象征的精神喜爱影响直至唐代的关陇集团，唐人直呼翼马为“天马”，并模仿制造与它相关的事物。

---

① 《风俗通义》曰：“俗说鸡鸣将旦，为人起居，门亦昏闭晨开，扞难守固，礼贵报功，故门户用鸡也。”可参见（汉）应劭撰，王利器校注《风俗通义校注》，中华书局，2010，第374页。

② （南朝梁）宗懔著，王根林、黄益元、曹光甫校点《汉魏六朝笔记小说大观》，上海古籍出版社，1999，第1052页。

③ 谢明良：《鸡头壶的变迁——兼谈两广地区两座西晋纪年墓的时代问题》，《六朝陶瓷论集》，生活·读书·新知三联书店，2019，第415~431页。

核心小结

1. 六朝造物艺术观的生成离不开当世咏物文学创作思想，二者相因相生。虽然表现方式不一，但物性与人性的融合是六朝造物观与咏物文学思想的共通之处，是道本思想在文艺领域的延伸。六朝造物艺术中的时间性特征可谓受咏物文学的影响而产生。造物艺术融入咏物诗情主要表现为空间造物艺术中呈现情感的表达或时间叙事，具体通过线条刻画、时空结构、结合诗文题材三种方式融入时间性特征，汇通咏物诗创作观念。北朝造物观虽有自身的独特性，但同样源于造物艺术观与北朝咏物诗的相因相生。

2. 六朝咏物诗与造物艺术在美学特征与发展趋势上大致相同。在艺术形式追求上，自南朝以后，咏物诗由描摹物象追求“形似”而至于全面性的“声色大开”。而造物艺术也历经“形似”与自然“清简”审美风格的交替，最终“文”“艺”创作携手为“形神兼善”的艺术境界奠定基础。因此，对六朝咏物诗与造物艺术美学特征的比较，有利于把握六朝“文”“艺”设计观中积极、有价值的共通元素。

3. 由于六朝文化多元化的特质，咏物诗与造物艺术因南北地域、民族的区隔存在差异，也随着西域文化、欧洲文化、佛教文化的传入而不断演变。但这些文化都是设计者在继承造物传统基础上小心择取新文化元素加以交融的。现代设计在技艺方面继承了自六朝以后造物艺术文化多元性的遗传基因。

第五章　比较与借鉴：论六朝造物艺术与咏物赋的关系

与汉代相比，魏晋南北朝是一个政局混乱、民族矛盾尖锐而经济低迷的时代。在这样一个乱世，生产力可以说较汉唐而言是低迷、落后的。文士群体此间过的也是朝不保夕的生活，他们开始由追求生命的长度转向追求生命的宽度。这正是文人群体多放荡不羁的原因之一。刘岱《中国文化新论》提道："其实，严格地说，任何一个文化的高度发展，其外在的有形事物的创造，都与其内在心灵世界的开拓相呼应。器物工艺也好，典章制度也好，科学技术也好，文学艺术也好，都可以说是人类思想智识、价值意义和精神情操的具体表现。两者息息相通，互为映照。"① 我们认为，可以从两方面分析时代剧变对文、艺造物内容主题表达的影响。一方面，造物或咏物文学的发起者或欣赏者往往并不是中下层的文士而是统治阶层。拥有绝对权力的统治者令造物者感到畏惧，部分"艺""文"设计者甚至对权贵曲意逢迎。在这样的高压态势下，真实内心世界的压抑，造成造物或咏物文学中仍然多歌功颂德之作。另一方面，由于社会的黑暗及士人阶层的反抗，某些揭露当世统治阶层罪恶或抒发中下层民众不满的作品也较前代为多。这时的作品中还出现了一些放荡不羁、不尊礼法的士人形象，这在前代是没有出现过的。另外，佛教文化、域外文化元素又共同融入咏物赋与造物作品的内容之中。

---

① 刘岱：《中国文化新论·序论篇》，联经出版事业公司，1971，第 20 页。

第一节　六朝“艺”“文”设计内容比较分析

在咏物赋与造物艺术品实物对比中存在这样一种情况：由于历史悠久，不少作品已经湮没无闻，所以会导致某个时段或某类题材作品缺失的状况。这直接造成了比较中，有时需采取推测的态度。如博山炉题材虽在六朝咏物赋与造物实体中同时存在，但由于现存作品产生于不同的历史时段，这给内容比较造成困难。

博山香（熏）炉题材自汉代以后描绘的就是神仙世界，到了六朝时期，诗赋类文学作品延续了这样的内容。如梁代萧统《铜博山香炉赋》对香炉身上绘制的图像内容有这样的描述：“有薰带而岩隐，亦霓裳而升仙。写嵩山之巃嵸，象邓林之芊眠。方夏鼎之瑰异，类山经之俶诡。”[①]“于时青女司寒，红光翳景。吐圆舒于东岳，匿丹曦于西岭。翠帷已低，兰膏未屏。爨松柏之火，焚兰麝之芳。荧荧内耀，芬芬外扬。似庆云之呈色，如景星之舒光”。[②]陈代傅宰《博山香炉赋》亦云：“麝火埋朱，兰烟毁黑。结构危峰，横罗杂树。寒夜含暖，清宵吐雾。制作巧妙，独称珍淑。气氛氲，长似春。”[③]但南朝文学作品中融入了宫体或艳情的色彩。萧统《铜博山香炉赋》有“齐姬合欢而流盼，燕女巧笑而蛾扬。超公闻之见锡，粤文若之留香。信名嘉而器美，永服玩于华堂”[④]。由物牵引出与物相关女性的创作方式与宫体类咏物诗如出一辙，而这在两汉博山香炉诗赋内容中则未出现，我们还可以从诗歌创作中得到印证，如南齐刘绘有《咏博山香炉诗》云：“参差郁佳丽，合沓纷可怜；蔽亏千种树，出没万重山。上镂秦王子，驾鹤乘紫烟；下刻蟠龙势，矫首半衔莲。旁为伊水丽，芝盖出

① 许结主编《历代赋汇》（校订本），凤凰出版社，2018，第2361页。
② 许结主编《历代赋汇》（校订本），凤凰出版社，2018，第2361页。
③ 许结主编《历代赋汇》（校订本），凤凰出版社，2018，第2362页。
④ 许结主编《历代赋汇》（校订本），凤凰出版社，2018，第2361页。

岩间；复有汉游女，拾羽弄余妍……”① 但从现存的香（熏）炉实物来看，其似乎并未如文学作品所描绘的那样增加了物化女性等艳情成分。如图 5-1-1 铜熏炉，其制作年代应该不晚于东晋早期。该熏炉下为侈口圆形承盘，盘内卧一兽。炉体腹部出宽沿，沿上一周铸佛像和三只飞鸟。佛像有高肉髻，结跏趺坐，炉盖镂空四龙，并铸有飞鸟。

炉身上的飞鸟和佛像装饰或与当世追求高逸的人生态度及佛教传入的影响有关。而图 5-1-2 仿制汉代博山香炉的青瓷博山熏炉也未见炉身上绘制艳情成分与女性形象。

图 5-1-1　东晋铜熏炉

图 5-1-2　青瓷博山熏炉

由于现存的博山香（熏）炉产生于东晋，而咏博山炉或铜炉的赋作创作于梁陈时期，所以文学作品与造物艺术品在相互印证上存在一定的缺失。至于齐梁以后的香（熏）炉身上绘制的内容是否会出现艳情女性的形象，我们暂时不能给出确切的答案。即便东晋的香（熏）炉中没有香艳的女子形象，也不代表梁陈咏香炉赋提及的宫体内容全然是文学的虚构。梁陈时期文士确实颇具脂粉气息。“梁朝全盛之时，贵游子弟，无不熏衣剃面，傅粉施朱，驾长檐车，跟高齿屐，坐棋子方褥，凭斑丝隐囊，列器玩于左右，从容出入，望若神仙。”② 这样

① 逯钦立辑校《先秦汉魏晋南北朝诗》，中华书局，1983，第 1469 页。

② 王利器：《颜氏家训集解》（增补本），中华书局，1993，第 148 页。

生活环境中的文士强化神仙世界中的女仙形象，在造物艺术作品中将仙女与生活中的宫女联系、强调，不无可能。

虽然汉代赋家提出赋家之心要“包括宇宙，总揽人物”，但可能直至六朝才达到了这个标准。刘大杰先生曾总结过六朝咏物赋题材之广：“飞禽走兽、奇花异草、天上的云、地下的落叶，都是他们的题材。桔子、芙蓉、夏莲、秋菊、蝙蝠、蝗螂、麻雀、小蛇都被他们赋到了。”[①] 以器物类题材为例，六朝就多出了许多种类，如玛瑙勒（陈琳等有作）、相风（张华、潘岳、傅玄等有作）、羽扇（陆机、傅咸、张载、嵇含、江逌有作）等，都是前人未曾涉及的题材。

虽然如此，但从题材分类看，以六朝咏物赋来比较分析六朝造物艺术，仍然较为困难。据南京市博物馆所编的《六朝风采》，我国出土了许多六朝文物，如青瓷罐、壶、鬲、簋、洗、杯、盘、碗、钵等，但在六朝咏物赋中却未见相关作品存世。而剑、镜、灯具等器物属于在文学作品、出土实物中都有记录或留存，但在现实比较中也有较大难度。事实上六朝的作品相当少，二者比较时需要参考唐宋以后的咏物作品。据《六朝赋汇》统计，以镜为中心物象的赋作有 13 篇，其中六朝时期的作品仅有 3 篇，还存在文学作品与现存文物都较为缺乏的情况，如在现存 17 篇以剑为描摹中心物象的作品中，仅曹植《宝刀赋》可视为魏晋南北朝的赋作，其余 16 篇都是唐及以后的作品。而《六朝风采》中所录的文物也只有出土的东晋玉剑具一副。不仅可比较样本非常少，而且二者所处时代不一。这些都限制了比较的空间，也降低了比较结果的效度。可见具备较充分的对比分析的空间的器物较少，现以灯具为例，论述六朝艺术与文学作品内容并揭示其蕴含的设计思想。

《尔雅·释器》曰：“瓦豆谓之登（镫）。”中国古代的灯具业较为发达，考古材料表明，春秋战国时期，陶制和青铜制的灯具已经开

---

① 刘大杰：《中国文学发展史》，上海古籍出版社，1998，第 169 页。

始流行。至汉代，青铜灯具的生产达到鼎盛时期。汉代的青铜灯具尺度适宜，具有消烟除尘、挡风调光的先进功能，结构科学合理，简便巧妙。汉代不少青铜灯具都装有导烟管，并安装有灯具和灯罩，而灯的体腔都是中空的，用以贮清水，导烟管的一端连着中空的灯体，另一端连着覆钵形的灯盖。当灯盘中的灯火点燃时，烟尘通过灯罩上方的灯盖被吸入导烟管，再由导烟管使烟尘溶于体腔内的清水，从而防止灯烟污染室内的空气，起到了环保的作用。灯具的材质与纹饰，亦历经演变。战国时期出现了人形灯，汉代出现了动物形灯。魏晋南北朝时期，灯具在材质上发生了很大变化，青瓷灯取代了青铜灯，成为灯具中的主体。

据统计，南京市博物馆现藏六朝灯具文物约 7 件，分别是西晋青瓷灯 1 件、东晋青瓷灯 1 件、南朝刘宋青瓷灯 1 件、东晋铜灯 2 件、南朝陶灯 1 件、铜灯 1 件。而《历朝赋汇》中咏灯具的赋作 14 篇，其中创作于六朝时期的作品有 6 篇，分别为魏殷巨《鲸鱼灯赋》[①]，梁简文帝《灯赋》，北周庾信《灯赋》，梁简文帝、梁元帝、庾信的同名作品《对烛赋》。而据严可均《全上古三代秦汉三国六朝文》统计，除了上文所列篇目外，还有以下篇目：西晋傅咸《烛赋并序》、夏侯湛《釭灯赋》、孙惠《百枝灯赋》（残）、东晋范坚《蜡灯赋》（残）、萧纲《列灯赋》（残）、江淹《灯赋》等。赋家从文学创作的视角出发，其描摹的内容重点似不在灯具本身，仅仅是轻轻带过，更多的是构建一个以所咏灯具为中心，以周围物象为衬托而组成的意象群。如：

> 珠珍宝器，奇像妙工。取光藏烟，致巧金铜。融冶甄流，陶形定容。尔乃隐以金翳，疏以华笼。融素膏于回盘，发朱耀于绮窗。宣耀兰堂，腾明广宇。焰煜爚于茵筵，焕炤焮乎屏组。[②]

① 严可均将殷巨及其《鲸鱼灯赋》列为西晋的作家和作品。

② （清）严可均编《全上古三代秦汉三国六朝文》，中华书局，1965，第 1851 页。

> 月似金波初映空，云如玉叶半从风，恨九重兮夕掩，怨三秋兮不同。尔乃传芳醁，扬清曲，长袖留宾待华烛，烛烬落，烛华明，花抽珠渐落，珠悬花更生。风来香转散，风度焰还轻。本知龙烛应无偶，复讶鱼灯有旧名。烛火灯光一双炷，讵照离人两处情。[①]

> 乃有百枝同树，四照连盘。香添然蜜，气杂烧兰。烬长宵久，光青夜寒。秀华掩映，蚕膏照灼。动鳞甲于鲸鱼，焰光芒于鸣鹤。蛾飘则碎花乱下，风起则流星细落。[②]

以上作品为不同时空赋家所作。其在创作上基本保持了各自文学发展阶段的特色。夏侯湛《釭灯赋》尽显华贵，其所用“珠珍宝器”“金铜”“金翳”“华笼”“茵筵”等藻饰灯烛意象之语，营造出华丽繁缛之美。比较起来，六朝后期的作品风格上则显得更加柔媚流畅。同样描绘华屋内的精美灯具，六朝前期的作品重点描摹灯具外在造型的精美工巧，而萧纲、庾信描绘的中心在燃烛动态之貌——烛花更生、灯焰摇曳、蜡香四溢等，如“蛾飘则碎花乱下，风起则流星细落”淋漓尽致地将风吹影动、焰星散落的灯烛动态之美描摹出来。齐梁赋作的内容中还带有女性形象及宫体色彩。如萧绎《对烛赋》云“长袖留宾待华烛”“烛火灯光一双炷，讵照离人两处情”[③]，就由灯烛引出了女性的形象。

现存灯具与咏灯赋比较，最大的困难有两个。其一，现存文物是灯具“物”的个体存在，文学作品是以灯具为中心的整个环境。如庾信《灯赋》曰：“乃有百枝同树，四照连盘。香添然蜜，气杂烧兰。烬长宵久，光青夜寒。”又梁元帝《对烛赋》：“月似金波初映空，云

① 许结主编《历代赋汇》（校订本），凤凰出版社，2018，第2445页。
② 许结主编《历代赋汇》（校订本），凤凰出版社，2018，第2442页。
③ 许结主编《历代赋汇》（校订本），凤凰出版社，2018，第2445页。

如玉叶半从风，恨九重兮夕掩，怨三秋兮不同。”文学作品描写往往从周遭环境开始延伸至所咏灯具。其二，作为文物的灯具无法展示其功能性，也就不能呈现庾信《灯赋》所描绘的“动鳞甲于鲸鱼，焰光芒于鸣鹤。蛾飘则碎花乱下，风起则流星细落”的烛火动态之貌。因此，以上两部分内容一般仅见于文学描绘而不见于造物表达，但我们也可依据灯具上的一些设计、装饰推测其功能及与赋作内容相互印证。如1995年南京丁墙村墓出土的西晋青瓷灯，其灯身（柄、柱）上雕有龙、坐熊的造型，有三部分装饰：其一，熊首紧贴承柱，前肢作取食进口和抓耳挠痒的姿势，后肢弯曲。其二，承柱长柄端雕饰龙首。龙微露齿，圆睁双目。其三，柱上承灯盏，盏外壁饰弦纹及联珠纹。而六朝咏灯赋中未出现熊或龙的形象。殷巨《鲸鱼灯赋》亦存有描摹灯身雕饰动物形象的内容。开首则描绘其外貌特点水族最“大”——“横海之鱼，厥号惟鲸。普彼鳞族，莫之与京”[①]，紧接着将装饰动物与中心意象“灯烛”相联系，“写载其形，托于金灯”[②]，然后花了大篇幅描写雕饰物象——“鲸鱼”，“隆脊矜尾，鬐甲舒张。垂首俯瞰，蟠于华房。状欣欣以竦峙，若将飞而未翔”。[③]西晋由于政府仍然提倡名教，儒家思想仍然有一定的影响力，因此，描绘鲸鱼意象时，作者也融入了一定的儒家文化元素——咏鲸鱼之德性，即文中所言：“怀兰膏于胸臆，明制节之谨度”。当然，我们也可从中看出当世文人追求华美繁丽的审美观念。灯具的功能性反而居于次要地位，雕饰以多种动物和纹饰足以表明工匠和设计者、发起者、欣赏者这些人的审美观念。《西京杂记》引司马相如云：“赋家之心，苞括宇宙，总揽人物。”[④]赋家对作品内容所追求的最高境界就是囊括古往今来一切时空的所有事物。当然，随着独尊儒术的统一大帝国的崩溃，六朝

① 许结主编《历代赋汇》（校订本），凤凰出版社，2018，第2441页。

② 许结主编《历代赋汇》（校订本），凤凰出版社，2018，第2441页。

③ 许结主编《历代赋汇》（校订本），凤凰出版社，2018，第2441页。

④ 丁福保：《历代诗话续编》，中华书局，1983，第951页。

咏物赋的内容也发生了相应的变化，而这些变化似在六朝现存器物中能得到部分体现。

第一，咏物赋的中心物象与造物艺术品的造型、图案、纹饰较两汉作品呈现出更多元的文化因子。在思想文化方面，儒释玄三家并立。佛教虽有言汉末传入，但东晋之后，对文艺设计影响犹大。在咏物文学与造物艺术中，莲花意象可能是佛教文化最有代表性的造型因子了。传说佛祖释迦牟尼生在七宝七茎莲花上，因此，莲花又被奉为“佛门圣花”，如佛座称为莲座，佛眼称为莲眼，佛经中也有《妙法莲华经》等。就中国文化而言，莲花意象最早出现于《诗经》《楚辞》中，由于佛教文化的输入、影响，“莲花”意象内涵遂具有了宗教象征意义。文士群体偏爱莲花那高洁恬淡、出淤泥而不染的品质，并将其引向佛理。江淹《莲华赋》[①] 有“一为道珍，一为世瑞”“植东国以流咏，出西极而擅名”等句，表明莲花与佛教的渊源、莲花之祥瑞等，描绘出了带有佛教色彩的莲花形象。莲花高洁之品性与对佛教的皈依向往之情相融合，象征创造者经历宦海沉浮后，对超然物外的向往。江淹又有《金灯草赋》，该赋赞美了金灯草“出万枝而更明，冠众葩而不群”的美好品质。金灯草就是佛教的曼珠沙华，又称彼岸花，也具有一定的宗教意味。不唯文学作品如此，与佛相关的器物中多有莲花的身影，如佛教莲花座、寺庙石阶莲花雕刻、莲花纹、刻有莲花的壁画等。图 5-1-3 为西晋时期的一件青瓷佛造像莲花灯。其造型设计可作如下描述：“这件青瓷佛造像莲花灯，盘口径 16 厘米，通高 39 厘米，其中佛造像高 28 厘米。上下由灯盘、灯柱和灯座组成。灯盘由四片内有叶筋莲花瓣巧妙地捏制而成，呈莲花形，盘内蹲着一只栩栩如生的青蛙，青蛙腹下有一圆孔与灯柱相通。支托灯盘的是雕饰四尊观音菩萨佛立像的空心柱，佛像跣足踏在圆台之上，圆

① （清）严可均编《全上古三代秦汉三国六朝文》，中华书局，1965，第 3148、3149 页。

台上半部浮雕一周覆莲瓣纹，莲瓣片片饱满互不粘连，下半部为素面。”[①] 佛教文化元素在六朝的广泛使用造成了六朝文化总体上儒、道、释三家合流的趋势。河南邓县南朝画像砖[②]就较好地证明了六朝文物文化多元性。墓虽然遭严重破坏，但砖室长达 10.16 米，足见墓室主人地位高贵。墓室彩绘砖画和壁画题材多样：第一类是飞天、麒麟、四神、莲花、化生等佛教题材；第二类是反映儒家思想的郭巨、老莱子等孝子故事；第三类是注明题款的南山四皓、王子乔、浮丘公等宣扬玄道思想的内容。由此看来，佛教文化作为外来文化的新元素与玄学、儒学等共同影响着当世的咏物文学与造物艺术。其实，民族元素、西方元素等多元文化也影响了咏物文学和造物艺术。前文探讨咏物诗与造物艺术关系时曾有述及，此处不再详述。

图 5-1-3　西晋青瓷佛造像莲花灯

第二，功能性：咏物比德转向抒发情性。从咏物赋创作的目的看，赋体文学逐渐告别了道德教化功能而愈发倾向于抒发创作主体自身的个体情感，也就是咏物赋借物抒发创作主体情志的内容由道德教

① 褚曙光：《青瓷贴塑佛像：佛陀初传中国之写照——西晋青瓷佛造像莲花灯赏析》，《文物鉴定与鉴赏》2014 年第 8 期，第 108~110 页。

② 陈大章：《河南邓县发现北朝七色彩绘画象砖墓》，《文物参考资料》1958 年第 6 期，第 55~56、77 页。

化转化为个体的悲欢离合。当然这不是一蹴而就的实现而是一个缓慢的演变过程。在六朝初期，咏物赋中还不时有寓物抒发儒家思想的内容。如殷巨《鲸鱼灯赋》“怀兰膏于胸臆，明制节之谨度”就隐隐含有儒教的礼制思想。又如西晋傅咸《对烛赋》序末有云：“烛之自焚以致用，亦犹杀身以成仁矣。”某种程度而言，这也属于儒家思想教化功用价值内容的传递。

但整个六朝时期，更多的作品已经是创作主体个人悲欢离合之情投射于社会之反映。六朝赋作亦与文学发展的总体大趋势相合。西晋成公绥《弃故笔赋》以先扬后抑的方式表达了作者以笔喻己的悲观情绪——“仡尽力于万机，卒见弃于行路。”傅咸《扇赋》与此相类，他先说扇在炎炎夏日，“下济亿兆，上宁侯王”，然后秋天一来，便遭委弃。君王“体敛然以思暖，御轻裘于温房。猥弃我其若遗，去玉手而潜藏。君背故而向新，非余身之无良。哀劳徒而靡报，独怀怨于一方”[①]。这与班婕妤《团扇诗》借扇表达出的见弃情感是一致的。男女君臣关系中的弱势者，常以此自拟。与咏物诗一样，齐梁以降，咏物赋创作主旨变成了娱悦创作主体自我的本性，那么，内容上较为明显的一个变化就是出现了艳情的成分，具有宫体色彩。前文以灯具为例举了梁元帝萧绎《对烛赋》的例子。其文有“长袖留宾待华烛”“烛火灯光一双炷，讵照离人两处情”[②]。不只在咏灯的赋作中，其他题材的咏物赋中亦广泛存在这一现象。如上文我们提到的“莲花”意象，在六朝咏莲赋中，从梁代萧纲《采莲赋》开始有了艳情的成分。之前的赋家如曹植、潘岳、鲍照、江淹等皆有咏莲之作，他们作品的共同特点是运用大量笔墨来描摹物色。但萧纲在赋题前增一“采”字，便巧妙地对传统题材进行了改造，将描绘的中心逐渐由刻画莲花的形态色彩转向刻画泛舟荷塘的采莲女子。赋文有：“楚王暇日之欢，

① 许结主编《历代赋汇》（校订本），凤凰出版社，2018，第2414页。

② 许结主编《历代赋汇》（校订本），凤凰出版社，2018，第2445页。

丽人妖艳之质。……于是素腕举，红袖长。回巧笑，堕明珰。荷稠刺密，亟牵衣而绾裳。人喧水溅，惜亏朱而坏妆。物色虽晚，徘徊未反。畏风多而榜危，惊舟移而花远。歌曰：'常闻蕖可爱，采撷欲为裙。叶滑不留綖，心忙无假薰。千春谁与乐，唯有妾随君。'"[①] 显然萧纲所作《采莲赋》的内容较前代大幅增加了宫体的成分。我们可推测采莲的女子并非劳动女性而是生长于深闺者。其内容也是经过文士加工修饰并符合贵族审美情趣的图景。萧纲的《梅花赋》亦是重点突出了美丽女子赏梅的内容。如结尾四句曰："春风吹梅长落尽，贱妾为此敛蛾眉。花色持相比，恒愁恐失时。"[②] 萧绎咏物赋除了上文提到的《对烛赋》外，《采莲赋》《鸳鸯赋》等作品中亦有大篇幅的艳情内容。其中萧绎《采莲赋》仅在开头用了四句写景，随后便将大量笔墨集中于描写采莲佳人。其中"恐沾裳而浅笑，畏倾船而敛裾"等句绘声绘色地描述出了采莲女子的神态、动作之美。

六朝咏物赋与造物艺术在创作特点、内容方面存在与时代相适应的成长和变化，其具体表现为以下两点。其一，较前代作品呈现出更多元的文化、民族因子。其二，在功能性方面，咏物比德转向抒发情性与娱乐本性。而在艺术特性方面，咏物文学与造物艺术尤其以艺术空间性较有价值，现述之于下。

第二节　咏物赋与造物艺术的空间性比较

一　六朝咏物赋与造物艺术比较概述

六朝赋体文学改变了汉大赋铺陈众多物象的状物方式，转变为集中描绘某类具体中心物象。六朝状物抒情小赋呈现异彩，并逐渐成为赋体文学的主流，可称为咏物赋。而六朝咏物赋与造物艺术间存在较

① 许结主编《历代赋汇》（校订本），凤凰出版社，2018，第3370页。

② 许结主编《历代赋汇》（校订本），凤凰出版社，2018，第3402页。

为深厚的关联，这也是二者比较的基础。以状物抒情为特色的六朝咏物赋与造物艺术至少在三方面颇为类似，可资比较。第一，六朝时期留下了器物、动植物造型的工艺品、壁画等艺术品，同时六朝咏物赋中也留存了相当数量对这类艺术品的语言描述。二者存在可比照分析的条件。第二，六朝咏物赋是通过语言状中心物象之形貌，造物艺术则无须语言形式的转化，直接呈现“物”的状貌。虽然状物方式不尽相同，但都是以感官（如视觉）传达，也因之存在比较分析的空间。第三，无论是视听感官传达还是通过语言艺术，以联想等方式具象化中心物象，其实质都与传统意象思维相关。咏物赋与造物艺术在设计思想、艺术思维等方面颇类似，具有可比较的空间。

就六朝咏物赋而言，其在艺术成就方面较汉代有了突破和变化。杨胜宽在《魏晋赋泛论》中总结道：“魏晋赋之于汉赋，在内容和形式上都有其时代特色，是汉赋的反向发展；南北朝的赋，属对精切，又为魏晋赋所不及。”[①] 所谓“反向发展”，是就二者在表情达意上的区别而言。汉赋以搜罗宏富、描写面面俱到为特色。而魏晋南北朝赋则更注重情感的抒发。“由于太重客观的肖似和物象本身的状态与秩序，作家主观选择和调配的能力受到抑制，其思路和笔触只能遵循事物的本然状态，而较少作虚构的、即兴的或违背理性逻辑的艺术处理。已需要的不是创作者强烈的感动，而是冷静细致和客观的观察与描摹；其主观感情很难在‘情景’的撞击中酝酿而臻高潮。”[②]

文艺作品的艺术构成方式，与时代生活的取向、时空广度及当世创作群体的审美观念等因素呈对应关系。不同艺术门类间有规律、持续、反复出现之特征，在赋作与造物艺术品中的体现构成了六朝较为稳固的艺术特性及设计观念。求同显然只是我们研究的一面，分析咏物赋与造物艺术设计观的差异同样值得关注。

① 杨胜宽：《魏晋赋泛论》，《西南师范大学学报》（社会科学版）1988 年第 1 期，第 92~98 页。

② 杨胜宽：《南北朝赋的艺术突破》，《西南师范大学学报》（哲学社会科学版）1992 年第 1 期，第 104~108 页。

六朝艺术在视听呈现上不似秦汉艺术作品那样富有雄壮粗犷的气韵，也没有那么多用想象力和夸张表现方式洋溢出的生机。东晋南朝一系的文艺作品由清秀转而愈发柔媚，北朝艺术风格则是绮丽与粗犷并存。在这一点上，艺术与文学创作的风格都与六朝时代的整体艺术风格相契合。在造物设计方面，设计不再强调物的日用和繁复雕琢的装饰形式，而是致力于表现内在的品质和灵性，总体上“情必极貌，物必追新”的造物共通性倾向逐渐形成。而要达到“情必极貌”的效果，设计主体之心与物间的关系在创作过程中要达到相当程度的契合。王明发《画像砖》曾表达过这样的见解：“对物象的刻画建立在神似的基础之上，讲求物象整体的准确，细微部分则浅尝辄止，仅起着点缀的作用。”[①] 这就是六朝咏物赋与造物艺术都追求的审美效果：气韵生动、以形写神。范文澜对六朝文艺“共通性”特点的评价颇为中肯：“东晋南朝对历史是有贡献的，不能因为政治上是偏安，轻视它们的贡献。”[②]

刘勰《文心雕龙·诠赋》评述了赋体文学“品物毕图”的能力：“汉初词人，顺流而作；陆贾扣其端，贾谊振其绪；枚（乘）马（司马相如）同其风，王（褒）扬（雄）骋其势；（枚）皋（东方）朔以下，品物毕图。”[③] 与诗歌不同，赋体文学自带“写物图貌、蔚似雕画”的视觉感。这种视觉冲击力是赋作家通过语言表达上的白描、比喻、烘托等修辞方式，使得词语映射回接受者脑中构成语象。所谓语象就是由语言转化而来呈现于读者脑海中的图像。相较而言中华民族更偏好以具象、直接的思维方式与客观事物相联系。无论是艺术与文学的创作者还是接受者都是如此，故《周易·系辞上》有“在天成象，在地成形”“圣人设卦观象，系辞焉而明吉凶”之语。郑樵

① 王明发：《画像砖》，辽宁画报出版社，2001，第 27 页。

② 转引自卞孝萱《开展六朝研究的几点思考（代序）》，载许辉、邱敏、胡阿祥主编《六朝文化》，江苏古籍出版社，2001，第 4 页。

③ （南朝梁）刘勰著，范文澜注《文心雕龙注》，人民文学出版社，1958，第 134 页。

《通志》卷七十二《图谱略·索象》云：“古之学者，为学有要，置图于左，置书于右，索象于图，索理于书，故人亦易为学，学亦易为功。”[①] 其“索象”“索理”所表现的也是古之学者常采用“左图右书”、图文互证的认知事物的方式。这种观念至于汉魏六朝愈发为艺术与文学的创作者所接受与秉持。扬雄《法言·问神》说：“故言，心声也；书，心画也；声画形，君子小人见矣。声画者，君子小人之所以动情乎。”[②] 陆机也说：“宣物莫大于言，存形莫善于画。”[③] 这都为六朝出现大量“语图合体”文艺作品奠定了思想基础。李立《论汉赋与汉画空间方位叙事艺术》认为，汉画的构图与汉赋的构思均要求通过空间维度的艺术表现而实现，这就为空间方位叙事提供了叙述平台。[④] 作为最有“语图合体”特性的咏物赋，无疑具备和造物艺术品比较的条件。据统计，以“六朝咏物赋”或“六朝造物艺术”为主题的相关论文、论著有数十部，可谓不乏成果。可研究二者关系的成果则寥寥无几。我们只能跳脱文体或时代的限制来寻找可资借鉴的前人成果。如张自然《汉魏六朝咏琴文学的艺术学解读》[⑤] 在梳理文献基础上，对描绘某具体物类的文学作品做艺术学阐释。又如对汉画像石与汉赋关系的探讨，有李宏《汉赋与汉代画像石刻》[⑥]、李立《论汉赋与汉画空间方位叙事艺术》[⑦] 等研究成果，它们虽不属于六朝时段的研究，但可为六朝咏物赋与造物艺术关系的研究提供思路。上述研究并不是真正意义上六朝咏物赋与造物艺术的比较研究。我们拟从空间视角、空间结构、空间层次表现三个方面探寻六朝咏物赋与造物艺术的空间性。

---

① （南宋）郑樵：《通志》，上海古籍出版社，1987，第494页。

② 李守奎、洪玉琴：《扬子法言译注》，黑龙江人民出版社，2003，第67页。

③ 张彦远：《历代名画记》，上海人民美术出版社，1964，第4~5页。

④ 李立：《论汉赋与汉画空间方位叙事艺术》，《文艺研究》2008年第2期，第50~59页。

⑤ 张自然：《汉魏六朝咏琴文学的艺术学解读》，《民族艺术研究》2016年第4期，第125~134页。

⑥ 李宏：《汉赋与汉代画像石刻》，《中原文物》1987年第2期，第146~151页。

⑦ 李立：《论汉赋与汉画空间方位叙事艺术》，《文艺研究》2008年第2期，第50~59页。

二　空间视角：散点透视与宏观到微观

六朝造物艺术较多的空间表达方式是散点透视法，在建筑群、壁画、墓葬等讲究空间布置的造物艺术中尤其如此，即便是器物制作等方面亦多应用散点透视视角展现艺术空间性。“山水有可行者，有可望者，有可游者，有可居者。画凡至此，皆入妙品。”① 造物主体与主流接受人群都接受且肯定这种视角随位置变换而呈现不同景致、整个艺术表现空间形成流动式韵律的审美趣味。采用散点透视法表现物象，适用于将原本近大远小的物象处理成平列的同等大小的物象。在壁画、建筑群落、墓葬等空间跨度较大的物象中创作者常常以这种视角呈现给欣赏者。这类空间跨度大的艺术品中的车马、楼阁、人物、百兽等，虽都在同一水平线上，运动方向一致地全分布在一幅横长画中，但物象间相互联系、内容连贯，画面有整体性。

图 5-2-1　邓县武士画像砖

图 5-2-1 为河南邓县出土的武士画像砖，在画像砖上造物艺术者并没有突出其中某位武士的形象，而是运动方向一致地水平呈现这列武士的整体面貌。散点透视法“更加自由，更能使创作者尽可能地

① （北宋）郭熙：《林泉高致》，山东画报出版社，2010，第 23 页。

摆脱来自于客观物象外部形色的干扰和制约，也更加适应美术意象的传递和表达”。[①] 即便在具体器物、装饰中也多用这种空间视角进行艺术表达，如1961年南京甘家巷M2出土的西晋时青瓷堆塑人物楼阁魂瓶，其整器分上、下两部分。上部为瓶颈，瓶口覆以四角攒尖屋顶，顶下四隅各有狮子头为立柱。在这之下的瓶颈部分上、下两层，各层雕饰了飞鸟、立熊、胡俑等。下部为瓶身，在瓶肩腹部位贴了八个胡人骑兽的图案。无论是瓶颈雕饰的物象还是下部瓶身贴制的八个胡人骑兽图案，它们都属于散点透视视角的艺术表达，欣赏者可以随着视觉移动而看见不一样的景物。当然艺术品最终的审美感受是通过整体感呈现和获得。造物工匠以散点透视的方式将所思所见的物象并置在一个水平面内，营造出一种无障碍观看的效果。如青瓷堆塑人物楼阁魂瓶就将本来可能被挡住看不见的、纵深活动的人和物以平面表达为横向的上下、左右排列，让观者看见。其实这种造像技艺承自汉代，在汉代的绘图、雕塑等造物艺术中就已应用。如徐州画像石《侍者铺首图》中左侧侍者取侧面朝向，但其面部却刻画有半侧和全侧的两个鼻子，其意在表现该侍者有转头的动作，并非侍者长相奇特。工匠关注的是怎样不让对象重叠，在一个平面上能看见远近八方不同的对象，而不是对象看起来怎样。他们采取的不是一个固定的视点。因此，散点透视视角将要表现的“物”的下一级组成物象置于同一水平线面（包括水平直线、水平面、环形线、上下等）上。

造物艺术应用的散点透视法在六朝之前的赋体文学中就被采用。汉散体大赋就多以平面叙述的方式铺排宏伟建筑物中包罗的四方上下之万事万物，以整体感吸引读者，如司马相如《子虚赋》“左乌号之雕弓，右夏服之劲箭”中的“左右”叙述，扬雄《蜀都赋》以“蜀都”为中心而构成“东有巴賨……南则有犍潜夷……西有盐泉铁

① 孙怡村：《从汉画像石艺术看中国传统绘画民族性特征的渊源》，《中国汉画学会第九届年会论文集》（上），中国社会出版社，2004，第54页。

冶……北则有岷山”的平面四方型叙事形式。学者李立归纳了汉赋空间方位叙事的十种形式：“左右”“前后”“南北”“东西”“上下”“东西南北”“前后左右”“东南西北”“东南西北上下”等。[①] 需注意的是，这种叙事表达不仅限于赋体文学，诗歌中也运用这种散点透视的叙述方式。在视角表现方面，诗歌通过叙述的推进，在时间的过渡中展现出不同的意象组合，形成了独特的意境空间，如《二十四诗品》“一方面从整体上看，每一篇都有一个主题，每个主题因其文字所创造的意境与人物都可以看做是一个完整空间构成，与之不同的文学风格及创作心境相结合，有其自身的独特性。但是如果从整体上看，这二十四篇彼此又有内在的联系，相互契合，相互补充，各篇都是一个点，点与点的相接形成一个更为统一的整体。另一方面从个体上看，随着视角推进，焦点不断变化，呈现出不同的空间景致，而这些景致又有其内在的一致性，而形成更为深层的精神意蕴”。[②] 但咏物文学的空间视角有其特殊性，如咏物赋相较于散体大赋，更加讲究中心物象的表达，也就是说咏物赋空间视角更类似于焦点透视法。

咏物文学中“以一物命题”的“一物”，应明确界定为“一种物类”，而不是个体的物，是在同一语境下形成的中心物象。此中心物象包含的数量，可以是一个、两个，也可以是一群。[③] 而为了烘托中心物象，其所涉及的事物与之共同构成了中心意象。“咏物诗都是围绕中心意象做全力的描摹，因此诗歌中意象间的关系并不是对等、平行，而是主次有别的。”[④] 其亦可用于评述咏物赋的中心意象及其与其他次要意象间的关系。因此，“辐合式”与“衬托式”，更适用于六朝咏物赋的意象组合方式。这两种意象组合方式更倾向于焦

① 李立：《论汉赋与汉画空间方位叙事艺术》，《文艺研究》2008 年第 2 期，第 50~59 页。
② 鲍士将、李勇：《〈二十四诗品〉中的空间意识》，《安徽农业大学学报》（社会科学版）2015 年第 1 期，第 100~104 页。
③ 钟志强：《六朝咏物诗文学思想史论》，新华出版社，2017，第 38 页。
④ 钟志强：《六朝咏物诗文学思想史论》，新华出版社，2017，第 38 页。

点透视而非散点透视。“辐合式”乃陈植锷所提出，他定义道：“本式分为三小类，诗歌意象犹轮辐之聚轴心（中心意象者）曰‘辐辏’，犹辐条之由轴心向外扩张曰‘辐射’，犹条屏书画之排列者曰‘联幅’。”[①] 而“衬托式”意象组合，出自张中成的《古典诗歌意象组合方式新论》：“衬托式意象组合是指以一个或多个意象去映衬、垫托主要意象、中心意象，并通过这种衬托，更加凸现着力刻画的主要意象、中心意象。”[②] “联幅”式是全诗包含多个不同意象，一句之中两个意象相对，它们并无主次之分，所以也不适用于描述咏物赋的意象关系，倒是与我们上文提到的造物艺术中的散点透视法较为接近。咏物赋则与此不同，句句都围绕中心物象，着力于塑造中心意象。如曹植《九华扇赋》全文曰：

> 昔我先君常侍，得幸汉桓帝，常赐尚方扇。不方不圆，其中结成文，名曰“九华”。其辞曰：
>
> 有神区之名竹，生不周之高岑。对绿水之素波，背玄涧之重深。体虚畅以立干，播翠叶以成林。形五离而九折，篾氂牦解而缕分。效虬龙之婉蜒，法虹霓之氤氲。因形致好，不常厥仪。方不应矩，圆不中规。随皓腕以徐转，发惠风之微寒。时气清以方厉，纷飘动兮绮纨。[③]

赋文从九华扇的前身（材质）竹的生长环境与良好本质开始论述，直到制作成九华扇后的功用与形态。全文叙述不离中心物象九华扇。竹子、高山、绿水、翠叶等次要意象，都似辐条一般指向轴心——九华扇，与其相配合，共同构建合成中心意象。因此，从空间视角方面看，造物艺术更加偏向于散体透视而咏物赋则是以聚焦的方

---

① 陈植锷：《诗歌意象论——微观诗史初探》，中国社会科学出版社，1990，第 85 页。

② 张中成：《古典诗歌意象组合方式新论》，《盐城工学院学报》2005 年第 3 期，第 50 页。

③ 许结主编《历代赋汇》（校订本），凤凰出版社，2018，第 2412 页。

式集中描绘中心意象。在描绘中心意象的过程中，咏物赋作家的空间视角，一般都是由中心物象之外的环境背景回到物象本身，焦距拉近到“物”的一些局部特征。

三 空间结构：以小见大与细节传神

相较于追求事物的外在模拟和形似，中国画在美学上更倾向于表达出某种内在风神，而这种内在风神的传达则往往需要通过以小见大的方式加以表达。以绘画为例，这门艺术的空间结构表现往往通过以小见大的方式，通过画面中有限的空间结构来反映创作者的技艺及画技中蕴含的人生体验与艺术感悟，达到展现主客观世界的最终契合，如《世说新语》中记载的顾恺之画人的逸事就很难表现六朝造物艺术者通过以小见大的方式来实现所造之“物”传神的目的。

> 顾长康画裴叔则，颊上益三毛。人问其故，顾曰：“裴楷俊朗有识具，正此是其识具。”看画者寻之，定觉益三毛如有神明，殊胜未安时。①

> 顾长康画人，或数年不点目精。人问其故，顾曰：“四体妍蚩，本无关于妙处，传神写照，正在阿堵中。”②

顾长康为裴楷画像，为了惟妙惟肖地在画作中表现人物，便在画像上为裴叔则“颊上益三毛”。顾长康通过细节处理，空间结构的运用，取得了“看画者寻之，定觉益三毛如有神明，殊胜未安时”的艺术效果。“画人点睛”的例子则更明确地指明了以小见大与传神写照的关系——“四体妍蚩，本无关于妙处，传神写照，正在阿堵中”。

---

① （南朝宋）刘义庆著，徐震堮校笺《世说新语校笺》，中华书局，1984，第387页。
② （南朝宋）刘义庆著，徐震堮校笺《世说新语校笺》，中华书局，1984，第388页。

其实“以小见大”这种由点带面的空间结构是中国古代造物和文学创作表现的重要方式。六朝咏物赋也通过细致入微的意象在有序的组合之后形成了具有特定内涵的文学空间。细致入微的意象往往能传达创作者的审美情趣、人生感受、艺术体悟，而这些又是与自然、社会规律及主流价值相适应的。从一个微小的意象中能够窥见整个宇宙空间，由现实空间转换到宇宙空间中，而宇宙空间的这种变化是本然的，只有认识到这种变动的根本最终是返于虚冥，才能真正了解艺术与人生。所以朱光潜说：“诗的境界在刹那中见终古，在微尘中显大千，在有限中寓无限。”[①] 又说：“本是一刹那，艺术灌注了生命给它，它便成为终古，诗人在一刹那中所心领神会的，便获得一种超时间性的生命，使天下后世人能不断地去心领神会。”[②] 于“有限中寓无限”的设计手法不仅适用于诗歌创作，其同样表现于造物艺术之中。在空间结构的艺术表达方面，六朝咏物赋与造物艺术则是相类的。赋体文学，特别是散体大赋，从其产生之日起，其大篇幅铺陈万物就是为了最后的讽谏意图。铺陈四方的大量描写是为烘托篇末的创作主旨而做的铺垫，如司马相如的《子虚赋》《上林赋》对云梦泽、上林宫虽极力描摹、铺排，但最终也归之于突出“道德”。如《子虚赋》中借乌有先生批评子虚之言点题：“今足下不称楚王之德厚，而盛推云梦以为高，奢言淫乐而显侈靡，窃为足下不取也。”[③] 这种空间结构表达方式虽然被扬雄称为“劝百讽一”且会有“览者已过矣”的缺陷，但是赋体文学就其原意而言，曲中奏雅的描写方式就其本意而言无疑是篇末点出主题或创作主旨。何况扬雄及其之后的赋作者也加强了赋体文学篇末部分的讽谏功能，愈发突出、巩固了这一空间结

① 朱光潜：《诗的境界——情趣与意象》，《朱光潜全集》（第三卷），安徽教育出版社，1987，第 50 页。

② 朱光潜：《诗的境界——情趣与意象》，《朱光潜全集》（第三卷），安徽教育出版社，1987，第 50 页。

③ 费振刚、胡双宝、宗明华辑校《全汉赋》，北京大学出版社，1993，第 107～108 页。

构的地位，这点在六朝赋作中也被继承了下来，而咏物赋中亦普遍存在“小中见大”的空间结构表达形式。

横海之鱼，厥号惟鲸。普彼鳞族，莫之与京。大秦美焉，乃观乃详。写载其形，托于金灯。隆脊矜尾，鬐甲舒张。垂首俯睎，蟠于华房。状欣欣以竦峙，若将飞而未翔。怀兰膏于胸臆，明制节之谨度，伊工巧之奇密，莫尚美于斯器。因绮丽以致用，设机变而罔匮。匪雕文之足玮，差利事之为贵。永作式于将来，跨千载而弗坠。[①]

余治狱至长安，在远多怀，与同行夜饮以忘愁。顾惟烛之自焚以致用，亦犹杀身以成仁矣。赋曰：

盖泰清垂象，匪日不光，向晦入冥，匪火不彰。故六龙衔烛于北极，九日登耀于扶桑。日中则昃，月亏于望。时迈靡停，昼不于常。背三接之昭昭，即旋开之有伤。何远寓之多怀，患冬夜之悠长。独耿耿而不寐，待鸡鸣之未央。徒伏枕以展转，起燃烛于闲房。扬丹辉之炜炜，炽朱焰之煌煌。俾幽夜而作昼，继列景乎朝阳。慨顾景以增叹，孰斯愁之可忘？嘉湛露之愔愔，遂命樽而设觞。尔乃延僚属，酌醇清，讲三坟，论五经。高谭既倦，引满行盈。乐饮今夕，实慰我情。[②]

惟羽类之攸出，生东南之遐嵎。育庶族于云梦，散宗俦于具区。色非一采，或素或玄。肌平理畅，琼泽冰鲜。戢之则藏，奋之则举。舍之以寒，用之以暑。制舒疾于一掌，引长风乎胸衿。荡烦垢于体外，流妙气于中心。[③]

---

① 许结主编《历代赋汇》（校订本），凤凰出版社，2018，第 2441 页。

② 许结主编《历代赋汇》（校订本），凤凰出版社，2018，第 2443～2444 页。

③ 许结主编《历代赋汇》（校订本），凤凰出版社，2018，第 2414～2415 页。

就上述引文篇幅来看，六朝咏物赋因为本身篇幅愈发短小，体裁也出现诗歌化的趋势，出现这种情况与六朝赋在诗的影响下追求省净、革除冗繁向诗体靠拢有关。而六朝时期的小型化的辞赋创作业已成为当世咏物赋创作的潮流。就咏物赋创作情况看，六朝前期就产生了极短小的咏物赋作，如三国吴张纯《赋席》《赋弩》与张俨《赋犬》都是四句的诗体赋。又如建安王粲《槐赋》《莺赋》、曹丕《柳赋》、曹植《桔赋》等亦皆为短赋。两晋时成公绥《蜘蛛赋》《螳螂赋》皆短小不足百字。六朝后期这种现象更甚，萧纲、萧绎、徐陵、庾信等直接创作出七言诗句，而以赋名，咏物赋方面可举的例子如萧纲的《对烛赋》等。且该时段一些短赋亦为一些诗选所录。这充分说明赋已经跨越界限，与诗走向合一。篇制的短小化成为赋诗化显著的外在表现特征，这就造成了赋表达技巧方面会越来越接近诗歌而改变原先较为固定的表达方式。其并不似散体大赋那样固定，表现形式多样，也就是说有继承散体大赋曲终奏雅的，如魏殷巨《鲸鱼灯赋》；也有在赋文伊始即以序文形式“点睛”者，如魏曹植《九华扇赋》、西晋傅咸《烛赋》等。点明的主旨并不都是儒家思想而是呈现六朝文化多元的特性。如晋江逌《扇赋》在赋的篇末要突出的是“荡烦垢于体外，流妙气于中心”等玄学思想。随着时代的变化，咏物赋与咏物诗一样“性情”抒发由显入隐，描摹重点或是多角度细写物象，或是不自觉地沾染宫体色彩。

> 夜筹已竭，晓钟将绝。窗外明来，帷前影灭。……阶边就水，盘中光映。讶宿粉之犹调，笑残妆之不正。欲开奁而更饰，乃当窗而取镜。……世间好镜自无多，唯闻一个比嫦娥。曾经玉女照，屡被仙人磨。论时不假著，法用自应须。夏天金薄漠，秋日宝茱萸。银缠辟鬼咒，翠厄护身符。空处宜应描，非是畏钗梳。[①]

① 许结主编《历代赋汇》（校订本），凤凰出版社，2018，第2397页。

六朝咏物文学由抒发情志转向细刻物象成为主要的创作思潮。这也会出现一种文学现象：乍看起来，较难发现小中见大之处。这是咏物文学发展的自身规律。如曹旭先生所言，六朝的一切创作都处于试验性的阶段。六朝的咏物赋创作者与咏物诗人都是新体诗赋诞生前的试验者和奠基人。我们看六朝后期以描摹为中心的咏物诗中就有不少可称为“阿堵”的警句，如萧纲《咏蜂诗》“知君不留眄，衔花空自飞”。[①] 又《咏画扇诗》曰：“但画双黄鹄，莫作孤飞燕。”[②] 当咏物文学追求描摹中心物象的外在形貌而刻意隐匿内在情志的创作观念占据主导地位时，文学欣赏者对创作主旨的捕捉自然就更为困难。这往往要求欣赏者具备更高的审美能力。如萧纲《咏蜂诗》短小精悍，仅四句，我们所引后两句虽是描摹蜜蜂采蜜飞动的情态，但作者的遣词造句却使得欣赏者能读出其中隐含的情趣。唐诗中不乏作品因警句而闻名者。因此，审美能力要求创作者和欣赏者相互促进，良性循环。六朝咏物赋同样是这样的情况，如《博山香炉赋》“随风本胜千酿酒，散馥还如一硕人”[③]，看似描摹仍围绕中心物象“博山香炉”中香气的部分，实则自觉或不自觉地带出了宫体的成分。这同样是时代创作风尚的体现。六朝之前，赋体文学的娱乐功能常受制于观物赋德的政教功用说，如《汉书·王褒传》就记载了时人对小赋“淫靡不急”的娱乐功能提出了批评。即便散体大赋劝百讽一，在末尾也需要具有讽谏功能。但赋体文学发展到了齐梁之后，文学脱离经学束缚独立。萧纲“立身先需谨慎，文章且需放荡”的文学主张本身就是南朝娱情倾向的文学思潮与小赋娱情功能相适应的表现。因此，咏物赋与造物艺术的空间结构较为接近，通过小中见大的点睛之笔传递创作主体对艺术的感悟和人生体验。下面我们再来探讨空间层次虚实相间的表达。

---

① 逯钦立辑校《先秦汉魏晋南北朝诗》，中华书局，1983，第 1974 页。

② 逯钦立辑校《先秦汉魏晋南北朝诗》，中华书局，1983，第 2118 页。

③ “硕人”出自《诗经·卫风·硕人》，形容的是丰满高挑的女性，此处代指物化的女性。

四　空间层次表现：虚实相交

钱锺书在《管锥编》中曾言：“诗中言之而未尽，欲吐复吞，有待引申，俾能圆足，所谓‘含不尽之意，见于言外’，此一事也。诗中所未尝言，别取事物，凑泊以合，所谓‘言在于此，意在于彼’，又一事也。前者顺诗利导，亦即蕴于言中，后者辅诗齐行，必须求之文外。含蓄比于形之与神，寄托则类形之与影。”[①] 六朝咏物赋与造物艺术设计也是通过虚实相交的方式，虚与实之中有层次地表达文艺作品的艺术性空间。“实”是以营构具体可见的物象来表现的，而物象本身就是空间性的存在，因此“实”本身就具有其空间特性，而“虚”本身就具有空间性的倾向或者说是促成空间性的方式。“正是这种看似不可见的空无，却使得本是语言的时间艺术的诗歌具有了走向空间的可能，它打破一维的线性的分析的时间逻辑使其获得中断和可逆性也即非线性，并最终向多维与多向发展从而使时间向空间发生质变也即时间空间化了。”[②] 六朝咏物赋通过不同的意象或意象组合建构出直观的空间，然后延伸至深刻的内涵空间，使其自身就化成诗歌的不同风格，直观地进行分析与剖析最终达到虚与实不同层次的交融。绘画或画像砖等造物艺术称其为“留白”。“虚实相交”这类空间层次表现方式，为了不让人有压抑之感，其描绘物象与布局结构时不填塞过满，在水平面上留出适当的“空白”，帮助欣赏者获得平衡之感。如河南邓县出土的贵妇出游画像砖，画像雕饰了四名女子，这些贵妇之间保持一定的距离，而且画面上下四方与砖的边缘也都留有间隙，画面整体呈现开阔感（见图 4-4-5）。

另外，画像砖、壁画、墓葬图案的设计主体还常打破时空限制，自由地把发生在不同时间和空间的事物描绘在一水平框架内。以画像

① 钱锺书：《管锥编》（第 1 册），中华书局，1986，第 108 页。

② 邓伟龙：《中国古代诗学的空间问题研究》，中国社会科学出版社，2012，第 312 页。

砖为例，各类物象在画像上所占的空间不一定恰好合适，物象过小或过于简单就会留有大量空白，这些空白部分需要使用“填充”手法。“填充”手法就是“依照画面空白大小适度‘填入’形象，构成故事及场景环境”。[①] 文学创作也常常先设定好框架、结构，再选择材料、表达方式细写。六朝咏物赋亦是如此，有学者已多有论述：“刘勰在总结赋的章法结构时说‘述客主以首引’，这是大赋形制上的特点。而器物赋与大赋不同，多直接咏物，很少虚构人物故事来架构全篇。（只有极少数如陆机的《羽扇赋》、庾信《竹杖赋》假托人物对答展开，这些赋多半另有寓意，如思乡之情等。）”[②] 造物的填充空白感，形成了画面满而不乱、多而不散的印象。填充物的选择往往根据画面需要并围绕绘画的主题，而非随意择取。咏物赋的填充手法的应用也是围绕中心意象的营造而展开。“器物赋咏物的步骤大多先写器物原材料，然后写制作成器的过程，最后再对器物展开描绘。一般说来，大部分器物赋都遵循这个路子。”[③] 大致的描写模式下又有许多更为具体的步骤，如描写原材料的部分就有几种不同的形式。以晋人庾阐《浮查赋》为例，该赋开篇就先直接描写原材料巨木——“有幽岩之巨木，邈结根乎千仞。体洪钧以秀直，挺瑰奇而特俊。”[④] 后写原材料的生长环境（突出器物先天和后天条件的优良）——“冠岑岭以高栖，独雍容于岩峻。混全朴于不才，卓凌霄而绝韵。故能纡余盘肌，森萧颓靡。阳飘飏结，华裂水洒。遗美贾于翠壁，蹶悬根于朽坏。”[⑤] 又如嵇康的《琴赋》更是花了很大篇幅描写器物的先天优质、原材料生长的天时地利。

① 刘道广、姜青蕾：《论汉画构图的历史影响》，《东南大学学报》（哲学社会科学版）2004年第5期，第73~77、127页。

② 黄雅京：《汉魏六朝器物赋研究》，湖南师范大学硕士学位论文，2012，第50页。

③ 黄雅京：《汉魏六朝器物赋研究》，湖南师范大学硕士学位论文，2012，第50页。

④ 许结主编《历代赋汇》（校订本），凤凰出版社，2018，第3263页。

⑤ 许结主编《历代赋汇》（校订本），凤凰出版社，2018，第3263页。

> 且其山川形势，则盘纡隐深，崔嵬岑嵓。亘岭巉岩，岞崿岖崟。丹崖崄巇，青壁万寻。若乃重巘增起，偃蹇云覆。……夫所以经营其左右者，固以自然神丽，而足思愿爱乐矣。①

琴的原材料椅桐生长环境可谓“自然神丽”。其实，与六朝画像砖等绘画艺术在固定空间中填充主题意象一样，六朝咏物赋中第一个部分的主题就是原材料及其生长环境。第二个部分的主题就是器物的制作过程。这里仍然以嵇康的《琴赋》为例。

> 至人摅思，制为雅琴。乃使离子督墨，匠石奋斤。夔、襄荐法，般、倕骋神……伯牙挥手，钟期听声。②

六朝咏器物赋在此部分一般书写用古代知名工匠制作处理原材料，以显示器物的质量精良。引文中出现的工匠有离子、公输般、工倕，而音乐名家则是夔、师襄、伯牙、子期、伶伦、田连等人。这当然是继承汉大赋的遗绪，自枚乘《七发》开始，就多用古代知名人物形容眼前之物的非同寻常。在六朝咏物赋中这同样很普遍，如曹植《宝刀赋》有“乌获奋椎，欧冶是营”等。

第三个部分为填充中心物象本体的描写。描摹中心物象本体是咏物赋的重中之重。咏物创作者会从不同的视角，以多样的表现手法，结合周遭时空可能出现的次要意象，集中描绘中心物象，这也是作家高超摹物水平的表现。而在绘画、壁画、画像砖等造物艺术中除了主题式构图法之外，一般各部分画像比例相同，不分主次。而主题式的构图方式更多的是描述事件而非描摹一类中心物象。如东晋顾恺之的《洛神赋图》虽出现了不同的洛神形象，但创作的主旨不是描摹洛神

① 许结主编《历代赋汇》（校订本），凤凰出版社，2018，第2607页。

② 许结主编《历代赋汇》（校订本），凤凰出版社，2018，第2607页。

不同形态，而是与曹植《洛神赋》的故事主题相契合。

需要提及的是，六朝咏物文学发展至齐梁之后，营造意象的结构也发生了变化。简单说就是时间上，只注重描绘中心物象的现状而有意忽视其过去、未来的特征。比如齐梁咏物赋在框架内的第一部分填充中心物象当下所处的环境取代了器物的原材料相关描写，意象的时间性上直指当下。这与咏物文学创作主体的创作思维时间性发展为突出当下而忽视过去、未来的特征相关，[①] 如上文我们所引梁代刘缓《镜赋》、萧纲《灯赋》等，现以萧纲《灯赋》为例。

> 何解冻之嘉月，值蓂荚之盛开。草含春而色动，云飞彩以轻来。南油俱满，西漆争然。苏征安息，蜡出龙川。斜晖交映，倒影澄鲜。……[②]

从篇幅来看，该咏灯之赋短小精悍，可视为诗。与六朝前期的咏物赋相比，其中未再出现“物”原材料的描写而是以中心物象当下所处环境为铺垫，延伸至中心物象的直接描摹。齐梁之后咏物赋填充的内容、主题较前期发生了改变。这与“物”独立审美价值的发现及咏物文学发展规律相关。这其实就是由咏物赋创作主体创作观、创作过程中实际需要等因素决定的。画像、雕塑等造物活动方面，造物主体同样会依据创作实际与审美思潮对图像的绘制安排处理，有所取舍。如他们可以将不重要的填充物置于画面的虚处或边缘位置，而把能表达内涵的中心物象置于突出、显要的位置上，刻画得高大而精致。

在水平框架内除去被主次要物象填满的部分之外，还留存一些未被填满的空间。在什么位置及怎样预留空间实际也需要艺术判断和技

---

① 钟志强：《六朝咏物诗文学思想史论》，新华出版社，2017。

② 许结主编《历代赋汇》（校订本），凤凰出版社，2018，第 2441 页。

巧，这在绘画及图像构造技艺方面被称为“留白”。不论描绘什么物象，画面布局都不能填塞过满，否则会令欣赏者有深深的压抑感。只有在表达水平面上适当留出“空白”，才会让欣赏者获得平衡适当的感觉。还是以画像砖为例，如四川什邡市出土的《传经讲学》画像砖，画像中有三人站立，相互交谈。他们并未靠得很近，彼此有一定的距离，且画面上下左右四个方向都没有紧贴砖的边缘，而是有一定间隙，使整个画面显得开阔。中国画十分讲求“留白”的艺术表现技巧。清代画论家华琳在《南宗抉秘》中说：“白，即是纸素之白。凡山石之阳面处，石坡之平面处，及画外之水、天空阔处，云物空明处，山足之杳冥处，树头之虚灵处，以之作天、作水、作烟断、作云断、作道路、作日光，皆是此白。夫此白本笔墨所不及，能令为画中之白，并非纸素之白，乃为有情，否则画无生趣矣。……亦即画外之画也……”[①] 这与中国画的特殊艺术表现形式有关。中国画一般是用墨（黑）在纸（白）上作画，所以它的经营位置就是处理好黑与白，也可说是经营“留白”，它很讲究虚实、疏密、黑白关系，空白由于物象之呼应在无形之中将分离的有形的实处、黑块紧密地联系在一起，使之断而不离，分而不散，气势连贯，这就是画的龙脉，既反映画的主题又体现画的意境，无怪乎华琳认为，“务使通体之空白毋迫促，毋散漫，毋过零星，毋过寂寥，毋重复排牙，则通体之空白，亦即通体之龙脉矣”。[②] 其实，留白如此重要绝不只是因为自己，也是为了突出画像中的重点物象。笪重光《画筌》十分精辟地阐述道：

空本难图，实景清而空景现。神无可绘，真境逼而神境生。位置相戾，有画处多属赘疣。虚实相生，无画处成妙境。[③]

---

① 俞剑华：《中国画论类编》，人民美术出版社，1986，第296页。

② 俞剑华：《中国画论类编》，人民美术出版社，1986，第296页。

③ （清）笪重光著，关和璋译解《画筌》，人民美术出版社，1987，第7页。

画面中设计者留白实质是起了一个衬托作用，反衬画面中的中心物象。绘画中黑与白的构图配置也是一种“虚实结合”。虚实结合的艺术表达是中国古典美学的重要原则和标准，也概括反映了中国古典艺术的重要美学特点，即艺术形象必须虚实结合，才能将真实世界的生命力生动地展现出来。留白艺术被应用于多种艺术门类，虚空、留白在中国古代书法、诗歌、绘画、戏曲以及园林建筑的意象结构中占有很重要的地位，没有虚空，意境就难以产生。宗白华说得好：“中国画很重视空白。如马远就因常常只画一个角落而得名‘马一角’，剩下的空白并不填实，是海，是天空，却并不感到空。空白处更有意味。中国书家也讲布白，要求‘计白当黑’。中国戏曲舞台上也利用虚空，如‘刁窗’，不用真窗，而用手势配合音乐的节奏来表演，既真实又优美。中国园林建筑更是注重布置空间、处理空间。这些都说明，以虚带实，以实带虚，虚中有实，实中有虚，虚实结合，这是中国美学思想中的一个重要问题。”[①] “留白”艺术也同样适用于咏物文学的创作。其在文学创作中具体的表现也是虚实结合：中心物象具体描摹的有限性与想象中无限丰富的意象相融汇、统一，融合眼前所见实景与中心物象所象征的虚境合而为一，简单说就是以实景延伸出虚境，在有限中表现无限的艺术传达方式。留白的艺术传达方式与咏物文学的意象表达存在某种程度上的契合。“从建安到陈代，诗人群体创作咏物诗的动机，也由抒发自身情志变为享受诗歌形式追求带来的欢娱和快乐。既然及时行乐弥漫了齐梁以来的诗坛，那么许多对过去的怀念，特别是对未来的期望和担忧，就并不会时时刻刻跳出来占据诗人的脑海而影响他们的心情了。”[②] 就六朝咏物赋文本内容分析，其中心意象的呈现并不都是创作主体实际观察到的情态，而往往跨越时空。意象的时间性特征就包含了过去、现在、未来整个历时角度。

① 宗白华：《美学散步》，上海人民出版社，1981，第 33、34 页。

② 钟志强：《六朝咏物诗文学思想史论》，新华出版社，2017，第 153 页。

梁简文帝《梅花赋》曰：“梅花特早，偏能识春。或承阳而发金，乍杂雪而披银。……”① 又晋张载《安石榴赋》曰：“仰青春以启萌，晞朱夏以发采。”② 创作主体显然无法在作赋当下同时观察到梅花呈现在阳光下与雪中的形态。同样的，张载《安石榴赋》既描写了中心意象石榴在春天的启萌之态，又展现了其在夏天的盛开之状。这些都是中心物象眼前有限实景与创作者无限想象二者虚实交融的表现。六朝咏物赋之中，还有一些现实中不可能见到的动物，赋家的描述也是由有限的传闻、文献记载出发，结合想象而出。如晋刘琬《神龙赋》曰：“大哉龙之为德，变化屈伸，隐则黄泉，出则升云”③，又如顾恺之《凤赋》曰：“音中钟律，步则规矩，朱冠赫以双翘，灵质翙其高举。”④ 像龙、凤凰这些充满祥瑞色彩的动物，是不可能出现在现实世界中的，赋家也是无从观察到它们的动态与静态特征，因此较大的可能是创作主体从文献有限相关记载出发，发挥想象力以营造出中心意象。留白艺术除了通过寓虚于实，塑造鲜明的意象外，还需善于经营空白，处理“有无相生”的关系，达到“以形传神”的艺术效果。

中国古代文学创作追求含蓄美，这就与留白艺术的表现一致。留白与六朝咏物赋中借物抒情的创作方式有相契合之处。如魏应玚《愍骥赋》开篇即曰：“愍良骥之不遇兮，何屯否之弘多。抱天飞之神号兮，悲当世之莫知。”⑤ 结尾又呼应道：“哀二哲之殊世兮，时不遘乎良造。”⑥ 显然赋家真实的意图定不止于为良马抱屈、可惜，实际是借马之不遇来指代自己有才华而不为世所知，但赋文中却只字未提自己，甚至没有由物及人的痕迹。这就造成了一个表述上的“留白”，但点到即止的文学表达并没能使作者的思想停止，其通过眼前物象表

① 许结主编《历代赋汇》（校订本），凤凰出版社，2018，第 3402 页。
② 许结主编《历代赋汇》（校订本），凤凰出版社，2018，第 3463 页。
③ 许结主编《历代赋汇》（校订本），凤凰出版社，2018，第 3713 页。
④ 许结主编《历代赋汇》（校订本），凤凰出版社，2018，第 3485 页。
⑤ 许结主编《历代赋汇》（校订本），凤凰出版社，2018，第 3682 页。
⑥ 许结主编《历代赋汇》（校订本），凤凰出版社，2018，第 3682 页。

达自己的不遇之情或愈发强烈。作为欣赏者，他们也因之面临“空白”并调动自身知识储备、人生体悟来填满空白或于留白处演绎自身故事。

留白艺术刻意地营造出一种“虚”的境界，此虚境“并不是一个毫无生气的存在，在它内部流动着把可见世界和一个不可见世界联系起来的气息”。[①] 技艺表达方面，咏物文学与造物艺术或同或异，但在审美趣味方面，咏物与造物都追求由遗形取神到以形写神的演变过程。

第三节　“以形写神”：咏物赋与造物艺术的殊途同归

艺术门类的不同，设计主体对艺术感悟的区别乃至于不同作品、不同流派等个体因素差异都会呈现出不一致的艺术特色。绘画、雕塑等造型艺术因处于上述不同的创作情境，也会展现多元的艺术风格。它们有时稚拙粗犷，有时又精雕细琢，变化多端。从审美观上分析，咏物赋与工艺制作经历了传神写照到形神兼善的演变进程则是一致的。形与神关系的变化体现了六朝文艺创作者审美观念的发展、演变。

咏物诗的发展趋势经历了由感物至于赋物再到咏物的过程。[②] 就形神关系而论，三个阶段对应的分别是以传神为主、追求形似、形神兼善。这大体上和造物艺术的审美观念发展阶段相对应。六朝前期的造物审美观追求的就是“传神”，如在绘画中传神也可以“写意性”表达。元人夏文彦《图绘宝鉴》提出：“以墨晕作梅，如花影，然别成一家，所谓写意者也。”[③] 写意为绘画术语，其概括了造物艺术中遗物取神的艺术表达方式。汉代画像的创作目的就是以“遗‘形’

① 程抱一：《中国诗画语言研究》，江苏人民出版社，2006，第 322~323 页。
② 钟志强：《六朝咏物诗文学思想史论》，新华出版社，2017，第 135~140 页。
③ 转引自汤麒《中国历代绘画理论评注》（元代卷），湖北美术出版社，2009，第 232 页。

取‘神’、抽‘象’留‘意’”。[①] 以画像砖为例，为重点强调“神”与“意”，创作主体并不特别关注“形”和“象”的真实性。造物者运用夸张、想象等艺术手法对物象的“形”和“象”进行刻画，经过艺术处理的“形”和“象”的目的是传达画像的“神”和“意”。《淮南子》记载：“画西施之面，美而不可说；规孟贲之目，大而不可畏：君形者亡焉。”[②] 其大意是绘画艺术追求的重点不应只是外形的相似和细节的精确，而应更重视中心物象整体呈现的内在精神风貌。线条的刻画是画像砖传神审美观念的重要表现手段。早期画像砖的线条呈现出抽象性、简单性的特点。早期的画像砖线刻手法并不忠实描绘物象而是抓住中心物象的本质特征，以简单的笔调将其形貌勾勒出来。例如《雄鸡》采用线刻手法，就仅刻画出雄鸡的头、嘴、躯干、四肢等肢体轮廓，线条简练，构图简单疏朗。这与南朝之前风行的比体咏物以托物言志或寄物抒情作为其创作的主旨和内容主体诗类似。[③] 六朝咏物赋也是如此：与汉大赋相似，六朝初期的咏物赋的基本创作主旨在于颂赞人之美德，而所咏之中心物象只是媒介。无论动植物还是器物等题材的咏物赋于六朝前期的创作主旨在于颂赞由物及人的美好品质。以咏蝉的赋作为例子，自从曹植《蝉赋》之后，以蝉自拟高洁品质的作品形成魏晋咏蝉赋的风潮。如傅玄《蝉赋》就云：“美兹蝉之纯洁兮，禀阴阳之微灵。含精粹之贞气兮，体自然之妙形。”发展到陆云《寒蝉赋》时，以蝉喻高洁有德之人的模式得到固定。赋文曰：

昔人称鸡有五德，而作者赋焉。至于寒蝉，才齐其美，独未之思，而莫斯述。夫头上有緌，则其文也。含气饮露，则其清

① 孙怡村：《从汉画像石艺术看中国传统绘画民族性特征的渊源》，《中国汉画学会第九届年会论文集》（上），中国社会出版社，2004，第 501 页。

② 陈广忠译注《淮南子》，中华书局，2012，第 947 页。

③ 徐盛：《魏晋至盛唐咏物诗研究》，北京大学博士学位论文，2001，第 1 页。

> 也。黍稷不食，则其廉也。处不巢居，则其俭也。应候守常，则其信也。加以冠冕，则其容也。君子则其操，可以事君，可以立身，岂非至德之虫哉？且攀木寒鸣，负材所叹，余昔侨处，切有感焉，兴赋云尔。[①]

陆云这篇《寒蝉赋》就很好地体现了六朝前期咏物赋重点由物及人地突出道德品质而并未描绘蝉的形貌的特征，也就是欣赏者从这篇赋文得到蝉的意象是内在的五德而没有其细致的容貌。六朝前期的咏物赋大致皆如此类。又如傅咸《鸣蜩赋》：

> 有嘒嘒之鸣蜩，于台府之高槐。物处阴而自惨，奚厥声之可哀？秋日凄凄兮，感时逝之若颓，曷时逝之是感兮？感年岁之我催。孰知命之不忧？咏梁木之有摧。生世忽兮如寓，求富贵于不回。且明明以在公，唯忠谠之是与；佚履道之坦坦，登高衢以自栖。[②]

咏物赋家由寒蝉凄切之声，感物伤己之遭遇，不禁有时光易逝而人生难再之感。但赋家对蝉之形貌却未做细致描摹，欣赏者难以得到"蝉"之外在形态，哪怕较为具体的印象。这种情况到了六朝后期的咏物赋之中，发生了改变。赋家也由注重中心意象内在情志、品德转而以形写神。确切地说，与咏物诗的发展大致相同，形神兼备的咏物赋并未能在六朝后期大量出现，但相较六朝前期出现两个新的特征：其一，在中心意象的集中描摹和细节特征形似表达方面较六朝前期大大改进；其二，从大量咏物赋创作情况来看，内在情志或品德形象的表现越来越隐匿难显而代之以宫体色彩，如前面所举梁代刘缓《烛

① 许结主编《历代赋汇》（校订本），凤凰出版社，2018，第3756~3757页。

② 许结主编《历代赋汇》（校订本），凤凰出版社，2018，第3760页。

赋》即是如此。这并非个别作家与个别作品的审美观体现，而是六朝后期咏物赋的普遍审美情趣的表现。如：

> 临淄之雅女，宋郑之妙工。织素丽于日月，传画明于彩虹。洛阳之伎极，江南之巧穷。故饰以赤野之玉，文以紫山之金。……粉则南阳铅泽，墨则上党松心。……玉琴兮珠徽，素女兮锦衣。促织兮始鸣，秋蛾兮载飞。识桂茎之就罢，知兰叶之行衰。①

> 云母窗中合花毡，茱萸幔里铺锦筵。照夜明珠且莫取，金羊灯火不须然。下弦三更未有月，中夜繁星徒依天。于是挂同心之明烛，施雕金之丽盘。眠龙傍绕，倒凤双安。转辟邪而取正，推棂窗而畏宽。绿炬怀翠，朱蜡含丹。豹脂宜火，牛膝耐寒。铜芝抱带复缠柯，金藕相萦共吐荷。视横芒之昭曜，见密泪之蹉跎。渐觉流珠走，熟视绛花多。宵深色丽，焰动风过。夜久惟烦铗，天寒不畏蛾。菖蒲传酒座欲阑，碧玉舞罢罗衣单。影度临长枕，烟生向果盘。回照金屏里，脉脉两相看。②

与咏物赋的发展一样，造物艺术发展到六朝也更加追求描摹物象与细致刻画。还是以画像砖为例，就六朝画像砖线条与早期相比，在线条上的刻画表现就远较前期细致、完整、精美。六朝画像砖的线条清晰明快，画面干净整齐。如四川彭县的“乐舞”画像砖为六朝时作品，其线条刻画的形象清晰细致。人物身上的纹饰、五官，甚至手中乐器的构造都清晰可见。或许六朝造物艺术与咏物文学在形神关系的处理方面都还未达到最佳，但历经传神为主、追求形似而终趋向于以

① 许结主编《历代赋汇》（校订本），凤凰出版社，2018，第 2417 页。

② 许结主编《历代赋汇》（校订本），凤凰出版社，2018，第 2444~2445 页。

形写神、形神兼善的审美观则是可以窥知的。在规模空前的六朝造物运动与咏物文学创作实践基础之上，唐宋咏物文学与造物艺术达到了形神兼备的境界。

核心小结

1. 六朝咏物赋与造物艺术在创作特点、内容方面存在与时代相适应的发展和变化，具体可表现为以下两点。其一，较前代作品呈现出更多元的文化、民族因子。其二，在功能性方面，咏物比德转向抒发情性与娱乐性。

2. 六朝咏物赋与造物艺术在创作思想与艺术思维等方面颇有渊源，也因之具有比较分析的价值。从空间视角看，六朝造物艺术较多采用散点透视法而咏物赋则聚焦于中心物象。就空间结构而言，二者较为接近，主要通过小中见大的点睛之笔传递创作主体对艺术的感悟和人生体验。在空间层次表现方面，六朝咏物赋与造物艺术都通过虚实相交的方式有层次地呈现文艺作品的艺术性空间。虽然技艺形式的表现不尽相同，但皆善于经营处理“有无相生”的关系，而追求“以形传神”的艺术效果。其对文艺理论体系的完善、中西理论对话与现代阐释有一定的价值。现代造物设计文化的多元化也受其启发。

第六章　六朝“艺”“文”设计主体比较

第一节　六朝工匠群体的身份来源、类别与创作情境

在中国古代文艺美学中，有一组对应的范畴——匠心与匠气，这一组概念被广泛地运用于文学与艺术批评领域。匠心是指“艺”“文”设计者巧妙的艺术构思。如唐代诗人张祜《题王右丞山水障二首》就有“精华在笔端，咫尺匠心难”之语，这是诗人盛赞王维山水笔墨技法水平的高超。与匠心相对，匠气则显得颇有否定意味。王夫之《姜斋诗话》谈及咏物诗时云：“齐梁始多有之，其标格高下，犹画之有匠作，有士气。征故实，写色泽，广比譬，虽极镂绘之工，皆匠气也。”[①] 清代邹一桂《小山画谱》提出“画忌六气”中有“二曰匠气，工而无韵”[②]，可见批评者们对于只注重形式技巧、缺乏内在情志的文艺作品是持否定态度的。从引文可见，匠气意味着缺乏神韵，是平庸、缺乏吸引人特质的艺术形式的代名词。

可见，“艺”“文”设计存在匠心与匠气的区别。造物艺术形式除了短暂的南朝时期追求作品的外在形式之外，其余时段追求的都是一种内在的神韵、情志或是“以形写神”。《周易·系辞上》说：“形而上者谓之道，形而下者谓之器。”又《论语·为政》有“子曰：君子不

① 丁福保：《清诗话》，上海古籍出版社，1963，第 22 页。

② 俞剑华：《中国历代画论大观·清代画论（三）》，江苏凤凰美术出版社，2017，第 152 页。

器”。可以这样认为，仅追求外在形式和功能性的作品不免有“匠气”，而承载着“道”的器物则可视为具有“匠心”。本书所谓工匠群体也因之包括具有匠心的艺术家与普通工匠。现依次分析六朝工匠群体的身份来源、类别与创作情境。

一　六朝工匠群体的身份来源

从文献记载分析，六朝的造物工匠依其身份来源可分为官方工匠、个体工匠、受胁迫者、贵族或官员等四类，具体情况如下。

第一类，官方工匠。官方工匠的来源分为世代常备和临时强征两种形式。六朝统治者常维持一定数量的与官府有人身依附关系的工匠。《三国志·吴书·孙策传》注引《江表传》曰：“自与周瑜率二万人步袭皖城，即克之，得（袁）术百工及鼓吹、部曲三万余人。”[①]文中所载被俘获的百工及鼓吹显然不是民户而是人身关系依附于统治集团的工匠。这种依附于官方机构的工匠制度，始于先秦时期。《周礼·考工记》云：“国有六职，百工与居一焉。”[②]其具体负责的工作就是造物——“或审曲面艺，以饬五材，以辨民器”。[③]而《国语·晋语》中就有“工商食官”（即被官方供养）的说法，明确官方机构与工匠存在一种雇佣或供养的关系。

在六朝这样的乱世，少量的世袭工匠已远不能满足统治阶层日益增长的人力需求，于是六朝统治者将临时强征作为官府稳定获取劳动力的方式，目的是适应政权间日益激烈的竞争环境，如“（永安六年）交阯郡吏吕兴等反，杀太守孙谞。谞先是科郡上手工千余人送建业，而察战（按：察战为官名）至，恐复见取。故兴等因此扇动兵民，招诱诸夷也。”[④]地方官员就能动员千余人或表明当时征调工匠

① （晋）陈寿：《三国志》，中华书局，1982，第1108页。
② 杨天宇译注《周礼译注》，上海古籍出版社，2009，第598页。
③ 杨天宇译注《周礼译注》，上海古籍出版社，2009，第598页。
④ （晋）陈寿：《三国志》，中华书局，1982，第1161页。

的制度已经成熟。这种强制征调官方工匠的情况在整个六朝发展中呈现越发普遍化、制度化、稳固化的趋势。六朝的寺院由于兼并大量土地，也拥有许多工匠。这些工匠同样与寺院有人身依附关系，如敦煌壁画 S. 0542《诸寺丁壮车牛役部》中所记木匠王仙、木匠史英俊、纸匠葵曹八等。[①]

这些工匠被要求修建宫殿、打造军备、兴修水利，甚至是为统治阶级的奢侈生活服务。《资治通鉴》中有“齐发民一百八十万筑长城，自幽州夏口西至恒州九百余里，命定州刺史赵郡王叡将兵监之”[②]。这种竭泽而渔的方式虽能短期满足统治集团的奢侈生活或满足统治者个人对功业的心理需求，但工匠低下的地位与强制征调形成了一种恶性循环，结果造成工匠数量的减少与枯竭，就如《晋书·王羲之传》所言：“又有百工医寺，死亡绝没，家户空尽，差代无所。”[③]

第二类，个体工匠。这类工匠出身平民阶层，有自己的土地等财产，有一定的技术。在人身关系上，他们不受官方机构管辖，属于自由劳动者。先秦时期，《墨子》中的公输般、《庄子》中的“梓庆”等都可被视为个体工匠。农闲时，个体工匠以手工业劳动换取报酬。虽然官府有时也会雇请个体工匠（并非强征），但其地位与待遇要高于官府工匠。六朝个体工匠的相关记载较少，我们只能根据同为中古时期的敦煌史料来适度分析六朝个体工匠的情况。如敦煌文书北碱 59《僧慈灯雇氾英振契》记曰：

> 寅年八月七日，僧慈灯于东河庄造佛堂一所，为无博士，遂共悉东萨部落百姓氾英振平章造前佛堂，断作麦捌汉硕。共佛堂对面壹丈肆尺，一仰氾英振垒，并细泥一遍。其佛堂从八月十五

① 马德：《敦煌工匠史料》，甘肃人民出版社，1997，第 28 页。

② （宋）司马光：《资治通鉴》，中华书局，1956，第 5130 页。

③ （唐）房玄龄等：《晋书》，中华书局，1974，第 2098 页。

日起首，其麦平章日付布壹匹，折麦肆硕贰斗，又折先负慈灯麦两硕壹斗，余欠氾英振壹硕壹斗，毕功日分付。一定已后，不许休悔。如先悔者，罚麦叁驮，入不悔人。恐人无信，故立此契，两共平章，书写为记。博士氾英振年三十二（押）见人僧海德。[①]

从这件文书看出，氾英振是一名个体工匠，“博士”这一称谓表明他是一名有一定技术的兼职自由民，其地位亦因之较高，寺庙以布麦为报酬雇请这位工匠，还与其签订契约文书，在管理方面也不似官府工匠那般严格。这类工匠实质就是宋代以后的小手工业者，在六朝工匠中并未占主体地位。

第三类，受胁迫者。这类工匠多为囚徒、奴婢、战俘。秦汉时期，被判决为刑徒的犯人被押解到工地服役，称为“输作”，服刑者称“作徒”。《汉书·成帝纪》有（鸿嘉元年）“壬午，行幸初陵，赦作徒”，师古注“作徒”曰：“徒人之在陵作役者。”[②]《三国志·吴书·潘濬陆凯传》曰：“伏闻织络及诸徒坐，乃有千数。”[③]《晋书》载西晋武帝下诏曰：“今以鄎奚官奴婢著新城，代田兵种稻，奴婢各五十人为一屯，屯置司马，使皆如屯田法。”[④]《晋书》有“勒攻准于平阳小城，平阳大尹周置等率杂户六千降于勒”。[⑤] 这些受胁迫者地位甚至不如官府工匠，所从事的造物工作也多为非技术性的体力劳作。

第四类，贵族或官员。马德《敦煌工匠史料》[⑥] 与王景会、潘天波《唐代工匠精神的多向溢出与制度关联》[⑦] 都将这些造物者归为一类特

---

① 马德：《敦煌工匠史料》，甘肃人民出版社，1997，第 74 页。
② （汉）班固：《汉书》，中华书局，1962，第 316 页。
③ （晋）陈寿：《三国志》，中华书局，1982，第 1402 页。
④ （唐）房玄龄等：《晋书》，中华书局，1974，第 787 页。
⑤ （唐）房玄龄等：《晋书》，中华书局，1974，第 2728 页。
⑥ 马德：《敦煌工匠史料》，甘肃人民出版社，1997，第 30 页。
⑦ 王景会、潘天波：《唐代工匠精神的多向溢出与制度关联》，《中国美术研究》2020 年第 3 期，第 149~155 页。

殊的工匠。无论是强征而来的工匠，还是被胁迫的刑徒、奴婢、俘虏，他们事实上只能提供体力上的劳动而无法满足统治集团不断增加的需求。而受过良好教育的贵族与专业技术官员则致力于这一历史使命。有技艺而后被任命为技术官员者是其中一类，如北魏的蒋少游、北齐的高隆之等人就担任管理工匠或工程的相关职务。蒋少游因“颇能刻画，有文思”“多有思力”而被任命为“前将军兼将作大匠”[①]。高隆之也“领营构大将军，京邑制造莫不由之”[②]。另外，因热衷于造物艺术，少数贵族统治者亦从事造物活动。如：

> 《傅子》曰：“魏明帝以高山冠似通天，乃毁变其形，除去卷筒，令如介帻。帻上加物，以似山峰。”[③]

> 陆法言《切韵》曰：“曹公作欹架，卧视书。今懒架即其制也。”则是此器起自魏武帝也。[④]

某种意义上说，对造物艺术的追求是不分贵贱的。嗜好文艺的统治者或已成为官员的巧匠，其或不需要到一线直接参加劳动，然其对造物活动的设计之功也值得关注。“为艺术而艺术”的文化氛围让上至统治阶层下到底层民众共同构成了当世的工匠群体。

二　六朝工匠群体的类别

根据文献的记载，六朝工匠群体依据从事的职业，可大致分为以下三类。

第一类是为当世人提供劳动工具、战争器械及为衣、食、住、行

① 何庆先等整理《中国历代考工典》，江苏古籍出版社，2003，第47页。

② 何庆先等整理《中国历代考工典》，江苏古籍出版社，2003，第48页。

③ （宋）高承撰，（明）李果订，金圆、许沛藻点校《事物纪原》，中华书局，1989，第137页。

④ （宋）高承撰，（明）李果订，金圆、许沛藻点校《事物纪原》，中华书局，1989，第406页。

等生活需要服务的各行各业的工匠。制作生产工具者一般包括石匠、铁匠、木匠等。石匠制作石磨、石碾等应用于粮食加工的工具。铁匠是指从事铁器与其他金属器皿制作（包括建筑中金属零部件加工）的工匠。而木匠的范围则更为广泛，包括木制生产工具与交通工具的制作，其队伍也最为庞大。提供生活器具的工匠则包括瓮匠、皮匠、鞋匠、玉匠、帽子匠等。

这类工匠绝大多数都湮没于历史尘埃之中。根据敦煌史料《新大德造窟檐计料》记录，公元 970 年前后，敦煌某杜氏高僧重建莫高窟第 5 窟窟檐时，负责营造活动且留下营造用料精算记录的那位都料，并没留下姓名。[①] 东晋的张纲、北齐的綦毋怀文、梁人徐世谱则是工匠群体中的幸运者。綦毋怀文制造了宿铁刀，而张纲的冲车、徐世谱的水军器械则是在前人基础上进行了改良。[②] 他们能青史留名，除了其官员身份外，还与他们所造工具在政治或战争中发挥了作用有关。

> 是月（张）纲自长安归，遂奔于裕，为裕造冲车，覆以版屋，蒙之以皮，并设诸奇巧，城上火石弓矢无所施用；又为飞楼、悬梯、木幔之属，遥临城上。超出亡，遂为裕军所执。[③]

可见张纲在历史上能留下痕迹，是与刘裕的北伐战争密切相关的。这类工匠中还有一类较为特殊的群体——贵族统治阶层。六朝时期，他们所造之物主要在服饰领域。如据《事物纪原》所载，魏明帝作高山冠[④]、北周武帝作幞头[⑤]、宇文护改制公服[⑥]。这些造物者身居高位，其所造服饰又都与政治礼仪相关，因此，也得以记载并流传。而那些

① 马德：《敦煌工匠史料》，甘肃人民出版社，1997，第 18 页。
② 何庆先等整理《中国历代考工典》，江苏古籍出版社，2003，第 47~48 页。
③ 何庆先等整理《中国历代考工典》，江苏古籍出版社，2003，第 47 页。
④ （宋）高承撰，（明）李果订，金圆、许沛藻点校《事物纪原》，中华书局，1989，第 137 页。
⑤ （宋）高承撰，（明）李果订，金圆、许沛藻点校《事物纪原》，中华书局，1989，第 138 页。
⑥ （宋）高承撰，（明）李果订，金圆、许沛藻点校《事物纪原》，中华书局，1989，第 147 页。

工具、饮食器皿的制作者，特别是那些没有官员或贵族身份的工匠群体，则湮没无闻。

第二类是指那些从事文化与艺术方面造物活动的工匠。六朝时期的这类工匠主要包括画匠、塑匠、纸笔匠、乐器设计者等。画匠不仅指以绘画为职业的画师，还包括壁画、岩画的专业制作人员。塑匠指从事石雕、木雕、金属纹饰等雕塑职业的人员。纸笔匠是造纸和制笔行业的工匠。乐匠是指乐器的设计和制作者。六朝时期，文化与艺术方面的巧匠有乐器阮的制作者西晋人阮咸，佛像雕塑的设计者东晋戴逵、戴颙父子，晋代画师顾恺之，纸墨的制作者南朝宋人张永，击琴的制作者梁人柳恽等。

文化艺术方面的设计者，颇有巧思。其创作多从艺术审美，而非政治目的或生计考量。这些巧匠多为当世士人，有的并无官衔。与工艺器皿制作者不同，工匠之名及其所造之物得以传世的原因是“为艺术而艺术”的文化氛围。

第三类是具备跨行业水平的全能型巧匠。马钧可谓一位这样的全能型艺术设计者。据傅元《赠扶风马钧序》，马钧在造物领域的成就主要是“三异”——指南车、翻车与水力驱动的木偶百戏。其中，“水力驱动的木偶百戏”是以娱乐为目的而创作，偏向于文化艺术方面的创作。据文献记载：

> 其后人有上百戏者，能设而不能动也。帝以问先生：“可动否？”对曰：“可动。”帝曰：“其巧可益否？”对曰：“可益。”受诏作之。以大木雕构，使其形若轮，平地施之，潜以水发焉。设为女乐舞象，至令木人击鼓吹箫；作山岳，使木人跳丸掷剑、缘垣倒立，出入自在，百官行署，舂磨斗鸡，变巧百端。[①]

① 何庆先等整理《中国历代考工典》，江苏古籍出版社，2003，第46页。

相较而言，翻车、织绫机的创制则属于生产工具方面的改进。如：

> 居京师，都城内有地可以为园，患无水以溉。先生乃作翻车，令童儿转之，而灌水自覆，更入更出，其功百倍于常。[①]

> 旧绫机五十综者五十镊，六十综者六十镊，先生患其丧功费日，乃皆易以十二镊。其奇文异变因感而作者，犹自然之成形，阴阳之无穷。此轮扁之对，不可以言言者，又焉可以言校也？[②]

先秦以后像马钧这样全能型的工匠逐渐销声匿迹。六朝以后，工匠制度的发展开始走上“术业有专攻”的职业化道路。第一类和第二类工匠占据了六朝工匠群体的主体，尤其是从事文化艺术方面制作的巧匠更为当世士人认可，也更易成名。

三　六朝工匠群体的创作情境

创作情境是指工匠在进行造物活动时所面临的情形、境况与自身相应的状态。六朝工匠群体又可以依据创作情境分为以下几类。

第一类是工匠在统治者的命令或胁迫下进行创作的情况。如后赵统治者石虎因为笃信佛教，为了彰显其诚，所以命令工匠解飞为其设计一辆檀车。

> 虎至性好佛，众巧奢靡不可纪也。尝作檀车，广丈余，安四轮，作金佛像坐于车上，九龙吐水灌之；又作一木道人，恒以手摩佛心腹之间；又十余木道人，长二尺余，皆披袈裟，绕佛行，

① 何庆先等整理《中国历代考工典》，江苏古籍出版社，2003，第 46 页。

② 何庆先等整理《中国历代考工典》，江苏古籍出版社，2003，第 45~46 页。

当佛前辄揖礼佛，又以手撮香投炉中，与人无异。车行则木人行，龙吐水；车止则止。亦解飞所造也。[①]

这种情况下设计出的“物”除了反映技术水平外，更多反映了统治者的意志和观念。这辆奉石虎之命所造的檀车实质上是石虎个人意志的体现，工匠只是为了生计而执行统治者的命令。上文所述为刘裕制作冲车的张纲也属于这种情况。统治集团的偏好与造物思想以及国家公权力的配合，会促使一些人工器物的问世，如香球、如意、虎枕、樗蒲、傀儡等。这些带有玩赏属性的器物就与统治阶层的奢侈享受心理相关。器物制作者畏于统治阶层的权势，工匠群体在这种状态下的造物活动则带有一定的强制色彩。

第二类是指士人通过技艺来满足统治者的欲望或心理，以获得名利回报的情况，如隋人宇文恺就善于揣摩皇帝的喜好。他在主持营造东都时，就事先揣摩皇帝的偏好。《中国历代考工典》记载：“恺揣帝心在宏侈，于是东京制度穷极壮丽。”[②]“帝大悦之”的结果便是“（恺）进位开府，拜工部尚书”。又如“时帝北巡，欲夸戎狄，令恺为大帐，其下坐数千人。帝大悦，赐物千段。又造观风行殿，上容侍卫者数百人，离合为之，下施轮轴，推移倏忽，有若神功。戎狄见之，莫不惊骇。帝弥悦焉……”[③]阎毗亦是如此。“（阎毗）数以琱丽之物取悦于皇太子，由是甚见亲待，每称之于上……太子服玩之物，多毗所为。”[④]上文所述为梁元帝提供水军器械的徐世谱与为北齐高祖制造宿铁刀的綦毋怀文也抱有取悦统治者、以求回报的心理，如綦毋怀文后来就因造物有功而“官至信州刺史”[⑤]。

---

① 何庆先等整理《中国历代考工典》，江苏古籍出版社，2003，第 46 页。
② 何庆先等整理《中国历代考工典》，江苏古籍出版社，2003，第 49 页。
③ 何庆先等整理《中国历代考工典》，江苏古籍出版社，2003，第 49 页。
④ 何庆先等整理《中国历代考工典》，江苏古籍出版社，2003，第 50 页。
⑤ 何庆先等整理《中国历代考工典》，江苏古籍出版社，2003，第 48 页。

第三类是士族子弟持“为艺术而艺术”的态度，创作出上乘的文艺作品的情况，东晋的戴逵可为代表。戴逵是东晋著名的艺术家，善于雕刻佛像，相关事迹见于《晋书》《宋书》《世说新语·巧艺》《历代名画记》等文献。晋朝之前的佛像皆“形制古朴，未足瞻敬”，而戴逵对佛像塑造技艺的艺术化追求改变了这样的状况。《历代名画记》曾记载了一段戴逵造佛像的逸事。

> 逵既巧思，又善铸佛像及雕刻。曾造无量寿木像，高丈六，并菩萨。逵以古制朴拙，至于开敬，不足动心，乃潜坐帷中，密听众论。所听褒贬，辄加详研，积思三年，刻像乃成。[①]

戴逵为造好佛像，集思广益，但人们并不愿明确表达意见。戴逵于是躲在佛像之下的帷帐中，听人们的各种评价。在此基础上，他花了三年时间将搜集来的合理意见应用于佛像雕刻中，终于雕刻完成一尊既符合佛经要义又具备民族特色的佛像。唐代的道宣在《法苑珠林》中曾称赞戴逵对佛像及人物造像的贡献：“自泥洹以来，久逾千祀，西方像制，流式中夏。虽依经镕铸，各务仿佛；名士奇匠，竞心展力，而精分密数，未有殊绝。晋世有谯国戴逵，字安道者……机思通赡，巧拟造化，乃所以影响法相，咫尺应身，乃作无量寿挟侍菩萨……核准度于毫芒，审光色于浓淡，其和墨点采、刻形镂法，虽周人尽策之微，宋客象楮之妙，不能逾也。”[②]

综上，六朝工匠群体的身份来源广泛，包括官方工匠、个体工匠、受胁迫者、贵族或官员等。而依据所从事的专门职业，六朝工匠群体又可分为从事制作生产与生活用具的工匠、从事文化与艺术方面造物活动的工匠、跨行业的全能型巧匠三大类。依其创作情境分析，

---

① （唐）张彦远：《历代名画记》，上海人民美术出版社，1964，第123页。

② （唐）释道世：《法苑珠林》，中国书店，1991，第256页。

工匠群体对于造物的态度可分为主动和被动两种类型。工匠往往受命于统治阶层，造物态度属于被动。当然，部分工匠为获得名利回报、迎合统治者心理的创作情境也存在。而贵族或官员对待造物活动往往更主动，追求艺术之美。与文学史上的过渡阶段相似，六朝造物艺术也处于向职业化转变的准备阶段。对六朝造物群体身份来源与创作情境的厘清有助于分析六朝造物艺术的过渡性特征。

第二节　设计主体间的交往场域

李砚祖曾依据人们参与造物活动的情况将工匠群体分为三大类，即“设计者（作者、智者）是神或圣人，处于最高的层次，而传承者（述者）为贤人（《荀子·非相篇》：‘五帝之外无传人，非无贤人也，久故也。’这里，传人即为贤人），位于第二；制作者百工，位于底层”。[①]《易经·系辞上》曰：“备物致用，立成器以为天下利，莫大乎圣人。”中国传统思想与阶层意识使得器物制作的发起者（一般为帝王、贵族等）被神秘化，获得神性，而实践者则容易被淡化。新器物的制作一般被视为造物者所处时代的圣王的政绩功德，真正的造物者却容易被轻忽，因此“古人对造物主皆以‘圣人’或‘圣王’目之。凡器物不知确始何时何人者，都委之黄帝所作，《事物原始》、《事物纪原》、《一是纪始》诸书，所编辑黄帝时的发明，竟达数百事”，[②]如《淮南子》有“伯益作井”，《世本》有“胡曹作冕”，《墨子·非儒》有巧倕作舟、后羿作弓等。因此，上古时期的造物者在文献中的身份多是圣王、圣人、贵族或是神话中的虚构人物。这种情况到中古发生了一定的变化。中古由于工匠或设计师逐步由全能型的圣王转向职业化，所以神话中的虚构人物逐渐消失，圣

---

① 李砚祖：《设计与造物神话——中国古代设计史研究中的一个可能性专题》，《南京艺术学院学报》（美术与设计版）2008年第6期，第10~14页。

② 李立新：《中国设计艺术史论》，天津人民出版社，2004，第27页。

王、圣人的神性也逐渐消退。取而代之的发起者是身份依然尊贵但神性淡化的帝王官员或门阀士族，但也出现了个别工匠身份的器物设计者。

首先论述器物制作的发起者与实践者的关系。器物制作的发起者无疑是统治阶层，他们为了一定的政治目的或为满足私人享受而命令造物实践者制作器物。如后赵统治者石虎因自己是胡人，为了加强自身在中原地区的统治，崇佛抑道。（佛教由古印度经西域传入，亦被视为外来宗教，石虎认为与自己胡人身份相似，有意抬高佛教贬低中原本土产生的道教。）其令解飞制作檀车，该车的设计可谓反映出胡人统治者的心思：道士身披袈裟并对佛像礼拜敬礼。而关于造物实践者的设计观念，我们知之甚少，史料中也未见详述，仅注明一句“中御史解飞，尚方人魏猛变所造”。解飞是中御史已是人所罕知，魏猛变更是闻所未闻。因此，造物者与实践者的关系是发起者的观念思想更多地作用于所制作之物中，而实践者对物的作用仅在技术水平与程式化的制作工序。而文献史料中重点关注的仍然是帝王贵族，而忽视造物实践者，如“晋武帝太康中平吴后，南越献驯象，诏作大车驾之”，这表明南越献象，皇帝下诏造象车，皇帝是造物活动的发起者，但晋武帝本人并不是创造象车的实践者。又如“阮”的制造，记载虽有“阮咸所造”，但其后又跟一句“命匠人以木为之”，那么，阮咸显然也是造物活动的发起者，而实践工匠因社会地位低，在文献中竟然连姓名都没有留下。

有一类如戴逵这样既是造物活动（雕塑佛像）的发起者，又很可能参与了造物实践活动的“艺”“文”设计者非常少。可惜的是戴逵本人没有留下咏物文学作品，而上述设计师兼具文学特长者少之又少，仅蒋少游、谢庄、柳恽等数人而已。这几个人之中，柳恽既精通文学创作又精通鼓琴，在无意之中竟然发明了竖琴，这并非虚构而是见诸正史。《南史·柳恽传》曰：

> 初，恽父世隆弹琴，为士流第一，恽每奏其父曲，常感思。复变体备写古曲。尝赋诗未就，以笔捶琴，坐客过，以箸扣之，恽惊其哀韵，乃制为雅音。后传击琴自于此。恽常以今声转弃古法。乃著《清调论》，具有条流。[①]

《旧唐书·音乐志二》亦曰：“击琴，柳恽所造。恽尝为文咏，思有所属，摇笔误中琴弦，以管承柱，又以片竹约而束之，使弦急而声亮。举竹击之，以为节曲。”[②] 所谓击琴是指用竹等物件敲击琴弦发声而异于用手弹的琴。虽然击琴的创造有偶然性，但柳恽仍可被视为具备造物的发起者、设计者、实践者三重身份的造物者。难能可贵的是柳恽还是文学创作者，今存包括《咏席诗》等诗文约二十篇。此外，柳恽能创作出击琴还与其深厚的琴艺修养有关。如其父柳世隆弹琴就被公认为“士流第一”，其琴艺被竟陵王萧子良称誉为“卿巧越嵇心，妙臻羊体，良质美手，信在今夜。岂止当今称奇，亦可追踪古烈”[③]。具备了深厚的学养与精湛的技艺自然会在某个瞬间获得创造性的灵感，犹如牛顿受掉到头上的苹果所启发而发现万有引力定律一样，击琴的创造可谓偶然中的必然。从文献中“恽常以今声转弃古法。乃著《清调论》，具有条流”可以看出，柳恽也是一位较有创造性的艺术家。其所著《清调论》不复得见，然现存一首咏器物诗《咏席诗》，我们从中可窥见其才情。

> 照日汀洲际，摇风渌潭侧。虽无独茧轻，幸有青袍色。
> 罗袖少轻尘，象床多丽饰。愿君兰夜饮，佳人时宴息。[④]

---

① （唐）李延寿：《南史》，中华书局，1975，第988页。
② （后晋）刘昫等：《旧唐书》，中华书局，1975，第1075页。
③ （唐）李延寿：《南史》，中华书局，1975，第988页。
④ 逯钦立辑校《先秦汉魏晋南北朝诗》，中华书局，1983，第1677页。

从该诗的结构和意象来看，创作同于齐梁绮靡的诗风，有一定的宫体色彩，且构思上、描写上呈程式化。该诗依次介绍了“席”原材料的生长环境、形貌、相关联的物象以及世俗情感的表达。从文学创作上看，这首诗并没有多少创造性，更多的是表现出一种巧思。而柳恽的一些唱和写景类诗歌则为人所称道。

> 恽立性贞素，以贵公子早有令名，少工篇什，为诗云：“亭皋木叶下，垅首秋云飞。”琅邪王融见而嗟赏，因书斋壁及所执白团扇。武帝与宴，必诏恽赋诗。尝和武帝《登景阳楼篇》云：“太液沧波起，长杨高树秋，翠华承汉远，雕辇逐风游。”深见赏美，当时咸共称传。①

由此可以推测，柳恽擅长巧思，对文学创作程式有熟练的掌握，表达技艺方面可为文士群体的楷模。柳恽之所以能够创作出击琴或许与家族渊源、学识技艺修养及善于巧思的天赋等因素有关。柳恽无疑是击琴的设计者，也可视为发起者及相当高程度的实践参与者，尽管我们并不能证明其是否从头至尾参与了击琴的制作。即使柳恽请工匠按自己的设计构思来制作击琴，也无法撼动其设计者的地位。因此，柳恽文学创作与造物思想的交融方面，我们以为是严格精巧的创作程式和过人的巧思丽藻。这种融通是潜意识的，创造者本人或是不自觉地将艺术构思交互运用于语言艺术形式与造物艺术形式。另外，柳恽应该对技艺制作及其管理有一定的实践经验。其曾担任过左民尚书，而担任该官职的人正是负责监督工匠对官府的各种需要的完成情况。据《三国职官表》，孙吴模仿汉代制度，尚书令下设列曹尚书二。其中的左曹尚书又称左民尚书，其主缮修功作、盐池园苑。东晋南朝萧规曹随，于尚书令下设置六曹，皆有左民尚书，掌领手工制作之事。因

① （唐）李延寿：《南史》，中华书局，1975，第988页。

此，管理手工制作之事的经历或许对设计者造物有积极的影响作用。

某种程度上说，中国式设计师所造之物，其产生的物之原概念是来自发起者（一般是帝王）。其设计者源于贤人或设计师，因为他们受帝王之命令，并会揣摩帝王的心思，所以其更多的是在技术水平和制作程序等领域体现自己的价值。底层受胁迫的工匠更多的是按发起者或设计师的意图、要求来参与实践。

下面分析发起者、设计者及实践者相互间的关系及其对“艺”“文”设计的影响。依据上文所述，发起者一般为帝王贵族，而设计者一般为官员，实践者则是普通工匠。如石虎造檀车，石虎无疑是发起者，中御史解飞是设计者而尚方人魏猛变是事实的实践者。这仅是一般的身份关系情况。有时候仅有发起者与实践者，如阮咸制作阮，关系链仅有发起者名士阮咸和实践工匠，又如贾充夫人作彩胜、萧钧作巾箱等。事实上，发起者与设计者的设计观念在很多情况下是重合的，也就是发起者-实践者模式，因为发起者若是帝王，参与造物的官员在设计观念上是依从发起者的想法，至少是揣摩帝王的创作审美观念。如宇文恺升任将作大匠营造东都时，其主要是揣摩隋炀帝的审美观念进行建造。史料记载云：“恺揣帝心在宏侈，于是东京制度穷极壮丽。”[①] 而何稠更是依据隋文帝、隋炀帝父子审美取向而进行造物活动。针对严谨细致的隋文帝，其展现了“物”的细致工巧之美。据史料记载，“波斯尝献金绵锦袍，组织殊丽。上命稠为之。稠锦既成，逾所献者，上甚悦。时中国久绝琉璃之作，匠人无敢厝意，稠以绿瓷为之，与真不异。”[②] 针对好大喜功的隋炀帝，何稠则突出所造之物宏伟壮丽的风格，如何稠为隋炀帝量身定制了组装速度惊人且尺寸巨大的“行殿”和“六合城”，这些大型建筑不仅规模宏大，还能在政治或外交方面发挥作用。“至是，帝于辽左与贼相对，夜中施之。

① 何庆先等整理《中国历代考工典》，江苏古籍出版社，2003，第49页。

② 何庆先等整理《中国历代考工典》，江苏古籍出版社，2003，第51页。

其城周回八里，城及女垣合高十仞，上布甲士，立仗建旗。四隅置阙，面列一观，观下三门，比明而毕。高丽望见，谓若神功。”① 还有一种更为特殊的情况，那就是发起者、设计者及实践者都是同一个人，这种情况一般是较为自由的工匠制作一些小巧之物，因为不需要大量的人力、物力进行量产，所以设计者和实践者具备合一的条件。而无强制性的人身关系则使得发起者与设计者有可能集中于一个人身上，如马钧制作指南车、戴逵雕塑中国化的佛像等。

最后，谈谈士族群体制作场域问题。所谓“场域理论”源于物理学概念“场”，“场”指物体周围传递重力或电磁力的空间。法国社会学家皮埃尔·布尔迪将其引入社会学领域，以之描述社会生活中无所不在的各种相互作用的关系。而布尔迪也曾利用场域理论研究了其颇感兴趣的文学与艺术领域，提出了“为艺术而艺术”的准则，其成为文学场、艺术场中占支配地位的艺术法则。按照场域理论，整个世界是一个场域，其由许多次一级的场域所组成。文化这个场域又与政治、社会等因素相互作用。在文化这个场域内各“艺”“文”设计者的关系又颇为复杂。首先，中古社会不同阶层在文艺活动上的发言权并不一致。这就涉及“文化权力”的概念。文化权力是高门士族的文化特权，在文化这个场域内有时甚至能凌驾于庶族出身的帝王之上。福柯说：“权力以网络的形式运作在这个网上，个人不仅流动着，而且他们总是既处于服从的地位又同时运用权力。”② 那么，文化权力又是如何运作的呢？有学者认为文艺特权阶层通过掌握稀缺的知识与技能、掌握话语权、产生影响力与声望、确定为意识形态四方面来运行自己的文化权力。③ 事实上，在中古社会掌握文化权力的是士族阶层。他们对包含“艺”“文”设计在内的文化活动有着别的阶层所不

① （唐）李延寿：《北史》，中华书局，1974，第2987页。

② （法）米歇尔·福柯：《必须保卫社会》，钱翰译，上海人民出版社，1999，第28页。

③ 王欣：《中古文学场域研究——以帝王文学活动为中心》，苏州大学硕士学位论文，2011，第23页。

具备的特权。他们在造物艺术活动中一般身份为设计者或发起者。帝王虽然能将自己的造物观念强制作用于个别工匠的所造之物中，但其审美还是需要屈从于士族集团的审美情趣。刘师培《中国中古文学史讲义》指出：“自江左以来，其文学之士，大抵出于世族；而世族之中，父子兄弟各以能文擅名。”[①] 陈寅恪《崔浩与寇谦之》也谈及这种文化状况：“盖有自东汉末年之乱，首都洛阳之太学，失其为全国文化学术中心之地位，……故东汉以后学术文化，其重心不在政治中心之首都，而分散于各地之名都大邑。是以地方之大族盛门乃为学术文化之所寄托。……故论学术，只有家学之可言，而学术文化与大族盛门常不可分离也。”[②] 六朝时期绘画、书法、乐府等文艺形式被士族群体创造性地掌握，这些文艺形式变得更高雅，更具艺术感染力，掌握这些文艺形式的上层文士的社会声誉也会变得更高。如戴逵藏在佛像之下收集各方建议，创造性地塑造出将华夏民族特色与古印度佛教文化相结合的佛像，其创造性文化就获得了舆论的赞誉、士族群体的认可，唐代道宣称之为“东夏制像之妙”。后人甚至将狮子国送来的玉佛，顾恺之绘的壁画和戴逵制的五躯佛行像称为建康瓦官寺“三绝”。其子戴颙在佛像塑造方面备受时人信任也与其父的成绩、声望有关。《宋书》中就有人向戴颙请教改益佛像的事迹。

> 自汉世始有佛像，形制未工，逵特善其事，颙亦参焉。宋世子铸丈六铜像于瓦官寺，既成，面恨瘦，工人不能治，乃迎颙看之。颙曰：“非面瘦，乃臂胛肥耳。”既错减臂胛，瘦患即除，无不叹服焉。[③]

---

① 刘师培：《中国中古文学史讲义》，中国人民大学出版社，2004，第 93 页。

② 陈寅恪：《金明馆丛稿初编》，上海古籍出版社，1980，第 131 页。

③（南朝梁）沈约：《宋书》，中华书局，1974，第 2277~2278 页。

“迎颙”的原因或与“逵特善其事，颙亦参焉”有关。这当然又涉及六朝技艺重视家学的因素，家族而非个人的力量在文化领域甚至超越了帝王权贵。如宋武帝刘裕虽权倾朝野，但在审美取向方面却也不得不屈从于士族群体。“高祖书素拙，穆之曰：‘此虽小事，然宣彼四远，愿公小复留意。’高祖既不能厝意，又禀分有在。穆之乃曰：‘但纵笔为大字，一字径尺，无嫌。大既足有所包，且其势亦美。’高祖从之，一纸不过六七字便满。”[①] 又如“帝于彭城大会，命纸笔赋诗，晦恐帝有失，起谏帝，即代作曰：‘先荡临淄秽，却清河洛尘，华阳有逸骥，桃林无伏轮。’于是群臣并作”[②]。谢晦担心刘裕出丑，而代他进行文学创作的事件甚至含有士族群体文化上对庶族出身的权贵轻视的意思。帝王内心深处亦认同士族的文化特权，并积极主动地向其靠拢，这在艺术造物方面亦有不少相关的现象。如据《宋书·张茂度传》记载，茂度子张永多才艺，不仅“涉猎书史，能为文章”[③]，还兼有巧思。“纸及墨皆自营造，上（太祖）每得永表启，辄执玩咨嗟，自叹供御者了不及也。”[④] 刘裕为帝后更是主动向士族华美绮丽的审美观靠拢，反映了文化场域中设计者群体的审美观念往往影响帝王。此后，宋文帝、孝武帝等一代代的审美情趣越发趋同于士族集团。裴子野说：“宋初迄于元嘉，多为经史。大明之代，实好斯文，高才逸韵，颇谢前哲，波流相尚，滋有笃焉。自是闾阎年少，贵游总角，罔不摈落六艺，吟咏情性。学者以博依为急务，谓章句为专鲁。淫文破典，斐尔为功。无被于管弦，非止乎礼义。深心主卉木，远致极风云。其兴浮，其志弱，巧而不要，隐而不深，讨其宗途，亦有宋之遗风也。”[⑤]《南史》也称：“先是宋孝武好文章，天下悉以文采相

① （南朝梁）沈约：《宋书》，中华书局，1974，第1305页。

② （唐）李延寿：《南史》，中华书局，1975，第522页。

③ （南朝梁）沈约：《宋书》，中华书局，1974，第1511页。

④ （南朝梁）沈约：《宋书》，中华书局，1974，第1511页。

⑤ 郁沅、张明高编选《魏晋南北朝文论选》，人民文学出版社，1999，第325页。

尚，莫以专经为业。”[①] 士族这种文化权力可以说帝王无论内心是否愿意，其都是必须认可的，所以纪僧真曾对齐武帝说：“士大夫故非天子所命。”[②] 而士族群体以家族为单位，通过品评的方式制造舆论场域，辨别优劣。某种程度上说，这可以形成较为稳固的意识形态，以及相近的审美趣味。文学创作有钟嵘的《诗品》，书法则有庾肩吾的《书品》，绘画方面，谢赫有《画品》（即《古画品录》），棋艺方面沈约有《棋品》，梁武帝也有《围棋品》等，犹如东汉末年士大夫群体以清议、品评人物的方式营造出一种舆论氛围，排斥宦官集团的浊流。六朝士族群体除了有相同的政治观，也力图构建相近的审美价值观，如阮修“三语掾”的故事：“阮宣子有令闻。太尉王夷甫见而问曰：‘老、庄与圣教同异？’对曰：‘将无同？’太尉善其言，辟之为掾。世谓‘三语掾’。”[③]

在造物艺术方面亦是如此，如云定兴为讨好宇文述，因知道宇文述好着奇服炫耀时人，“定兴为制马鞯，于后角上缺方三寸，以露白色。世轻薄者争放（仿）学之，谓为许公缺势”。[④] 无论是宇文述在士族中的地位使得大家争相仿效，还是云定兴所制作之物深符士族审美，这些都表明设计者造物时对士族群体审美的屈从，也尽力将当世士族群体的审美观念施用于所造之物。前文所述戴颙对佛像雕塑改造的建议——“非面瘦，乃臂胛肥耳”，本身就是六朝士族群体对人物形象的审美风尚。琅琊王球曾说过“士庶区别，国之章也”[⑤]，士族文化的审美情趣很大程度上表现在语言艺术方面，如当世文士群体聚集之时喜欢开展一种叫隶事的文学活动。君臣或文士间比拼这种才艺

① （唐）李延寿：《南史》，中华书局，1975，第595页。

② （唐）李延寿：《南史》，中华书局，1975，第943页。

③ （南朝宋）刘义庆著，（南朝梁）刘孝标注，余嘉锡笺疏，周祖谟、余淑宜、周士琦整理《世说新语笺疏》（修订本），上海古籍出版社，1993，第207页。

④ 何庆先等整理《中国历代考工典》，江苏古籍出版社，2003，第52页。

⑤ （唐）李延寿：《南史》，中华书局，1975，第630页。

甚至还引发了大冲突。《梁书·沈约传》记载：“约尝侍宴，值豫州献栗径寸半。帝奇之，问曰：‘栗事多少？’与约各疏所忆，少帝三事。出，谓人曰：‘此公护前，不让即羞死！’”[①] 武帝听说后也勃然大怒，“中使谴责者数焉”。[②] 梁武帝出身于兰陵萧氏，地位较宋武帝刘裕高出不少。沈约虽出身于南方士族，其代表的审美观却并未得到中原士族的广泛认同。梁武帝曾还以此为由，拒绝让其担任相位，所以虽然沈约才华出众，梁武帝却并不示弱。这种竞赛并不仅存在于语言艺术形式，在其他艺术领域也多有体现。“在文化上居于优势的士人、家族、利益集团、社会阶层不仅有更多的掌握政治权力的机会，而且往往还在自觉、不自觉中借助于教育传播、文化宣传、话语暗示、心理灌输等方式，改变另一些人、利益集团或组织机构的精神世界，使他们自觉地服从自身的意志，从而实现自己的权力。这也就是布尔迪之所谓‘符号暴力’是也。”[③] 而士族阶层的文化特权显然是被其余群体认可的。如王敬则与王俭同一天官拜开府仪同，这使得出身琅琊王氏的王俭非常不悦，说道：“不意老子遂与韩非同传。”王敬则听说后却欣然道：“我南沙县吏，侥幸得细铠左右。逮风云以至于此。遂与王卫军同日拜三公，王敬则复何恨。”[④] 王敬则深受皇帝信任，且是赳赳武夫，但面对王俭的调侃却表现得如此服气，足见士族文化在当时的影响力巨大。所以，普通工匠与奴隶型工匠的审美几乎无法显现于所造之物中，他们更多的是从事体力劳动以绘制士族或帝王脑海中构想出的蓝图。这种文化权力的重要性常引得帝王争做士族群体的领袖。由于才华出众且出身关陇士族，“炀帝自负才学，每骄天下之士。尝谓侍臣曰：‘天下当谓朕承借余绪

① （唐）姚思廉：《梁书》，中华书局，1973，第243页。

② （唐）姚思廉：《梁书》，中华书局，1973，第243页。

③ 王欣：《中古文学场域研究——以帝王文学活动为中心》，苏州大学硕士学位论文，2011，第31页。

④ （唐）李延寿：《南史》，中华书局，1975，第1130页。

而有四海耶？设令朕与士大夫高选，亦当为天子矣。’”[①]

士族文人间还通过相互评价的方式为自己的家族“延誉”。这种延誉可以是同一家族中的长辈夸赞晚辈，也可以是同一阶层、关系较好的家族间的互相赞誉，如任昉从叔任晷为任昉延誉：“四岁诵诗数十篇，八岁能属文，自制《月仪》，辞义甚美。……年十二，从叔晷有知人之量，见而称其小名曰：‘阿堆，吾家千里驹也。’”[②] 又如谢庄为谢朏延誉：“庄器之，常置左右。年十岁，能属文。庄游土山赋诗，使朏命篇，朏揽笔便就。琅邪王景文谓庄曰：‘贤子足称神童，复为后来特达。’庄笑，因抚朏背曰：‘真吾家千金。’”[③] 据史料记载，谢庄不仅文采出众，还有巧思，在造物方面亦有贡献。“按《宋书》本传谢庄字希逸，尝制木方丈图，山川土地各有分理，离之则州别郡殊，合之则宇内为一。”[④] 而创造出击琴的柳恽亦多受当世士族赞誉，《南史》就记载了谢庄之子谢瀹对他的称道：“（柳恽）与陈郡谢瀹邻居，深见友爱。瀹曰：‘宅南柳郎，可为仪表。’”[⑤] 又与阮籍同为竹林七贤的山涛亦曾在晋武帝面前盛赞阮籍的侄子阮咸。山涛举咸典选，曰：“真素寡欲，深识清浊，万物不能移也。若在官人之职，必妙绝于时。”[⑥]

谢庄、柳恽等人生活的时空相同或相近，个体间具体的交往已经难以考辨，但家族或不同身份群体间的交往轨迹还是可循的。相互赞誉就是文化群体间的一种交往方式。如因为相邻友善，谢氏与柳氏家族就相互赞誉。这种关系是错综复杂的。一般而言，只有文化地位相当的家族才可能相互赞誉。作为造物发起者的帝王或士族匠师断不会

① （唐）魏徵等：《隋书》，中华书局，1973，第625页。
② （唐）李延寿：《南史》，中华书局，1975，第1452页。
③ （唐）姚思廉：《梁书》，中华书局，1973，第261页。
④ 何庆先等整理《中国历代考工典》，江苏古籍出版社，2003，第47页。
⑤ （唐）李延寿：《南史》，中华书局，1975，第987页。
⑥ （南朝宋）刘义庆著，（南朝梁）刘孝标注，余嘉锡笺疏，周祖谟、余淑宜、周士琦整理《世说新语笺疏》，中华书局，2011，第424页。

去称赞奴隶型工匠。即便这类工匠地位很高，且技艺超群，非正面的评价也一直存在。《魏书·蒋少游传》记载：“允爱其文用，遂并荐之，与聪俱补中书博士。自在中书，恒庇李冲兄弟子侄之门。始北方不悉青州蒋族；或谓少游本非人士，又少游微因工艺自达，是以公私人望不至相重。唯高允、李冲曲为体练，由少游舅氏崔光与李冲从叔衍对门婚姻也。高祖、文明太后常因密宴，谓百官曰：‘本谓少游作师耳，高允老公乃言其人士。’眷识如此。然犹骤被引命，屑屑禁闼，以规矩刻缋为务，因此大蒙恩锡，超等备位，而亦不迁陟也。”[①] 虽然蒋少游具备文学创作才能，但出身平齐户的他一直不受待见，又因为是通过工艺技术知名，更被人轻视。

另外，与柳恽制作击琴一样，阮咸创作的阮（也称阮咸）也是在自身具备足够兴趣、技艺与艺术修养的情况下完成的。《晋书》本传中提及其喜好弹奏琵琶。“咸妙解音律，善弹琵琶。虽处世不交人事，惟共亲知弦歌酣宴而已。”[②] 但史料中多有他擅长音律的记载。如《世说新语·术解第二十》曰：

> 荀勖善解音声，时论谓之“闇解”。遂调律吕，正雅乐。每至正会，殿庭作乐，自调宫商，无不谐韵。阮咸妙赏，时谓“神解”。每公会作乐，而心谓之不调。既无一言直勖，意忌之，遂出阮为始平太守。后有一田父耕于野，得周时玉尺，便是天下正尺。荀试以校己所治钟鼓、金石、丝竹，皆觉短一黍，于是伏阮神识。[③]

荀勖精通乐理，依照十二支新律自创了十二支笛子，来规范雅乐，然每次宴会奏乐之时都会被称为“神解”的阮咸批评。荀勖开始不以为

① （北齐）魏收：《魏书》，中华书局，1974，第1970~1971页。

② （唐）房玄龄等：《晋书》，中华书局，1974，第1363页。

③ （南朝宋）刘义庆撰，徐震堮校笺《世说新语校笺》，中华书局，1984，第379~380页。

然，后在与出土的周代玉尺比对下，才发现自己所校理的乐器都短了一黍，这证明了阮咸乐理方面的造诣之深。关于阮咸制作阮这一特殊的琵琶亦见于正史。

> 阮咸，亦秦琵琶也，而项长过于今制，列十有三柱。武太后时，蜀人蒯朗于古墓中得之。晋《竹林七贤图》阮咸所弹与此类同，因谓之阮咸。咸，晋世实以善琵琶、知音律称。（蒯朗初得铜者，时莫有识之。太常少卿元行冲曰：“此阮咸所造。”）①

按照文献所记述，阮咸这类形制较为特殊的琵琶，似以铜制作而成。阮咸在这个造物过程中至少是发起者和设计者。至于是底层工匠还是其本人为实践制作者，则难以推断，但这可忽视不论。如文献所言“晋《竹林七贤图》阮咸所弹与此类同”，我们现依据南京西善桥东晋墓和江苏丹阳南齐陵墓砖刻壁画《竹林七贤与荣启期》的拓片来还原“阮咸”的形制。

图 6-2-1 《竹林七贤与荣启期》的拓片

如图 6-2-1 所示，左手边第二人为阮咸，其手中所弹奏的乐器应就是阮。阮由琴头、琴颈、琴身、弦轴、山口、缚弦和琴弦等部分

① （唐）杜佑：《通典》，中华书局，1988，第 3679 页。

组成。粗看上去壁画上的阮与普通琵琶差别不大，按《通典》所记“项长过于今制，列十有三柱”，八人中仅阮咸弹奏阮，亦是突出其精通音律及对琵琶改造的贡献，从中可以发现士族与统治者在造物方面的贡献略有不同，统治者更多是以满足奢侈心理和政治追求为目的，凭借政治权力将造物观念施加于所造之物上，且很大程度上，是以士族审美观念为准的。士族文人所获得的造物突破在于自身有与艺术修养和技艺积淀、兴趣习惯相关的物品，如生活用具或是艺术相关之物。前一种如香球、如意、虎枕、樗蒲、傀儡等玩赏器物，后一种如柳恽作击琴、阮咸作阮等，当然也存在原先为政治或提高生产力服务后被广泛应用于生活的状况，或者原先是为了生活便捷而被创造，但之后却被用于政治或生产等实用领域，如马镫的发明就是开始于狩猎等生活，后来被广泛地应用于军事。

布尔迪强调场域概念的竞争性与冲突性。布尔迪认为，场域是一个为争夺有价值资源而冲突和竞争的空间。上至帝王下到底层民众，不同阶层、家族、群体都试图争夺这种文化权力。个体与群体位置的同构性意味着那些在一个场域中处于被统治地位的人常常在别的场域中也处于从属地位。底层实施者往往得不到认可，其更多的情况是依从有文化特权阶层的设计观念按量完成发起者的任务。即便他们技艺出众，所造之物也没有附着他们的设计观念和审美趣味。这点和文学创作稍有不同，文学作品总体的审美情趣是符合时代需求与士族群体的审美标准的。但是由于不少作家创作一些作品时不一定是在权贵强制命令情境下所作，甚至不是为了吸引欣赏者而作。因此，文学创作较造物有更大的自主性，也具有更多的创作者自身特征。即便如此，我们比较现存的文学作品和艺术造物后发现，反映底层民众情趣或生活的作品仍非常缺失，特别是六朝这样一个政治上重视门阀而文化上特权稳固的社会。文学作品中反映底层民众思想和审美观念的作品已经稀少，艺术造物方面更是寥寥无几。群体情况如此，个体情况只会更甚，所存艺术造物不仅极少能留下实践者工匠的名字，艺术品所表现出的艺术特征和审美观同样不是创作者的，似乎只是借他们之手来表达他人的想法与审美罢了。底层的工匠群体并不会自觉反抗这种文化暴力，反而认为接受是一种自然而然的事。即便没有政治权力的压迫，他们也不会去改变所造之物的审美文化，他们已经自愿地沉溺其中。“在一个社会行动者本身合谋的基础上，施加在他身上的暴力。……社会行动者对那些施加在他们身上的暴力，恰恰并不领会那是一种暴力，反而认可了这种暴力，我将这种现象称为误识。”① 在所谓的“误识”之下，所有“艺”“文”设计者不是去反抗这种压制而是尽全力去迎合这种批判标准，并自觉服从于这一文化权力。

中国的俗文学至宋代才开始活跃，而中国的造物艺术中抛弃士族审美情趣也大约从古代社会的后半期才开始。小手工业者地位的提高使得该群体的审美情趣和创作观念得以展现在所造器物之中。而这些在六朝时期的“艺”“文”设计之中是根本不可想象的。正如布迪厄等所说：“符号权力通过陈述某个被给予之物来构成它，通过影响世界的表象来影响世界。这种权力并不处于以‘以言行事的力量’为表现形式的‘符号系统’中，而是在一种确定的关系中被这种关系所确定。这种关系创造了人们对言辞的合法性以及说出这些言辞的人的合法性的信念，而且，它正常运作的条件就是那些承受这种权力的人要认可那些施展权力的人。”② 下节将具体分析各阶层工匠在魏晋南北朝时期身份和地位的变化情况。

---

① 〔法〕皮埃尔·布迪厄、〔美〕华康德：《实践与反思——反思社会学导引》，李猛、李康译，中央编译出版社，1998，第 222 页。

② 〔法〕皮埃尔·布迪厄、〔美〕华康德：《实践与反思——反思社会学导引》，李猛、李康译，中央编译出版社，1998，第 69 页。

第三节　六朝“艺”“文”设计观念碰撞与调节的场域

文学与艺术创作过程中最为重要的因素无疑是创作“主体”。而其创作观念是在何种情境之下生成的呢？在六朝艺、文创作场域之中，“艺”“文”设计主体间以特别的形式展开对话、调节等。此处涉及了“主体间性”概念。主体间性（Intersubjectivity）可理解为主体之间性、主观际性、主体（观）通性、共（多）主体性、主体间本位等。主体间性是建构文学交流理论的核心范畴，它是与主体性相对应的重要概念。六朝社会中“艺”“文”设计主体间的交流情况较复杂，整体上可分为以下三种状况：其一，咏物诗人群体间的相互作用；其二，造物者间的对话与互动；其三，咏物诗人与造物工匠者间的对话、调节。下文将从历时角度、共时角度、文学与艺术跨领域，来论述“艺”“文”设计观念的生成及其交流场域。

一　跨越时间的主体间对话

刘勰在《文心雕龙·通变》中提出：“名理有常，体必资于故实；通变无方，数必酌于新声；故能骋无穷之路，饮不竭之源。”其又在篇末的赞中说：“变则可久，通则不乏。”① 六朝“艺”“文”设计主体善于继承前人文化遗产并做出创新。相较于两汉，六朝儒家经学对士人思想的控制急剧衰微，这点也随之反映到文艺创作上，即非功利、主缘情、重个性、求华美的文学思想。用鲁迅的话说，那是一个为艺术而艺术的文学自觉时代。既然文士群体已经开始自我思考、探索，那“必然会影响创作主体逐渐以自我为中心，形成以我眼观世

① （南朝梁）刘勰著，范文澜注《文心雕龙注》，人民文学出版社，1958，第519、521页。

界，而以我诗写我心的创作习惯”。[①] 那么，事实上六朝“艺”“文”设计者对待前人及其作品秉持何种态度呢？现存文献罕见六朝之前咏物之作的评述，然吉光片羽中亦可见端倪。

> 文人相轻，自古而然。傅毅之于班固，伯仲之间耳；而固小之，与弟超书曰：“武仲以能属文为兰台令史，下笔不能自休。”夫人善于自见，而文非一体，鲜能备善，是以各以所长，相轻所短。里语曰：“家有弊帚，享之千金。”斯不自见之患也。……常人贵远贱近，向声背实，又患暗于自见，谓己为贤。[②]

六朝初期，创作群体大都秉持“崇古”观念，正如曹丕所述之“贵远贱近”。这种观念自东晋以降发生了明显的变化。

> 且夫古者事事醇素，今则莫不雕饰，时移世改，理自然也。至于罽锦丽而且坚，未可谓之减于蓑衣；辎軿妍而又牢，未可谓之不及椎车也。[③]

> 近者夏侯湛、潘安仁并作《补亡诗》：《白华》、《由庚》、《南陔》、《华黍》之属，诸硕儒高才之赏文者，咸以古诗三百，未有足以偶二贤之所作也。[④]

> 庾仲初作《扬都赋》成，以呈庾亮。亮以亲族之怀，大为其名价，云：“可三《二京》，四《三都》。”于此人人竞写，都下

① 钟志强：《六朝咏物诗文学思想史论》，新华出版社，2017，第 62 页。
② （南朝梁）萧统编，（唐）李善注《文选》，中华书局，1977，第 720 页。
③ （晋）葛洪著，杨明照校笺《抱朴子外篇校笺》，中华书局，1997，第 77 页。
④ （晋）葛洪著，杨明照校笺《抱朴子外篇校笺》，中华书局，1997，第 77 页。

纸为之贵。①

这种“今胜于古”的思想风潮发展到了永明时期则转变为文士群体追求新变的创作思潮。永明诗人有着比东晋诗人更加直露、明确的表达。

吾文章之体，多为世人所惊。……夫文岂有常体，但以有体为常，政当使常有其体。丈夫当删《诗》《书》，制礼乐，何至因循寄人篱下。②

比见京师文体，懦钝殊常，竞学浮疏，争事阐缓。……若夫六典三礼，所施则有地，吉凶嘉宾，用之则有所，未闻吟咏情性，反拟内则之篇，操笔写志，更模《酒诰》之作，迟迟春日，翻学《归藏》，湛湛江水，遂同《大传》。……至如近世谢朓、沈约之诗，任昉、陆倕之笔，斯文章之冠冕，述作之楷模，张士简之赋，周升逸之辩，亦成佳手，难可复遇。③

六朝文士群体的“望今制奇”并非完全摒弃前人的经验，而是对古人创作经验中有益的部分采择其所长，于恰当的情境下巧妙地加以表达。

吾既拙于为文，不敢轻有掎摭，但以当世之作，历方古之才人，远则杨、马、曹、王，近则潘、陆、颜、谢，观其遣辞用心，了不相似。若以今文为是，则古贤为非，若以昔贤可称，则

① （南朝宋）刘义庆撰，徐震堮校笺《世说新语校笺》，中华书局，1984，第141页。

② （南朝梁）萧子显：《南齐书》，中华书局，1972，第729页。

③ （唐）李延寿：《南史》，中华书局，1975，第1247~1248页。

> 今体宜弃，俱为盍各，则未之敢许。又时有效谢康乐、裴鸿胪文者，亦颇有惑焉。何者？谢客吐言天拔，出于自然，时有不拘，是其糟粕。裴氏乃是良史之才，了无篇什之美。是为学谢则不届其精华，但得其冗长；师裴则蔑绝其所长，惟得其所短。谢故巧不可阶，裴亦质不宜慕。[①]

六朝文士群体亦有不完全认同“厌黩旧式”“穿凿取新”文学观念者。

> 若夫熔铸经典之范，翔集子史之术，洞晓情变，曲昭文体，然后能孚甲新意，雕画奇辞。昭体，故意新而不乱；晓变，故辞奇而不黩。若骨采未圆，风辞未练，而跨略旧规，驰骛新作，虽获巧意，危败亦多，岂空结奇字，纰缪而成经矣？[②]

刘勰《文心雕龙·定势》曰：“自近代辞人，率好诡巧。”[③] 他既对“竞今疏古”的风气持批判态度，又在《声律》《事类》《丽辞》诸篇中高度赞赏诗歌的形式美。这种融通中求创新的通变观，较前人更为理性和成熟。文士群体的总体思维水平、分辨能力较前代已有明显提高。这对他们的艺术和文学创作会产生积极的影响。至于造物工匠主体群体，其对待前人及其作品在整体上也呈现出一种由尊崇古制至于追求新变的审美变化趋势。本书搜集了当世造物艺术家对待古制的一些文献，列之如下。

> 博山炉：黄帝内传有博山炉，盖王母遗帝者，盖其名起于此

---

① （唐）李延寿：《南史》，中华书局，1975，第 1247 页。

② （南朝梁）刘勰著，范文澜注《文心雕龙注》，人民文学出版社，1958，第 514 页。

③ （南朝梁）刘勰著，范文澜注《文心雕龙注》，人民文学出版社，1958，第 531 页。

尔，汉晋以来盛用于此。①

薰笼：晋《东宫旧事》曰：“太子纳妃，有衣薰笼。当亦秦汉之制也。”②

墨砚：后汉李尤《墨砚铭》曰：“书契即造，墨砚乃陈。则是兹二物者，与文字同兴于黄帝之代也。”③

从上述材料可知，两汉与六朝初期的士人对前代造物者及艺术品秉持的是尊崇态度，但这种情况到南朝逐渐产生了变化。六朝后期的士人对前人及作品产生怀疑而采取追求新变的态度。如《宋书·戴颙传》中就有人向戴颙请教改益佛像的记载。

自汉世始有佛像，形制未工，逵特善其事，颙亦参焉。宋世子铸丈六铜像于瓦官寺，既成，面恨瘦，工人不能治，乃迎颙看之。颙曰：“非面瘦，乃臂胛肥耳。”既错减臂胛，瘦患即除，无不叹服焉。④

又据《南史》记载：

初，恽父世隆弹琴，为士流第一，恽每奏其父曲，常感思。复变体备写古曲。尝赋诗未就，以笔捶琴，坐客过，以箸扣之，恽惊其哀韵，乃制为雅音。后传击琴自于此。恽常以今声转弃古

① （宋）高承撰，（明）李果订，金圆、许沛藻点校《事物纪原》，中华书局，1989，第411页。
② （宋）高承撰，（明）李果订，金圆、许沛藻点校《事物纪原》，中华书局，1989，第413页。
③ （宋）高承撰，（明）李果订，金圆、许沛藻点校《事物纪原》，中华书局，1989，第425页。
④ （南朝梁）沈约：《宋书》，中华书局，1974，第2277～2278页。

法。乃著《清调论》，具有条流。[①]

综上可知，六朝艺术与文学创作群体对待前人及其作品的态度是由尊崇逐步变为怀疑。创作观念也由继承模仿转变为追求新变，再变为更为成熟、理性的通变观念。六朝前期（魏晋时期）艺术与文学创作群体对待古人的作品更倾向于尊崇，南朝初期则整个社会呈现出穷力追新的审美价值观。但这种追求新变的观念至梁朝开始虽臻于极致却也出现了更为理性、务实的观念，具体表现在：一是出现了新变、折中等多元的艺术设计思想；二是设计观念上的追求新变并非完全抛弃前人经验而是提出“去古人之所短，择取其所长，在恰当的情境下作合适、巧妙的文学表达”的理性观点。

二　南北与异域“艺”“文”设计者的文化交流与相互影响

西晋元康以后，南渡的士族在南方建立了东晋。而北方的领土却沦陷于异域政权。南北的地域文化差异，也变得愈发明显。罗宗强将北方与南方环境差异归纳为：玄风是否消歇、经学是否发达、佛教影响的有别、生活情趣的差别与自然环境的不同。环境背景的差异，自然会影响艺术与文学设计群体的创作理念。初唐魏徵等撰的《隋书》曰：“江左宫商发越，贵于清绮；河朔词义贞刚，重乎气质。气质则理胜其词，清绮则文过其意。理深者便于时用，文华者宜于咏歌，此其南北词人得失之大较也。”[②]“但从咏物诗来看，北朝咏物诗的诗人成分主要是由南入北的诗人、风格也与南朝咏物诗很接近”[③]，南朝由于早期在汉文化方面处于领先地位，优越感使得南朝文士群体较为轻视北朝诗人及作品。

---

① （唐）李延寿：《南史》，中华书局，1975，第988页。

② （唐）魏徵等：《隋书》，中华书局，1973，第1730页。

③ 于志鹏：《宋前咏物诗发展史》，山东人民出版社，2013，第104页。

梁常侍徐陵聘于齐，时魏收文学北朝之秀，收录其文集以遗陵，令传之江左。陵还，济江而沉之，从者以问，陵曰：“吾为魏公藏拙。”①

梁庾信从南朝初至北方，文士多轻之。信将《枯树赋》以示之，于后无敢言者。时温子升作《韩陵山寺碑》，信读而写其本，南人问信曰：“北方文士何如？”信曰：“唯有韩陵山一片石堪共语。薛道衡、卢思道少解把笔，自余驴鸣犬吠，聒耳而已。”②

这一情况在南朝末期发生了很大的改变。北朝如如薛道衡、卢思道等人的优秀作品，就被南方文士群体“广为传诵”。如庾信曾叹美卢思道之作：“周武帝平齐，授（卢思道）仪同三司，追赴长安，与同辈阳休之等数人作《听蝉鸣篇》。思道所为，词意清切，为时人所重。新野庾信遍览诸同作者，而深叹美之。”③ 薛道衡的作品更是为南朝文士推崇：“道衡每有所作，南人无不吟诵。”④ 唐人刘餗《隋唐嘉话》曾记述了薛道衡获得南朝文士阶层认可、赞誉的情况。

薛道衡聘陈，为人日诗云：“入春才七日，离家已二年。”南人嗤之曰：“是底言？谁谓此虏解作诗？”及云：“人归落雁后，思发在花前。”乃喜曰：“名下固无虚士。”⑤

六朝末期北朝文艺作品在南朝文士阶层中获得了广泛的认同。相较于文士的作品，南朝艺术与文学创作思想更早地接纳了北朝民间文艺因

① （唐）刘餗：《隋唐嘉话》，中华书局，1979，第55页。
② （唐）张鷟：《朝野佥载》，商务印书馆，1936，第80页。
③ （唐）李延寿：《北史》，中华书局，1974，第1076页。
④ （唐）李延寿：《北史》，中华书局，1974，第1338页。
⑤ （唐）刘餗：《隋唐嘉话》，中华书局，1979，第1页。

子。阎采平《北朝乐府民歌的南流及其对南朝文坛的影响》考证，北朝乐府民歌流传到南朝的时间，不会早于北魏太和十九年，即刘宋时期北朝音乐开始传入南方。“又因为有语言上的障碍，南方文坛之接受北朝乐府民歌的歌辞，要到齐末梁初以后。”[①] 这种带有异域特征的文化因子很受南朝贵族、文士群体的欢迎。如《南齐书·高帝纪》：

> 五年七月戊子，帝微行出北湖，常单马先走，羽仪禁卫随后追之，于堤塘相蹈藉，左右张互儿马坠湖，帝怒，取马置光明亭前，自驰骑刺杀之，因共屠割，与左右作羌胡伎为乐。[②]

齐梁以降，南方贵族和文化阶层对这种北方羌胡乐的喜爱有增无减。《南齐书·东昏侯纪》载：“从万春门由东宫以东至于郊外，数十百里，皆空家尽室，巷陌悬幔为高障，置丈人防守，谓之‘屏除’。……高鄣之内，设部伍羽仪。复有数部，皆奏鼓吹羌胡伎，鼓角横吹。”[③] 六朝咏物诗中以“关山月”“梅花落”“紫骝马”“骢马”“雨雪”为题就是南朝咏物诗人群体对北朝文化接受与认可的表现。

刘宋拟北朝民歌的咏物诗仅鲍照的《梅花落》。齐梁以后，乐府同题咏物诗大量涌现。据笔者统计，梁代受北朝乐府影响而创作的乐府题咏物诗，共计4首：吴均《梅花落》一首、刘孝威《骢马驱》一首、萧纲《紫骝马》一首、车敷《骢马》一首。到了陈代，仅张正见就有《关山月》《梅花落》《紫骝马》《雨雪曲》各一首。陈叔宝、徐陵、江总、苏子卿等，也有多篇受北朝乐府影响而创作的乐府题咏物诗作品。

南朝诗人对北朝乐府诗的模拟是多方面的。诗题、立意的缘由，诗歌内容的描述与联想几乎都来自北朝的文化。《紫骝马》可以为例。

① 阎采平：《北朝乐府民歌的南流及其对南朝文坛的影响》，《湘潭大学学报》（社会科学版）1989年第1期，第49~50页。

② （梁）萧子显：《南齐书》，中华书局，1972，第10页。

③ （梁）萧子显：《南齐书》，中华书局，1972，第103页。

贱妾朝下机，正值良人归。青丝悬玉镫，朱汗染香衣。
骤急珂弥响，踌多尘乱飞。雕菰幸可荐，故心君莫违。[①]

蹀躞紫骝马，照耀白银鞍。直去黄龙外，斜趋玄菟端。
垂鞬还细柳，杨尘归上兰。红脸桃花色，客别重羞看。[②]

《古今乐录》说：“《紫骝马》，古辞云：‘十五从军征，八十始得归。道逢乡里人，家中有阿谁？’又梁曲曰：‘独柯不成树，独树不成林，念郎锦裲裆，恒长不忘心’。盖从军久戍，怀归而作也。”[③]《紫骝马》借从军久戍之人或其妻妾之口，表达相思和怀归之情。其主旨、立意源自北朝乐府民歌《独柯不成树》。

北朝文士由于对南朝艺术与文学创作观持尊崇态度。因此，其对南朝的艺术与文学作品是认可并热衷于在创作实践中模仿与借鉴的。在文献资料中，我们屡屡能发现北朝创作主体对南朝文艺的热爱。南朝文士的作品在北朝颇受追捧：

梁使每入（东魏），邺下为之倾动，贵胜子弟盛饰聚观。[④]

（邢）邵又云：“江南任昉，文体本疏，魏收非直模拟，亦大偷窃。”收闻乃曰：“伊常于沈约集中作贼，何意道我偷任昉。”[⑤]

从现存的北朝咏物诗来看，许多作品带有南朝的宫体色彩。

① 逯钦立辑校《先秦汉魏晋南北朝诗》，中华书局，1983，第1911页。
② 逯钦立辑校《先秦汉魏晋南北朝诗》，中华书局，1983，第2508页。
③ （元）左克明撰，韩宁、徐文武点校《古乐府》，中华书局，2016，第105页。
④ （唐）李延寿：《北史》，中华书局，1974，第1604页。
⑤ （唐）李百药：《北齐书》，中华书局，1972，第492页。

素蝶向林飞，红花逐风散。花蝶俱不息，红素还相乱。
芬芬共袭予，葳蕤从可玩。不慰行客心，遽动离居叹。[①]

宝髻耀明珰，香罗鸣玉佩。大堤诸女儿，一一皆春态。
入花花不见，穿柳柳阴碎。东风拂面来，由来亦相爱。[②]

温子升《咏花蝶诗》创作风格艳丽，主题思想亦是表达男女相思之情。王容《大堤女》在描绘宫女形貌与情趣等方面则与南朝的宫体诗相似。北朝文人群体虽对声律、对偶等形式美提出批评，也曾诟病南朝文艺艳情绮丽文风，但最终却接纳并模仿南朝创作风格，如宇文毓《和王褒咏摘花》：

玉碗承花落，花落碗中芳。酒浮花不没，花含酒更香。[③]

随着南北朝创作群体交流的日益密切，南朝文艺在北朝一直人气不减。北周宇文逌赞赏庾信道：“齿虽耆宿，文更新奇。才子词人，莫不师教；王公名贵，尽为虚襟。”[④]《周书》也说：“朝廷之人，闾阎之士，莫不忘味于遗韵，眩精于末光。犹丘陵之仰嵩岱，川流之宗溟渤也。”[⑤]《周书》还有：“当时后进，竞相模范。每有一文，京都莫不传诵。”[⑥] 南北朝咏物诗创作主体间的交流表明，北朝创作主体不失自身特色，又热衷于接纳、模仿南朝创作主体的创作技巧、题材风格，南北文风日趋一致。

① 逯钦立辑校《先秦汉魏晋南北朝诗》，中华书局，1983，第2222页。
② 逯钦立辑校《先秦汉魏晋南北朝诗》，中华书局，1983，第2224页。
③ 逯钦立辑校《先秦汉魏晋南北朝诗》，中华书局，1983，第2324页。
④ （北周）庾信撰，（清）倪璠注，许逸民校点《庾子山集注》，中华书局，1980，第64页。
⑤ （唐）令狐德棻等：《周书》，中华书局，1971，第744页。
⑥ （唐）令狐德棻等：《周书》，中华书局，1971，第733页。

三　造物艺术与文学的碰撞与调节

造物艺术与文学虽然都属于大艺术学科范围，但魏晋六朝时期，作为语言艺术的文学，其地位仍然远高于包括造物艺术在内的其余艺术门类，那么，六朝时期文学的创作主体与作为造物艺术设计主体的工匠群体又是如何互相影响、调节的呢？

六朝是文学自觉的时代，文学越发独立，其地位也越发提高。其余艺术门类如绘画、书法、雕塑等领域也获得了巨大的发展。但在这些艺术门类之中，文学创作（尤其是诗歌）的地位无疑是最高的，绘画、书法等艺术则居于次要地位，而造物工艺则在更低的地位。这在颇具古代社会价值倾向性的正史中留有当世人的相关看法。正史列传中很少有以绘画、书法、音乐为主要记载的单传，也就是说，仅精通某类艺术的创作者很难得到史家的青睐。而文学家则不同，在单传、合传、类传中较为常见。若某一文士擅长包括文学在内的多种技艺，那么正史传记中一般的记录方式是以文学为主，其余技艺仅寥寥数语便戛然而止。《宋书·谢灵运传》介绍谢灵运道：“谢灵运，陈郡阳夏人也。祖玄，晋车骑将军。父瑍，生而不慧，为秘书郎，蚤亡。灵运幼便颖悟，玄甚异之，谓亲知曰：‘我乃生瑍，瑍那得生灵运！’灵运少好学，博览群书，文章之美，江左莫逮。”[①] 在这种“以文为主”的记录方式下，其余技艺只能是夹杂其中。“灵运诗书皆兼独绝，每文竟，手自写之，文帝称为二宝。”谢灵运以博学著称，精通诸多艺术门类。其书法造诣或不低于诗歌创作，所以宋文帝称之为“二宝”。然若不细看史书，则可能漏掉了解谢灵运形象的一个重要组成部分。同样与书法密切相关的绘画技能亦为谢灵运所擅长，但正史中记述更为简略。如《宋书·谢灵运传》大量的篇幅保留了他的《撰征赋》和《山居赋》以及奏表等文学内容，可对其绘画艺术方面的内容却没有记载。

① （南朝梁）沈约：《宋书》，中华书局，1974，第1743页。

可事实上，谢灵运之“佛像画”名冠当时。在经历了唐武宗会昌灭法之后，甘露寺中还能幸存“谢灵运菩萨六壁，在天王堂外壁”。因此，相较于文学，其余技艺所受社会的重视程度较低。就创作主体自身而言，在社会或群体的价值导向上，大多也更加重视文学而轻视其余技能，蒋少游即可为例。

> 性机巧，颇能画刻。有文思，吟咏之际，时有短篇。遂留寄平城，以佣写书为业，而名犹在镇……虽有文藻，而不得伸其才用，恒以剞劂绳尺，碎剧匆匆，徙倚园湖城殿之侧，识者为之叹慨。而乃坦尔为己任，不告疲耻。①

蒋少游“有文思，吟咏之际，时有短篇”，但因造物技艺出众被皇家要求从事工匠的造物工作。“虽有文藻，而不得伸其才用”，这成为社会舆论同情他的一个因素，“识者为之叹慨”。文学创作与造物在当世主流观念中的地位高下立判。而蒋少游虽表面上“坦尔为己任，不告疲耻”，但对文人而言，其内心无疑会深以为愧耻。故《颜氏家训》记载道，“然而此艺不须过精。夫巧者劳而智者忧，常为人所役使，更觉为累；韦仲将遗戒，深有以也”。②

颜之推作为士族的代表，其教诲子孙即便对这些技艺有兴趣，也不要在这方面花费过多精力。其还引用了韦仲将告诫子孙不要浪费精力于学习书法的例子来论证自己的观点。“韦仲将能书。魏明帝起殿，欲安榜，使仲将登梯题之。既下，头鬓皓然。因敕儿孙勿复学书。”③

史书中类似这样的例子还有不少，如韦诞、阎立本等。造成这种社会氛围与舆论的原因可能和上文所述的士族群体的审美观念有关。虽然主流观念中，文学之外的技艺并不重要，但是个体潜意识或集体

---

① 何庆先等整理《中国历代考工典》，江苏古籍出版社，2003，第 47 页。

② 王利器：《颜氏家训集解》（增补本），中华书局，1993，第 567 页。

③ （南朝宋）刘义庆撰，徐震堮校笺《世说新语校笺》，中华书局，1984，第 385 页。

无意识中，造物技艺并非如此不堪，在六朝初期的文献中，有不少关于帝王或贵族都兼善此类“旁门左道”且乐此不疲的记载。如曹魏时期的曹髦，“幼好学，善书画。初封高贵乡公，后即帝位”[①]，除去贵族身份外，他还是一名有较高水准的画师。

> 曹髦之迹，独高魏代，谢赫等虽著《画品》，皆阙而不载。彦远今著此书，不必备见其踪迹，但自古善画者即载之。(有《祖二疏图》、《盗跖图》、《黄河流势》、《新丰放鸡犬图》传于代，又有于陵子、黔娄夫妻图)[②]

张彦远在《历代名画记》中记载了魏晋南北朝时期的许多皇帝画师，于魏少帝曹髦之后，还有晋明帝司马绍、梁武帝萧衍、梁元帝萧绎等。其他皇家通于绘画者有梁元帝子萧方、梁简文帝第五子萧大连、北齐世宗第二子高孝珩等。音乐方面亦是人才济济，魏晋南北朝时有许多擅长音乐艺术的帝王或皇族群体，包括梁武帝萧衍、北齐后主高纬、隋文帝杨坚等。史书甚至留下了北齐后主沉溺于音乐而亡国的记载。

> 后主唯赏胡戎乐，耽爱无已。于是繁手淫声，争新哀怨。故曹妙达、安未弱、安马驹之徒，至有封王开府者，遂服簪缨而为伶人之事。后主亦自能度曲，亲执乐器，悦玩无倦，倚弦而歌。别采新声，为《无愁曲》，音韵窈窕，极于哀思，使胡儿阉官之辈，齐唱和之，曲终乐阕，莫不殒涕。[③]

后主《无愁曲》音韵窈窕，与南陈《玉树后庭花》颇为相似。

① （唐）张彦远：《历代名画记》，浙江人民美术出版社，2019，第78页。
② （唐）张彦远：《历代名画记》，浙江人民美术出版社，2019，第78页。
③ （唐）魏徵等：《隋书》，中华书局，1973，第331页。

虽然被主流贬斥为亡国之音，但足见帝王贵族对这些技艺的热衷程度。主流舆论不屑之技艺却是士族贵胄们十分喜好的日常习惯之事。值得注意之处是，皇家士族群体能亲身实践这些造物活动。

陆法言《切韵》曰：“曹公作欹架，卧视书。今懒架即其制也。”则是此器起自魏武帝也。①

蜀相诸葛亮之出征，始造木牛流马以运饷，盖巴蜀道阻，便于登陟故耳。木牛即今小车之有前辕者，流马即今独推者，而民间谓之江州车子。按《后汉·郡国志》：“巴郡有江州县，是时刘备全有巴蜀之地。疑亮之创始作之于江州县。当时云然，故后人以为名也。”②

《搜神记》曰：胡床戎翟之器也。《风俗通》曰：汉灵帝好胡服。景师作胡床，此盖其始也，今交椅是也。③

梁简文帝《马槊谱序》：“马槊为用，虽非远法，近代相传，稍以成艺。”按曹操父子，横槊赋诗于鞍马之间，则马槊之事，已见于此矣。岂其事之所起乎？④

六朝间，文学与艺术这两个颇为相似的领域普遍存在这种观念：文学为主流舆论所接纳，士人以拥有高超的文学技巧为荣。相对而言，包括文学创作主体在内的士人群体对造物艺术的态度较为矛盾。

① （宋）高承撰，（明）李果订，金圆、许沛藻点校《事物纪原》，中华书局，1989，第410页。

② （宋）高承撰，（明）李果订，金圆、许沛藻点校《事物纪原》，中华书局，1989，第404～405页。

③ （宋）高承撰，（明）李果订，金圆、许沛藻点校《事物纪原》，中华书局，1989，第406页。

④ （宋）高承撰，（明）李果订，金圆、许沛藻点校《事物纪原》，中华书局，1989，第500～501页。

他们在观念上并不推崇造物艺术，但却热衷于亲身投入设计活动之中。这种矛盾观念的形成有历史与政治等多重因素，却也是文学创作与造物艺术关系紧密的表现。

核心小结

1. 六朝工匠群体的身份来源、类别与创作情境。若以身份来源进行分类，六朝造物者可被分为官方工匠、个体工匠、受胁迫者、贵族或官员等。相较于先秦全能型的设计者，六朝时期出现了设计者的职业化。工匠群体按创作情境依次分为：以娱乐为目的而创作、在统治者命令或胁迫下进行创作、士人通过技艺来获得名利、士族子弟“为艺术而艺术”等。

2. 主体间的交往场域。器物的原概念是来自发起者（一般是君王），而设计者虽受君王之命，揣摩君王的心思，但更多是在技术水平和严格程序等领域体现自己的价值。底层受胁迫的工匠更多的是根据发起者或设计师的意图、要求来参与实践。而三者所造文艺之物的审美标准常常折中于士族群体的审美意识。

3. 六朝咏物文学与造物艺术领域普遍存在这种观念：文学为主流舆论所接纳，士人以高超的文学技巧为荣。相对而言，士人群体对造物艺术的态度较为矛盾。他们在观念上并不肯定造物艺术，但却热衷于亲身投入设计活动之中。这种矛盾观念的形成有历史与政治等多重因素，也是咏物文学与造物艺术关系紧密的表现。

余　论　六朝“艺”“文”精神对当下艺术设计和文学创作的启示意义

六朝（魏晋南北朝）是为艺术而艺术的自觉时代。这个时代“哲学美学范畴的名理辨析，宗教美学范畴的义理融摄，伦理美学范畴的价值探索，艺术美学的意识觉醒……犹如交响乐一般构成美学的复调变奏，由这种美学范畴的文化品格复合成一种历史性的绵延张力，使中国美学的人文意识在超越现实、超越神学政治的精神解放之进路中，逐渐凝定了美学向人生、艺术和其他现实领域渗化的价值框范”。[①] 在这样一个文艺自觉时代，任何文体或艺术形式的创作都在试验和实践之中。马克思说：“人应该在实践中证明自己思维的真理性，即自己思维的现实性和力量，亦即自己思维的此岸性。”[②] 可以说，魏晋南北朝的文学创作与工艺造物以其不竭的实践和创作为中国的文艺发展留下了丰富的成果和文化遗产。其文艺基因在现代工艺设计和理论建构之中仍发挥着积极且不可替代的作用。

“天所以谓之观物者，非以目观之也，非观之以目而观之以心也，非观之以心而观之以理也。”[③] 这种理性的器物审美观不仅适用于观赏者和使用者，也适用于设计者和创作实践者。艺、文创作过程中的心手有机联系，使得文艺之“物”的生成过程凝聚了设计者或制作者对世界的认识。灵动的六朝与华夏深厚的民族土壤共同孕育了“天

---

① 王振复：《中国美学范畴史》（第2卷），山西教育出版社，2009，第5页。

② 《马克思恩格斯全集》（第3卷），人民出版社，1972，第3页。

③ （宋）邵雍著，郭彧整理《邵雍集》，中华书局，2010，第49页。

时、地利、人和”及“材美、工巧、物宜”所构建的造物设计思想。其对当下的文艺设计体系在实践和理论研究方面或有一定的启发作用。通过现存文献与实物的考察与分析，我们归纳了六朝造物精神主要有以下几个特点。

一　自然和谐与可持续的生态观念

这种自然和谐与可持续的生态观念源于先秦的道家思想。《道德经》曰：

> 天地任自然，无为无造，万物自相治理，故不仁也。仁者必造立施化，有恩有为。造立施化，则物失其真；有恩有为，则物不具存；物不具存，则不足以备载矣。〔天〕地不为兽生刍，而兽食刍，不为人生狗，而人食狗，无为于万物而万物各适其所用，则莫不赡矣。①

自然作为一种抽象的，没有掺杂人的情感、思想的状态而存在。其造化万物的活动并不依从人的意志。在吸收老子自然思想的基础上，庄子于《齐物论》中主张：“天地与我并生，而万物与我为一。”人生活于此在世界，物我合一，主体创作的行为不能违背自然规律。《庄子·天道》又曰：“天地固有常矣，日月固有明矣，星辰固有列矣，禽兽固有群矣，树木固有立矣。”世间万物都遵循固有的规律（道）在自然界或人类社会运行，主体造物实践不能脱离道，不能过度消耗自然万物。

六朝时期，玄学家王弼在老庄思想基础上，以自然现象为例，提出“体万物之性推衍至于人”。他说：“橐，排橐也。籥，乐籥也。橐籥之中空洞，无情无为，故虚而不得穷屈，动而不可竭尽也。天地

① 楼宇烈校释《王弼集校释》，中华书局，1980，第13页。

之中，荡然任自然，故不可得而穷，犹若橐龠也。”① 橐和龠之比喻是说明气息以“自然”的本体状态存在。王弼将体性由宇宙论成功转移至人生中。故王弼《老子注》曰：

> 万物以自然为性，故可因而不可为也，可通而不可执也。②
>
> 与天地合德，乃能包之如天之道。如人之量，则各有其身，不得相均。如惟无身无私乎？自然，然后乃能与天地合德。③

“天地合德”至于“无身无私”，王弼实现了从宇宙本体到精神本体的转化。此外，从老子到王弼的自然体性观中似乎蕴含了对工艺制作的自然、可持续发展的思想。如《老子》：

> 小国寡民，使有什伯之器而不用，使民重死而不远徙。虽有舟舆，无所乘之；虽有甲兵，无所陈之。使人复结绳而用之。④

《老子》反对有意之创造和人类之机巧，甚至对器物的用途提出怀疑。老子建议治国者阻止人们使用那些人工创制的器物，如车、船和兵器。因此，道家对生长图式的肯定，是基于对自然和社会之他生、互生和自生、自为的认可。上博简《恒先》从“制”、“作”与“生”的比对中，将“自为”提到了核心的地位。因此，王弼《老子注》曰：

> 因物自然，不设不施，故不用关楗、绳约，而不可开解也。此五者，皆言不造不施，因物之性，不以形制物也。⑤

---

① 楼宇烈校释《王弼集校释》，中华书局，1980，第 14 页。
② 楼宇烈校释《王弼集校释》，中华书局，1980，第 77 页。
③ 楼宇烈校释《王弼集校释》，中华书局，1980，第 186 页。
④ 楼宇烈校释《王弼集校释》，中华书局，1980，第 190 页。
⑤ 楼宇烈校释《王弼集校释》，中华书局，1980，第 71 页。

顺自然而行，不造不施，故物得至，而无辙迹也。顺物之性，不别不析，故无瑕谪可得其门也。[①]

自然的审美观是发展变化的，从宇宙至精神主体，再到客观之物，其得以流动的哲学基础是——由老庄到魏晋玄学愈发明显地以自然本性为主体的思想。有学者就认为：“一般说来，玄学乃是一种本性之学，即研究自然（天地、万物）和人类社会（人）的本性的一种学说。它的根本思想是主张顺应自然的本性。它是先秦道家崇尚自然主义思想的继承与发展。……玄学为本性之学，它探求宇宙与人类的本性，则是对汉代理论思维的一次升华。”[②]“道家所阐述的宇宙生成论有三种模式，包括‘他生’、‘相生’和‘自生’。首先，‘他生’强调生成者与被生成者的关系，称为‘创生’模式。其次，‘相生’强调万物依据怎样的机理、通过怎样的方式化生出来。最后‘自生’强调万物的产生，主要不依赖于‘造物者’的作用，而主要依赖万物自身的力量。”[③] 这种自然审美观影响生成了“共生”的生态设计理念。道家及玄学思想影响下，六朝“艺”“文”设计思想中存在反对人为创造文化的情况。他们习惯将事物看成具有自身生长规律的有机体，而非被生硬肢解和雕琢的对象。如书法方面，蔡邕说：“夫书肇于自然，自然既立，阴阳生焉；阴阳既生，形势出矣。”文章方面，刘勰《文心雕龙》也以自然之水、木为喻，阐明文之内隐外秀的规律，如《文心雕龙·隐秀》云：

夫心术之动远矣，文情之变深矣，源奥而派生，根盛而颖

① 楼宇烈校释《王弼集校释》，中华书局，1980，第71页。

② 许抗生：《关于玄学哲学基本特征的再研讨》，《中国哲学史》2000年第1期，第58~63页。

③ 闫月珍：《儒家的制作图式及其与道家的分判——以中国早期哲学为中心》，《中山大学学报》（社会科学版）2020年第2期，第127~136页。

峻，是以文之英蕤，有秀有隐。隐也者，文外之重旨者也；秀也者，篇中之独拔者也。[①]

“隐”也作“檃”，见《镕裁》：“蹊要所司，职在镕裁，檃括情理，矫揉文采也。”[②]“檃括”原为矫正曲木之意，引申为去除烦冗、不过度表现的意思。《文心雕龙·镕裁》认为，过多的藻饰反而会影响文意的传达。“善删者字去而意留，善敷者辞殊而意显。”[③] 为避免繁缛，恰如其分地删改，能让文艺作品变得通透精约，审美达到有余味的境地。现代设计也往往追求生态之美，如造物设计时除了考虑产品的性能、质量和成本外，还要考虑产品的更新换代对环境产生的影响。另外，这种自然生态观还启发设计者在造物活动中对所造之“物”的使用寿命、循环使用情况或审美上的可持续性等方面的设计更为重视。

二　清淡简约的造物风格

清淡简约的造物风格的文化根源是“人本主义”物用观。先秦各家追求质朴实用的思想衍生出了清淡简约的美学观念。例如墨子曾评述曰：

其为衣裘何以为？冬以圉寒，夏以圉暑。凡为衣裳之道，冬加温、夏加清者，芊䱉。不加者，去之。……其为舟车何以为？车以行陵陆，舟以行川谷，以通四方之利。凡为舟车之道，加轻以利者，芊䱉；不加者，去之。[④]

---

① （南朝梁）刘勰著，范文澜注《文心雕龙注》，人民文学出版社，1958，第632页。

② （南朝梁）刘勰著，范文澜注《文心雕龙注》，人民文学出版社，1958，第543页。

③ （南朝梁）刘勰著，范文澜注《文心雕龙注》，人民文学出版社，1958，第543页。

④ 方勇译注《墨子》，中华书局，2011，第181页。

这种“器完而不饰”“质真而朴素”的审美情趣与道家老子的“曲则全，枉则直。洼则盈，弊则新。少则得，多则惑”有相似之处，对后世简约质朴的审美元素的生成有重要作用。六朝时期由于玄学而兴起的清约简省的美学观影响了当世人的审美观念。可以说清淡的审美趣味是六朝美学对中国审美观念的重要贡献。刘勰《文心雕龙·时序》曰：

> 于时正始余风，篇体轻澹，而嵇阮应缪，并驰文路矣。……简文勃兴，渊乎清峻，微言精理，函满玄席；澹思浓采，时洒文囿。……自中朝贵玄，江左称盛，因谈余气，流成文体。是以世极迍邅，而辞意夷泰，诗必柱下之旨归，赋乃漆园之义疏。①

清淡之风盛行之下，简约审美思潮也出现了。如葛洪的《抱朴子》就说：

> 又诸妖道百余种，皆煞生血食，独有李家道无为为小差。然虽不屠宰，每供福食，无有限剂，市买所具，务于丰泰，精鲜之物，不得不买，或数十人厨，费亦多矣，复未纯为清省也，亦皆宜在禁绝之列。②

葛洪此处说的虽是由于生存需要而提出的宗教自我约束意识，但其提出“清省”的概念确实是六朝不同以往（如汉代）的审美观念。这种审美观念的盛行学界已有述及，本书不再赘述，仅举一与造物相关的例子以佐证。如从戴颙对佛像“非面瘦，乃臂胛肥耳”的评价及最后“既错减臂胛，瘦患即除，无不叹服焉”的效果看，清约简省的

① （南朝梁）刘勰著，范文澜注《文心雕龙注》，人民文学出版社，1958，第674、675页。
② 王明：《抱朴子内篇校释》，中华书局，1985，第173页。

审美观是当世较为普遍的审美趣味，亦可视为现代文艺设计活动所借鉴的六朝审美元素。中国以简约为美的审美思想是基于人格省净的理想。这种简约质朴的民族风格在文化大融合、文明碰撞的当下，有着积极的启示意义，比如器物上以示意而非具形的方式来展现中国特有的设计理念。《周易·系辞上》曰“制器者尚其象”，“象”是指卦象。卦象形式抽象简练，模仿、概括天地自然及人事变化规律。比如，中国传统造物器设计时，常呈现出圆与方的造型，其实质是以此象征“天人合一”、天地乾坤等，与中国传统文化中“天尊地卑”的伦理道德观、“天圆地方”的宇宙观相对应。现代的文艺造物设计亦时有简约清淡造物的呈现，这其实都是受到六朝简约美学风格的影响。

三　器以致用与文质彬彬的制器观

与道家思想不同，儒家思想给予现代造物设计的启示主要体现在两方面。一是器以致用；另一个是文艺作品需文质彬彬。《尚书·旅獒》有“不役耳目，百度惟贞。玩人丧德，玩物丧志”，对待“物”不能仅仅追求其华丽的外表，否则会丧失德行或内在的根本。这就涉及荀子“重己劳物”的造物观。无论是文学创作，还是工艺制器，儒家思想有着强烈的追求功用的倾向。

六朝时期随着儒家思想对士人控制力的减弱，文艺形式似乎趋向于对艳丽的外在形式之美的追求。这其实只是表面现象。我们认为，这是一种外在艺术形式被长久压抑后的反弹现象，实质是人们以前所未有的热情追逐外在华美形式时，其并未超过当世人对内在“以人役物”思想追求的热情。也就是说当世人潜意识中仍然对物的内涵抱有很高的标准，只不过与前代相比更加重视外在形式而已，如南齐谢赫“绘画六法”对传统审美总结为“一气韵生动是也，二骨法用笔是也，三应物象形是也，四随类赋彩是也，五经营位置是也，六传模移写是也”，首要的标准就是“气韵生动”，其也是审美的总体要求。虽然谈论的是绘画的审美要求，但也可视为古代设计思想传统的精髓。这一对“物”最为重要的标准就是要注重作品的“意蕴”，即作品的精神内涵。这种主张融入造物设计中就是需“以意制形，以形取意”。六朝艺、文创作对外在形式与内涵、功用的兼容并重，若用儒家思想来表达就是能达到“文质彬彬”，如《论语·雍也》就曰：

质胜文则野，文胜质则史，文质彬彬，然后君子。

儒家思想中的君子需要以内在的仁为本，然仅仅如此又是不够的，还需要辅以外在形式的优雅举止和一定的文采。如《左传·襄公二十五年》记载孔子所言：“言以足志，文以足言。不言谁知其志？言之无文，行而不远”[①]，儒家思想注重“文”和“质”的融合统一。这种关系原本是用来探讨君子品行，后来也被引入文艺评论与造物设计之中。其应用于文艺理论领域见于刘勰《文心雕龙》中对文辞艺术的评论：“夫水性虚而沦漪结，木体实而花萼振，文附质也；虎豹无文，则鞹同犬羊；犀兕有皮，而色资丹漆，质待文也！”[②]《文心雕龙·时序》将这种形式与功能融合为一的美学观点称为“淡思浓采，时洒文囿”[③]。在造物设计领域，这样一种文与质都兼备的“物”，需要千锤百炼而非自然生长，简而言之就是材美工巧，其具体有以下三方面表现：其一，人工的精心打磨不可或缺，如《卫风·淇奥》所形容的“有匪君子，如切如磋，如琢如磨”。其二，所选“材质”能够经得起琢磨，材质若不堪，纵使千锤百炼也是徒劳。其三，“工”要专精而细腻，如《荀子·大略》所描述：“人之于文学也，犹玉之于

① 杨伯峻注《春秋左传注》，中华书局，1990，第1106页。

② （南朝梁）刘勰著，范文澜注《文心雕龙注》，人民文学出版社，1958，第537页。

③ （南朝梁）刘勰著，范文澜注《文心雕龙注》，人民文学出版社，1958，第674、675页。

琢磨也。”① 儒家美学往往强调后天对制器的重要性。

在造物设计领域，这探讨的就是审美与实用、功能与形式的相互依存关系。儒家这种将人格典范、社会理想与材美工巧相关联的观念也给现代造物设计领域以启示，表现为为了突出“物”的优点造物者不计成本地集中花费精力，以人工制作雕刻出精美的花纹和规范的形状，就犹如为突出玉的温润和亮度而竭力琢磨和切磋。事实上，所谓的形式和功能并非二元对立，而是可融合为一体，即“形式就是功能，功能等于形式，功能寓于形式之中”。造物设计不是纯粹的艺术或审美，它本身兼具形式和功能、审美和实用的统一，因此，文质合一的审美思想在器物制作的实践过程中是可以实现的。我们先看看六朝时期对造物实用功能重视的例子。1965 年辽宁省北燕宰相冯素弗墓中出土的制工精美的鎏金双马镫，是中国马具发展史上发现的最早的一副马镫。英国科技史学家怀特认为：“很少有发明像马镫那样简单，但是很少发明在历史上起过像它那样的触媒作用。”②

诸葛铠在《为人造物的艺术》中说：“对设计的本质可以作这样的描述：按照美的规律为人造物，也可以说设计是为人造物的艺术。其中有美的规律、为人、造物三个关键词。美的规律即是艺术的规律；为人即是便于人的使用，亦即功效；造物即是以科学技术为依托的发明创造和制造。当这三者有机结合为一个整体时，才是有价值的设计。”③ 张道一先生也说：“造物艺术是将其看作在人的所有活动中最重要的活动之一，是体现人之所以为人的一种创造。它是物质的，又是精神的，体现出人的创造的一种原发性的‘本元文化’，也就是综合性的文化，表现了综合的文明。”④ 纵观六朝的陵墓石刻，挥洒自如的曲线充分地展现了物体造型的韵律美和节奏美，同时也充分地

① 章诗同注《荀子简注》，上海人民出版社，1974，第 309 页。

② 顾准：《顾准文集》，中国市场出版社，2007，第 199 页。

③ 诸葛铠：《设计艺术学十讲》，山东美术出版社，2009，第 70 页。

④ 张道一：《道一论艺》，苏州大学出版社，2008，第 264 页。

展露出这一时代的精神及文化风尚。以南京狮子冲陵墓雕刻造型为例，其陵墓为陈文帝陈蒨之墓，该墓石兽造型生动，雕刻精美。该雕刻整体造型重心向后，四足前爪上翘离地，有顿足欲飞之势，但若细致分析细节会发现其蕴含了丰富的文化成分。如石兽兽身两侧似云纹，但更似佛教造像中飞天周围的飞云纹饰，这正是从佛教艺术中而来。宋元的青瓷青花、明代的景泰蓝与宣德炉、清代的刺绣织锦和螺钿等传统造物设计，无不体现着六朝以后这种功能与形式并重的“淡思浓采”审美理念。刘岱《中国文化新论》总结得好：“其实，严格地说，任何一个文化的高度发展，其外在的有形事物的创造，都与其内在心灵世界的开拓相呼应。器物工艺也好，典章制度也好，科学技术也好，文学艺术也好，都可以说是人类思想智识、价值意义和精神情操的具体表现。两者息息相通，互为映照。”①

四　礼制思想的现代性表达

《周易》曰：“天尊地卑，乾坤定矣。”中国作为礼仪之邦，以儒家为代表的典籍记录了对礼的重视和对尊卑等级的细致规定。礼制思想的文化根源可以追溯到万物有灵观念。其在艺、文创作领域的延伸是心物关系与道、技之辨。“道”是本体，地位高于“技”，但“道”亦不离“技”。高妙之“技”具有独立的审美价值。礼制的内涵，儒家称为“仁”，道家以之为“道”。本书所谓的“道”是涵盖各家思想的本质之统称，现具体论述礼制思想在造物领域的表现及其现代性的可能表达。在造物设计中，主要以两种方式来体现“礼”的思想，一种是以不同却有规律性质的“数”（如多少、大小、高低、节奏快慢）等呈现不同的秩序美感以彰显“礼制”思想。另一种是通过不同的颜色、图形、形制来区分和规范“礼”的思想，并将其物化到器物中，通过器物的形制等级来强化“礼”在器物中的存在。《旧唐书·舆服

① 刘岱：《中国文化新论·序论篇》，联经出版事业公司，1971，第 20 页。

志》记载：“三品以上服紫，五品以下服绯，六品、七品服绿……”此处服装的颜色变成了权力和地位的象征，是阶级社会等级差别的鲜明标志。这里又可比较中西方建筑风格的差异。中国的建筑不似西方追求个体高大雄伟的壮丽美，而是以群落的参差错落而又有秩序排列为美。另外，宫廷建筑是“大家”的体现，而民间的建筑则象征着“小家”，合起来体现天下一家的整体概念。其中体现的尊卑有等、长幼有序都是“礼”的物化形式。中国传统造物的整体意识与“家”的概念紧密关联，把伦理道德的价值观转化为物的审美意识，从而使在传统伦理支配下的造物设计表现出整体秩序美感。

阴阳调和亦是礼制思想的又一表现。《国语·郑语》描述：“夫和实生物，同则不继，以他平他谓之和，故能丰长而物归之。”史伯认为事物矛盾的双方此消彼长，差异性是事物发展的根本原因。阴阳调和思想在造物艺术上表现出虚实相生、计白当黑、疏密对比、对比统一等具体设计观念。清代书法家、篆刻家邓石如曾提出：“字画疏可使走马，密处不使透风，常计白以当黑，奇趣乃出。”这是指在书画艺术中，除了写实外，还需要做一定的虚写，即书画艺术中所谓的“留白”。留白是艺文设计的有机组成部分，在建筑设计中亦强调阴阳调和。老子曰：“凿户牖以为室；当其无，有室之用。故有之以为利，无之以为用。”中国传统建筑通过院、房、间、厅、门、窗等物体现出虚实相生、阴阳结合的造物观念，在金、铜等物的合成制作过程中也通过调整各类合成之物的比例来追求最佳的状态。《周礼·考工记》曰：“金有六齐，六分其金而锡居一，谓之钟鼎之齐……”[①]“六齐”是古代青铜的一种冶炼方法，即指铜、锡的六种合成比例关系，不同的比例合成的青铜硬度和韧性各不相同。可见古人造物为达到材尽其用的最佳结果，会在造物过程中追求一种比例之美。在文学创作之中亦时常可见这样一种阴阳调和的表现，特别是一些艺术水平较高的语

① 闻人军译注《考工记译注》，上海古籍出版社，2008，第41页。

言表现形式，若一味追求柔美则会被斥为靡靡之音，全然雄壮则会显得粗疏，刚柔相济、文质彬彬才可能成为上乘之作。

五　传统程式兼容多元文化的造物品格

通过对六朝造物艺术观生成过程的考察，我们发现，六朝最可资借鉴的部分是对外来文化的接纳和转化。六朝造物艺术和咏物文学作品中兼容了多元民族文化，甚至异域文化。相较于政治、文化大一统的秦汉王朝，六朝是一个文化多元、民族融合、对外交流活跃的特殊历史时代。其一，华夏大地上，由于政局等因素，不同地域及各民族间文化加速交流、融合。其二，佛教、道教等宗教文化进一步在华夏传播、兴盛。其三，异域文化传播，并被接受，如中西亚文化、古希腊罗马文化等。而随着这些民族文化交流越发密切、频繁，宗教文化进一步交融与传播，咏物文学与造物设计中也呈现出多种文化元素融合的情况。事实上，这也是六朝造物艺术相较于前代最明显的新变。[①] 而六朝时期狮、象、孔雀、翼马、胡人等形象的出现，也表明中原器物在图案题材、纹饰样式乃至文化因子等方面都受到了中西亚文化的影响。这同样可视为六朝造物思想中兼容多元造物品格的体现。

宗教文化对于六朝艺术与文学的影响十分重大。而佛教的兴盛对于六朝造物观念的形成，有着至关重要的影响。佛教文化与佛教思维甚至深入人们的认知中，其推动了中国的造物艺术的发展。中原、江南等地的生活生产器物制作都融合了外来异质文化元素。佛教文化的特征逐渐渗入建筑、器具、服饰等各个设计领域。工匠们在造物过程中并未拒绝而是接纳兼容外来的异质文化，如陶瓷、青铜器等造物的花纹中出现了莲花纹、卷草纹和忍冬纹等纹样，取代了中国本土的云气纹、几何纹。这种兼容并蓄不限于佛教文化而是一切外来优秀文化，如“八王之乱”使得少数民族迁入与汉人杂居，带入了游牧民族

① 尚刚：《唐代工艺美术史》，浙江文艺出版社，1998，第190~191页。

的生活方式，高型家具如胡床、椅子、方凳、圆凳等被引入中原，这些家具逐渐在汉人中流行，使起居方式变成垂足而坐，从此中国的家具设计走向了高型化。莲花纹、卷草纹等也都出现在这些家具上，还有佛教中的基座、石窟等文化因素也为改变家具结构起到了促进作用。多元文化的交融促进了中国造物风格的发展。六朝对中国“工匠精神”的形成最有价值的部分是技艺层面对多元审美的接纳与转化。如文学领域庾信是通过融合南方先进的艺术技巧与北方的风格特质才达到更高的文学水准，创造出了《拟咏怀》《哀江南赋》等流芳千古的作品。重新构建与阐释的工匠精神会成为现代的宝贵文化遗产。当下的艺术与文学设计想要达到更高的水准，需要借鉴六朝艺术与文学设计者的经验——创作过程中汲取异质文化元素，以此来提高自身艺术表达能力。

值得注意的是，多元兼容的造物品格虽是六朝造物思想的重要组成部分，但其也是以遵循、传承造物传统为前提。传统文化、生活习俗、礼仪制度、宗教信仰和知识等传统力量给予六朝造物技艺以固定的程式。这种固定的程式融合于造物实践活动的同时，也在六朝工匠群体造物观念中不断固化。在六朝这样的自发设计时代，艺术与文学创作群体在传统力量的引导下工作。“传统是所谓的‘律’，是汇集人类经验的法则，是应该做什么、不应该做什么的指针。”[①] 从选材、外在形式、风格等方面都有积累历代造物者智慧且行之有效的造物传统，从文学创作角度看，亦是如此，故刘勰《文心雕龙·通变》曰：

> 故练青濯绛，必归蓝茜；矫讹翻浅，还宗经诰。斯斟酌乎质文之间，而檃括乎雅俗之际，可与言通变矣。[②]

① 〔日〕柳宗悦：《工艺文化》，徐艺乙译，广西师范大学出版社，2011，第114~115页。

② （南朝梁）刘勰著，范文澜注《文心雕龙注》，人民文学出版社，1958，第520页。

> 文律运周，日新其业。变则其久，通则不乏。趋时必果，乘机无怯。望今制奇，参古定法。①

刘勰从当世文学创作的规律出发，讨论文学的传承与革新问题。他提出二者缺一不可。一方面，文学创作（包括咏物文学）需要新变（新的文化元素）；另一方面，文学创作（含咏物文学）也需要传统的力量。故范文澜注释《文心雕龙·通变》时谈道：“此篇虽旨在变新复古，而通变之术，要在‘资故实，酌新声’两语，缺一则疏矣。”② 因此，“坚持传统程式兼容多元文化的造物品格”成为古代造物思想的重要组成部分。后世的艺术与文学创作活动都遵循这样一种造物思想。无论是造物设计，还是文学创作领域，本民族传统力量始终被奉为主导。在继承传统智慧的基础上，艺术与文学创作积极吸纳了不同的文化元素。

核心小结

造物思想其实是古人与精神世界相对话的中介。这种精神与物质世界互动的中介追求和谐、真善美的统一。通过与咏物文学的借鉴、比较，并考察六朝造物观的生成过程，我们认为六朝造物思想包括以下内涵：自然和谐与可持续的生态观念、清淡简约的造物风格、器以致用与文质彬彬的制器观、礼制思想的现代性表达、传统程式兼容多元文化的造物品格。文、艺理论研究者应追求并发扬传统文、艺思想合理的部分，准确掌握和传达传统的造物观念对当下的造物艺术和文学创作的启示意义。

---

① （南朝梁）刘勰著，范文澜注《文心雕龙注》，人民文学出版社，1958，第521页。

② （南朝梁）刘勰著，范文澜注《文心雕龙注》，人民文学出版社，1958，第522页。

参考文献

一　历史文献

（汉）班固撰集，（清）陈立疏证，吴则虞点校《白虎通疏证》，中华书局，1994。

（汉）班固：《汉书》，中华书局，1962。

（北齐）刘昼著，傅亚庶校释《刘子校释》，中华书局，1998。

（北齐）魏收：《魏书》，中华书局，1974。

（北齐）颜之推撰，檀家文译注《颜氏家训》，中华书局，2007。

王利器：《颜氏家训集解》（增补本），中华书局，1993。

（北魏）杨衒之撰，周祖谟校释《洛阳伽蓝记校释》，中华书局，2010。

（清）陈梦雷编《古今图书集成·考工典》，巴蜀书社，1987。

（清）陈梦雷编《钦定古今图书集成：经济汇编考工典》，华中科技大学出版社，2008。

（清）陈梦雷编《中国历代考工典》（1~4 册），江苏古籍出版社，2003。

（清）丁福保辑《历代诗话续编》，中华书局，1983。

（清）孙诒让：《墨子间诂》，中华书局，2006。

（唐）杜佑：《通典》，中华书局，1988。

（清）段玉裁：《说文解字注》，上海古籍出版社，1981。

（唐）房玄龄等：《晋书》，中华书局，1974。

费振刚、胡双宝、宗明华辑校《全汉赋》，北京大学出版社，1993。

（宋）高承撰，（明）李果订，金圆、许沛藻点校《事物纪原》，中华书局，1989。

（宋）郭茂倩编《乐府诗集》，中华书局，1979。

（宋）郭熙：《林泉高致》，山东画报出版社，2010。

（清）何文焕辑《历代诗话》，中华书局，1981。

（清）洪亮吉：《春秋左传诂》，中华书局，1987。

（后晋）刘昫等：《旧唐书》，中华书局，1975。

（宋）胡寅：《斐然集》，中华书局，1993。

黄怀信：《逸周书校补注译》，三秦出版社，2006。

黄灵庚疏证《楚辞章句疏证》，中华书局，2007。

（清）纪昀等著，四库全书研究所整理《钦定四库全书总目》，中华书局，1997。

（晋）陈寿：《三国志》，中华书局，1982。

（晋）崔豹撰，王根林点校《古今注》，上海古籍出版社，1999。

（晋）陆翙：《邺中记》，商务印书馆，1985。

（清）孔尚任：《孔尚任诗文集》，中华书局，1962。

《十三经注疏》整理委员会整理《礼记正义》，北京大学出版社，1959。

（清）况周颐、王国维撰，王仲闻校订《蕙风词话·人间词话》，人民文学出版社，1960。

（唐）李百药：《北齐书》，中华书局，1972。

（宋）李昉等编《太平广记》，中华书局，1961。

（宋）李昉等编《文苑英华》，中华书局，1982。

（唐）李延寿：《北史》，中华书局，1974。

（唐）李延寿：《南史》，中华书局，1975。

（唐）令狐德棻等：《周书》，中华书局，1971。

（汉）刘歆著，（晋）葛洪编抄《西京杂记》，中华书局，1985。

（唐）刘知幾撰，（清）浦起龙注释《史通通释》，上海古籍出版社，1978。

逯钦立辑校《先秦汉魏晋南北朝诗》，中华书局，1983。

（宋）吕大临：《考古图》，上海古籍出版社，1991。

（明）陈祚明：《采菽堂古诗选》，《续修四库全书》（一五九一·集部·总集类），上海古籍出版社，1995。

（明）胡应麟：《诗薮》，上海古籍出版社，1979。

（南朝陈）徐陵编，吴兆宜注，穆克宏点校《玉台新咏笺注》，中华书局，1985。

（南朝宋）范晔：《后汉书》，中华书局，1965。

（南朝梁）刘勰著，范文澜注《文心雕龙注》，人民文学出版社，1958。

（南朝梁）沈约：《宋书》，中华书局，1974。

（南朝梁）释慧皎撰，汤用彤校注，汤一玄整理《高僧传》，中华书局，1992。

（南朝梁）萧统编，（唐）李善注《文选》，中华书局，1977。

（南朝梁）萧子显：《南齐书》，中华书局，1972。

（南朝梁）钟嵘撰，曹旭集注《诗品集注》，上海古籍出版社，2011。

（南朝宋）刘义庆著，（南朝梁）刘孝标注，余嘉锡笺疏，周祖谟、余淑宜、周士琦整理《世说新语笺疏》（修订本），上海古籍出版社，1993。

（南朝齐）谢赫著，王伯敏标点注译《古画品录》，人民美术出版社，2016。

（南朝齐）谢脁撰，曹融南校注《谢宣城集校注》，上海古籍出版社，1991。

（唐）欧阳询等：《艺文类聚》，上海古籍出版社，1982。

（清）彭定求等编《全唐诗》，中华书局，1960。

（清）皮锡瑞撰，盛科铃、陈抗点校《今文尚书考证》，中华书局，2004。

〔日〕遍照金刚撰，卢盛江校考《文镜秘府论汇校汇考》，中华书局，2006。

（清）阮元校刻《十三经注疏》，中华书局，1980。

（三国吴）韦昭注《国语》，上海古籍出版社，1978。

（三国吴）杨泉撰，（清）孙星衍辑《物理论》，商务印书馆“丛书集成初编本”，1939。

（宋）史落编《灵枢经》，时代文艺出版社，2008。

（宋）司马光编著，（元）胡三省音注《资治通鉴》，中华书局，1956。

（汉）司马迁：《史记》，中华书局，1959。

（清）孙希旦撰，沈啸寰、王星贤点校《礼记集解》，中华书局，1989。

（清）孙星衍：《尚书今古文注疏》，中华书局，1986。

（清）孙诒让：《周礼正义》，中华书局，1987。

黄晖：《论衡校释》，中华书局，1990。

（清）王夫之：《姜斋诗话》，中华书局，1963。

王国维撰，徐调孚注，王幼安校订《人间词话》，人民文学出版社，1960。

（清）王聘珍撰，王文锦点校《大戴礼记解诂》，中华书局，1983。

王文锦译解《礼记译解》，中华书局，2016。

王秀梅译注《诗经译注》，中华书局，2015。

（汉）王逸章句，（宋）洪兴祖补注，（宋）朱熹集注，夏剑钦、吴广平校点《楚辞章句补注·楚辞集注》，岳麓书社，2013。

（魏）刘劭撰，梁满仓注译《人物志》，中华书局，2009。

（魏）阮籍著，黄节注《阮步兵咏怀诗注》，人民文学出版社，1957。

（唐）魏徵等：《隋书》，中华书局，1973。

（唐）徐坚等：《初学记》，中华书局，1962。

徐元诰撰，王树民等校点《国语集解》，中华书局，2002。

许结主编《历代赋汇》（校订本），凤凰出版社，2018。

（汉）许慎：《说文解字》，中华书局，2013。

（清）严可均编《全上古三代秦汉三国六朝文》，中华书局，1965。

（宋）严羽撰，郭绍虞校释《沧浪诗话校释》，人民文学出版社，1961。

（清）阎若璩：《尚书古文疏证》（上、下），上海古籍出版，1987。

杨伯峻：《春秋左传注》，中华书局，1990。

杨天宇译注《周礼译注》，上海古籍出版社，2009。

（唐）姚思廉：《陈书》，中华书局，1972。

（唐）姚思廉：《梁书》，中华书局，1973。

（清）俞琰选编《咏物诗选》，成都古籍书店，1984。

（元）左克明编，韩宁、徐文武点校《古乐府》，中华书局，2016。

（战国）韩非著，高华平、王齐洲、张三夕译注《韩非子》，中华书局，2010。

（战国）荀况著，王学典编译《荀子》，中国纺织出版社，2007。

张清常、王延栋：《战国策笺注》，南开大学出版社，1993。

（唐）张彦远：《历代名画记》，上海人民美术出版社，2001。

（清）张玉书、汪霦等编《佩文斋咏物诗选》，上海古籍出版社，1994。

（清）张志聪著，孙国中、方向红点校《黄帝内经灵枢集注》，学苑出版社，2006。

章诗同注《荀子简注》，上海人民出版社，1974

（清）赵翼著，霍松林校点《瓯北诗话》，人民文学出版社，1963。

中医出版中心整理《黄帝内经素问》，人民卫生出版社，2012。

（清）朱铭盘：《南朝陈会要》，上海古籍出版社，2006。

（清）朱铭盘：《南朝宋会要》，上海古籍出版社，2006。

（清）朱铭盘：《南朝梁会要》，上海古籍出版社，2006。

（清）朱铭盘：《南朝齐会要》，上海古籍出版社，2006。

（宋）朱熹：《四书章句集注》，中华书局，1983。

二　近人今人研究专著

〔美〕艾布拉姆斯：《镜与灯——浪漫主义文论与批评传统》，郦稚牛、张照进、童庆生译，北京大学出版社，1989。

〔法〕巴特：《流行体系——符号学与服饰符码》，敖军译，上海人民出版社，2000。

〔法〕巴特：《神话——大众文化诠释》，许蔷蔷、许绮玲译，上海人民出版社，1999。

〔法〕鲍德里亚：《符号政治经济学批判》，夏莹译，南京大学出版社，2009。

〔法〕鲍德里亚：《生产之镜》，仰海峰译，中央编译出版社，2005。

〔法〕鲍德里亚：《完美的罪行》，王为民译，商务印书馆，2000。

〔法〕鲍德里亚：《象征交换与死亡》，车谨山译，译林出版社，2006。

卞孝萱：《开展六朝研究的几点思考（代序）》，许辉、邱敏、胡阿祥主编《六朝文化》，江苏古籍出版社，2001。

〔法〕德波：《景观社会》，王昭凤译，南京大学出版社，2005。

蔡忠翔：《美在自然》，百花洲文艺出版社，2009。

曹道衡、刘跃进：《南北朝文学编年史》，人民文学出版社，2000。

曹道衡：《南朝文学与北朝文学研究》，江苏古籍出版社，1988。

曹道衡、沈玉成编著《南北朝文学史》，中国社会科学出版社，2007。

曹道衡：《中古文学史论文集》，中华书局，2002。

曹日昌主编《普通心理学》（上），人民教育出版社，1980。

陈昌明：《沉迷与超越——六朝文学之感官辩证》，里仁书局，2005。

陈广忠译注《淮南子》，中华书局，2012。

陈良运：《中国诗学体系论》，中国社会科学出版社，1998。

陈良运：《文质彬彬》（上、下），百花洲文艺出版社，2009。

陈瑞林：《中国古代图形艺术简史》，清华大学出版社，2006。

陈书良：《〈文心雕龙〉释名》，湖南人民出版社，2007。

陈植锷：《诗歌意象论》，中国社会科学出版社，1990。

程抱一：《中国诗画语言研究》，江苏人民出版社，2006。

程章灿：《世族与六朝文学》，黑龙江教育出版社，1998。

程章灿：《魏晋南北朝赋史》，江苏古籍出版社，2001。

《辞海》编辑委员会编撰《辞海》（1999年版缩印本），上海辞书出版社，2000。

戴阿宝：《终结的力量——鲍德里亚前期思想研究》，中国社会科学出版社，2006。

邓伟龙：《中国古代诗学的空间问题研究》，中国社会科学出版社，2012。

董治安主编《两汉全书》，山东大学出版社，2009。

杜泽逊主编《尚书注疏汇校》，中华书局，2018。

〔俄〕康定斯基：《论艺术的精神》，查立译，中国社会科学出版社，1987。

范文澜：《中国通史》，人民出版社，1965。

冯友兰：《中国哲学史新编》，人民出版社，1984。

〔美〕弗朗兹·博厄斯：《原始艺术》，金辉译，上海文艺出版社，1989。

〔法〕福柯：《词与物：人文科学考古学》，上海三联书店，2002。

高亚春：《符号与象征：波德利亚消费社会批判理论研究》，人民出版社，2007。

〔德〕格罗塞：《艺术的起源》，蔡慕晖译，商务印书馆，1984。

葛晓音：《八代诗史》，陕西人民出版社，1989。

〔古希腊〕亚里士多德：《物理学》，张竹明译，商务印书馆，1997。

顾宝田：《先秦哲学要籍选释》，吉林大学出版社，1988。

归青：《南朝宫体诗研究》，上海古籍出版社，2006。

桂世权：《心理学》，西南交通大学出版社，2006。

郭绍虞：《中国文学批评史》，百花文艺出版社，1999。

〔德〕海德格尔：《存在与时间》，陈嘉映译，生活·读书·新知三联书店，1999。

〔德〕海德格尔：《海德格尔选集》，孙周兴选编，上海三联书店，1996。

杭间：《设计的善意》，广西师范大学出版社，2011。

杭间：《手艺的思想》，山东画报出版社，2001。

杭间：《中国工艺美学史》，人民美术出版社，2007。

何克抗：《创造性思维理论——DC模型的建构与论证》，北京师范大学出版社，2000。

何庆先等整理《中国历代考工典》，江苏古籍出版社，2003。

河南省文化局文物工作队：《邓县彩色画像砖墓》，文物出版社，

1958。

〔德〕黑格尔：《美学》，朱光潜译，商务印书馆，1979。

洪顺隆：《六朝诗论》，文津出版社，1985。

侯立兵：《汉魏六朝赋多维研究》，人民出版社，2007。

胡大雷：《宫体诗研究》，商务印书馆，2004。

胡大雷：《中古文学集团》，广西师范大学出版社，1994。

胡飞：《中国传统设计思维方式探索》，中国建筑工业出版社，2007。

胡经之：《中国古典文艺学丛编》，北京大学出版社，2001。

黄寿祺、张善文译注《周易译注》（新修订本），上海古籍出版社，2018。

蒋寅：《古典诗学的现代阐释》，中华书局，2003。

金开诚：《文艺心理学概论》，人民文学出版社，1987。

〔美〕凯尔纳编《鲍德里亚批判性的读本》，陈维振、陈明达、王峰译，江苏人民出版社，2005。

〔德〕康德：《判断力批判》（上卷），宗白华译，商务印书馆，1964。

孔明安、陆杰等主编《鲍德里亚与消费社会》，辽宁大学出版社，2008。

孔明安：《物·象征·仿真——鲍德里亚哲学思想研究》，安徽人民出版社，2008。

〔德〕兰德曼：《哲学人类学》，阎嘉译，贵州人民出版社，2006。

李健：《魏晋南北朝的感物美学》，中国社会科学出版社，2007。

李立新：《设计概论》，重庆大学出版社，2004。

李立新：《设计艺术学研究方法》，江苏美术出版社，2010。

李立新：《象生》，北京大学出版社，2017。

李立新：《中国设计艺术史论》，天津人民出版社，2011。

李砚祖：《工艺美术概论》，中国轻工业出版社，2005。

李砚祖:《设计之维》，重庆大学出版社，2007。

李砚祖:《中国工艺美术研究》，北京工艺美术出版社，2007。

李砚祖:《装饰之道》，中国人民大学出版社，1993。

李泽厚:《美的历程》，生活·读书·新知三联书店，2014。

李泽厚、刘纲纪:《中国美学史》（魏晋南北朝卷），安徽文艺出版社，1999。

李泽厚:《美学论集》，上海文艺出版社，1982。

李泽厚:《美学三书》，安徽文艺出版社，1999。

〔德〕J. E. 利普斯:《事物的起源——简明人类文化史》，汪宁生译，贵州教育出版社，2010，

梁思成:《中国雕塑史》，百花文艺出版社，2006。

廖国栋:《魏晋咏物赋研究》，文史哲出版社，1990。

《列宁论文学与艺术》，人民文学出版社，1960。

〔法〕列维-布留尔:《原始思维》，丁由译，商务印书馆，1997。

林庚:《唐诗综论》，清华大学出版社，2006。

林淑真:《中国咏物诗“托物言志”析论》，万卷楼图书公司，2002。

林天祥:《北宋咏物赋研究》，万卷楼图书公司，2004。

刘大杰:《中国文学发展史》，上海古籍出版社，1998。

刘若愚:《中国的文学理论》，中州古籍出版社，1986。

刘若愚著，杜国清译《中国文学理论》，江苏教育出版社，2006。

刘士林:《中国诗学精神》，海南出版社，2006。

龙宗鑫:《中国工艺美术史》，山西人民美术出版社，1985。

楼宇烈校释《王弼集校释》，中华书局，1980。

〔美〕鲁道夫·阿恩海姆:《艺术与视知觉》，滕守尧、朱疆源译，中国社会科学出版社，1984。

《鲁迅全集》，人民文学出版社，1981。

陆梅林、李心峰：《艺术类型学资料选编》，华中师范大学出版社，1997。

陆锡兴主编《中国古代器物大词典（器皿）》，河北教育出版社，2001。

〔美〕路易斯·亨利·摩尔根：《古代社会》（新译本），杨东莼、马雍、马巨译，商务印书馆，1977。

罗宗强：《隋唐五代文学思想史》，中华书局，2011。

罗宗强：《魏晋南北朝文学思想史》，中华书局，2006。

罗宗强：《玄学与魏晋士人心态》，天津教育出版社，2005。

罗宗真、王志高：《六朝文物》，南京出版社，2004。

罗宗真：《魏晋南北朝考古》，文物出版社，2001。

《马克思恩格斯全集》，人民出版社，1972。

《马克思恩格斯选集》，人民出版社，2012。

〔德〕玛克斯·德索：《美学与艺术理论》，兰金仁译，中国社会科学出版社，1987。

〔美〕玛丽·盖塞：《文学与艺术》，张隆溪译，张隆溪选编《比较文学译文集》，北京大学出版社，1982。

《毛泽东选集》，人民出版社，1954。

孟悦、罗钢主编《物质文化读本》，北京大学出版社，2008。

〔法〕米歇尔·福柯：《必须保卫社会》，钱翰译，上海人民出版社，1999。

〔法〕莫斯：《礼物》，汲哲译，上海人民出版社，2002。

穆克宏、郭丹：《魏晋南北朝文论全编》，上海远东出版社，2012。

南京市博物馆：《六朝风采》，文物出版社，2004。

〔法〕皮埃尔·布迪厄、〔美〕华康德：《实践与反思——反思社会学导引》，李猛、李康译，中央编译出版社，1998。

钱志熙：《魏晋诗歌艺术原论》，北京大学出版社，1993。

钱锺书：《管锥编》，中华书局，1986。

〔法〕让·鲍德里亚：《消费社会》，刘成富、全志钢译，南京大学出版社，2014。

任继愈：《中国哲学史》，人民出版社，1963。

〔日〕大智浩、佐口七郎：《设计概论》，张福昌译，浙江人民美术出版社，1995。

〔日〕谷川道雄：《中国中世社会与共同体》，马彪译，中华书局，2004。

〔日〕柳宗悦：《工艺文化》，徐艺乙译，广西师范大学出版社，2011。

〔日〕兴膳宏：《六朝文学论稿》，彭恩华译，岳麓书社，1986。

〔瑞士〕费尔迪南、〔德〕索绪尔：《普通语言学教程》，高名凯译，商务印书馆，1980。

〔法〕尚·布希亚：《物体系》，林志明译，上海人民出版社，2001。

尚刚：《唐代工艺美术史》，浙江文艺出版社，1998。

邵宏：《美术史的观念》，中国美术学院出版社，2003。

邵琦、李良瑾等编著《中国设计思想史略》，上海书店出版社，2009。

沈子丞编《历代画论名著汇编》，文物出版社，1982。

〔苏〕巴赫金：《巴赫金全集》，钱中文译，河北教育出版社，2009。

孙长初：《中国古代设计艺术思想论纲》，重庆大学出版社，2010。

孙机：《汉代物质文化资料图说》，上海古籍出版社，2008。

孙怡村：《从汉画像石艺术看中国传统绘画民族性特征的渊源》，《中国汉画学会第九届年会论文集》（上），中国社会出版社，2004。

汤麒：《中国历代绘画理论评注》（元代卷），湖北美术出版社，

2009。

田自秉：《中国工艺美术史》，上海东方出版中心，1985。

童庆炳、程正民：《文艺心理学教程》，高等教育出版社，2001。

童庆炳：《文化诗学——理论与实践》，北京大学出版社，2015。

童庆炳：《中国古代文论的现代意义》，北京师范大学出版社，2001。

汪涌豪：《中国古代文学理论体系·范畴论》，复旦大学出版社，1999。

王琥：《设计史鉴：中国传统设计文化研究》（技术篇），江苏美术出版社，2010。

王琥：《设计史鉴：中国传统设计文化研究》（思想篇），江苏美术出版社，2010。

王琥：《设计史鉴：中国传统设计文化研究》（文化篇），江苏美术出版社，2010。

王琥：《设计史鉴：中国传统设计文化研究》（作品篇），江苏美术出版社，2010。

王琥主编《中国传统器具设计研究》（1~4卷），江苏美术出版社，2007。

王琥：《装饰与器物造型》，重庆出版社，2003。

王家树：《中国工艺美术史》，文化艺术出版社，1994。

王力：《汉语诗律学》，上海教育出版社，2002。

王德伟：《人工物引论》，黑龙江人民出版社，2004。

王瑶：《中古文学史论集》，上海古籍出版社，1982。

王一川：《中国现代性体验的发生》，北京师范大学出版社，2001。

王一川：《中国形象诗学》，上海三联书店，1998。

王元化：《王元化集》，湖北教育出版社，2007。

王岳川：《艺术本体论》，生活·读书·新知三联书店上海分店，1994。

王运熙、顾易生主编《中国文学批评通史》（魏晋南北朝卷），上海古籍出版社，2011。

王运熙：《中古文论要义十讲》，复旦大学出版社，2004。

王振复主编《中国美学范畴史》（第一卷），山西教育出版社，2009。

王钟陵：《中国中古诗歌史》，人民出版社，2005。

魏耕原：《谢朓诗论》，中国社会科学出版社，2004。

闻人军译注《考工记译注》，上海古籍出版社，2008。

吴功正：《六朝美学史》，江苏美术出版社，1994。

吴小平：《中古五言诗研究》，江苏古籍出版社，1988。

奚传绩：《设计艺术经典论著选读》，东南大学出版社，2002。

奚传绩：《美术鉴赏》，人民美术出版社，1983。

夏燕靖：《艺术设计原理》，上海文化出版社，2010。

夏燕靖：《中国古代设计经典论著选读》，南京师范大学出版社，2018。

夏燕靖：《中国设计史》，上海人民美术出版社，2009。

夏燕靖：《中国艺术设计史》（第2版），南京师范大学出版社，2016。

夏莹：《消费社会理论及其方法论导论——基于早期鲍德里亚的一种批判理论建构》，中国社会科学出版社，2007。

向达：《唐代长安与西域文明》，生活·读书·新知三联书店，1957。

萧涤非：《汉魏六朝乐府文学史》，人民文学出版社，1984。

辛刚国：《六朝文采理论研究》，中国社会科学出版社，2005。

徐飚：《成器之道——先秦工艺造物思想研究》，江苏美术出版社，2010。

徐公持：《魏晋文学史》，人民文学出版社，2006。

徐元诰集解，王树民、沈长云点校《国语集解》，中华书局，2002。

许平：《造物之门：艺术设计与文化研究文集》，陕西人民美术出版社，1998。

许维遹：《吕氏春秋集释》，中华书局，2009。

阎采平：《齐梁诗歌研究》，北京大学出版社，1994。

杨伯峻译注《论语译注》（简体字本），中华书局，2006。

杨春鼎：《形象思维学》，中国科学技术大学出版社，1997。

杨树达：《论语疏证》，上海古籍出版社，1986。

仰海峰：《走向后马克思：从生产之镜到符号之镜——早期鲍德里亚思想的文本学解读》，中央编译出版社，2004。

姚淦铭、王燕主编《王国维文集》，中国文史出版社，2007。

叶嘉莹：《汉魏六朝诗讲录》，河北教育出版社，1997。

尹定邦、邵宏：《设计学概论》（全新版），湖南科学技术出版社，2016。

〔英〕怀特海：《自然的概念》，张桂权译，中国城市出版社，2002。

〔英〕科林伍德：《艺术原理》，王至元、陈华中译，中国社会科学出版社，1985。

〔英〕克里斯托夫·霍洛克斯：《鲍德里亚与千禧年》，王文华译，北京大学出版社，2005。

俞剑华：《中国古代画论类编》，人民美术出版社，2000。

郁沅、张明高编选《魏晋南北朝文论选》，人民文学出版社，1999。

喻仲文：《造物艺术与意识形态》，武汉大学出版社，2013。

袁济喜、盛源：《六朝清音》，河南人民出版社，2001。

袁行霈、孟二冬、丁放：《中国诗学通论》，安徽教育出版社，1994。

詹福瑞：《走向世俗——南朝诗歌思潮》，百花文艺出版社，1995。

张岱年、成中英主编《中国思维偏向》，中国社会科学出版社，1991。

张道一：《道一论艺》，苏州大学出版社，2008。

张道一：《考工记注译》，陕西人民美术出版社，2004。

张道一：《张道一文集》，安徽教育出版社，1999。

张道一：《张道一先生文集》，旅游教育出版社，2017。

张道一：《张道一选集》，东南大学出版社，2009。

张道一：《造物的艺术论》，福建美术出版社，1989。

张海明：《回顾与反思——古代文论研究七十年》，北京师范大学出版社，1997。

张进：《活态文化与物性的诗学》，人民文学出版社，2014。

张天勇：《社会符号化——马克思主义视阈中的鲍德里亚后期思想研究》，人民出版社，2008。

赵红菊：《南朝咏物诗研究》，上海古籍出版社，2009。

赵农：《中国艺术设计史》，陕西人民美术出版社，2004。

赵沛霖：《兴的源起——历史积淀与诗歌艺术》，中国社会科学出版社，1987。

郑毓瑜：《引譬连类：文学研究的关键词》，联经出版事业公司，2012。

中国硅酸盐学会编《中国陶瓷史》，文物出版社，1982。

中央工艺美术学院编著《中国工艺美术简史》，人民美术出版社，1983。

钟志强：《六朝咏物诗文学思想史论》，新华出版社，2017。

钟志强：《庐山佛教文化与六朝咏物诗关系研究》，新华出版社，2019。

周积寅：《中国画论辑要》（增订本），江苏美术出版社，2005。

朱大渭等：《魏晋南北朝社会生活史》，中国社会科学出版社，1998。

朱光潜：《诗论》，生活·读书·新知三联书店，1998。

朱光潜：《朱光潜全集》，安徽教育出版社，1987。

《朱自清古典文学论文集》，上海古籍出版社，1982。

朱自清：《诗言志辨》，凤凰出版社，2008。

诸葛铠：《设计艺术学十讲》，山东美术出版社，2009。

宗白华：《美学散步》，上海人民出版社，1981。

三　期刊论文

鲍士将、李勇：《〈二十四诗品〉中的空间意识》，《安徽农业大学学报》（社会科学版）2015 年第 1 期。

曹顺庆：《21 世纪中国文化发展战略与重建中国文论话语》，《东方丛刊》1995 年第 3 期。

曹顺庆：《文论失语症与文化病态》，《文艺争鸣》1996 年第 2 期。

陈大章：《河南邓县发现北朝七色彩绘画象砖墓》，《文物参考资料》1958 年第 6 期。

陈慧平：《鲍德里亚思想的整体特点及价值取向》，《哲学动态》2012 年第 5 期。

陈少明：《经典世界中的人、事、物——对中国哲学书写方式的一种思考》，《中国社会科学》2005 年第 5 期。

陈晓明：《论人的发展和“物”的发展的关系》，《社会主义研究》2000 年第 2 期。

陈昕：《消费文化：鲍德里亚如是说》，《读书》1999 年第 8 期。

陈新璋：《唐宋咏物诗略论》，《华南师范大学学报》（社会科学版）1985 年第 4 期。

陈佑松：《从现代艺术到后现代艺术——以物性为中心的范式转型》，《文艺理论研究》2014 年第 5 期。

褚曙光：《青瓷贴塑佛像：佛陀初传中国之写照——西晋青瓷佛造像莲花灯赏析》，《文物鉴定与鉴赏》2014 年第 8 期。

戴阿宝：《鲍德里亚现代性困顿中的时尚》，《国外理论动态》2004 年第 3 期。

戴月华：《何为“物”——海德格尔“物”之探索的考察》，《福建论坛》（人文社会科学版）2005 年第 10 期。

党天正：《古代咏物诗三探》，《宝鸡文理学院学报》（人文社会科学版）1997 年第 3 期。

党天正：《古代咏物诗五探》，《宝鸡文理学院学报》（社会科学版）2000 年第 2 期。

道格拉斯·凯尔纳：《鲍德里亚：一个千禧年的跨学科思想家》，孔明安译，《南京社会科学》2008 年第 8 期。

杜华平：《声色已经大开，情性未必全隐——齐梁诗刍论》，《江西师范大学学报》（哲学社会科学版）1989 年第 3 期。

樊荣：《梁陈咏物诗试论》，《新乡师范高等专科学校学报》1999 年第 3 期。

傅刚：《南朝乐府古辞的改造与艳情诗的写作》，《文学遗产》2004 年第 3 期。

傅修延：《物感与“万物自生听”》，《中国社会科学》2020 年第 6 期。

高佳：《艺术作品的产生与物之物性的开显——海德格尔论艺术作品与物》，《艺术百家》2019 年第 6 期。

高亚春：《波德里亚对消费社会的研究及其理论意义》，《同济大学学报》（社会科学版）2004 年第 4 期。

顾世春：《技术人工物本性理论的新发展研究》，《科学技术哲学研究》2016 年第 6 期。

郭勇健：《论艺术创造过程的心物关系》，《艺苑》2007 年第 3 期。

韩经太：《诗艺与“体物”——关于中国古典诗歌的写真艺术传统》，《文学遗产》2005 年第 2 期。

韩启群：《西方文论关键词：物转向》，《外国文学》2017 年第 6 期。

韩顺发：《北齐黄釉瓷扁壶乐舞图像的初步分析》，《文物》1980 年第 7 期。

杭间：《“工艺美术”在中国的五次误读》，《文艺研究》2014 年第 6 期。

郝朴宁：《中国诗歌双重空间的心理生成机制》，《云南师范大学学报》（哲学社会科学版）1994 年第 5 期。

何浙丹：《回到物本身——论梅洛·庞蒂对塞尚绘画的美学解析》，《江淮论坛》2020 年第 5 期。

河南省博物馆：《河南安阳北齐范粹墓发掘简报》，《文物》1972 年第 1 期。

户晓坤：《物的功能化时代与使用价值的没落“鲍德里亚对消费社会的批判”》，《东南学术》2009 年第 2 期。

黄霖：《赋比兴论》，《复旦学报》（社会科学版）1995 年第 6 期。

黄敏雪：《古代文学批评中的兵器喻笔现象——兼论文人制文对匠人制器的取喻系统》，《文艺理论研究》2018 年第 1 期。

季桂保：《让-鲍德里亚的大众传媒理论述评》，《学术月刊》1999 年第 6 期。

季桂保：《让-鲍德里亚的后现代文化观》，《电影艺术》2000年第4期。

孔定芳：《东晋南朝审美趣尚鸟瞰》，《咸宁师专学报》1992年第2期。

孔明安：《鲍德里亚后期的技术哲学思想》，《自然辩证法研究》2003年第5期。

孔明安：《从物的消费到符号消费——鲍德里亚的消费文化理论研究》，《哲学研究》2001年第11期。

孔明安、陆杰荣：《鲍德里亚：现代社会的一位激进批判者——鲍德里亚思想研究评述》，《湖南社会科学》2008年第2期。

孔明安：《生产方式与现代技术的责任分析——鲍德里亚的现代技术伦理思想述评》，《教学与研究》2009年第2期。

李春青：《"吟咏情性"与"以意为主"——论述中国古代诗学本体论的两种基本倾向》，《文学遗产》1999年第2期。

李宏：《汉赋与汉代画像石刻》，《中原文物》1987年第2期。

李建中：《"心物"：汉魏六朝文艺心理学之纲》，《学术月刊》1991年第1期。

李健：《天人合一：感物美学的哲学根基》，《社会科学辑刊》2017年第6期。

李健：《中国古代感物美学的生态意蕴》，《南华大学学报》（社会科学版）2018年第5期。

李健：《中国古典感物美学中的"心"与"物"》，《中外文艺理论研究》2012年第1期。

李立：《论汉赋与汉画空间方位叙事艺术》，《文艺研究》2008年第2期。

李立新：《设计史与六朝物质文化生活的新视角》，《艺术百家》2013年第2期。

李立新：《〈天工开物〉传统造物的历史镜像》，《民族艺术》2002年第3期。

李立新：《中国设计学源流辩》，《南京艺术学院学报》（美术与设计）2016年第2期。

李立新：《中国早期造物思想的自然观》，《苏州大学学报》（工科版）2003年第3期。

李乾坤：《马克思〈1857－1858年经济学手稿〉中的“物”与“事物”——对物化和事物化概念的一个文本考察》，《现代哲学》2015年第1期。

李小光：《大禹“铸鼎象物”考》，《江西社会科学》2004年第9期。

李砚祖：《“材美工巧”：〈周礼·冬官·考工记〉的设计思想》，《南京艺术学院学报（美术与设计）》2010年第5期。

李砚祖：《设计与造物神话——中国古代设计史研究中的一个可能性专题》，《南京艺术学院学报》（美术与设计版）2008年第6期。

李砚祖、张道一：《先秦诸子工艺思想研究（提要）》，《南京艺术学院学报》（美术与设计版）1987年第4期。

李志生：《唐五代时期的凤冠——基于物质文化史和形象史学的考察》，《中国社会历史评论》2017年第1期。

梁媛：《美学中的“物”——从海德格尔到阿多诺》，《德语人文研究》2018年第2期。

廖恒：《海德格尔的“物”思想与现代艺术的转向》，《中外文化与文论》2018年第2期。

林大志：《论咏物诗在齐梁间的演进》，《河北大学学报》（哲学社会科学版）2003年第1期。

林德宏：《中国古代关于物的哲学》，《江海学刊》2009年第2期。

凌继尧：《物的意义的生成》，《江苏社会科学》2008年第3期，

刘宝杰：《关于技术人工物的两重性理论的述评》，《自然辩证法研究》2011年第5期。

刘成纪：《百工、工官及中国社会早期的匠作制度》，《郑州大学学报》（哲学社会科学版）2015年第3期。

刘成纪：《西周礼仪美学的物体系》，《文艺研究》2013年第1期。

刘成纪：《中国古典美学中的物、光、风》，《求是学刊》2008年第5期。

刘道广、姜青蕾：《论汉画构图的历史影响》，《东南大学学报》（哲学社会科学版）2004年第5期。

刘怀玉、伍丹：《消费主义批判从大众神话到景观社会——以巴尔特、列斐伏尔、德波为线索》，《江西社会科学》2009年第7期。

刘继才：《略论中国古代咏物诗》，《辽宁师大学报》1984年第3期。

刘森林：《物、物化、物象化：马克思物论的新认识》，《高校理论战线》2012年第7期。

刘森林：《物与意义：虚无主义意蕴中隐含着的两个世界》，《中山大学学报》（社会科学版）2012年第4期。

刘毅：《青瓷莲花尊研究》，《中国古陶瓷研究》第4辑，紫禁城出版社，1997。

刘毅、袁胜文：《北方早期青瓷初论》，《中原文物》1999年第2期。

刘永华：《物：多重面向、政治意涵与生命史》，《文汇报》2016年5月20日，第W12版。

吕双伟：《“古代文论现代转换”的回顾与审视》，《湘湖论坛》2016年第4期。

罗宗强：《古文论研究杂识》，《文艺研究》1999 年第 3 期。

麻守中：《试论古代咏物诗》，《吉林大学社会科学学报》1983 年第 5 期。

马华祥：《南朝民歌的地域特色》，《河南师范大学学报》（哲学社会科学版）2000 年第 2 期。

马君俊：《论新唯物主义的“物”与“人”》，《知与行》2020 年第 4 期。

梅琼林：《符号消费构建消费文化——浅论鲍德里亚的符号批判理论》，《学术论坛》2006 年第 2 期。

敏泽：《中国古典意象论》，《文艺研究》1983 年第 3 期。

南帆：《古代文论的当代意义》，《文艺理论研究》1990 年第 2 期。

聂珍钊：《“文艺起源于劳动”是对马克思恩格斯观点的误读》，《文学评论》2015 年第 2 期。

牛贵琥：《由乡关之思看庾信王褒的不同兼论其原因》，《民族文学研究》2003 年第 4 期。

钱志熙：《情性与通变——唐人诗学的基本思想与方法》，《长江学术》2006 年第 1 期。

邱晓林：《论施坦伯格的“约翰斯赏析”——一个关于前卫艺术批评的反思》，《文艺理论研究》2014 年第 5 期。

屈光：《中国古典诗歌意象论》，《中国社会科学》2002 年第 3 期。

任树民：《中国古代物体系建构方式与赋体书写策略之生成刍议》，《巢湖学院学报》2017 年第 1 期。

尚刚：《唐代诗文与工艺美术》，《装饰》2017 年第 3 期。

沈文凡、窦可阳：《南朝咏物诗发展演变及其动因初探》，《贵州大学学报》（社会科学版）2005 年第 3 期。

盛国荣：《技术物：思考消费社会中技术和技术问题的出发点——鲍德里亚早期技术哲学思想研究》，《科学技术哲学研究》2010年第5期。

盛宁：《鲍德里亚·后现代·社会解剖学》，《读书》1996年第8期。

师云蕊：《物的生命史与人的生活史》，《前沿》2013年第4期。

苏楠、张岩：《鲍德里亚的技术观》，《理论界》2006年第10期。

孙斌：《艺术：物之守护——对这个时代中“物”的思考》，《复旦学报》（社会科学版）2006年第5期。

佟君：《日本古典文艺理论中的“物之哀”浅论》，《中山大学学报》（社会科学版）1999年第6期。

童庆炳：《〈文心雕龙〉“感物吟志”说》，《文艺研究》1998年第5期。

汪怀君：《物、符号与符号消费的伦理意蕴物》，《中南大学学报》（社会科学版）2014年第5期。

汪民安：《物的转向》，《马克思主义与现实》2015年第3期。

王宾如：《中国古代咏物诗形神说刍议》，《福建论坛》（文史哲版）1986年第2期。

王东昌：《马克思“物”理论视域下的科技与文艺》，《外国语文研究》2020年第2期。

王健：《让·鲍德里亚评介》，《黑龙江社会科学》2006年第5期。

王玫：《论六朝咏物诗、宫体诗与山水诗之联系》，《齐鲁学刊》1996年第6期。

王前：《“道”“技”之间：中国文化背景的技术哲学》，辽宁省哲学社会科学获奖成果汇编［2009-2010年度］。

王姗姗：《海德格尔的“神与物”》，《现代哲学》2020年第

3期。

王德胜：《从“形象的直觉”到“心物统一论”美学——朱光潜早期美学理论及其思想之源》，《首都师范大学学报》（社会科学版）1996年第6期。

王天乐、王冬冬：《从现代到后现代：浅论艺术与技术的关系》，《美术观察》2020年第7期。

王一川：《何谓艺术学理论？——兼论艺术门类间性》，《南国学术》2019年第3期。

王岳川：《消费社会中的精神生态困境——博德里亚后现代消费社会理论研究》，《北京大学学报》（哲学社会科学版）2002年第4期。

吴琼：《博物馆中的词与物》，《文艺研究》2013年第10期。

吴琼：《“上帝住在细节中”——阿比·瓦尔堡图像学的思想脉络》，《文艺研究》2016年第1期。

吴兴明：《人与物居间性展开的几个维度——简论设计研究的哲学基础》，《文艺理论研究》2014年第5期。

吴兴帜：《标识与符号：“物”的人类学研究》，《广西民族研究》2010年第1期。

夏炎：《魏晋南北朝的鞋与人：一项中古日常生活史的建构尝试》，《古典文献研究》2018年第1期。

夏燕靖：《发生与延传：中国古典艺术理论的生成观》，《中外艺术研究》2020年第3期。

夏燕靖：《中国古典艺术理论“当代性”意义阐释》，《东南大学学报》2016年第3期。

夏莹、崔唯航：《政治经济学批判与社会现实——关于鲍德里亚对马克思批判的一种回应》，《哲学研究》2009年第7期。

夏莹：《符号政治经济学：一种超越经济的政治话语——解读鲍德里亚的“符号政治经济学”》，《天津社会科学》2008年第2期。

徐亮：《物的文化性与物质文化的归路》，《文艺理论研究》2016年第3期。

许抗生：《关于玄学哲学基本特征的再研讨》，《中国哲学史》2000年第1期。

闫月珍：《器物之喻与中国文学批评》，《中国社会科学》2013年第6期。

闫月珍：《儒家的制作图式及其与道家的分判》，《中山大学学报》（社科版）2020年第2期。

闫月珍：《物：中国文学研究的新途径》，《学术研究》2017年第6期。

阎采平：《北朝乐府民歌的南流及其对南朝文坛的影响》，《湘潭大学学报》（社会科学版）1989年第1期。

杨春时：《文学理论：从主体性到主体间性》，《厦门大学学报》（哲学社会科学版）2002年第1期。

杨建刚：《批判理论的符号学拓展——鲍德里亚学术研究中的符号学方法》，《文艺理论研究》2017年第5期。

杨庆峰、闫宏秀：《多领域中的物转向及其本质》，《哲学分析》2011年第1期。

杨庆峰：《有用与无用：事物意义的逻辑基础》，《南京社会科学》2009年第4期。

杨庆华、尹仲文：《咏物诗刍议》，《河北大学学报》（哲学社会科学版）1984年第2期。

杨胜宽：《南北朝赋的艺术突破》，《西南师范大学学报》（人文社会科学版）1992年第1期。

杨胜宽：《魏晋赋泛论》，《西南师范大学学报》（哲学社会科学版）1988年第1期。

仰海峰：《功能化时代的物的意识形态批判——鲍德里亚〈物体

系〉解读》，《福建论坛》（人文社会科学版）2003 年第 3 期。

仰海峰：《“物”的分析：从马克思、海德格尔到鲍德里亚》，《东岳论丛》2004 年第 2 期。

仰海峰：《消费社会批判理论评析——鲍德里亚的〈消费社会〉解读》，《长白学刊》2004 年第 3 期。

殷学明：《中国古代诗歌发生学研究》，《东方论坛》2019 年第 6 期。

尹晓霞、唐伟胜：《文化符号、主体性、实在性：论“物”的三种叙事功能》，《山东外语教学》2019 年第 2 期。

于志鹏：《论梁代咏物诗的发展状况》，《商丘师范学院学报》2004 年第 4 期。

于志鹏：《中国古代咏物诗概念界说》，《济南大学学报》2004 年第 14（2）期。

余源培：《评鲍德里亚的“消费社会理论”》，《复旦学报》（社会科学版）2008 年第 1 期。

袁行霈：《诗意画的空间及其限度——以明人的作品为中心》，《文学遗产》2016 年第 1 期。

曾大兴：《气候（物候）的差异性与文学的地域性——以中国古典诗歌为例》，《浙江大学学报》2013 年第 3 期。

张道一：《“文学艺术”联称的三种解读》，《文艺争鸣》2010 年第 22 期。

张涤云：《略论中国咏物诗的写法类型》，《中华诗词》2008 年第 10 期。

张峰屹：《逞才游艺与魏晋南朝诗歌及诗学》，《文学评论》2011 年第 5 期。

张进、王眉钧：《物质文化理论中物的四重视域——以人工制品的考察为例》，《西北师大学报》（社会科学版）2020 年第 6 期。

张黎：《以物为媒：从技术哲学的“物转向”看思辨与批判性设计的伦理潜能》，《艺术设计研究》2020年第1期。

张绪山：《整体历史视野中的中国与希腊—罗马世界——汉唐时期文化交流的12个典例》，《全球史评论》2008年第0期。

张燕：《论中国造物艺术中的天人合一哲学观》，《文艺研究》2003年第6期。

张一兵：《青年鲍德里亚与他的〈物体系〉》，《学术论坛》2008年第11期。

张一兵：《消费意识形态：符码操控中的真实之死——鲍德里亚的〈消费社会〉解读》，《江汉论坛》2008年第9期。

张有奎：《拜物教之“物”的分析》，《现代哲学》2015年第3期。

张有奎：《物、意义与虚无：从马克思的视角看》，《马克思主义与现实》2014年第1期。

张羽佳：《物·主体·词：论一种物的伦理的可能性》，《现代哲学》2015年第6期。

张运贵：《论艺术构思》，《云南师范大学学报》（哲学社会科学版）1988年第1期。

张中成：《古典诗歌意象组合方式新论》，《盐城工学院学报》（社会科学版）2005年第3期。

张自然：《汉魏六朝咏琴文学的艺术学解读》，《民族艺术研究》2016年第4期。

赵奎英：《从海德格尔看艺术对物的拯救》，《艺术百家》2018年第6期。

赵林：《唯理论哲学在心物关系问题上的思想发展》，《求是学刊》2005年第4期。

赵宪章：《文学成像的起源与可能》，《文艺研究》2014年第

9 期。

郑昕怡：《试论魏晋美学符号对于中国当代设计的启示》，《南京艺术学院学报》（美术与设计版）2012 年第 6 期。

郑毓瑜：《类与物——古典诗文的“物”背景》，《清华学报》2011 年第 3 期。

钟国本：《南朝咏物诗的审美价值》，《聊城大学学报》（社会科学版）2006 年第 5 期。

周嘉昕：《鲍德里亚后马克思探索的逻辑起点：对功能体系中物的追问》，《南京社会科学》2011 年第 7 期。

周小莉：《遮蔽与解蔽：法国小说的物转向》，《兰州大学学报》（社会科学版）2020 年第 1 期。

朱其：《鲍德里亚理论对于消费文化研究的意义》，《美术观察》2003 年第 12 期。

朱文涛：《技、物、居的追索：海德格尔设计思想发凡之“问”与“思”》，《南京艺术学院学报》（美术与设计）2018 年第 5 期。

朱志荣：《论中国传统美学的现代性》，《文艺争鸣》2017 年第 7 期。

诸葛铠：《“造物艺术论”的学术价值》，《山东社会科学》2006 年第 4 期。

祝菊贤：《音乐的本质与自然之道——嵇康〈声无哀乐论〉美学思想研究》，《文艺理论研究》2008 年第 4 期。

四　学位论文

鲍恩洋：《六朝咏物赋研究》，南京师范大学硕士学位论文，2003。

陈理：《从物的符号化到技术决定论——论鲍德里亚后现代思想的内在转型》，浙江大学硕士学位论文，2011。

崔金英：《论魏晋南北朝咏物诗》，湖南大学硕士学位论文，2010。

邓伟龙：《中国古代诗学的空间问题研究》，华东师范大学博士学位论文，2009。

高淑平：《中古咏物诗研究》，东北师范大学博士学位论文，2011。

何阳秋珏：《海德格尔物论的美学阐释》，西北大学硕士学位论文，2017。

何月：《萧纲咏物诗研究》，贵州大学硕士学位论文，2006。

贺超海：《中国传统工艺的当代价值研究》，北京科技大学博士学位论文，2018。

黄伟龙：《齐梁咏物诗研究》，广西师范大学硕士学位论文，2000。

黄雅京：《汉魏六朝器物赋研究》，湖南师范大学硕士学位论文，2012。

蒋文博：《波德里亚艺术理论中“命定之物”的视觉性》，中央美术学院硕士学位论文，2008。

刘芳：《诗歌意象语言研究》，上海外国语大学博士学位论文，2007。

司天卓：《鲍德里亚早期符号理论研究》，中共中央党校硕士学位论文，2017。

孙洪伟：《〈考工典〉与中国传统设计理论形态研究》，上海大学博士学位论文，2014。

谈秋桐：《物、符号、仿真——鲍德里亚后期技术哲学思想研究》，浙江师范大学硕士学位论文，2012。

汪晓娟：《波德里亚拟像学说探析》，厦门大学硕士学位论文，2009。

王欣：《中古文学场域研究——以帝王文学活动为中心》，苏州大学硕士学位论文，2011。

王忆雯：《古代造物思想下眉勒的艺术特征与制作工艺研究》，江南大学博士学位论文，2019。

肖琪：《南朝植物赋研究》，湖南大学硕士学位论文，2017。

徐盛：《魏晋至盛唐咏物诗研究》，北京大学博士学位论文，2001。

杨洁：《南朝咏物诗创作技法研究》，沈阳师范大学硕士学位论文，2013。

杨全强：《波德里亚艺术理论研究》，南京大学博士学位论文，2015。

于志鹏：《宋前咏物诗发展史》，山东大学博士学位论文，2005。

臧冬晨：《维姆萨特的“语象”理论研究》，华东师范大学硕士学位论文，2019。

詹凯：《曲成而不遗——〈天工开物〉造物思想的核心价值》，中国艺术研究院博士学位论文，2017。

张伯男：《波德里亚：理论写作者——从理论写作的视角阅读〈物体系〉》，海南师范大学硕士学位论文，2014。

张瑞利：《南朝咏物诗研究》，西南大学硕士学位论文，2006。

赵强：《“物”的崛起：晚明的生活时尚与审美风会》，东北师范大学博士学位论文，2013。

赵少慧：《鲍德里亚的技术人工物思想探析》，东北大学硕士学位论文，2013。

赵晓梦：《先唐器物赋研究》，安徽师范大学硕士学位论文，2013。

周淑萍：《论魏晋南北朝咏物诗》，山东大学硕士学位论文，2006。

朱亚铮：《“物”的分析：从本雅明到波德里亚，一条隐性的批判之路》，四川大学硕士学位论文，2007。

朱轶伦：《依世界化阐释海德格尔的物之追问》，兰州大学硕士学位论文，2020。

五　英文文献

Andrew Feenberg, “Peter-Paul Verbeek: Review of What Things

Do. "*Human Studies*, Vol. 32, No. 1, 2009, p. 226.

Arendt, Hannah. *The Human Condition*. Chicago: University of Chicago Press, 1958.

Arnold, Jean. *Victorian Jewelry, Identity, and the Novel: Prisms of Culture*. Surrey: Ashgate, 2011.

A Sense of Things: The Object Matter of American Literature. Chicago: U of Chicago P, 2003.

Barad, Karen. "Posthumanist Performativity: Toward an Understanding of How Matter Comes to Matter." *Material Feminisms*. Ed. Stacy Alaimo and Susan Hekman. Bloomington: Indiana UP, 2008. 120–55.

Bennett, Tony, and Patrick Joyce, eds. *Material Powers: Cultural Studies, History and the Material Turn*. London: Routledge, 2010.

Bourdieu, Pierre. "Selections from The Logic of Practice." *The Logic of the Gift: Toward an Ethic of Generosity*. Ed. Alan D. Schrift. London: Routledge, 1997. 190–230.

Braudel, *Fernand. Afterthoughts on Material Civilization and Capitalism*. Trans. Patricia M. Ranum. Baltimore: Johns Hopkins UP, 1977.

Brown, Bill. *The Material Unconscious: American Amusement, Stephen Crane, and the Economies of Play*. Cambridge, MA: Harvard UP, 1996.

"Cyborg intentionality: Rethinking the Phenomenology of Human-technology Relations." *Phenonemology and Cognitive Science*, Vol. 7, 2008, pp. 387–395.

David M. Kaplan, "What Things Still Don't Do." *Human Studies*, Vol. 32, No. 2, 2009, pp. 229–240.

de Grazia, Margreta, Maureen Quilligan, and Peter Stallybrass, eds. *Subject and Object in Renaissance Culture*. Cambridge: Cambridge UP, 1996.

Evan Selinger (ed.), *Postphenomenology: A Critical Companion to Ihde,*

New York: State University of New York Press, 2006. p. 127.

Fisher, Will. *Materializing Gender in Early Modern English Literature and Culture*. Cambridge: Cambridge UP, 2006.

Freedgood, Elaine. *The Ideas in Things: Fugitive Meaning in the Victorian Novel*. Chicago: U of Chicago P, 2006.

Green, Anne. *Changing France: Literature and Material Culture in the Second Empire*. London: Anthem P, 2011.

Hack, Daniel. *The Material Interests of the Victorian Novel*. Charlottesville: U of Virginia P, 2005.

Heneghan, Bridget T. *Whitewashing America: Material Culture and Race in the Antebellum Imagination*. Jackson: UP of Mississippi, 2003.

Hodder, Ian. *Entangled: An Archaeology of the Relationships between Humans and Things*. Malden: Wiley-Blackwell, 2012.

Lucas D. *Introna, Theory, Culture & Society*, Vol. 26, No. 4, 2009, pp. 25–46.

Lynne Rudder Baker, "The Ontology of Artifacts." *Philosophical Explorations*, Vol. 7, No. 2, 2004, p. 104.

Martin, Ann Smart, and J. Ritchie Garrison, eds. *American Material Culture: The Shape of the Field*. Knoxville: U of Tennessee P, 1997.

Michael Inwood, A Heidegger Dictionary, Oxford: Blackwell Publishers Ltd, 1999, pp. 199–200.

Miller, Daniel. "Why Some Things Matter." *Material Cultures: Why Some Things Matter*. Ed. Daniel Miller. Chicago: U of Chicago P, 1998.

Olsen, BjØrnar. *In Defense of Things: Archaeology and the Ontology of Objects*. Plymouth: Alta Mira, 2010.

Other Things. Chicago: U of Chicago P, 2015.

Pye, Gillian, ed. *Trash Culture: Objects and Obsolescence in Cultural Perspective*. Bern: Peter Lang AG, 2010.

Railey, Kevin. "Flags in the Dust and the Material Culture of Class." *Faulkner and Material Culture*. Ed. Joseph R. Urgo and Ann J. Abadie. Jackson: UP of Mississippi, 2007. 68–81.

Rathje, William. "In Praise of Archaeology: Le Projet du Garbàge." *Historical Archaeology and the Importance of Material Things*. Ed. Leland G. Ferguson. East Lansing: Society for Historical Archaeology, 1977.

Richardson, Catherine. *Shakespeare and Material Culture*. Oxford: Oxford UP, 2012.

See Helmut A. Hatzfeld, Literature through Art: A New Approach to French Literature, Chapel Hill: University of North Carolina, 2018.

Stallybrass, Peter. "Worn Worlds: Clothes and Identity on the Renaissance Stage." *de. Grazia, Quilligan, and Stallybrass* 289–320.

Stout, Janis P., ed. *Willa Cather and Material Culture*. Tuscaloosa: U of Alabama P, 2005.

Totten, Gary. *Introduction. Memorial Boxes and Guarded Interiors: Edith Wharton and Material Culture*. Ed. Gary Totten. Tuscaloosa: U of Alabama P, 2005.

Turkle, Sherry. "Introduction: The Things That Matter." *Evocative Objects: Things We Think With*. Ed. Sherry Turkle. Cambridge, MA: MIT P, 2007.

Wardrop, Daneen. *Emily Dickinson and the Labor of Clothing*. Durham: U of New Hampshire P, 2009.

Watson, Jay. "The Philosophy of Furniture, or Light in August and the Material Unconscious." *Faulkner and Material Culture*. Ed. Joseph R. Urgo and Ann J. Abadie. Jackson: UP of Mississippi, 2007.

Woodward, Ian. *Understanding Material Culture*. Los Angeles: Sage, 2007.

后　记

2017 年我获得了国家社科基金艺术学项目——“感物、咏物、造物：六朝‘艺’‘文’设计思想比较研究”（17CG210）的资助。这份幸运使得我有条件通向更高学术的殿堂，有更大机会实现学术理想。屈指算来到现在也有五年多了。本书即这份命运青睐与五年时光学术探索的产物，也是我学术生涯的一次检验、总结，还是下一个学术征程的起点。总之，这本书对我的人生而言充满意义，有喜悦、感恩，也有遗憾。我与咏物文学结缘自 2007 年研究生一年级就开始了，在我的硕士研究生导师林大志先生的指导下，我开始关注六朝咏物诗。硕士研究生三年的主要工作就是围绕“六朝咏物诗”这个主题，搜集、阅读相关文献，并完成了硕士学位论文《六朝咏物诗研究》。2010 年我非常幸运地考上南开大学先唐文学与文论方向的博士研究生。感谢博士生导师张峰屹先生将我收入门下，给我机会“梦圆南开”。我在南开学习的中心仍然是“六朝咏物诗”。我将在这里习得的由罗宗强先生开创的中国文学思想史研究方法运用于六朝咏物诗的研究之中。在对六朝咏物诗更深入的研究中，我自觉有所发现，因之完成了我的博士学位论文《六朝咏物诗史论》。后来我的第一部专著《六朝咏物诗文学思想史论》（新华出版社，2017）就是以此为基础而撰成的。如果说我的这些拙见能对相关学术研究有所帮助的话，那也是得益于张峰屹先生指导有方及罗宗强先生文学思想史研究方法的有效。到江西南昌师范学院工作后，我又对童庆炳先生的“文化诗学”研究产生了浓厚的兴趣，遂跟随陶水平先生做中国古典美学的博士后研究工作，研究工作内容还是六朝咏物诗。不同以往的是，我又用了一个新的研究思路、方法——以文化诗学的视域来分析六朝咏物诗这一文学现象的历史文化语境。博士后研究工作使我得以与陶老师坐而论道，陶老师对学生的爱护和期望，给我留下了深刻的印象。我想，产生研究咏物文学与造物艺术比较的灵感，很可能得益于与陶老师的“学术交流”。只不过除了文学研究之外，我又移情于设计艺术研究。现在想想，或是误打误撞，抑或是上天厚爱，我的学术研究生涯又与造物研究有了连接。也不知自己这部著作能否有益于造物艺术研究，能否对文学与艺术的研究有所裨益，能不能回报命运的厚赠和社科基金艺术学项目评审老师的信任。我真的尽力而为了。受限于学力，我也知道还有不足之处，我必定会用下半生的学术之路弥补、完成此研究未竟之事宜。

行文至此，还是不能免俗地要感谢给予我帮助的人和机构。首先，我要感谢人生各阶段为我传道、授业、解惑的老师。除了上文所提及的几位授业恩师之外，还要感谢夏汉宁、祁志祥、杜华平、李舜臣、周平远、何世剑、刘旭光诸位专家学者，正是他们的宝贵意见，使我有幸徜徉于学术海洋而不致迷途。其次，感谢我父母和妻子对我的支持。感谢我的一双儿女点亮了我人生的新希望。再次，要感谢工作单位南昌师范学院的支持和资助。最后，非常感谢责编李建廷老师，他为本书的编辑工作花费了大量的时间和精力。学术之路漫漫，钟志强还是一如既往老老实实做人、研究真真正正的学问。祝愿所有帮助过我和这本书的人，幸福安康，和谐美满！

钟志强

二〇二二年十二月于南昌

图书在版编目(CIP)数据

感物、咏物、造物：六朝“艺”“文”设计思想比较研究 / 钟志强著. -- 北京：社会科学文献出版社，2023.12

ISBN 978-7-5228-0656-3

Ⅰ.①感… Ⅱ.①钟… Ⅲ.①文艺思想史-研究-中国-六朝时代 Ⅳ.①I209.35

中国版本图书馆 CIP 数据核字(2022)第 166478 号

感物、咏物、造物：六朝“艺”“文”设计思想比较研究

著　　者 / 钟志强

出 版 人 / 冀祥德
责任编辑 / 李建廷　范　迎
责任印制 / 王京美

出　　版 / 社会科学文献出版社(010)59367215
地址：北京市北三环中路甲 29 号院华龙大厦　邮编：100029
网址：www.ssap.com.cn
发　　行 / 社会科学文献出版社（010）59367028
印　　装 / 北京联兴盛业印刷股份有限公司

规　　格 / 开　本：787mm × 1092mm　1/16
印　张：24.75　字　数：331 千字
版　　次 / 2023 年 12 月第 1 版　2023 年 12 月第 1 次印刷
书　　号 / ISBN 978-7-5228-0656-3
定　　价 / 98.00 元

读者服务电话：4008918866